LA TERRE
DU BOUT DU MONDE

TAMARA McKINLEY

LA TERRE DU BOUT DU MONDE

Traduit de l'anglais par Danièle Momont

ÉDITIONS FRANCE LOISIRS

Ce livre a été publié sous le titre : *Lands Beyond the Sea*
par Hodder & Stoughton, 2007.

Édition du Club France Loisirs,
avec l'autorisation des Éditions de l'Archipel.

Éditions France Loisirs,
123, boulevard de Grenelle, Paris.
www.franceloisirs.com

ISBN : 978-2-298-05993-9

Dear Readers, let me take you on a journey back in time. You will cross the seas to an ancient land where a great nation is slowly and painfully emerging — nurtured by the blood, sweat and tears of those pioneers who came before us. Live their adventure!

Tamara McKinley.

Chers lecteurs,

Laissez-moi vous entraîner dans un voyage à travers le temps. Vous allez traverser les océans jusqu'à cette terre ancestrale où une grande nation est en train de naître. Lentement et non sans mal, nourrie du sang, de la sueur et des larmes des pionniers qui nous y précédèrent. Revivez leur aventure !

Prologue

Les voiles du matin

Kakadu, il y a 50 000 ans

Elle s'appelait Djuwe, elle avait treize ans, et elle était splendide. Djanay l'observait en train de rire avec les autres jeunes femmes. Il admira la cambrure de ses reins et sa croupe lourde de promesses lorsqu'elle s'éloigna d'un pas nonchalant, laissant battre son panier d'osier contre sa hanche pour l'aguicher. À peine avait-il posé les yeux sur elle qu'il l'avait désirée.

S'en était-elle rendu compte ? En tout cas, elle se retourna brièvement. Son regard ambré croisa celui du garçon, qui y lut un éclair de défi. Elle lui décocha un sourire avant de faire demi-tour pour se perdre bientôt parmi les ombres mouchetées des arbres.

Djanay roula sur lui-même dans l'herbe haute en réprimant un grognement de frustration. Jamais il ne posséderait Djuwe : en s'unissant, ils transgresseraient la loi sacrée, le *mardayin*. On les bannirait, ou bien même on les tuerait. Mais alors, pourquoi le narguait-elle ? Il ferma les yeux. La réponse était simple : parce qu'elle le tenait sous son emprise. Parce qu'elle le savait. Et parce qu'il lui plaisait d'user sur lui de ce pouvoir.

— Debout, paresseux.

Un coup de pied dans les côtes le fit sursauter. Djanay lança un regard furibond à son demi-frère.

— Je ne suis pas paresseux, rétorqua-t-il en se relevant à la hâte.

Malangi avait une bonne vingtaine d'années de plus que lui. Des fils argentés brillaient dans sa chevelure, tandis que de profondes cicatrices initiatiques barraient son torse. C'était un chasseur émérite, un aîné respecté de tous. Mieux valait ne pas le contrarier.

— Tu dors au soleil comme les vieilles femmes, rembarra-t-il son cadet. Tu ferais mieux d'aller à la chasse. Nous devons faire provision de nourriture avant notre voyage.

Djanay opina en évitant de croiser le regard de son rival, redoutant que celui-ci devine la passion coupable qu'il éprouvait pour sa jeune épouse. Il s'éloigna à grandes enjambées, l'âme et le cœur confus. Il sentait dans son dos l'œil perçant de son demi-frère, pareil à une lance prête à entamer sa peau nue.

Le soleil était haut, les arbres alentour projetaient leur ombre à la surface du lagon. Djanay se dirigea vers le bush et le sommet vertigineux des falaises rouges dominant les méandres de la rivière. À peine eut-il entamé son ascension que la sueur chassa ses pensées extravagantes. Le garçon possédait l'allure typique des hommes de son clan : il était grand et mince, et sa peau d'ébène s'ornait de tatouages tribaux. Il ne portait qu'une fine ceinture de jonc, ainsi qu'un collier de dents de kangourou. Ses yeux avaient la couleur de l'ambre, une noire chevelure indémêlable et bouclée encadrait son visage rond.

Son nez large était percé d'un os d'oiseau, ses lèvres charnues cernées par une barbe naissante. À quatorze ans, il venait d'être soumis au rituel d'initiation à l'âge adulte. On exigeait maintenant de lui qu'il démontre ses talents de chasseur, comme son père et ses frères avant lui.

Il atteignit bientôt la pierre plate et lisse qui saillait à flanc de falaise. De là, il jouissait d'une vue somptueuse sur les vastes forêts, les montagnes fièrement dressées devant lui et l'eau qui miroitait en contrebas.

Tel était le territoire que les Esprits ancestraux avaient confié au clan de Djanay. Un territoire sacré. Chaque pierre, chaque rocher y évoquait les Esprits de la Création, on les reconnaissait dans toutes les courbes de la rivière et dans le moindre murmure du vent. Comme tous les siens, le jeune homme en serait le gardien jusqu'à ce que ses os se réduisent en poussière. La Terre Mère subvenait aux besoins des hommes, elle les consolait, leur dispensait ses leçons. C'est pourquoi l'adolescent devait apprendre à vivre en harmonie avec les saisons, à suivre le flux et le reflux de la nature. Puisque toutes les créatures vivantes dépendaient les unes des autres, il fallait coûte que coûte chérir et préserver leurs valeurs spirituelles communes.

Les Kunwinjku avaient atteint la région, alors que les Esprits ancestraux vivaient encore dans le *temps du rêve* – un temps d'avant la connaissance humaine, qui était aussi l'époque à laquelle les Esprits avaient choisi d'apparaître au clan pour le mener vers sa terre promise. Leur guide était un grand ancien du nom de Bininuwuy. Il avait disparu depuis longtemps, mais le périple qu'il avait accompli n'en survivait pas moins dans les légendes transmises de génération en génération par les aînés, ainsi que dans les peintures décorant les parois de la grotte devant laquelle Djanay se tenait.

Le silence régnait en maître au sommet des falaises. Tandis qu'il faisait jouer ses muscles, le garçon sentit peser sur lui les attentes de ses aïeux. C'était un lourd fardeau que de se soumettre à leur loi, quand tout en lui souffrait de ne pouvoir s'unir à Djuwe. Il songea à la fillette qu'on lui avait promise à cinq ans. Aladjingu appartenait à la tribu des Ngandyandyi, dont le territoire s'étendait au nord-est de celui des Kunwinjku. Elle était l'enfant du grand-oncle de Djanay. Leur rencontre avait été fugace mais, après le *corroboree*, elle deviendrait son épouse. Hélas, elle était loin d'embraser ses sens comme le faisait Djuwe.

Il poussa un profond soupir avant de pénétrer à pas de loup dans la grotte, en quête d'apaisement. Les lieux étaient interdits aux femmes et aux adolescents non initiés, mais Djanay avait participé à la cérémonie. Il avait subi la circoncision sans broncher, et sans broncher avait laissé la pierre aiguisée entailler la peau de sa poitrine et de ses bras, où l'on avait tracé les lignes sacrées. Le courage dont il avait fait preuve témoignait de son honneur. Il connaissait à présent les rites secrets auxquels on se livrait ici. On lui avait enseigné à survivre seul dans l'immensité sauvage de Kakadu.

Face aux fresques ocre qui couvraient les parois de la caverne, il redécouvrit les légendes consignées là jadis par les anciens.

La première image figurait un vaste continent que les aînés appelaient le Gondwana. Les Kunwinjku y côtoyaient d'autres peuples, sous une pluie blanche et froide qui avait gelé les sols, à tel point qu'il devenait difficile de chasser. Sur la deuxième illustration, le Gondwana se morcelait : des eaux peu profondes le séparaient maintenant d'une masse plus grande où abondaient les arbres et les animaux. Le troisième tableau représentait les membres de nombreuses tribus en train de traverser les eaux, à pied ou en canoë. Sur le quatrième, enfin, hommes et femmes cheminaient à travers le gigantesque territoire où Djanay vivait aujourd'hui.

Les conflits qui avaient ensuite éclaté entre les clans s'étaient soldés par de nombreux décès. On avait enlevé des femmes et massacré des guerriers. À l'inverse, des mariages avaient été célébrés et des alliances conclues à mesure que d'autres groupes affluaient vers le sud. Mais on avait de plus en plus de mal à chasser. Quant à la communication entre les tribus, elle devenait presque impossible, en raison des rivalités et de la multiplicité des langues ou des dialectes. Les clans avaient fini par se disperser aux quatre coins de la nouvelle nation ; et les Kunwinjku avaient été chargés de veiller sur Kakadu.

Djanay se demandait ce qu'on trouvait au-delà des territoires de chasse qu'il connaissait si bien, mais il s'était fait à l'idée qu'il n'en saurait jamais rien. Car d'invisibles frontières cernaient la région dévolue à son peuple : les *songlines*, qu'on ne franchissait qu'avec l'accord des aînés, lors d'un *corroboree*. Si le garçon tentait de désobéir, il mourrait.

Après s'être recueilli sur les ossements des aînés disparus, en murmurant les séculaires prières d'usage, il entreprit de redescendre parmi les rocs. Il était temps pour lui de partir à la chasse.

Les canards s'étaient révélés des proies faciles. Le délicieux fumet du *goanna* et du wallaby rôtis s'élevait dans l'air, où il se mêlait à l'odeur du feu de camp. Lorsque le jeune homme déposa les vingt oiseaux devant sa mère, son estomac gargouillait.

— Félicitations, Djanay.

Elle lui adressa un large sourire et serra plus fort, dans le creux de son bras, le bébé qu'elle allaitait. Le garçon bomba le torse. Il lorgna Djuwe pour voir si ses prouesses l'avaient impressionnée.

L'adolescente se tenait penchée sur les baies qu'elle était en train d'accommoder. Le bref regard oblique qu'elle lui jeta à travers ses mèches indiqua au jeune homme qu'elle avait remarqué sa présence.

— Ton père t'attend, fit Garnday, la voix basse et l'œil aux aguets. Tu ferais mieux de te dépêcher.

Djanay comprit qu'il devait redoubler de prudence : rien n'échappait à l'attention de sa mère. Il rejoignit les autres jeunes initiés, à distance respectable des aînés. Ceux-ci se reposaient sous les arbres, flanqués de leur habituelle cohorte de chiens. Ces *dalkans* au pelage jaune devenaient en hiver une source de chaleur appréciable. En période de famine, on consommait leur chair et, le reste du temps, ils se montraient bons gardiens. Ils n'étaient certes pas domestiqués, mais possédaient d'évidentes affinités avec les hommes du bush.

Le père de Djanay se tenait assis en tailleur. Sa chevelure grise et son visage flétri attestaient son grand âge, de même que son infinie sagesse. Le jeune homme se sentait tout petit en présence de ces êtres vénérables. Sans eux, pas de cérémonies initiatiques, pas de *temps du rêve*. Sans eux, la vie des Kunwinjku, régie par la grandeur d'âme et le respect des lois, sombrerait dans le chaos.

Le garçon balaya le campement d'un regard satisfait. Les femmes et les fillettes bavardaient, elles pépiaient comme de petits oiseaux en préparant le dîner. De temps à autre, elles chassaient les chiens trop hardis. Les nourrissons se cramponnaient au sein de leur mère, et quelques enfants jouaient avec un lézard qu'ils venaient de capturer. La scène arracha à Djanay un rictus amusé. Selon son habitude, sa mère distribuait les ordres, bien qu'elle ne fût que la seconde épouse de son mari.

Il observa la première femme de ce dernier, la mère de Malangi. Elle était vieille, frêle et fripée. Elle ne tarderait plus à entendre le chant des Esprits l'invitant à les suivre en direction des étoiles. Peut-être Garnday le sentait-elle, et éprouvait-elle ainsi son autorité. Mais elle aurait mieux fait de se montrer plus subtile : l'aînée des deux épouses continuait d'inspirer le respect au sein du clan et d'exercer sur le père de Djanay une influence considérable.

Garnday, de son côté, se livrait à d'intenses réflexions : comment agir avec son fils ? Les regards ardents qu'il coulait à Djuwe n'étaient que pure folie. Tôt ou tard, le sang coulerait, car Malangi était jaloux. Et puis l'on comptait à présent sur le garçon pour se conformer au *mardayin*. Sa mère avait été si fière de lui, elle avait placé en lui tellement d'attentes. Elle adorait ce fils que son mariage imminent avec Aladjingu allait rapprocher des aînés qui dirigeaient la tribu. Si tout se déroulait comme prévu, elle avait bon espoir de le voir un jour prendre la tête du clan – Malangi avait déjà trente-cinq ans ; il serait mort depuis des lunes lorsque Djanay atteindrait sa majorité. Hélas, les ambitions de Garnday étaient en train de se volatiliser. À cause de Djuwe. Djuwe l'intruse. Djuwe par laquelle le scandale menaçait d'arriver.

Elle observa l'adolescente en plissant les yeux. Celle-ci avait été promise à Malangi dès ses premiers jours. Elle était la fille d'un aîné de la tribu Iwadja. Bien que la différence d'âge fût énorme entre les époux, elle n'était pas rare. L'alliance entre deux clans revêtait une importance capitale : elle permettait de partager ensuite les territoires de chasse, et l'on s'épaulait en cas d'attaque ennemie.

La mère de Djanay s'avisa soudain que sa vieille rivale la scrutait. Elle devina aussitôt que son fils courait de graves dangers. Elle frissonna. Il ne tarderait pas à entraîner la jeune fille dans le bush et, ce jour-là, la première épouse s'empresserait de le châtier. Car, en dépit de son grand âge, elle nourrissait elle aussi certaines prétentions : elle voulait que Malangi devienne le chef de la tribu.

Les deux femmes échangèrent un regard plein d'animosité. Garnday savait que sa jeunesse parlait contre elle aux yeux de son aînée. Cette jeunesse qui lui permettrait de donner encore à leur mari commun de nombreux fils. Elle devait néanmoins lui témoigner de la déférence, apprendre d'elle les secrets de sa survie, se plier à ses désirs et veiller sur ses vieux jours. Elle se redressa, rejeta vers l'arrière sa chevelure noire dans un geste de défi, et se hâta vers le feu.

Djuwe vivait auprès de la tribu depuis dix pleines lunes, mais elle n'était toujours pas enceinte. La mère de Djanay la toisa avec dédain. Elle la soupçonnait d'ingurgiter ce mélange de feuilles et de baies dont on usait pour se débarrasser d'un enfant à naître.

Toutes les femmes y avaient recours, car il était impossible de demeurer un membre actif de la tribu en allaitant plus d'un nourrisson à la fois. De même, quand naissaient des jumeaux, on sacrifiait immédiatement l'un ou l'autre. C'est que, durant la saison sèche, le clan entreprenait souvent de longs voyages à travers les plaines arides : on cherchait de l'eau, et seuls les plus robustes survivaient.

— Elle n'a aucune raison de rester sans enfant, grommela Garnday. À moins qu'elle soit stérile. Mais j'en doute.

Djuwe lança un regard aguicheur à Djanay.

— Non… Elle a d'autres intentions.

Les préparatifs du dîner la ramenèrent à la réalité. Il fallait répartir les aliments. On servait en premier les hommes adultes et les récents initiés, auxquels on réservait les meilleurs morceaux de viande. Les jeunes femmes nourrissaient ensuite leurs rejetons avant de manger à leur tour. Enfin, les plus âgés fouillaient les cendres pour y prélever quelques restes. Pour autant, on ne leur manquait pas de respect : des chants célestes les inviteraient bientôt à rejoindre la Terre des Esprits, on aurait tort de gâcher la nourriture en les laissant faire bombance. Il était préférable de subvenir aux besoins des chasseurs et des cueilleurs, puis de redonner des forces à la génération montante.

Garnday observait Djuwe en mastiquant sa viande grillée. L'adolescente riait avec ses amies, la graisse de canard faisait reluire ses lèvres. Sans cesse elle guignait Djanay. Garnday fut obligée de reconnaître à contrecœur qu'elle était splendide. Mais, déjà, Malangi épiait le moindre de ses mouvements. Il avait des soupçons. La situation ne tarderait pas à dégénérer, à moins que Garnday parvienne à arranger les choses.

Le dîner s'acheva enfin. On continua d'entretenir le feu, pour la chaleur et la lumière qu'il prodiguait ; c'était de surcroît un rempart précieux contre les prédateurs. La douce voix du conteur s'éleva pour rapporter, issue du *temps du rêve*, la légende de la chouette, qui expliquait pour quelle raison l'oiseau chassait la nuit. Allongées sur la terre rouge et molle, les familles se réchauffaient sous des peaux de wombat ou de wallaby. Bientôt, le silence s'abattit sur le campement. On n'entendait plus que le ronflement des hommes et, de loin en loin, les cris d'un bébé agité.

Garnday s'était nichée au creux du corps efflanqué de son mari, tandis que leurs deux garçonnets et le nourrisson se tenaient blottis contre le ventre de leur mère ; les chiens dormaient près d'eux. Collée au dos de l'homme, la plus âgée des deux épouses lui barrait le torse de son bras, comme pour affirmer sa prééminence sur sa cadette.

Cette dernière savait déjà qu'elle aurait du mal à trouver le sommeil. Parmi les jeunes célibataires installés à l'autre bout du campement, elle distinguait la silhouette de Djanay à la lueur des flammes. Mais, s'il était couché, il ne dormait pas. Malangi et ses trois femmes reposaient un peu plus loin. Djuwe avait pris soin de se dégager imperceptiblement de l'enchevêtrement des corps – épouses et enfants mêlés – allongés autour de l'homme. La paix qui flottait dans l'air ne présageait rien de bon. Au contraire, le cœur de Garnday n'en battait que plus vite. Tendue, tous les sens en alerte, elle veillait, alors que la lune jetait des ombres qui dansaient sous les arbres.

Djanay avait bien mangé, mais il ne réussissait pas à s'assoupir. Il gagna furtivement les ténèbres plus épaisses : il ne supportait plus de voir Djuwe couchée auprès de son époux. Et puis il souhaitait échapper à l'œil inquisiteur de sa mère.

Le son de ses pieds nus était à peine audible. Il rejoignit la berge désertée de la rivière, où l'eau tourbillonnait autour des grosses pierres et cascadait par-dessus les saillies. L'adolescent s'accroupit sur un rocher, dont la surface dispensait la chaleur emmagasinée pendant le jour, puis baissa les yeux vers son reflet. Celui-ci lui révélait un homme en pleine possession de sa virilité, bien qu'il n'eût encore jamais approché de femme. La loi tribale interdisait tout rapport avant le mariage. Il avait beau savoir que Djuwe ne serait jamais sienne, l'effet qu'elle produisait sur lui embrumait son cerveau. Il plongea les deux mains dans la rivière pour les ramener en coupe vers sa bouche. Il but longuement, avec l'espoir que le *wandjina*, l'Esprit de l'eau, lui viendrait en aide.

Un murmure s'insinua dans l'obscurité.

— Djanay ?

Il leva les yeux, stupéfait. C'en fut aussitôt fini de ses bonnes résolutions. Il se mit debout – le clair de lune soulignait le corps splendide de l'adolescente. Lorsqu'elle l'effleura de la main, il s'embrasa et la suivit sans mot dire au cœur du bush.

Ils se firent face. On n'entendait plus que leur souffle. Djuwe traça du bout des doigts une ligne brûlante qui courait de la tempe de son compagnon à ses lèvres. Puis elle glissa le long de son torse, de son ventre, et s'aventura plus bas encore. Elle lui sourit à travers ses cils. Une fossette apparut subrepticement cependant qu'elle se rapprochait de lui.

— Enfin, susurra-t-elle.

Djanay pouvait à peine respirer. Il hésita, toucha ses seins, s'émerveilla de les sentir peser au creux de ses paumes. Et, comme il les agaçait de ses pouces, les sombres mamelons durcirent.

La jeune fille posa une main sur l'abdomen de l'adolescent avant d'explorer sa douloureuse et palpitante érection.

— Vite, souffla-t-elle. Avant qu'on nous découvre.

Djanay put enfin laisser libre cours à ce désir immense qu'il réprimait depuis qu'il avait croisé Djuwe pour la première fois.

Épuisés, le corps luisant de sueur, ils gisaient sur le sol, les membres enlacés, tâchant de reprendre leur souffle. Mais ils avaient goûté le fruit défendu : dès qu'ils se livrèrent à d'autres caresses, la faim les tenailla de nouveau, plus impérieuse que jamais.

Tout à leurs ébats, ils ne remarquèrent pas la silhouette attentive et muette qui finit par s'éclipser au milieu des ombres.

Le jour n'était pas encore levé. Garnday avait les paupières lourdes. Elle avait demandé à ses deux aînés d'aller chercher du bois, pendant qu'elle allaitait le nourrisson. Son mari dormait encore, mais la vieille épouse tisonnait déjà les braises. La mère de Djanay bâilla et se gratta la tête pour en ôter habilement les poux et les tiques, avant de les écraser entre deux ongles. Elle était demeurée éveillée assez longtemps pour entendre ronfler la première épouse, mais quand, après avoir sombré à son tour, elle avait rouvert les yeux au beau milieu de la nuit, elle avait constaté qu'il était trop tard pour empêcher l'inévitable.

Elle se consolait en songeant que sa rivale ne s'était aperçue de rien, pas plus que Malangi, qui avait dormi d'une traite. Garnday devait parler à son fils avant qu'on découvre le pot aux roses. Il fallait qu'il prenne pleinement conscience du danger. Elle s'isolerait avec lui lorsque le reste du clan s'affairerait ailleurs.

Elle s'accroupit près du feu et s'empara du pilon de pierre. La tâche était fastidieuse : elle réduisait en farine un mélange de graines et de fines herbes, auquel elle ajoutait de l'eau pour confectionner des galettes, qu'elle mettait à cuire sous la braise. Ce pain sans levain constituait pour la tribu une nourriture de base. On le mangeait avant l'aube, avec de la viande ou du poisson. Si la chasse avait été bonne, on en consommait une portion supplémentaire au coucher du soleil, en guise de récompense.

Djuwe s'approcha du foyer. Elle apportait dans son panier de jonc des poissons qu'elle venait de pêcher. Elle laissa glisser en un tas miroitant leurs corps argentés à côté de Garnday.

— Je suis douée, se vanta-t-elle. J'attrape de grosses bêtes.

Le regard triomphant qu'elle jeta à son aînée frisait l'insolence, et ses paroles étaient équivoques. Garnday se retint de la gifler. Au lieu de quoi elle se mordit les lèvres et enveloppa en silence les poissons dans des feuilles, qu'elle déposa auprès des galettes. Elle attendrait son heure mais, tôt ou tard, elle déchaînerait sur l'adolescente toute la puissance de sa colère.

Cela dit, Djuwe ne portait pas seule la responsabilité de la faute. Djanay était un sot, il était influençable et fougueux, comme tous les hommes. Ces derniers avaient beau se révéler d'excellents chasseurs, ils avaient beau se glorifier de leurs exploits, ils ne pouvaient se passer des femmes. Là résidait leur faiblesse.

Le soleil paraissait tout juste à l'horizon et les gouttes de rosée scintillaient encore dans l'herbe haute. Aux quatre coins du campement, on discutait avec animation du départ imminent. Dès que chacun eut mangé presque à en éclater, on éteignit le feu. Les hommes rassemblèrent leurs lances, leurs boomerangs, leurs *woomeras* et leurs boucliers.

La plus âgée des femmes entreprit, comme tous les ans, de ramasser des œufs d'émeu. Ses compagnes, auxquelles elle aboyait des ordres, les transportèrent ensuite jusqu'à la rivière en prenant mille précautions. La viande du *ngurrurdu* était coriace et pauvre en nutriments, mais ses œufs non éclos, une fois débarrassés de leur contenu, constituaient de parfaits récipients à eau. On avait avec soin percé un trou dans chacun d'eux, au moyen d'un caillou aiguisé. Les femmes les remplirent par cette ouverture, qu'elles bouchèrent ensuite avec un tampon d'herbes roulées en boule.

— Ça suffit, décréta la doyenne. À présent, distribuez-les.

Elle ajouta d'un ton criard :

— Mais attention, il ne faudra s'en servir qu'en cas d'urgence. Il y a mille autres façons d'obtenir de l'eau dans le désert.

Ayant calé plus confortablement le bébé sur sa hanche, Garnday mit ses œufs en sécurité. Penchée sur son robuste bâton à creuser, elle attendit que les aînés aient adressé leur chant aux Esprits avant le départ. Il lui avait été impossible de parler à Djanay – elle devrait patienter.

Une nuée de minuscules oiseaux aux couleurs vives piqua soudain vers le campement. Les uns après les autres, ils plongeaient de loin en loin en direction de la rivière. Enfin, ils se perchèrent dans les arbres. Leur manège était de bon augure. Les volatiles étaient rentrés chez eux. La tribu reviendrait aussi.

Une fois entonnés les chants de circonstance, une fois le rituel accompli, les aînés frappèrent le sol de leurs pieds, levèrent leurs boucliers et poussèrent un grand cri de triomphe. Il était temps de se mettre en route.

Le clan délaissa les longues ombres fraîches des falaises pour pénétrer dans une région pleine de contrastes. La terre était aussi rouge que du sang, les arbres chétifs et desséchés. Il régnait une telle chaleur que le sol aride paraissait onduler. Les éruptions survenues jadis avaient creusé des gorges profondes et fait jaillir des pics rocheux noir et rouge. Des fourmilières géantes montaient la garde. La tribu cheminait lentement vers le sud. Le ciel, d'un bleu limpide, laissait voir une colonne grise à l'horizon. Il s'agissait de l'Esprit de la Montagne Creuse, vomissant feu et fumée pour mettre en garde les imprudents qui s'aviseraient d'aller plus loin. Mais Garnday ne craignait rien : les Kunwinjku ne s'aventureraient pas sur les terres interdites. Leur périple les mènerait au cœur du *rêve*, au pied des monts sacrés Uluru et Kata Tjuta.

Aux journées suffocantes succédaient des nuits glacées. Un cycle lunaire entier se déroula avant que la mère de Djanay parvînt à s'adresser à son fils – il l'évitait soigneusement.

La tribu avait atteint le centre torride de sa grande île. La terre devenait plus douce, elle se soulevait en nuages de poussière à mesure qu'hommes et femmes approchaient du lieu de campement traditionnel. On se trouvait à Karlu Karlu. Les énormes rochers lisses et arrondis qui jonchaient le sol étaient les œufs du Serpent arc-en-ciel, déposés là pendant le *temps du rêve*.

Cet endroit sacré dégageait une atmosphère si saisissante que les adultes ne s'y exprimaient qu'à voix basse, et les bambins se collaient à leur mère : des esprits malfaisants, disait-on, vivaient parmi les œufs. Il leur arrivait de prendre forme humaine pour attirer à eux les petites filles ou les petits garçons. Une fois enlevés, ces derniers ne reparaissaient plus, à moins qu'on entonnât les chants appropriés – et encore, il arrivait qu'on échoue. Quand les esprits avaient ravi un enfant, ils ne lui rendaient sa liberté qu'à contrecœur.

Garnday psalmodia avec les autres femmes à l'adresse du Serpent arc-en-ciel. La sorcière agita bruyamment sa gourde magique et les hommes frappèrent leurs boucliers de leur lance pour chasser les démons. Enfin, le territoire fut déclaré sûr.

Pendant la journée, les chasseurs avaient tué deux serpents, ainsi qu'un gros lézard, qu'on mit à cuire au-dessus du feu. Garnday s'en alla cueillir les larges feuilles charnues des plantes qui croissaient à l'ombre des rochers. Elles renfermaient de la sève et de l'eau, et l'on pouvait les broyer pour obtenir un baume apaisant contre les piqûres d'insecte, les entailles et les écorchures. Mais une autre raison plus impérieuse l'avait poussée à s'éloigner du campement : elle venait d'apercevoir Djanay flânant dans l'obscurité.

— Il faut que nous parlions, commença-t-elle.

— Je n'ai rien à te dire. Laisse-moi tranquille.

— J'ai des yeux pour voir, siffla-t-elle. Je sais ce que tu fais avec Djuwe.

Il refusait de soutenir le regard de sa mère.

— Tu ne sais rien, marmonna-t-il.

Elle lui attrapa le menton pour le contraindre à se tourner vers elle.

— Si, je sais. Et il faut que ça s'arrête. Immédiatement. Malangi la surveille, et il vous tuera tous les deux.

— Occupe-toi de tes enfants. Moi, je suis un homme, maintenant.

Déjà, il faisait demi-tour, mais sa mère lui saisit l'avant-bras.

— Puisque tu es un homme, tu connais le châtiment réservé à celui qui enfreint le *mardayin*. Djuwe ne t'apportera que des ennuis.

Le visage de Djanay ne laissait rien deviner de ses sentiments. Il se dégagea pour disparaître dans les ténèbres en quelques grandes enjambées.

La lèvre de sa mère se mit à trembler et elle sentit les larmes lui monter aux yeux. Elle les essuya avec colère, rassembla les précieuses feuilles et contempla la lueur des flammes. Elle avait perdu son fils.

Elle ferma les paupières en implorant le secours du Serpent arc-en-ciel. Hélas, elle savait que le Grand Esprit lui-même ne pourrait rien contre le désir de Djanay ni les ruses d'une dévergondée.

Après le dîner, puis le récit du conteur, Garnday installa ses enfants à côté de leur père. Elle avait le cœur gros. Cette nuit encore, et malgré sa fatigue, elle ne dormirait pas beaucoup, car Djuwe avait pris place en périphérie de son cercle familial, prête à rejoindre Djanay. Quant à l'excitation de ce dernier, elle sautait aux yeux. Sa mère tira la peau de kangourou sur ses garçonnets et invita les *dalkans* à se rapprocher d'eux pour leur prodiguer leur chaleur. Son devoir accompli, elle se faufila dans le noir.

La lune printanière n'avait parcouru qu'un tiers de sa course nocturne lorsque Djuwe s'assit en repoussant la fourrure qui la protégeait du froid.

Garnday se raidit. Elle tourna aussitôt le regard vers son fils. Il feignait de dormir, mais elle discerna le reflet des braises dans ses yeux à demi ouverts.

Ayant brièvement vérifié que son époux était assoupi, l'adolescente s'étira et laissa échapper un bâillement. Puis elle se dégagea prudemment de son groupe, avant de gagner les broussailles à pas de loup.

La mère de Djanay se figea.

Malangi venait de se redresser. Il observait sa femme.

Garnday se concentra de nouveau sur son fils, le cœur battant à rompre. Il continuait de simuler le sommeil.

Jetant une peau de kangourou sur ses épaules, son demi-frère le foudroya du regard.

La mère du jeune homme retenait son souffle.

Djanay remua, écartant peu à peu la fourrure de wombat qui le couvrait. Il prit appui sur un coude, prêt à emboîter le pas à Djuwe.

Malangi le scrutait.

Garnday brûlait de crier à son fils de prendre garde, mais le sort de l'adolescent ne dépendait plus d'elle.

Peut-être avait-il senti peser sur lui l'œil terrible de Malangi, car il s'immobilisa, garda la pose un moment, se retourna enfin comme s'il cherchait la position la plus propice à son sommeil. Il s'enroula dans la couverture.

Sa mère poussa un soupir de soulagement, mais elle avait la gorge sèche et le cœur emballé. Tôt ou tard, une tragédie surviendrait. Elle quitta sans bruit son poste de guet pour partir à la recherche de Djuwe. Il fallait la convaincre de renoncer à une idylle que les soupçons de Malangi rendaient définitivement impossible.

Les œufs dressaient leurs lugubres silhouettes contre le ciel étoilé. Le pouls de Garnday continuait à galoper, tandis qu'elle suivait les sentiers ancestraux éclairés par les astres. Quand un lézard qu'elle était sur le point d'écraser fila sous son pied, elle réprima un cri d'effroi.

Un son étrange la cloua sur place. Elle tendit l'oreille. Le silence régnait à nouveau. Elle secoua la tête et s'arma de courage pour poursuivre sa route, mais son angoisse était si vive qu'elle tressaillait au moindre souffle de vent.

Elle contourna l'un des œufs et stoppa net.

— Va-t'en, lui cracha la première épouse. Tu n'as pas à voir ça.

La mère de Djanay s'approcha pourtant du corps recroquevillé qui gisait sur le sol.

— Qu'as-tu fait ? chuchota-t-elle.

Sa vieille rivale soupesa ostensiblement la grosse pierre au creux de sa paume en baissant les yeux vers le cadavre de Djuwe. Le coup porté lui avait défoncé le crâne dont, pourtant, ne s'écoulait qu'un mince filet de sang.

— Elle a désobéi à la loi. Elle méritait d'être punie.

Horrifiée et fascinée, Garnday ne quittait plus le corps des yeux. Des nausées la tourmentaient et elle sentait à l'intérieur de sa bouche un goût amer, mais elle se ressaisit.

— C'est au mari de châtier son épouse, souffla-t-elle.

La vieille femme fourra le caillou meurtrier au fond de la bourse en peau de wallaby qu'elle portait à sa ceinture.

— Aide-moi à me débarrasser d'elle.

La mère de Djanay recula d'un pas. Les règles du clan interdisaient l'assassinat qui, perpétré de surcroît sur une terre sacrée, risquait de contrarier les Esprits. Leur colère s'abattrait sur l'ensemble de la tribu. C'était là l'œuvre d'une folle, à laquelle Garnday refusait d'être mêlée.

La main griffue de la première épouse se referma sur son bras. Elle se pencha vers elle ; son haleine était fétide.

— C'est avec ton fils qu'elle a enfreint la loi. Et c'est le mien qu'elle a couvert de honte, et avec lui notre famille entière. Mieux vaut qu'elle disparaisse avant que les aînés apprennent quoi que ce soit. Et je te conseille de m'obéir.

La menace était claire, mais la mère de Djanay redoutait davantage le courroux des Esprits.

— Tu n'aurais pas dû agir ainsi, répliqua-t-elle.

Elle tenta de se soustraire à la poigne de la vieille femme, mais celle-ci enserrait son bras comme un étau ; elle se révélait étonnamment robuste.

— Pourquoi n'as-tu pas laissé Malangi se charger d'elle ? Il savait qu'elle le trompait avec mon garçon. Il l'épie depuis le début de la nuit et, à l'heure qu'il est, il doit se trouver tout près d'ici dans l'intention de la surprendre.

— Alors, nous devons agir vite, murmura sa rivale en relâchant son étreinte. Nous sommes mères, toi et moi. Il est de notre devoir de défendre l'honneur de nos enfants, quel que soit leur crime.

Son visage flétri, percé de deux prunelles décolorées, ressemblait à un masque mortuaire.

— Ton fils se mariera bientôt, puis viendra le tour de ses cadets. Moi je n'en ai qu'un, mais il est appelé à diriger un jour notre tribu. Cette fille aurait tout détruit. M'aideras-tu, oui ou non ?

Il s'agissait d'une directive plus que d'une question. Il n'y avait pas d'échappatoire.

— Mais où allons-nous la cacher ?

— Je connais un endroit qui conviendra parfaitement. Dépêche-toi.

La mère de Djanay attrapa les pieds de Djuwe. La vieille femme la saisit sous les bras et ouvrit la marche. La région sacrée lui était très familière : elle conduisit sa complice jusqu'à une profonde fissure dans la roche, un passage secret menant à une grotte étroite.

— Vite ! s'agaça-t-elle face aux hésitations de Garnday. Ma tâche n'est pas terminée. Et il nous reste peu de temps.

La cadette obtempéra. Bientôt, elles s'engageaient avec leur fardeau dans un long tunnel. L'écho de leur souffle rebondissait contre les parois. Il semblait à la mère de Djanay que des esprits malveillants les scrutaient de tous leurs yeux, à mesure qu'elles s'enfonçaient dans la caverne.

— Ici, c'est bien.

Les ténèbres étaient impénétrables. Garnday lâcha les pieds de Djuwe et recula d'un pas hésitant. Elle était au bord de la crise de nerfs. Il lui semblait que les murs de la grotte se refermaient sur elle.

La voix de sa compagne résonna dans l'obscurité.

— Il y a un trou profond, juste là.

De nouveau, elle perçut les doigts osseux qui encerclaient son bras. Elle se sentit poussée vers l'avant, jusqu'à ce que ses orteils atteignent la lisière de l'abîme.

Elle se mit à trembler. Mais, si elle voulait sortir vivante de cet abominable endroit, elle n'avait d'autre choix que de se soumettre.

Sur l'ordre de la vieille femme, elles précipitèrent le cadavre dans le vide. Elles l'entendirent ricocher, avec un bruit de fruit mûr, contre les parois du gouffre, arrachant des pierres et des rochers dans sa chute. Cette culbute sans cri possédait quelque chose d'obscène. Elle paraissait ne jamais devoir finir.

Quand tout redevint silencieux, la première épouse jeta à sa suite le gros caillou qu'elle avait extrait de sa bourse.

— Voilà, marmonna-t-elle. C'est terminé.

Garnday rebroussa chemin au pas de course. Elle suivit le tunnel puis, sans se soucier des égratignures que lui infligeaient les pierres acérées et les plantes épineuses, elle se fraya un passage hors de la fissure. À genoux sur le sol rouge et doux, elle aspira, soulagée, une goulée d'air froid.

La vieillarde, qui la rejoignit dans une pluie de cailloux, émit dans sa dégringolade une sourde plainte.

— Que se passe-t-il ? s'enquit la mère de Djanay. Tu t'es fait mal ?

Elle la repoussa violemment.

— Ce n'est rien. Retourne auprès des autres.

Garnday ne se fit pas prier. Elle se rua vers les lueurs que le feu jetait encore et se glissa sous les peaux de kangourou. Elle frissonnait. La meurtrière ne tarda pas à regagner le campement à son tour. Elle se déplaçait en tapinois, pareille à une ombre.

— Elle n'est plus là ! Mon bébé n'est plus là !

L'horrible cri déchira le silence.

Garnday sursauta. Son cœur battait la chamade. Elle serra contre elle ses enfants effarouchés. Le clan tout entier se réveilla, les hommes bondirent sur leurs pieds, la lance à la main.

Le visage de la jeune femme était baigné de larmes. Elle s'arrachait les cheveux.

— Elle a disparu. Les Esprits ont emporté ma petite fille.

— Depuis combien de temps ?

— Quand j'ai ouvert les yeux, elle n'était plus là, gémit la mère.

Malangi pénétra dans le cercle des curieux.

— Mon épouse n'est plus là non plus. J'ai passé presque toute la nuit à la chercher.

Il lança un coup d'œil en direction de Djanay.

— Peut-être les Esprits l'ont-ils enlevée elle aussi.

L'adolescent avait le regard fou.

— Elle est trop vieille pour les Esprits, s'énerva-t-il. Ils ne prennent que les enfants.

Un murmure d'approbation parcourut l'assistance. Désespérée, la jeune mère continuait de se lamenter.

— Nous perdons du temps ! glapit-elle. Nous devons partir à leur recherche !

La première épouse joua des coudes pour se placer au centre du groupe.

— Fouillez derrière les rochers et explorez les passages cachés, ordonna-t-elle. Si elles demeurent introuvables, nous chanterons pour qu'elles reviennent.

Garnday la considéra d'un œil acerbe. Elle n'aurait tout de même pas eu l'audace d'utiliser une enfant pour dissimuler son forfait ? Mais si elle était allée jusque-là, qu'avait-elle fait de la petite ?

— Allons, viens, Garnday ! Qu'attends-tu ?

La vieille femme s'éloigna en clopinant. Peut-être les Esprits l'avaient-ils ainsi châtiée pour le crime dont elle s'était rendue coupable. Car, si sa blessure l'empêchait de suivre le clan jusqu'au terme de son périple, elle mourrait.

Lorsque le soleil fut plus haut dans le ciel, les femmes se rassemblèrent pour danser. Elles chantèrent. Pour obtenir une chance de revoir les deux disparues, il fallait tenter d'apaiser les Esprits de Karlu Karlu.

Malangi avait tourné son visage de pierre vers les flammes, qu'il contemplait fixement. Quant à Djanay, il avait les yeux rouges, mais il lui restait néanmoins assez de force pour masquer son émotion. Garnday, elle, se concentrait sur les chants. La punition que les Esprits lui infligeraient serait d'autant plus terrible si l'enfant se volatilisait elle aussi.

Les chants étaient anciens. On se les transmettait de mère en fille depuis le *temps du rêve*. Bientôt, les femmes quittèrent le cercle une à une pour déambuler parmi les roches sacrées en implorant les Esprits de libérer les deux captives. Chaque fois que l'une des chanteuses reparaissait, l'espoir renaissait chez ses compagnes, mais leur mélopée fléchissait dès qu'elles s'apercevaient qu'elle revenait bredouille.

Le soleil commençait à décliner. Toujours aucune trace de Djuwe ni de la fillette. Le chant gagnait en ferveur. Garnday rejoignit le cercle au moment où la première épouse s'en éloignait pour prendre sa relève. Elle s'absenta si longtemps qu'un frisson d'optimisme finit par parcourir le groupe. Mais quand elle resurgit, elle avait les mains vides. La mère de Djanay l'observa avec suspicion. Elle aurait juré voir passer dans son regard un éclair de triomphe. Mais pourquoi donc ?

Un gémissement trembla soudain dans l'air.

Tout le campement se tut. Chacun tendait l'oreille en priant pour entendre la plainte à nouveau. Elle reprit en effet, puissante, rageuse, déterminée.

La mère poussa un hurlement et se précipita, ses compagnes sur ses talons. Le bébé reposait sur un rocher plat. La fillette semblait indemne, mais elle avait faim et peur. La jeune femme se saisit prestement d'elle en laissant éclater sa joie. Personne ne remarqua les deux chanteuses demeurées à l'écart de la cohue.

Mais Garnday, elle, ne comprenait que trop bien toute la fourberie de sa vieille rivale. À cause d'elle, Djanay était en danger de mort.

Les festivités furent de courte durée, car les Esprits n'avaient pas rendu Djuwe à sa tribu : il fallait se hâter d'organiser une cérémonie en son honneur, afin que son âme s'envole librement vers le Grand Au-delà.

Malangi s'enduisit le corps de cendre froide avant d'entonner l'interminable mélopée funèbre. Que pouvait-il bien penser ? se demandait Garnday. S'il se conformait à la coutume, le veuf garderait le deuil pendant douze lunes, confiant ses épouses et ses enfants aux bons soins de sa parentèle tandis qu'il sillonnerait la région en solitaire. Mais le *corroboree* approchait : le demi-frère de Djanay devrait différer son errance rituelle.

Le jeune homme se tenait parmi les ombres qui s'allongeaient avec la fin du jour.

— Pourquoi l'ont-ils prise ? interrogea-t-il sa mère qui l'avait rejoint.

— Elle a suscité la colère des Esprits.

Djanay hocha la tête, le regard perdu vers les plaines.

— Dans ce cas, ils auraient dû m'emporter aussi, au lieu d'enlever la petite fille.

Garnday s'accroupit auprès de lui.

— La petite fille, ils ont fini par la rendre, dit-elle doucement. Nous n'avons pas à contester leurs décisions. Saluons au contraire la mise en garde qu'ils nous ont judicieusement adressée.

Un long silence s'ensuivit. Djanay pesait les paroles de sa mère.

— Tu as essayé de me prévenir, finit-il par reconnaître, mais mon orgueil m'a empêché de t'écouter. Et maintenant, Djuwe a disparu.

Il se tourna vers elle. Garnday lut de la terreur dans ses yeux.

— Nous avons enfreint le *mardayin* sacré. Que va-t-il m'arriver ?

— La sanction est inévitable, avança-t-elle avec prudence. Mais, pour le moment, les Esprits semblent apaisés.

L'adolescent observa les chanteuses.

— Que dois-je faire ?

Les périls étaient nombreux, et les secrets trop lourds : il s'agissait, pour la jeune femme, de choisir soigneusement ses mots.

— Tu oublieras Djuwe, déclara-t-elle, avec une fermeté qui dissimulait son angoisse. Pleure-la avec le reste du clan. Après quoi, nous poursuivrons tous ensemble le voyage vers Uluru, où tu te marieras.

— Comment pourrais-je me marier, à présent que j'ai vu le terrible châtiment réservé à Djuwe par les Esprits ?

— Parce que tu es un homme et que tu as des responsabilités envers ta famille, envers ta tribu et ta future épouse. Les Esprits te surveillent. Il te faut agir avec circonspection, car tu les as contrariés.

— Ils me surveillent ?

Le garçon jeta autour de lui des regards effarés.

— Oui. C'est pourquoi, une fois unis, Aladjingu et toi ne vous installerez pas parmi les Kunwinjku.

Ignorant le haut-le-corps horrifié de Djanay, sa mère se hâta de poursuivre.

— Vous prendrez la direction du nord et tu éliras domicile chez les Ngandyandyi. Le grand-oncle d'Aladjingu appartient à ce clan. Tu y seras le bienvenu.

— Mais ma place est auprès des nôtres. D'autant plus qu'en tant que fils du chef, je suis censé siéger un jour au sein du Conseil des aînés.

— Les Esprits sont d'humeur vengeresse. Mais ils sont justes. Si tu acceptes d'être banni, et de perdre ton statut, ils t'en sauront gré.

L'adolescent gardait le silence, mais faisait les cent pas en se rongeant l'ongle du pouce. Lorsqu'il revint vers sa mère, il paraissait résigné.

— Je n'ai donc pas le choix.

Elle confirma d'un signe du menton. Les épaules de Djanay s'affaissèrent.

— Je suivrai tes conseils, mère.

Quand il baissa la tête, Garnday fut tentée de caresser du bout des doigts ses boucles noires, mais il avait passé l'âge des petites attentions maternelles. Elle ne devait plus désormais lui offrir que sa force, pour l'aider à surmonter cette épreuve. Déjà, elle l'avait soustrait au courroux de Malangi et de sa terrible mère, puisque, en quittant la tribu, il cesserait, pour l'un comme pour l'autre, de représenter une menace.

Après que la déesse du Soleil eut parcouru le ciel dix fois, le clan atteignit sa destination. Le mont Uluru se dressait majestueusement au milieu des forêts. Ses courbes, ses replis et ses flancs marqués de trous plongeaient peu à peu dans l'ombre à la tombée du jour. De ce gigantesque roc rouge se dégageait une puissance incomparable, et de ce lieu sacré entre tous une formidable noblesse. Hommes, femmes et enfants observaient un silence respectueux en contemplant le spectacle : sous l'effet du soleil déclinant, l'ocre brun se teinta d'or et d'orange, puis il prit des nuances rougeoyantes de plus en plus foncées, jusqu'à virer au charbon noir. Les Kunwinjku venaient de regagner leur patrie spirituelle. Ils allaient maintenant présenter leurs hommages aux Anangu, les gardiens d'Uluru.

Le *corroboree* qui s'annonçait serait le plus important de l'année. Tous ceux qui avaient eu la force de parcourir le chemin y assisteraient. On avait allumé des feux avant la tombée de la nuit, et une multitude de langues et de dialectes s'élevait dans l'air du soir au milieu de la fumée. Néanmoins, on se réjouissait tous ensemble – on avait oublié les divergences et les inimitiés d'hier pour mettre sur pied les cérémonies.

La tribu de Djanay s'installa. Bientôt, on troquait les pointes de lance et les outils en pierre contre des boomerangs ou des rhombes. Puis les aînés, ainsi que les jeunes initiés, revêtirent des coiffures et des masques rituels. Ils badigeonnèrent leur corps d'ocre et d'argile. Ils étaient prêts pour la première célébration, qui se tiendrait au pied du mont Uluru.

C'est alors que retentit au loin le vrombissement produit par une bonne douzaine de rhombes : on faisait tourner dans l'air, au moyen de cordelettes en poil tressé, les lames de bois sculptées et peintes. Le son augmentait et diminuait – on croyait un instant entendre mugir un vent déchaîné, l'instant d'après le souffle se réduisait à un murmure pareil aux voix des âmes défuntes. La cérémonie était sur le point de commencer.

Garnday regarda son fils s'éloigner d'un pas décidé pour aller se mettre en place. Elle était fière de le savoir prêt à se marier. Ensuite, elle se tourna vers le feu pour observer la première épouse, qui se tenait de l'autre côté. Les jours suivant le décès de Djuwe l'avaient durement éprouvée : ralentie par sa hanche blessée, elle avait pris un retard considérable sur le reste du clan lors de la traversée du désert. Il lui avait fallu déployer d'immenses efforts pour ne pas se laisser définitivement distancer.

Les deux femmes se dévisagèrent. La mère de Djanay lut de la terreur dans les yeux de sa rivale. Celle-ci avait compris que les Esprits étaient en train de la rappeler à eux : bientôt, ils lui infligeraient leur châtiment. Mais, soudain, l'effroi de son regard se mua en éclair de défi, et une résolution farouche réduisit sa vieille bouche à une ligne mince. Elle n'ignorait pas qu'elle conservait l'avantage sur Garnday. Hors de question pour elle d'abandonner déjà la partie.

Le *corroboree* dura quinze jours, durant lesquels on accomplit les rites ancestraux parmi les chants et les danses, On conclut également des alliances, de futurs mariages furent arrangés et l'on mangea beaucoup. Les conteurs captivèrent leur auditoire en livrant diverses interprétations du *temps du rêve*, et les artistes immortalisèrent l'événement sur les flancs sanctifiés du mont Uluru.

Il était prévu que l'union de Djanay et d'Aladjingu, qui marquerait le rapprochement de deux tribus, aurait lieu le dernier soir à minuit. La famille de la jeune femme avait établi son campement à bonne distance de celui du futur marié. On alluma un feu gigantesque juste avant le coucher du soleil. Puis les rhombes firent entendre leur bourdonnement hypnotique et ondoyant.

Comme minuit approchait, les oncles annoncèrent solennellement à la foule qu'un mariage se préparait. Une procession se mit en route, chaque membre des deux tribus tenant à la main un brandon. On se positionna de manière à figurer la pointe d'une lance. Les torches, en se touchant, produisirent de hautes flammes qui montaient dans l'air pur et calme.

Lorsque, avec Aladjingu, Djanay se rapprocha de leurs oncles, il avait les nerfs à vif. Malangi se tenait d'un côté, la mine sinistre sous l'argile blanche et la cendre dont il s'était couvert en signe de deuil. Un seul mot de lui suffirait à mettre un terme brutal à la célébration. L'adolescent n'osait pas affronter son regard.

— Mes enfants, appela l'oncle le plus âgé. Le feu symbolise toute la rigueur du *mardayin.* Jamais vous ne devrez abuser du privilège que le mariage vous accorde, jamais vous ne devrez le sous-estimer. Le Grand Esprit exige en effet que vous respectiez les liens qui vont bientôt vous unir. De même que le feu consume ce qu'il touche, la loi de nos pères réduit à néant celles et ceux qui salissent l'hyménée.

Djanay tremblait. Une grande clameur s'éleva et plusieurs centaines de lances résonnèrent contre les boucliers. On jeta les brandons au milieu des flammes. Tout le monde se mit à danser et à chanter. Les vœux que le jeune homme venait de prononcer lui rappelaient combien il avait été près de subir la terrible colère des Esprits ancestraux.

Son épouse, sur laquelle il posa alors les yeux, lui rendit timidement son regard en lui prenant la main.

— Mon mari, chuchota-t-elle. Ensemble nous allons nous diriger vers le vent du nord. Un jour, je le sais, tu dirigeras mon peuple avec sagesse, car j'ai entendu les murmures des Esprits.

Djanay prit conscience de sa bonne fortune : l'adolescente s'abreuvait de la même sagesse primitive que sa mère.

— Ma femme, lui répondit-il. Ensemble, nous serons forts.

Le rassemblement des tribus s'achevait. On se dispersa. Les Kunwinjku entamèrent leur lent retour en direction du nord, mais il devint rapidement manifeste que la doyenne du groupe ne parvenait plus à soutenir le rythme. On ralentit pour lui permettre de refaire son retard, après quoi l'on passa une journée au bord d'un point d'eau ; la vieillarde regagna quelques forces. Hélas, chacun s'accorda bientôt à reconnaître qu'elle était devenue un fardeau pour le clan. Elle pesait de tout son poids sur l'épaule de son mari.

Le quatrième jour, comme on s'apprêtait à l'abandonner à son sort, Garnday se porta aux côtés de son époux.

— Laisse-moi t'aider, dit-elle doucement.

Elle invita sa rivale à prendre appui sur son bras.

Mais, au crépuscule, le trio se trouvait à ce point en arrière des autres qu'il lui était pratiquement impossible de les rattraper. Ayant poussé un lourd soupir, l'époux des deux femmes allongea la mourante sur le sol, au pied d'un arbre.

— C'est la dernière nuit, annonça-t-il d'un ton mélancolique à Garnday, qui venait de l'assister dans sa tâche.

Celle-ci s'empara d'un des plus petits œufs d'émeu de sa réserve, pour le présenter en offrande à son aînée, comme il était d'usage.

— Il nous faut partir, Kabbarli. Je te dis adieu.

Le nom de « grand-mère », qu'elle venait de prononcer, traduisait son respect pour l'agonisante. Cette dernière se saisit de l'œuf mais, déjà, l'ombre de la mort voilait son regard.

L'homme effleura le front de son épouse. Lorsqu'il la salua pour toujours, des larmes s'insinuèrent dans les rides profondes de son visage – ils étaient mariés depuis plus de trente ans. Aussitôt après il reprit la route, se hâtant de rejoindre le reste de la tribu. Il ne se retourna pas une seule fois.

Penchée sur son bâton à creuser, Garnday songeait aux jours qu'elle avait passés en compagnie de la vieille femme, elle se rappelait ce dont elles s'étaient rendues coupables ensemble. Puis elle partit à son tour, prête à assumer désormais sa nouvelle place au sein du clan.

Djanay et Aladjingu s'installèrent dans le nord-est. C'était une contrée herbeuse, qui attirait les ruminants. Des arbres offraient aux hommes leur ombre bienveillante les jours de grosse chaleur. Sous la surface étincelante de l'océan, mille et un poissons attendaient le pêcheur et les huîtres abondaient. Les terres étaient giboyeuses. Des enfants naquirent, grandirent et prospérèrent ; l'adolescent d'autrefois finit par comprendre que les Esprits lui avaient accordé une seconde chance.

La force et la sagesse qu'il avait tirées de ses premières expériences en firent un aîné respecté de tous et, quand le temps vint pour lui de se porter à la tête des Ngandyandyi, il se révéla l'un des chefs les plus avisés que le clan eût jamais connus. Puis il s'éteignit, mais, au long des siècles qui suivirent, sa légende perdura sur les parois de la grotte dissimulée au cœur d'une région qui prendrait plus tard le nom de Cooktown.

***

Lorsque la grande sécheresse frappa de nouveau, Garnday avait près de quarante ans, mais les Esprits s'adressèrent à elle dans ses rêves, de sorte qu'elle entraîna sa tribu épuisée dans un long voyage vers le sud, où s'étendaient de vastes territoires de chasse, des rivières poissonneuses, et les mers baignant Kamay et Warang. Le clan y mena une existence frugale, inchangée depuis le *temps du rêve*.

Hélas, les mœurs des Kunwinjku étaient appelées à disparaître sous les coups de boutoir de l'Occident, attiré là par sa soif de richesse et de terres inexplorées. Kamay constituerait bientôt un élément essentiel du plan d'invasion mis sur pied par l'homme blanc. L'endroit deviendrait célèbre dans le monde entier sous le nom de Botany Bay.

Première partie

La mystérieuse Terre du Sud

1

Cornouailles, juin 1768

Jonathan Cadwallader, comte de Kernow, se retint de bâiller, masquant son impatience. On avait fini de déjeuner depuis longtemps, mais oncle Josiah paraissait résolu à passer le reste de l'après-midi à parler. Pourtant le soleil brillait et, surtout, Susan attendait le jeune homme, qui brûlait de la rejoindre.

— Cesse de t'agiter de cette façon, le réprimanda sa mère en lâchant un soupir excédé.

— Laisse-le tranquille, Clarissa, tonna Josiah Wimbourne. On n'est pas sage quand on a dix-sept ans. Et je suis prêt à parier qu'il aimerait aller prendre l'air plutôt que d'écouter un vieux fossile comme moi lui exposer les avantages que la Grande-Bretagne a tirés de sa victoire lors de la guerre de Sept Ans.

— À dix-sept ans, mon cher frère, on est en âge de bien se tenir, rétorqua lady Cadwallader.

Pour souligner son irritation, elle déploya son éventail en dentelle d'un geste brusque.

— Si son père était encore de ce monde, il serait consterné. Jonathan n'a pas tiré la moindre leçon du séjour qu'il a effectué à Londres avec vous.

L'adolescent, dont le regard croisa celui de Josiah, réprima un large sourire. Tous deux savaient à quoi s'en tenir mais, pour détourner l'attention de sa mère, Jonathan invita son aîné à poursuivre.

— Quels avantages, mon oncle ?

Les yeux de ce dernier étincelèrent. Il se gratta la tête. Sa perruque ébouriffée se retrouva juchée de guingois sur l'une de ses oreilles. Josiah Wimbourne était un homme sincère et direct, qui ne mâchait pas ses mots, haïssait les imbéciles et se souciait fort peu de son apparence. À près de quarante-cinq ans, il demeurait un célibataire endurci. Non qu'il n'aimât pas les femmes, avait-il maintes fois répété à sa sœur exaspérée, mais il ne les comprenait pas. Aussi leur préférait-il la compagnie plus paisible des livres et des savants.

— À l'inverse des conflits précédents, il s'agissait d'une guerre mondiale. On s'est certes battu en Europe, mais également en Amérique, en Inde et dans les Caraïbes. La victoire de la Grande-Bretagne signifie que, en matière stratégique, la balance penche désormais en sa faveur.

Jonathan détailla d'un œil attendri la tenue de son oncle, cette vieille redingote élimée tendue à craquer sur sa bedaine et descendant presque jusqu'à ses robustes mollets.

— Je sais que la France a perdu la plupart de ses possessions en Amérique du Nord, ainsi qu'en Inde. Mais qu'en est-il de l'Espagne ?

— Sur mer, nous avons établi une incontestable supériorité face à nos anciens ennemis, lança gaiement Josiah.

Il croisa les mains dans son dos en se gonflant le ventre.

— Notre triomphe est tel que nous pouvons à présent reporter notre attention vers le Pacifique et les territoires sur lesquels l'Espagne prétend mettre la main.

Il se balançait d'avant en arrière, les yeux brillants d'enthousiasme, la perruque maintenant prête à lui dégringoler sur le front.

— Les grandes terres australes, les richesses de l'Inde et les mers du Sud attirent comme des aimants les explorateurs, les flibustiers et, plus largement, tous les hommes en quête de gloire. Nous vivons une époque exaltante, mon garçon.

Jonathan venait à peine de fêter ses dix-sept ans, mais il rêvait depuis toujours de connaître le monde, un monde alors en perpétuelle expansion : c'était le temps des inventions et des grandes découvertes. Il avait beau n'avoir connu durant ces quatre dernières années que la froideur lugubre d'une école londonienne, il était un véritable enfant des Cornouailles. De cette région où il avait grandi, il tenait sa passion pour la mer et le désir ardent de grimper un jour à bord d'un voilier pour découvrir ce qui se trouvait par-delà l'horizon. Il enviait les boucaniers évoqués par son oncle, et aspirait à se joindre à eux.

La légende de cette *Terra Australis Incognita*, de même que les rumeurs circulant au sujet d'un continent encore largement inexploré où dormaient, disait-on, de fabuleux trésors… Tout, depuis l'expédition de Marco Polo, contribuait à aiguiser l'appétit des aventuriers en herbe. Le Portugal, la Hollande, l'Espagne, la France et l'Angleterre s'étaient élancés sur les flots pour tenter de bâtir des empires politiques ou commerciaux, pour y chercher fortune. Mais c'étaient les Espagnols et les Hollandais qui avaient établi l'existence du fameux continent austral.

— Si l'on en croit les témoignages de ceux qui ont navigué le long de ses côtes occidentales, fit l'adolescent, l'endroit n'est pas très accueillant.

— Et ce n'est pas le malheureux équipage anglais du *Tryall* qui les aurait contredits. Ce navire s'est échoué sur un récif au large des îles Montebello en 1622. Il a ensuite fallu plus de soixante ans avant que William Dampier pose à son tour le pied en Nouvelle-Hollande et survive assez longtemps pour coucher par écrit le récit de son entreprise.

Jonathan sourit.

— Il n'a pas semblé ébloui lui non plus. Mais pourquoi diable suis-je persuadé qu'il y a là-bas mille et une péripéties à vivre ?

Ignorant le regard de reproche que lui jetait sa sœur, Josiah alluma lentement sa pipe en terre. Son visage rougeaud rayonnait. Rien ne lui procurait plus de plaisir que ces discussions à bâtons rompus avec son neveu adoré.

— Les géographes et les savants expliquent que la Nouvelle-Hollande se situe sous les mêmes latitudes que d'autres régions réputées pour leur fertilité et les ressources minérales de leur sous-sol. Il n'y a donc aucune raison pour qu'elle fasse exception. Les marins n'en ont vu qu'une infime portion, puisqu'on dit que c'est une terre immense. Il se peut que ses rivages ne lui rendent pas justice.

— Mais la Compagnie hollandaise des Indes orientales n'a pas souhaité y fonder de colonie, lui rappela l'adolescent. Malgré les conseils de Jean Purry.

Josiah tira sur sa pipe jusqu'à ce que de grosses bouffées s'élèvent, sans se soucier de Clarissa, qui agitait frénétiquement son éventail.

— Purry n'était pas un explorateur, dit-il. Il a émis ses recommandations après avoir minutieusement étudié la géographie et le climat de cette partie du monde. D'autre part, la Compagnie hollandaise des Indes orientales avait déjà colonisé l'Afrique du Sud, qui représente une étape importante sur la route commerciale menant à Batavia et à l'Indonésie.

Jonathan se leva de sa chaise et tira d'un coup sec sur son gilet brodé. Il se voyait déjà en plein océan.

— J'aimerais pouvoir explorer les mers australes.

— Tu as des responsabilités ici, lui assena sa mère, la mine impérieuse.

Des taches de couleur étaient apparues sur son visage poudré, qui ne devaient rien à son art consommé du maquillage ni à la chaleur du feu dans la cheminée.

— Tu possèdes un titre, Jonathan, titre auquel sont attachés des devoirs. Et ne compte pas sur moi pour supporter plus longtemps le fardeau que représente l'entretien de notre propriété.

L'argument n'était pas neuf, mais il ne pesait pas bien lourd : Braddock était un régisseur hors pair qui, épaulé par de nombreux collaborateurs, gérait admirablement le domaine. Quant à Clarissa elle-même, en dépit de sa silhouette gracile et de ses traits délicats, elle tenait d'une main de fer les rênes de la maison.

— Mère, intervint calmement le jeune homme, ne pensez-vous pas que j'aurais tout intérêt à découvrir le monde ?

Il consulta sa montre de gousset. Susan devait se demander où il était passé.

— Les voyages, comme l'éducation, forment la jeunesse. À l'avenir, je n'en serai que plus compétent à la tête de notre propriété.

Le nez aristocratique de Clarissa parut se resserrer. Lorsqu'elle tourna ses prunelles pâles vers son fils, elles avaient perdu toute chaleur.

— Ton séjour à Londres devrait t'avoir amplement suffi, lâcha-t-elle après un silence. Hélas, tu ne me sembles pas encore assez sensé pour prendre la pleine mesure des contraintes inhérentes à ta naissance et à ton rang.

Sa poitrine se soulevait et retombait avec force sous ses bouillons de dentelle ; elle fulminait.

— Tu ne comprends pas davantage à quel point il est inconvenant de frayer avec des gens qui nous sont inférieurs.

Jonathan rougit violemment. L'amour qu'il portait à Susan Penhalligan était entre sa mère et lui une autre source de querelle, et Clarissa sur ce point se montrait inflexible. Il s'apprêtait à lui répondre quand son oncle intervint.

— Ma chère sœur, gronda-t-il, vous êtes trop dure. Ce garçon a l'âge des erreurs de jeunesse. Son inclination pour les filles de pêcheur finira bien par lui passer.

Ayant avisé la moue dédaigneuse de Clarissa, il s'empressa d'enchaîner.

— Quoi qu'il en soit, si vous lui permettiez de s'échapper quelque temps, votre domaine n'en pâtirait nullement.

L'intérêt de l'adolescent était piqué. Il avait deviné dès son arrivée qu'en leur rendant cette visite impromptue Josiah avait une idée derrière la tête.

Clarissa pinça les lèvres en haussant les sourcils sous sa perruque savamment arrangée.

— *S'échapper* ? Pourquoi diantre aurait-il besoin de s'échapper ?

Son frère agita nerveusement les pieds, s'éclaircit la voix et osa fixer une fois encore son interlocutrice dans les yeux.

— Ma chère, commença-t-il, j'ai un projet à vous soumettre : je n'ai certes pas les moyens d'offrir à Jonathan l'exaltation d'un voyage en quête de l'insaisissable *Terra Australis*, mais je peux lui promettre une expérience inoubliable.

Le jeune homme se raidit. Déjà, son imagination l'emportait loin de ce salon suffocant et de la perpétuelle fureur de sa mère.

— En voilà des mystères, cracha celle-ci.

— À titre d'astronome distingué et membre de la Royal Society, on m'a proposé de partir pour Tahiti. L'expédition a pour but d'établir des relevés lors d'un transit de Vénus. J'aimerais que mon neveu m'accompagne.

Jonathan en eut le souffle coupé. Tahiti ! L'occasion pour lui de naviguer sur des mers sans limites, d'oublier les mille et une contraintes de la vie en Angleterre. Tous ses rêves se réaliseraient enfin. Il observa le visage de Clarissa, priant pour qu'elle accepte.

— S'agit-il d'un voyage éducatif ?

— Assurément.

Josiah évita néanmoins d'affronter le regard de sa sœur.

— Comporte-t-il des dangers ?

La tension devenait presque insoutenable, au point que Jonathan dut se jucher sur un appui de fenêtre pour venir à bout des tremblements qui agitaient ses membres. Josiah poursuivait son exposé. Clarissa n'évaluait sans doute pas l'importance du passage de Vénus entre la terre et le soleil mais, si un homme était capable de la convaincre de laisser partir l'adolescent, c'était bien lui.

— Je suis certain, dit-il, que vous souhaitez voir s'épanouir votre enfant. Et puis je suis son oncle, et son tuteur : comptez sur moi pour veiller à ce qu'il ne lui arrive rien de fâcheux.

Il tapota, pour la vider, sa pipe au-dessus de l'âtre.

— Vous m'avez autorisé à prendre en charge sa formation et à m'occuper de lui depuis de nombreuses années. Permettez-moi de continuer encore un peu. Je vous le ramènerai en pleine forme et prêt à endosser les responsabilités qui lui incombent.

Jonathan lisait presque dans les pensées de sa mère. Veuve très tôt, elle avait décrété qu'élever seule un fils était au-dessus de ses forces. Elle l'avait donc confié à des nurses, jusqu'à ce qu'il soit assez grand pour rejoindre Josiah à Londres. Elle se sentait aujourd'hui si redevable envers son frère qu'elle avait du mal à lui refuser quoi que ce fût. Elle songeait en outre à l'amour malencontreux que Jonathan nourrissait pour Susan Penhalligan. Autant dire que

Clarissa se trouvait tiraillée entre sa volonté de laisser au plus vite la tête de la propriété à l'adolescent, et l'espoir que le temps, comme la distance, mettrait un terme à une idylle qu'elle désapprouvait.

Elle croisa le regard de Jonathan, assis à l'autre bout de la pièce. Elle avait offert un héritier au comte, estimant avoir rempli son devoir. Elle n'aimait pas son fils : il ne représentait pour elle que la perpétuation d'un titre et d'une lignée.

Elle préleva une friandise sur un plateau d'argent posé sur la table à côté d'elle. Avec toute la délicatesse d'une dame de la haute société, elle en grignota les extrémités avant de se tamponner les lèvres avec une serviette.

— Je conçois les bénéfices d'un tel périple, reprit-elle à l'adresse de Josiah, mais les dépenses qu'il risque d'entraîner…

On avait découvert à sa mort que son époux était criblé de dettes de jeu ; la maison commençait tout juste à s'en relever.

— C'est moi qui prendrai en charge l'ensemble des frais, déclara son frère. Nous avons donc votre accord ?

Jonathan se leva. Son sang battait dans ses oreilles. Il se tourna vers sa mère. Elle piocha une autre sucrerie, qu'elle mangea du bout des dents, comme la précédente. Bouillant d'impatience, le garçon manqua se précipiter sur elle pour la lui arracher des mains. Clarissa, qui avait parfaitement compris qu'elle tenait le rôle principal dans cette saynète, s'ingéniait à faire languir ses deux partenaires le plus longtemps possible.

Après avoir avalé la dernière bouchée, elle acquiesça de la tête.

— Mais, à son retour, il lui faudra diriger la propriété et trouver une épouse digne de son rang, qui apportera avec elle une dot conséquente.

Le message était on ne peut plus clair, mais le jeune homme s'abstint de mordre à l'hameçon. Il serait temps de livrer cette bataille lorsqu'il rentrerait de son aventure tahitienne. Susan était son unique amour, rien de ce que pourrait dire ou entreprendre Clarissa n'y changerait quoi que ce fût.

— Marché conclu ! triompha Josiah, qui serra à l'étouffer son neveu dans ses bras.

Celui-ci jeta un coup d'œil en direction de sa mère. Elle semblait absorbée tout entière dans la dégustation de ses friandises.

— Quand partons-nous ? interrogea-t-il, hors d'haleine.

— Aussitôt que la Royal Society aura nommé le chef de notre expédition. Mais nous devons gagner Londres dès demain pour y achever nos préparatifs. Nous avons du pain sur la planche.

Josiah relâcha son étreinte et recula d'un pas, considérant l'adolescent d'un air à la fois interrogateur et bienveillant.

— Va, mon garçon, dit-il doucement. Nous parlerons ce soir.

— Les hommes comme lui n'épousent pas les filles comme toi, et tu es sotte d'imaginer qu'il pourrait en être autrement.

Susan Penhalligan quitta l'abrupte ruelle pavée pour entamer la longue ascension qui, depuis le village de Mousehole, la mènerait parmi les hautes herbes jusqu'au sommet des falaises. Les mots de sa mère tintaient à ses oreilles et, bien qu'elle essayât de les ignorer, ils refusaient de la laisser en paix.

— Elle ne comprend pas, souffla-t-elle en gravissant la portion la plus escarpée du chemin. Personne ne comprend. Mais un jour viendra où nous leur prouverons qu'ils avaient tous tort.

Parvenue au sommet, elle s'immobilisa. Le vent lui fouettait le visage et balayait ses cheveux, chiffonnait sa jupe. Peu à peu, elle reprenait haleine. Elle était presque arrivée, et Jonathan devait l'attendre. Elle aspira joyeusement une goulée de bon air chargé de sel. La puanteur du poisson ne montait pas jusqu'ici. Ici, l'atmosphère était pure et fraîche. Susan ne se lassait jamais de fuir la petite chaumière ou les quais encombrés pour venir se ressourcer là-haut, pour y jouir du silence et de la majesté du paysage qui se déployait devant elle.

On distinguait Mousehole tout en bas, grappe de maisonnettes minuscules serrées les unes contre les autres au pied de la falaise, protégées des flots par un quai de pierre et une plage étroite. Les bateaux de pêche ballottaient à l'ancre dans les eaux peu profondes du port, les filets séchaient, les piles de casiers à homards étaient prêtes pour le lundi matin. Le dimanche, le fumoir demeurait désert, personne ne s'affairait autour des tonneaux de harengs. Mais, dès le lendemain, le quai résonnerait à nouveau des cris des pêcheurs.

Susan serra plus étroitement son vieux châle autour de ses épaules, puis en fourra les pointes dans sa ceinture. Elle se remit en route, pieds nus. Son corsage était un peu étriqué, sa jupe atteignait à peine ses chevilles, mais c'étaient là ses habits du dimanche, qu'elle lavait et reprisait avec un soin maniaque. L'argent manquait en permanence. Elle devrait attendre pour obtenir de nouveaux vêtements même si, à seize ans, elle avait poussé si vite que sa garde-robe entière était à renouveler. Mais qu'importait. Aujourd'hui, rien d'autre ne comptait que son rendez-vous avec Jonathan.

Ils avaient fait de la grotte leur cachette, où ils se retrouvaient depuis l'enfance. Elle s'ouvrait à la base des noires falaises, dissimulée derrière un amas de rocs. On ne pouvait l'atteindre qu'en descendant un périlleux raidillon – mais l'habitude du parcours donnait des ailes à la jeune fille.

Elle s'arrêta un moment pour épousseter sa tenue et remettre de l'ordre dans ses cheveux. Nulle part elle ne vit le cheval de Jonathan. Elle était donc la première. Elle se fraya un chemin entre les rocs et les flaques, contournant les secondes, escaladant les premiers. Enfin, elle pénétra dans la fraîche obscurité de la grotte. La mer était basse et ne commencerait à remonter que dans une heure. Il n'y avait rien à craindre.

La caverne, dont le plafond s'élevait aussi haut que celui d'une église, s'enfonçait dans les entrailles de la falaise. Ses parois robustes, couvertes de lichen, se teintaient ici ou là de l'ocre et du rouge foncé des minéraux qu'on extrayait près de Newlyn et de Mousehole. Après avoir allumé la bougie qu'elle avait apportée avec elle, Susan la planta dans un petit amas de cire, sur une saillie toute proche. Puis elle s'installa pour attendre.

Le cœur battant, Jonathan entrava sa monture avant de dévaler le sentier qui menait à la grotte. Elle était là. Sa silhouette gracile se découpait contre les ténèbres. Ses cheveux blonds, encadrant un visage en forme de cœur, cascadaient sur ses épaules pour presque atteindre sa taille de guêpe. Elle était magnifique.

— J'ai bien cru ne jamais parvenir à m'échapper, dit-il d'une voix haletante. Mais j'ai tellement de choses à te raconter que je me demande par quoi commencer.

— Dans ce cas, tu pourrais peut-être patienter encore un peu, murmura-t-elle en lui souriant. Tu ne m'as même pas embrassée.

Il saisit les mains de Susan et plongea son regard dans ses yeux, qui renfermaient toutes les humeurs de la mer. Du vert le plus profond au bleu le plus limpide, ils lui parlaient mieux qu'aucun mot n'aurait su le faire. Il l'attira à lui jusqu'à sentir le cœur de l'adolescente battre contre ses côtes et, quand elle leva la tête vers lui, il happa ses lèvres en un baiser dont il souhaitait qu'il prouvât à la jeune femme toute la puissance de son amour.

Lorsqu'ils finirent par s'écarter l'un de l'autre pour reprendre leur souffle, ils se dévisagèrent, émerveillés, osant à peine croire à la force de leurs sentiments.

— Personne n'a le droit de dire que nous ne sommes pas faits pour être ensemble, dit doucement Jonathan.

Susan pressa sa joue contre la paume de son compagnon pendant qu'il lui caressait le visage.

— Les gens ne comprennent rien.

Ses yeux virèrent au bleu foncé mais, déjà, elle lui décochait un grand sourire laissant apparaître une délicieuse fossette.

— Ne les laissons pas nous gâcher la journée. Arrêtons de penser à eux.

Elle passa les doigts dans les cheveux bruns du garçon.

— Embrasse-moi encore, Jon.

Il s'exécuta avec fièvre. Il brûlait de la posséder tout entière, mais il refusait de céder à ses pulsions. Susan n'était pas une catin de bas étage. Susan était la femme qu'il espérait épouser un jour. Ils vivaient un amour parfait et, pour qu'il le reste, ils devaient obtenir le consentement de leurs parents. Mais il leur faudrait d'abord combattre les préjugés mesquins et convaincre le monde entier qu'ils étaient destinés l'un à l'autre.

Assise près de lui sur le rocher plat à l'entrée de la grotte, Susan écoutait Jonathan évoquer sa future expédition à Tahiti. Elle n'en avait jamais entendu parler, mais elle comprit que l'île se situait à l'autre bout de la terre, et que le voyage serait long – des dangers y guetteraient l'adolescent, la mort même l'y attendait peut-être. Observant son visage illuminé par l'allégresse, elle sut aussi que, en dépit des sentiments qu'il lui portait, il ne resterait à ses côtés qu'après avoir vécu son content d'aventures. Mais l'existence ici, en Cornouailles, lui semblerait bien terne au retour d'un tel périple. Elle craignit soudain de le perdre.

Peut-être devina-t-il son tourment, car il l'étreignit et l'embrassa.

— Je reviendrai pour toi, Susan, chuchota-t-il. Je te le promets.

Elle se blottit contre lui. Elle ne demandait qu'à le croire. Elle le savait sincère, mais qu'en serait-il de cette sincérité une fois qu'il aurait goûté aux frissons qu'il appelait de ses vœux depuis toujours ? Elle s'écarta un peu pour l'examiner. Comme il était beau, avec ses cheveux noirs et son regard bleu marine, en dépit de la petite tache de vin en forme de goutte qui rougissait sa tempe. Il lui avait naguère expliqué que, à chaque génération, l'un des membres de la famille Cadwallader arborait cette marque de naissance ici ou là sur son corps. Susan y voyait un joyau précieux, sur lequel elle déposa un baiser.

Le fixant intensément, elle se rappela le petit garçon qui s'était jadis rendu dans sa chaumière en compagnie d'une bonne pour jouer avec elle au milieu des filets de pêche et des casiers à homards. Elle revoyait l'enfant, alors âgé de onze ans, se débarrassant de ses vêtements guindés pour rejoindre les villageois parmi les flots, lorsque les grands bancs de sardines se rapprochaient du rivage. Elle se souvenait également de ce matin, un an plus tôt, où ils avaient pris conscience qu'ils étaient devenus plus que des amis, et que la tendresse qui les liait jusque-là s'était muée en un sentiment bien plus puissant.

— Quand pars-tu ?

— Je dois regagner Londres demain.

Il passa son bras autour de la taille de Susan.

— Nous avons des préparatifs à effectuer.

Il lui saisit le menton entre le pouce et l'index pour l'obliger à le regarder.

— Mais, puisque je t'ai appris à lire et à écrire, nous pourrons communiquer. Au moins jusqu'à ce que j'embarque.

Elle approuva d'un hochement de tête. Les mots lui manquaient. Certes, elle écrivait et elle lisait, mais elle était encore malhabile, et leur correspondance ne constituerait qu'une piètre compensation à l'absence.

La marée montait. Les vagues déferlaient sur la plage et se brisaient contre les rochers. Le soleil, bas à l'horizon, jetait sur l'eau comme sur la pierre des lueurs d'or. Il était temps pour les deux adolescents de quitter la grotte et de renouer avec leurs vies respectives. Jonathan sauta en selle et tendit le bras vers Susan.

— Grimpe.

Posant le pied sur sa botte poussiéreuse, une main dans la sienne, elle se laissa hisser par le jeune homme. Elle se cramponna à sa taille en retenant ses larmes. Elle conserverait à jamais le souvenir de ces instants.

2

Plymouth, août 1768

Bouillant d'impatience, Jonathan se pencha par-dessus le bastingage : l'agitation sur le quai était à son comble, les passagers ne cessaient d'affluer, embarquant les uns après les autres avec leurs bagages – d'énormes malles et des caisses emplies d'instruments. L'adolescent reconnut Joseph Banks, le botaniste, ainsi que le naturaliste Daniel Solander. Il avait peine à croire à ce qui lui arrivait, mais les clameurs en contrebas et le craquement des membrures sous ses pieds lui confirmaient qu'il ne rêvait pas.

Le navire avait quitté Deptford le 30 juillet. Treize jours plus tard, il atteignait Plymouth, pour y récupérer le reste de l'équipe scientifique. Ayant jeté un œil à la montre de poche ouvragée qu'il gardait sur lui depuis la mort de son père, le jeune homme fourra son beau tricorne sous son bras en se demandant combien de temps s'écoulerait encore avant le départ. Le bateau mouillait à Plymouth depuis près de cinq jours, et il semblait que le flot d'hommes et de marchandises qu'on accueillait à bord ne dût jamais tarir.

Il leva son visage vers le soleil et ferma les paupières, huma l'air marin. Des mouettes criaillaient au-dessus de sa tête. Certes, la modération était une vertu, mais Jonathan avait bien du mal à réprimer le galop de son cœur ; il ne tenait pas en place. Il rouvrit les yeux pour contempler au loin les vertes collines du sud de l'Angleterre. Quand retrouverait-il Susan et les Cornouailles ?

Il ne les avait pas revues depuis son rendez-vous dans la grotte avec la jeune femme, dont les lettres n'excédaient jamais plus de quelques mots – elle osait à peine écrire. Comme elle se réjouirait d'être ici avec lui, se dit-il. Il tâcha de la chasser de ses pensées. Son amour résisterait au temps, il en était certain. En attendant, il ne pouvait rien faire, sinon jeter toutes ses forces dans l'aventure. Il tourna le dos au désordre des quais pour observer le navire.

On en avait déjà vu de plus imposants. En le découvrant à Deptford, Jonathan avait éprouvé une pointe de déception. Il n'en avait pas moins harcelé les officiers de bord pour obtenir des informations à son sujet. Il avait aussi questionné son oncle. Il avait exploré le bâtiment de la poupe à la proue, pour en conclure au final qu'il convenait parfaitement à la mission qu'on lui avait assignée.

Le *Comte de Pembroke* avait été acheté par le ministère de la Marine en vue de l'expédition. Construit à Whitby, il s'agissait d'un trois-mâts, petit et robuste, initialement dédié au transport du charbon, puis reconverti dans le chantier naval de Deptford. On avait ajouté des bordages, aménagé des cabines pour les prestigieux passagers et rebaptisé le bateau : il s'appelait désormais l'*Endeavour*.

— Ne t'inquiète pas, il fera l'affaire.

La voix bourrue arracha l'adolescent à sa rêverie. Il se retourna vers son oncle.

— C'est précisément ce que j'étais en train de me dire.

Jonathan portait une chemise et des culottes d'un blanc éclatant, des souliers à boucles, cirés de frais, ainsi qu'une lavallière impeccable sur un gilet soigneusement boutonné. Il avait attaché son épaisse chevelure noire, ravi d'abandonner pour un temps la perruque, afin de sentir le souffle du vent sur son crâne. Josiah, au contraire, tiraillait sur son postiche poudré, ce postiche en crin de cheval dont l'équilibre instable frisait le ridicule. Passionné par l'étude du système solaire et les livres, auxquels il consacrait une bonne part de son temps, le frère de Clarissa ne possédait pas le don de briller en société. Cela n'avait nullement entravé sa carrière ni amoindri le respect qu'inspirait parmi ses pairs ce membre éminent de la Royal Society.

Il finit par rendre les armes et fourra sa perruque au fond de l'immense poche de son manteau. Puis il lança un œil noir en direction du grand gaillard brun qui dirigeait le chargement des provisions sur le navire.

— Espérons que le commandant qu'on nous a imposé se montrera à la hauteur de son bâtiment, dit-il.

Les discussions le concernant avaient été vives au sein de la Royal Society et, si le ministère de la Marine avait porté le lieutenant James Cook à la tête de l'expédition tahitienne, Josiah continuait d'affirmer qu'Alexander Dalrymple était le seul capable de mener à bien leur projet.

Il ne décolérait pas.

— Quelle honte, cracha-t-il en torturant l'ourlet de son long gilet avant d'en faire sauter un autre bouton. C'est la Royal Society qui finance ce voyage et, pourtant, l'Amirauté a refusé de prendre Dalrymple. Mais pourquoi diable Cook ? Qui est-il, ce Cook ? Qu'est-ce que le fils d'un fermier du Yorkshire peut bien connaître à l'astronomie ? Et à la mer ?

Jonathan ne souffla mot. Son oncle n'accepterait jamais le choix du ministère de la Marine. Pourtant, le débat était clos, puisque Dalrymple, ayant pris ombrage de ce camouflet, avait refusé de se joindre à l'expédition.

L'adolescent avait enquêté de son côté. Même si Cook ne comptait pas de sommités dans sa famille (il était d'extraction modeste), les qualités qu'il avait manifestées sur les flots durant la guerre de Sept Ans l'avaient rendu célèbre. Il avait cartographié la plus grande partie de l'embouchure du fleuve Saint-Laurent, au Canada, et permis à Wolfe de ravir Québec aux Français. C'était un excellent marin.

D'ailleurs, il était en train de distribuer ses instructions à l'équipage et aux passagers avec un air d'autorité qu'on ne voit qu'aux hommes sûrs de leur talent. James Cook ferait un très bon commandant, décida Jonathan, qui piaffait toujours : pourvu, se disait-il, que l'*Endeavour* ne manque pas la marée une fois de plus.

Waymbuurr (Cooktown, Australie), décembre 1768

Le vaste croissant de sable s'étirait à l'abri de deux falaises rocheuses couvertes de pandanus et de fougères, tels qu'on en trouvait un peu partout dans la baie et le long de la côte septentrionale. Au-delà s'étendaient les territoires de chasse, les grandes prairies herbeuses qu'on incendiait régulièrement pour que la végétation repousse plus drue, et que les ruminants reviennent dans la région d'une année sur l'autre. Les arbres y étaient moins gros, leur écorce plus fade et leurs feuilles argentées mais, en plus des oiseaux, on y découvrait des koalas et des opossums, dont la chair était goûteuse. Là vivait la tribu Ngandyandyi, qui veillait sur la région depuis des temps immémoriaux.

Anabarru s'accroupit au bord de l'eau. Elle attendait la marée basse pour s'emparer des moules accrochées aux rochers. Elle ne portait qu'une fine ceinture tressée, un collier de coquillages et un os effilé en travers des narines. Elle avait quinze ans. Depuis qu'elle avait subi le rituel de passage à l'âge adulte, sa peau d'ébène s'ornait de profondes cicatrices et de scarifications. Son mariage avec Watpipa, célébré deux ans plus tôt, faisait de ses enfants les descendants directs d'un illustre ancêtre nommé Djanay, dont les hauts faits se trouvaient peints sur les parois des grottes sacrées.

Anabarru était heureuse. Elle regarda le chariot flamboyant de la déesse du Soleil achever son périple à travers le ciel en songeant au festin du soir. La plage était déserte. Il régnait une paix et une beauté millénaires, qu'aucun envahisseur n'avait jamais souillées. La famille de l'adolescente avait conclu une trêve avec le peuple du Lézard, dont le territoire jouxtait celui des Ngandyandyi. Quant aux pêcheurs à la peau pâle qui avaient jadis accosté ici à bord de leur étrange embarcation, nul ne les avait revus depuis plusieurs générations. Des rumeurs avaient circulé lors des *corroborees* : on évoquait des fantômes se matérialisant dans le nord ou le lointain sud-ouest. Mais, puisque aucun témoin oculaire n'existait, on en avait conclu qu'il s'agissait de créatures mythologiques.

Anabarru contempla l'horizon. Elle rêvassait. Des vaguelettes léchaient le sable à ses pieds. Mais, comme le soleil disparaissait derrière les arbres et que les oiseaux se réunissaient avant d'aller se percher pour la nuit, la jeune fille frissonna. Elle n'avait pas froid. Elle se sentait inquiète. Cela ne lui ressemblait guère.

Elle observa la plage, puis tourna le regard vers les ténèbres qui envahissaient peu à peu la forêt luxuriante. Personne. D'ordinaire, des enfants jouaient sur le sable, des hommes pêchaient à la lance à bord de leurs canots d'écorce. L'adolescente se raidit. Elle plissa les yeux vers le soleil couchant. Les ombres épaississaient dans le sous-bois, mais elle ne distingua pas le moindre mouvement.

Lorsque des rires et des bavardages lui parvinrent depuis l'autre côté des arbres, elle s'apaisa. Riant de son effroi, elle prit son bébé dans ses bras et le cala contre sa hanche. Le sourire de Birranulu lui réchauffa le cœur. La fillette avait un an. Sa mère l'embrassa puis s'avança dans la mer, qui lui rafraîchit la peau. L'enfant poussait des cris de joie chaque fois que les vagues fouettaient ses jambes et lui aspergeaient le ventre.

Le soleil déclinant rayait le ciel de bandes orangées et rouge sang. Anabarru ramena la petite sur le sable et lui remit en guise de jouet une poignée de coquillages, tandis qu'elle-même allait pêcher. Munie d'un couteau de pierre et d'un sac en fibres végétales tressées dont elle avait passé l'anse autour de son poignet, elle explora les flaques que la mer avait laissées parmi les rochers en se retirant. Elle entreprit de détacher des moules à la coquille d'un noir luisant. Bientôt, songea-t-elle en emplissant son panier, viendrait la saison des huîtres ; elle se promit d'en conserver les petits cailloux blancs et ronds pour confectionner un collier à Birranulu.

L'adolescente regagna la plage. Elle se mit à chanter doucement à l'intention de sa fillette endormie. Mais quand elle se pencha pour prendre l'enfant, une main vint se plaquer contre sa bouche et elle se sentit soulevée du sol.

Elle tenta de crier, mais la main pressait trop fort ses lèvres ; un bras trop puissant enserrait son corps. Alors que son ravisseur courait avec son fardeau en direction du bush, elle se débattit, lui jeta en tous sens des coups de pied et des coups de poing, lui tira les cheveux, essaya de lui crever les yeux. Mais l'homme était trop fort, trop résolu. Anabarru dut se résigner à combattre surtout sa propre terreur.

Le kidnappeur l'entraîna dans l'ombre toujours plus dense de la forêt. Si seulement elle parvenait à hurler, les siens l'entendraient. Sa famille n'était pas loin, l'homme restait à portée de lance de son époux. Elle continua de batailler pendant que son ravisseur se frayait un chemin entre les troncs et les fougères, dont la hauteur dépassait celle d'un homme. Soudain, elle perçut les pleurs de son bébé. Elle reprit espoir. Peut-être les cris de la fillette alerteraient-ils Watpipa, qui volerait à son secours.

Tandis que la voix de l'enfant résonnait à travers le sous-bois, sa mère donnait des coups de pied dans les arbres et en saisissait les branches au passage pour tâcher de déséquilibrer le kidnappeur. Mais la main de ce dernier continuait d'étouffer ses clameurs ; Anabarru avait du mal à respirer.

Tout à coup, cette main s'écarta. Avant que l'adolescente eût le temps d'ouvrir la bouche, elle reçut un terrible coup sur la tête. Le monde entier vira au noir.

Anabarru l'observait à travers ses cils. Il la violait de nouveau. Son odeur fétide lui soulevait le cœur, mais si elle se débattait, il recommencerait à la frapper – peut-être même la tuerait-il. Malgré l'effroi, elle gisait docilement au-dessous de lui, l'esprit bouillonnant de projets d'évasion.

Il appartenait au peuple du Lézard : elle avait reconnu les cicatrices initiatiques qui couturaient sa figure et son corps. Peut-être ses compagnons et lui venaient-ils de pénétrer en masse sur le territoire des Ngandyandyi. On disait des hommes Lézard qu'ils étaient cannibales. De toute façon, si Anabarru ne parvenait pas à s'enfuir, il l'éliminerait dès qu'il se serait lassé d'elle.

Elle détourna son visage pour tenter, les yeux mi-clos, de se repérer. Ils se trouvaient au fond d'une grotte. Le soleil n'y pénétrait qu'à peine, et encore se cantonnait-il à l'entrée, où les rayons illuminaient étrangement les parois rocheuses – le scintillement semblait emprisonné dans la pierre même. Il faisait pourtant assez clair pour que l'adolescente distinguât les peintures ornant le plafond de la caverne. Surtout, elle découvrait avec horreur la couche de cendre et d'os qui tapissait le sol.

Impossible, vu les circonstances, de compter sur Watpipa. Elle devrait se tirer seule de ce mauvais pas. Il lui fallait garder son calme, ou alors elle mourrait parmi les squelettes et les esprits malfaisants qui peuplaient les lieux. Anabarru dévisagea son tourmenteur au moment où il la pénétrait une fois encore. Il la meurtrissait. Elle ne voyait qu'une issue : le tuer. Pour cela, elle avait besoin d'une arme.

Elle se mit à explorer le sol du bout des doigts. Un frisson la parcourut au contact de chairs en décomposition. L'endroit était jonché de brindilles et de feuilles mortes, rien qui pût ôter la vie à un homme. L'adolescente se désespérait. Puis elle sentit sous sa main un objet dur, rugueux et froid.

Elle referma son poing sur le caillou. La frénésie sexuelle de son kidnappeur allait croissant. Il en aurait bientôt terminé. Anabarru devait agir vite.

La pierre se logeait au creux de sa paume. Elle la serra et prit une profonde inspiration. Puis elle frappa rageusement son violeur à la tempe.

Il laissa échapper un grognement et se figea. Il roulait des yeux sous l'effet du choc.

Le cœur d'Anabarru battait la chamade. La sueur l'aveuglait. L'homme, hélas, n'était qu'étourdi. Avec une résolution décuplée par la terreur, elle frappa de nouveau. Cette fois, elle lui fracassa le crâne.

Toujours allongé sur elle, il ne bougeait plus. L'adolescente retint son souffle. Le temps lui paraissait suspendu. Comme elle s'apprêtait à lui assener un coup supplémentaire, son ravisseur s'affaissa. Sa masse inerte écrasait Anabarru. Son atroce haleine lui balaya une dernière fois le visage. Puis ce fut tout.

À force de contorsions, la jeune femme parvint à le repousser sans lâcher la pierre que ses doigts continuaient d'étreindre. Elle recula dans les ténèbres. Elle avait mal partout. Elle finit par vomir, sans pour autant lâcher des yeux son tortionnaire – elle guettait toujours avec angoisse le moindre signe de vie. Elle devait s'assurer qu'il ne s'élancerait pas à sa poursuite, car elle se sentait trop faible pour le distancer.

Il lui fallut un long moment avant d'oser se rapprocher de lui et le pousser légèrement du bout du pied. Il ne réagit pas, n'ouvrit pas les yeux. Le sang jailli de sa blessure s'était peu à peu écoulé le long de son affreux visage balafré pour former une flaque sur le sol de la grotte.

Anabarru rejoignit en titubant la lumière aveuglante du jour. Elle dévala un affleurement pierreux qui la ramena vers la vallée, où elle s'effondra dans l'herbe. Sa tête était vide et sa bouche asséchée – elle n'avait rien bu depuis la veille. Ses oreilles tintaient encore au rythme des coups que son kidnappeur lui avait infligés. Elle baissa le regard vers ses jambes tremblantes : du sang y séchait. Des éclaboussures constellaient tout son corps. L'adolescente frissonna.

Elle gémit. Elle ne souhaitait plus guère qu'une chose : se pelotonner et dormir pour oublier la douleur. Mais tant qu'elle n'avait pas quitté le territoire du peuple du Lézard, le péril demeurait. Il fallait fuir. Sans lâcher le caillou meurtrier devenu pour elle symbole de liberté, elle gagna l'abri précaire d'un sous-bois.

Elle y retrouva sans peine l'itinéraire emprunté dans l'autre sens par son ravisseur. Après l'avoir suivi sur plusieurs kilomètres à travers d'épaisses broussailles, elle atteignit un ruisseau au bord duquel elle se laissa tomber à genoux. Elle s'y désaltéra longuement. Puis elle préleva une large feuille plate sur un buisson, dont elle se frotta le corps. Elle grimaçait chaque fois que la sève aux vertus curatives imprégnait ses écorchures. Et si, songea-t-elle avec dégoût, l'homme avait déposé sa graine en elle ? Ayant pansé ses plaies et fait disparaître sur sa peau l'odeur épouvantable du violeur, elle se mit en quête des plantes qui, au besoin, expulseraient l'enfant à naître.

L'opération lui prit plus de temps que prévu. L'oreille aux aguets, elle tressaillait au moindre bruit. Enfin, clopin-clopant, elle reprit sa marche ; bientôt, elle retrouverait les siens.

Elle ne remarqua pas les éclats scintillants que jetait son caillou, ne vit pas davantage les veines jaunes qui le parcouraient. Elle ignorait qu'il s'agissait d'or et que, un jour, cette énorme pépite causerait le malheur de ses descendants.

Chancelante, elle finit par atteindre la lisière de la forêt. Elle pénétra sur les territoires de chasse de son clan. L'herbe haute, encore trempée de rosée, dégageait une fraîcheur exquise mais, comme le soleil s'élançait dans les cieux, l'adolescente sentit sa chaleur lui marteler le crâne jusqu'à ce que ses oreilles bourdonnent. Sa vue se brouillait peu à peu. Elle était encore loin du campement, mais ses forces l'abandonnaient. Elle rampa sous des broussailles et ferma les yeux, avec l'intention de se reposer quelques instants dans l'ombre bienfaisante.

Lorsqu'elle souleva les paupières, elle découvrit autour d'elle des visages familiers. On avait appliqué sur ses blessures de l'eau froide et des feuilles aux pouvoirs apaisants. On la réconfortait par des mots tendres.

— Comment suis-je arrivée ici ? murmura-t-elle.

— Watpipa a pris la tête d'une expédition. C'est lui qui t'a trouvée. Il t'a ramenée au campement voici deux pleines lunes.

La doyenne de la tribu continuait à lui masser les membres.

— Dors, maintenant.

Pour Anabarru, le temps n'existait plus. Elle s'enfonçait dans des ténèbres légères, s'en extrayait un instant pour plonger de nouveau. Elle finit néanmoins par percevoir un changement de ton dans les voix qui résonnaient au-dessus d'elle. On discutait âprement. Elle ouvrit les yeux et s'assit.

— Où est Birranulu ? exigea-t-elle de savoir.

— Nous l'avons confiée aux autres femmes du clan.

— Je veux la voir.

L'aînée du groupe ordonna à ses compagnes de s'éloigner. Elle secoua la tête.

— À présent que tu vas mieux, il te faut quitter le campement. Tu t'abstiendras de tout contact avec ta fillette ou Watpipa jusqu'à ce que tu aies été purifiée.

Anabarru la dévisagea, sidérée. Soudain, l'horrible vérité lui apparut.

— Je porte l'enfant de l'homme Lézard, n'est-ce pas ?

— Tu dois partir aujourd'hui.

Les deux femmes se fixèrent longuement ; il y avait dans le regard de la plus âgée beaucoup de compassion. Enfin, l'adolescente hocha le menton. Telle était la loi du clan. Il n'était pas question pour elle d'en souiller les membres tant qu'elle n'aurait pas expulsé ce que son kidnappeur avait déposé en elle. Elle se mit debout lentement, péniblement.

— Je te rejoindrai dans la grotte pour t'assister le moment venu. Tu sais ce qui doit advenir avant que nous puissions t'accueillir de nouveau ?

Anabarru acquiesça de la tête. Elle aurait pourtant souhaité implorer la grâce des siens. La règle était si dure, qui la bannissait pour une faute qu'elle n'avait pas commise. Combien de lunes devrait-elle demeurer loin de la quiétude du campement et de l'affection de sa famille ? Hélas, le *mardayin* sacré était immuable.

La vieille femme quitta l'abri de feuilles et de branches qu'on avait érigé pour soustraire l'adolescente à la vue du clan. Elle ne la retrouverait que dans les douleurs de l'enfantement. Ayant posé les yeux sur le caillou qui lui avait sauvé la vie, Anabarru le fourra dans le grand sac que son aînée avait laissé pour elle. On lui avait également apporté du poisson et des baies, dont elle se nourrirait durant ses premiers jours de solitude. Plus tard, lorsqu'elle aurait recouvré ses forces, elle se débrouillerait : elle chasserait, cueillerait de quoi subvenir à ses besoins.

Le soleil brillait haut, bien au-dessus de la cime des arbres, dont la ramure étincelait dans la lumière. Des ombres éclaboussaient le sol de la forêt. On entendait au loin les bruits familiers de la tribu. Le cœur gros, Anabarru s'empara de son petit bâton à creuser et de sa lance. Elle partit en exil.

3

Tahiti, avril 1769

Ils naviguaient depuis près de neuf mois et, même si l'on avait déploré quelques malades, l'ingestion d'agrumes et de vinaigre imposée par Cook avait permis à l'expédition d'échapper aux ravages du scorbut.

Enthousiasmé par les eaux déchaînées du cap Horn, Jonathan avait compté parmi les rares passagers à braver le tangage et les embruns glacés pour admirer depuis le pont la bande de terre qu'on distinguait à tribord, très loin dans la brume. Son oncle avait eu moins de chance : il avait passé presque tout le voyage alité dans sa cabine, trop souffrant pour se lever. Par bonheur, la quiétude des mers turquoise qui baignaient Tahiti lui avait rendu la santé. On avait chargé à bord des fruits frais, de la viande et du poisson, de l'eau potable. L'appétit de Josiah s'en était trouvé aiguisé et, bientôt, il se portait de nouveau comme un charme.

Tahiti fut pour son neveu une révélation. Jamais il n'aurait imaginé qu'un endroit pareil existât sur le globe. Tandis qu'un groupe de dauphins escortait l'*Endeavour* en direction des terres, l'adolescent découvrit des palmiers dont la tête ployait au-dessus du sable blanc et, au milieu des arbres, des oiseaux de toutes les couleurs. Sur le rivage apparurent par dizaines des autochtones à la peau dorée. Ils s'avancèrent dans l'eau pour se porter à la rencontre du navire, qui venait de jeter l'ancre. Ils nageaient entre d'étroits canoës joliment décorés, à bord desquels pagayaient gaiement des hommes au large sourire, vêtus de pagnes en fibre végétale.

Les Européens se sentirent gagnés à leur tour par l'allégresse. Les marins poussaient des cris de joie depuis le gréement où ils avaient grimpé pour mieux profiter du spectacle. Les passagers se pressaient contre le bastingage, agitant les mains pour saluer les Tahitiens, qui les saluaient en retour. Ces derniers se hissèrent sur le pont au moyen de cordes. Jonathan avait peine à y croire : les femmes offraient leurs seins nus à la vue de tous.

Il rougit jusqu'à la racine des cheveux quand l'une d'elles, jeune et superbe, lui passa une guirlande de fleurs exotiques autour du cou. L'eau de mer étincelait sur sa peau brune et ses longs cheveux noirs cascadaient dans son dos. Elle portait un pagne minuscule. Elle sourit à l'adolescent. Ses yeux en amande s'ornaient de longs cils scintillant de mille gouttelettes d'eau. Sa poitrine effleurait presque la chemise du jeune homme.

— Merci, bafouilla-t-il sans plus savoir où poser le regard.

— Toi venir, dit-elle d'une voix timide.

Elle posa une main sur son bras.

— Oh que non ! intervint Josiah, qui tira son neveu par la manche. Elle ne mérite pas les risques que tu courrais en la suivant.

— Elle est si belle…

— Certes. Mais probablement rongée par la petite vérole. Tu ferais mieux de l'oublier, mon garçon. C'est mon conseil.

Jonathan rougit de nouveau. Il admirait la sensualité de ses déhanchements et le mouvement de ses seins splendides, tandis qu'elle se promenait entre les passagers en évitant soigneusement les mains avides des matelots. Privé depuis trop longtemps des plaisirs de la chair, l'adolescent n'y tenait plus. Comment une créature aussi exceptionnelle aurait-elle pu être atteinte de petite vérole ?

Une lourde main s'abattit sur son épaule, et son oncle gloussa.

— Nous sommes bien loin de l'Angleterre, et un garçon de ton âge a des besoins. Mais tu ferais mieux de renoncer aux enchantements de cette île, quoique la tentation d'y céder soit forte, je te l'accorde. Tous les navires qui mouillent dans ces eaux reçoivent le même accueil. Les hommes d'ici sont prêts à vendre leurs épouses et leurs filles pour un petit verre de rhum.

Debout auprès de Josiah, l'adolescent regardait grimper sur le pont les indigènes, chargés de fleurs et de fruits. Leur langue inconnue, mêlée d'anglais, résonnait à ses oreilles, aussi puissante, aussi guillerette que des cris d'oiseau. Les hommes étaient sveltes, exhibant des bras musclés et des corps frottés d'huile. Leurs compagnes, jeunes et désirables pour la plupart, possédaient de longs cheveux noirs et déambulaient presque nues – les marins se bousculaient pour se rapprocher d'elles.

— Cook va avoir du pain sur la planche, grommela l'oncle de Jonathan. S'il n'y prend garde, l'équipage aura récupéré tout le fer qui se trouve sur ce bateau avant qu'il ait eu le temps de s'en apercevoir.

L'adolescent se tourna vers lui sans comprendre.

— Pourquoi feraient-ils ça ?

— Pour s'attirer les faveurs des Tahitiennes, lui répondit son oncle en repoussant d'un geste de la main les noix de coco que voulait lui offrir une demoiselle à la peau couleur de miel. Boulons, écrous, clous, clenches. C'est avec ça qu'on achète les femmes, ici, et si Cook ne se montre pas vigilant, nous nous retrouverons bientôt dans une situation comparable à celle de Samuel Wallis voilà deux ans : son bâtiment, le *Dolphin*, a subi de tels dommages qu'il a bien failli ne jamais réussir à regagner l'Angleterre.

Jonathan écoutait, sans parvenir à ignorer l'adolescente qui lui souriait : dégringolant sur ses seins, sa chevelure opulente n'en laissait deviner que les sombres tétons. Elle était merveilleusement exotique, elle était appétissante… Mais Josiah avait raison : elle n'était pas pour lui. Après avoir repoussé ses avances, il la regarda s'éloigner en songeant à Susan et à leurs promesses mutuelles. Même à plusieurs milliers de kilomètres de sa bien-aimée, il était résolu à ne pas la trahir.

Mais, au cours des dix jours suivants, Lianni le poursuivit de ses assiduités. Sa persévérance l'épuisa. Il finit par ne plus penser qu'à elle. Lorsqu'il céda à ses avances, il maudit sa coupable faiblesse. Il avait beau adorer Susan, la Tahitienne lui avait jeté un sort auquel il était incapable de résister.

Trois mois durant, Jonathan lutta avec sa conscience, mais les choses étaient si faciles : l'excuse la plus banale lui suffisait pour abandonner ses compagnons de voyage et rejoindre Lianni, sans que personne lui oppose la moindre remarque. À Londres, il n'avait connu que quelques aventures furtives – un flirt maladroit, de brèves escapades avec des adolescentes aussi ignorantes que lui. À Tahiti, il n'était plus question de rigueur morale. On tenait les relations sexuelles pour une part naturelle de l'existence. Mieux : on les encourageait. Les femmes s'offraient à leurs partenaires de leur plein gré.

Lianni, dont la peau était pareille à de la soie, enduisait son corps d'huiles parfumées, fabriquées à partir des fleurs tropicales qui poussaient à profusion sur son île. Quand elle s'étendait au-dessus de lui, ses longs cheveux lui caressaient le ventre. Leurs sueurs et leurs membres se mêlaient, leurs deux cœurs battaient la même chamade. Susan et les Cornouailles cédaient le pas aux nuits de velours. Les étoiles piquetaient le ciel nocturne, noir comme de l'encre, et le vent qui soufflait dans les palmiers embaumait l'air. Sommeillant contre le flanc de sa compagne, au cours des longs après-midi languides, à l'ombre des arbres ou dans la douce chaleur des eaux turquoise, Jonathan se croyait en plein rêve.

Il savait néanmoins qu'il n'était pas le premier amant de Lianni. Il ne serait pas le dernier non plus. Il comprenait aussi que ce paradis ainsi que ses habitants aux mœurs simples et pacifiques s'étaient trouvés irrémédiablement souillés depuis le jour où des marins occidentaux avaient commencé d'y jeter l'ancre pour s'approvisionner en eau potable et jouir des femmes. Les Tahitiens vivaient dans des huttes misérables, leur espérance de vie était courte et les maladies nombreuses. L'île était superbe, la mer qui la baignait regorgeait de poisson, mais les autochtones connaissaient un dénuement comparable à celui des Londoniens les plus défavorisés.

Août 1769

L'*Endeavour* allait reprendre la mer deux jours plus tard. Jonathan avait reçu des instructions strictes : il devait se trouver à bord à 11 heures dernier délai le lendemain matin. Pour le moment, il entraînait Lianni vers la cascade, au cœur de la forêt de palmiers. Là-bas, personne ne viendrait les importuner. Ils firent l'amour sous les arbres avant de plonger dans les eaux glacées du bassin rocheux ; des perroquets et des pinsons voletaient autour d'eux. L'adolescent était triste de devoir quitter sa compagne. À la tombée du jour, il la serra contre lui dans les ténèbres.

L'aube venue, ils s'aimèrent de nouveau, puis nagèrent ensemble pour la dernière fois. Assis sur un rocher, Jonathan se séchait en admirant Lianni qui émergeait de l'eau ; on aurait dit une sirène. Il la dévora des yeux, tandis qu'elle mettait une fleur à son oreille avant de se recoiffer. Il tentait de la graver dans sa mémoire pour toujours.

Quand il l'attira à lui en caressant l'épaisse chevelure qui jetait des reflets bleus dans le soleil, elle lui sourit.

— Je n'ai pas envie de partir, souffla-t-il. Toi et ton île m'avez ensorcelé.

— Toi m'emmener. Tupaia aller avec vous. Lui prêtre. Cook d'accord.

Il la prit dans ses bras.

— Non, Cook ne le permettrait pas.

Il se tut longuement. C'était là une piètre excuse, mais il n'y avait rien à faire.

— Tupaia nous accompagne pour nous servir d'interprète quand nous visiterons les autres îles.

Elle posa la tête sur son épaule.

— Toi revenir ? murmura-t-elle.

Il embrassa son front. Il baisa ses paupières closes bordées de longs cils noirs.

— Je n'en sais rien.

Elle ne bougeait pas. À quoi pouvait-elle bien penser en cet instant ? Elle rouvrit les yeux, qu'elle plongea dans ceux de l'adolescent. Son regard était brûlant.

— Toi pas revenir, dit-elle d'une voix douce. Les hommes des bateaux jamais revenir.

Elle avait raison. Jonathan l'étreignit plus fort. Les rayons du soleil levant transperçaient la clairière comme des javelots. La cloche du navire déchira soudain le silence. Il était temps de partir. Le cœur gros, l'adolescent s'écarta de la jeune femme pour enfiler sa chemise trempée et ses culottes. Puis il fit surgir de son gousset la montre dont son père ne s'était jamais séparé. Le défunt l'avait commandée à un artisan près d'un demi-siècle plus tôt. Il s'agissait d'un objet précieux. Tant pis.

L'or scintillait dans la lumière, mais l'on remarquait surtout le diamant flamboyant entre les deux initiales délicatement gravées : *C.C.* Jonathan pressa le bord de la montre avec soin. Le couvercle s'ouvrit, révélant le cadran. La sobriété des chiffres romains peints en noir sur le disque d'émail blanc contrastait singulièrement avec l'exubérance tropicale du décor. Une clé minuscule se dissimulait dans un compartiment spécial – elle permettait de remonter le mécanisme compliqué de l'objet. Chaque rouage du chef-d'œuvre arborait un petit poinçon.

— J'ai demandé à Sydney Parkinson, le peintre de l'expédition, d'y ajouter ceci pour moi, expliqua-t-il à sa compagne en lui montrant deux miniatures exquises réalisées de part et d'autre du couvercle.

L'une le représentait en buste, l'autre figurait Lianni. L'artiste avait signé et daté les deux portraits.

La jeune femme les contempla, stupéfaite.

— Toi, s'étonna-t-elle en montrant du doigt la première image.

Il approuva du menton et sourit.

— Et ça, c'est toi.

Les yeux de l'adolescente se mirent à pétiller.

— Moi ?

Son visage rayonnait de fierté.

— Je suis belle, n'est-ce pas ?

— Oh oui, tu l'es.

Jonathan referma le couvercle de la montre, qu'il déposa dans la paume de Lianni.

— Je t'en fais cadeau. Prends-en soin, ma douce, et souviens-toi de moi chaque fois que tu la regarderas.

Elle serra l'objet contre son sein.

— Pour moi ?

Comme le garçon acquiesçait de la tête, elle le serra plus fort, tandis qu'une larme roulait sur sa joue.

— Toi partir avec bateau, mais toi rester avec moi.

Jonathan l'embrassa une dernière fois en lui recommandant de ne jamais mouiller la montre ni d'égarer la clé. Après quoi il se dirigea, à travers les fourrés, vers la plage où l'attendait un canot prêt à le mener jusqu'au navire.

***

Bientôt, Lianni empruntait le même itinéraire. Elle s'immobilisa au bord du rivage. Les matelots donnaient de grands coups de rame. Parvenu contre la coque de l'*Endeavour*, Jonathan grimpa à l'échelle de corde et disparut. L'adolescente baissa les yeux vers le cadeau qu'il lui avait offert. Elle sentait déjà la vie poindre en elle. Grâce à cette montre, songea-t-elle, l'enfant à venir connaîtrait au moins le visage de son père.

Plus tard au cours de la matinée, Jonathan sortit de sa cabine pour se rendre sur le pont. Il avait depuis longtemps renoncé aux lourds vêtements de prix qu'il portait au départ d'Angleterre. Pour affronter la chaleur du jour, il se contentait désormais de ses culottes et d'une simple chemise dont il remontait les manches, révélant des bras musculeux et hâlés. Ses cheveux devenus longs balayaient sa figure. Il avait fêté ses dix-huit ans peu après l'arrivée du navire à Tahiti, et sa participation à la construction du fort de la Pointe Vénus l'avait rendu plus robuste.

Comme il émergeait des entrailles du bateau, le soleil lui cogna la tête et l'éblouit. Cependant, il ne cherchait plus à le fuir – au contraire : il se délectait de ses rayons, tellement plus réjouissants que les brouillards crasseux de Londres. Son séjour à Tahiti avait eu raison de la pâleur de son teint, aussi bien que des contraintes imposées naguère par la capitale britannique. Quant à sa soif d'aventure, elle se faisait plus ardente que jamais. Son seul regret concernait Lianni. La jeune femme l'avait envoûté. Néanmoins, il n'ignorait pas que ce paradis était artificiel ; il aurait plutôt souhaité, de tout son cœur, pouvoir étreindre Susan. Car en Susan résidait son véritable amour.

Il se pencha par-dessus bord pour contempler la plage. Ses pensées allaient vers la jeune fille des Cornouailles, vers l'avenir commun qu'ils avaient imaginé ensemble en dépit de la réprobation de leurs parents.

— Je me demande ce que nous veut le commandant, grommela Josiah en rejoignant son neveu.

Il essuya, au moyen d'un grand mouchoir, la sueur qui inondait son visage écarlate. Puis il rabattit un peu plus son chapeau sur ses yeux.

— Quelle idée de nous convoquer sur le pont à cette heure-ci. Il fait une chaleur effroyable. Comment peux-tu supporter une telle température ?

Jonathan le considéra avec un mélange de tendresse et d'exaspération.

— Et si vous ôtiez votre manteau, mon oncle ? dit-il gentiment. Vous allez y rôtir tout vivant.

Josiah lui lança un regard noir de dessous le large bord de son couvre-chef démodé. Il observait la mise négligée de son neveu.

— Il serait indécent qu'un homme de mon âge s'accoutre comme un indigène. Si ta mère te voyait, elle défaillirait d'horreur. Tu as l'air d'un romanichel !

— Au moins, je me sens à l'aise.

— Si tu le dis...

Les conversations allaient bon train parmi l'équipage et les passagers : on s'interrogeait – pourquoi diable Cook les avait-il réunis ? À peine la cloche eut-elle retenti que ce dernier apparut sur la dunette, flanqué d'un indigène à l'allure majestueuse. Un murmure d'excitation parcourut l'assistance.

— Il va leur présenter le prêtre, bougonna Josiah. Nous connaissons déjà les raisons de sa présence à bord.

— Avant notre départ, le gouvernement de Sa Majesté m'a donné des ordres qu'il ne m'a pas été possible de vous révéler jusqu'ici. Vous allez bientôt comprendre pourquoi.

Le commandant marqua une pause. Une rumeur frissonnait dans la foule.

— J'ai demandé à Tupaia, le prêtre tahitien, de nous accompagner lors de la prochaine étape de notre voyage. Il nous servira d'interprète. Après avoir, comme prévu, cartographié les nombreuses îles de la région, nous mettrons les voiles vers 40 ° de latitude sud, afin de déterminer une fois pour toutes si le vaste continent austral que d'aucuns ont évoqué existe bel et bien.

Un silence éberlué accueillit le discours de Cook. Les yeux écarquillés, Jonathan et son oncle échangèrent un regard incrédule.

— Si nous ne découvrons rien, nous mettrons cap à l'ouest pour gagner le rivage oriental des terres repérées par Abel Tasman. Nous tâcherons alors de découvrir s'il s'agit ou non d'un prolongement de la zone polaire identifiée par Jacob Le Maire.

Jonathan, qui peinait à contenir son euphorie, décocha un large sourire à son oncle avant de revenir au commandant.

— Ceux d'entre vous qui ne souhaitent pas poursuivre le périple, enchaîna Cook, pourront regagner l'Angleterre à bord du *Seagull*, qui devrait arriver dans une semaine environ. J'ai ordonné à mon second de dresser la liste des passagers désireux de rester à Tahiti. Je demanderai à ces derniers de se tenir prêts à débarquer demain matin, avant l'aube.

Le commandant n'était pas un bavard. Dès qu'il eut achevé son discours, il tourna le dos à ses auditeurs médusés pour s'enfermer dans sa cabine avec le prêtre.

— Voilà pourquoi Dalrymple n'a pas été nommé chef de l'expédition, conclut Josiah. Les articles qu'il a consacrés au continent austral sont bien trop célèbres. Ni le ministère de la Marine ni le roi ne tenaient à ce que les Français ou les Espagnols devinent le but véritable de notre entreprise.

Jonathan serra le bras de son oncle.

— Le transit de Vénus leur a fourni une occasion rêvée. Ils l'ont aussitôt saisie. Vous rendez-vous compte, mon oncle, que nous sommes peut-être sur le point de découvrir un nouveau continent ?

Josiah fronça les sourcils.

— Je ne sais pas, ronchonna-t-il. Ta mère compte sur moi pour assurer ta sécurité. Or, tu m'as déjà donné beaucoup de fil à retordre : tu t'es entiché de cette jeune indigène, tu t'habilles comme un sauvage. Dieu seul sait ce qui nous attend. Les périls pourraient être nombreux.

— Mais nous *devons* y aller, s'obstina l'adolescent. Réfléchissez, mon oncle : nous tenons là une chance unique de déterminer si cet immense territoire de légende est un mythe ou une réalité. Vous n'allez tout de même pas nous priver d'une telle aubaine ?

Josiah bougonna, marmotta, tritura son mouchoir.

— S'il t'arrivait malheur, ta mère ne me le pardonnerait pas. Et puis je suis trop vieux pour cette aventure. Surtout à bord d'un pareil rafiot.

Du plat de la main, il frappa l'un des mâts de l'*Endeavour* avec un air de dédain.

— Depuis quand craignez-vous de vous lancer dans une équipée audacieuse ? Depuis quand avez-vous perdu le goût de défier l'autorité, de briser les règles établies pour n'écouter que votre instinct ? Quant à ce « rafiot », comme vous dites, il nous a menés jusqu'ici sans dommage, et Cook s'est révélé un commandant hors pair.

Le ton impérieux du jeune homme irrita son aîné, qui rougit violemment. Jonathan s'avisa qu'il avait dépassé les bornes.

— Songez au respect que nous vaudrait en Angleterre l'éventuelle découverte du continent austral, tenta-t-il d'amadouer Josiah. On nous fêterait dans tout le pays. Peut-être le roi irait-il jusqu'à nous récompenser.

Le savant épongea son visage inondé de sueur. Son regard se perdit vers l'horizon. L'adolescent se permit d'insister.

— Il se peut que nous écrivions là un pan d'histoire. On nous demandera forcément de rédiger des articles sur le sujet, on nous proposera de donner des conférences sur tout le territoire britannique. Et pourquoi pas dans le reste de l'Europe ? Et puis, n'avez-vous pas envie de procéder vous-même à certaines observations astronomiques ?

Josiah poussa un soupir à fendre l'âme et fourra les mains au fond de ses poches.

— Tu m'as l'air trop décidé pour que je refuse de t'accompagner. Mais je te préviens : si le mal de mer me tue ou si je finis mes jours dans la marmite d'un cannibale, tu devras rendre des comptes à ta mère.

Le cri de victoire de Jonathan, qui s'éleva jusqu'au nid-de-pie, fit sursauter les autres passagers. Il étreignit si fort son compagnon de voyage qu'il manqua l'étouffer.

— Vous ne le regretterez pas, lui promit-il.

À peine Josiah eut-il le temps de hausser les épaules que son chapeau tomba. Il le rattrapa juste avant qu'il ne s'envole vers la mer.

— Un peu de tenue, voyons, se fâcha-t-il. Et les convenances ?

— Au diable les convenances ! hurla le garçon, qui s'empara du couvre-chef de son oncle pour le lancer au-dessus des flots. Vive l'aventure, et vive la découverte du grand continent austral !

Waymbuurr, septembre 1769

Des parcelles de terre noire témoignaient des récents brûlis. L'écorce argentée des arbres, carbonisée, se décollait peu à peu. Mais déjà, la vie reprenait ses droits : de petites pousses vert tendre pointaient et les fleurs en boutons se multipliaient. Anabarru savait que, bientôt, les ruminants reviendraient s'installer. La chasse serait bonne.

Les pieds nus de l'adolescente foulaient sans bruit le sol calciné en direction de deux collines émergeant par-dessus les cimes de la forêt, pareilles à deux seins de femme. La chaleur était accablante, le ciel sans nuage. Le chant d'innombrables insectes accompagnait la jeune fille dans sa marche. Des oiseaux voletaient d'arbre en arbre, des araignées tissaient entre les branches leurs redoutables toiles. Mais Anabarru possédait un œil infaillible et la science innée de la nature – une connaissance encore aiguisée par ces derniers mois de solitude. Elle avait pêché, elle avait chassé, et, ce faisant, elle était devenue plus forte, plus autonome. Enfin, le temps était venu pour elle de se débarrasser de son fardeau ; elle ne tarderait pas à retrouver les siens.

Elle pressa le pas. Le terrain s'élevait peu à peu vers le sommet des pics jumeaux. Les douleurs de l'enfantement devenaient plus vives, elle devait se hâter. Comme le soleil commençait à l'éblouir, elle s'accorda quelques instants de repos, afin de reprendre son souffle, d'apprivoiser la souffrance et de vérifier sa position. Les collines étaient tout près : elle en distinguait un à un tous les arbres qui croissaient sur ses flancs. Depuis son poste d'observation, elle voyait même, par-delà les crêtes, la vaste plaine courant d'un bord à l'autre de l'horizon. De l'eau scintillait en contrebas, dans laquelle les autres femmes du clan avaient coutume de pêcher.

Anabarru tapota le sol du bout de son bâton. Il rendit un son creux : elle avait presque atteint son but. Elle gravit prudemment un rocher lisse avant de se diriger vers l'étroit passage ménagé entre deux sentinelles de pierre que la pluie et le vent avaient sculptées au long des siècles. Les orteils de l'adolescente s'enfonçaient dans la terre meuble, ses mains agrippaient de robustes plantes. Enfin, elle se laissa glisser au bas d'une pente pour rejoindre le plateau qui dominait la forêt.

La doyenne de la tribu l'attendait – elle avait acquis au fil des années l'art de pressentir l'imminence des accouchements. Un petit feu brûlait, dont la fumée s'élevait en lentes volutes depuis l'entrée de la grotte. La femme chantait les chants rituels en aiguisant son couteau de pierre.

Anabarru s'accroupit non loin pour adresser à mi-voix des prières aux ancêtres. Elle requérait leur soutien. Ayant jeté un dernier regard en direction de la forêt, elle pénétra dans la caverne.

Seules les femmes étaient autorisées à fréquenter ce lieu sacré – aucun homme, si puissant fût-il au sein du clan, n'était en droit d'apprendre ce qui s'y déroulait. Les cérémonies et les rites pratiqués ici lors de la naissance d'un enfant demeuraient un secret absolu.

La grotte ressemblait à une bouche grande ouverte. Entre ses lèvres gercées, Anabarru jouissait d'une vue imprenable sur les splendeurs du décor alentour. On avait planté, à proximité, des arbustes dont les feuilles et les baies possédaient le pouvoir d'atténuer les souffrances des parturientes. Le sol de la caverne était couvert de cendres. S'y mêlaient les os des petits animaux et les arêtes des poissons qu'on avait consommés pendant les longues heures de veille. Au fond, les parois se paraient d'ocre : les femmes avaient peint là leurs récits, dont la plupart s'effaçaient peu à peu. Ailleurs, de nouvelles fresques venaient recouvrir les précédentes. Le lichen dévorait progressivement les images, et la pierre s'effritait là où les eaux pluviales s'étaient infiltrées dans la roche.

La doyenne du clan fit signe à sa cadette d'approcher. Après l'avoir brièvement examinée, elle hocha la tête.

— Nous y sommes presque. Mange ça. Ça t'aidera.

Anabarru déposa son caillou porte-bonheur, quand le soleil tira brièvement quelques éclats. Puis elle s'assit sur la pierre chaude et mangea les fruits que son aînée venait de lui remettre. Elle se sentait soulagée de pouvoir enfin abandonner ce talisman, qu'elle avait conservé tout au long de son exil. Il avait symbolisé jusqu'alors son intime tragédie. Mais, bientôt, elle serait purifiée. Ce souvenir ne lui servirait plus à rien.

Les douleurs s'intensifiaient. Le bébé se présentait. La doyenne de la tribu se chargea des opérations.

L'adolescente, presque étouffée par la fumée, souffrait de plus en plus. Les baies antalgiques ne lui étaient plus d'aucun secours. Elle transpirait abondamment, tâchant à toute force d'expulser l'enfant Lézard qu'elle portait malgré elle. Il semblait rechigner à sortir. Enfin, il naquit dans un flot de sang et de liquide amniotique.

Son aînée saisit aussitôt le cou délicat du bébé pour le tordre avant qu'il ait poussé son premier cri. L'affaire était close.

Anabarru ne bougeait plus. Sa compagne coupa le cordon ombilical et le noua. Un dernier spasme et le placenta glissa entre les jambes de l'adolescente. On le brûla avant de l'enterrer auprès de l'enfant. Ce furent ensuite la récitation des prières d'usage et le rituel de purification, durant lequel Anabarru garda les paupières closes. Elle n'éprouvait aucun regret, aucune pitié pour le petit cadavre : telle était la loi du clan, depuis le début du monde. À présent, la jeune fille pouvait rejoindre sa famille.

Au large de la Nouvelle-Zélande, octobre 1769

C'est Nick, le mousse, qui le premier repéra le promontoire. Cook le baptisa « *Young Nick's Head*[1] » en son honneur. Deux jours plus tard, on jetait l'ancre

1. « La pointe du jeune Nick. » (Toutes les notes sont de la traductrice.)

dans des eaux que le commandant surnomma « *Poverty Bay* » – la Baie de la Pauvreté –, car il fut impossible d'y dénicher de quoi réapprovisionner le navire. L'expédition avait atteint la Staaten Land découverte par Tasman – autrement dit, le nord de la Nouvelle-Zélande.

Jonathan et les autres passagers restèrent à bord tandis que Cook, ses officiers, ses marins les plus robustes et l'interprète tahitien gagnaient le rivage. Josiah tendit le télescope à son neveu.

— Ma vue a baissé, mon garçon. Raconte-moi donc ce qui se passe.

L'adolescent colla son œil à l'instrument de cuivre et entreprit de décrire les événements à mesure qu'ils se déroulaient. D'effrayants guerriers à la peau sombre se portèrent à la rencontre de l'équipage. Leurs corps et leurs visages étaient couverts de tatouages. Ils ne paraissaient guère enclins à sympathiser avec les étrangers. Ils psalmodiaient en tapant des pieds sur le sable et gesticulaient. Ils écarquillaient les yeux, tiraient la langue, ils arboraient des lances et brandissaient des massues. À n'en pas douter, il s'agissait d'authentiques sauvages.

— Je n'aime pas ça, murmura Jonathan. Pourquoi cet imbécile leur exhibe-t-il son épée sous le nez ?

Josiah n'eut pas le temps de répondre que, déjà, l'un des Maoris s'était emparé de l'arme et détalait le long de la plage. L'officier fit surgir son pistolet et tira. La détonation résonna dans toute la baie. Les indigènes s'étaient figés, atterrés et morts de peur.

Cook et les siens se hâtèrent de regagner la chaloupe, dont les marins s'étaient empressés de saisir les rames. Incrédules, effarés par l'étrange façon dont leur compagnon avait trouvé la mort, les Maoris se serraient les uns contre les autres. Mais, lorsqu'ils comprirent que le meurtrier s'enfuyait, ils sortirent de leur torpeur et, avec des cris de rage, projetèrent leurs lances en direction du canot.

Les marins ramaient de tout leur cœur. Un ou deux javelots vinrent heurter la coque en bois de la chaloupe. Bientôt, celle-ci se trouva hors de portée des lances qui, les unes après les autres, tombèrent dans les flots.

Jonathan se rua vers le flanc du bateau pour aider les hommes à grimper sur l'*Endeavour*. De leur côté, les indigènes bondissaient à bord de leurs longs canoës, qu'ils manœuvraient à une vitesse étonnante. Cook se précipita à la barre et aboya des ordres. Quelques minutes plus tard, le vent gonflait les voiles du navire ; on avait levé l'ancre.

Debout sur le pont, Jonathan laissait la brise ébouriffer ses cheveux. Les embruns aspergeaient son visage. Le bateau gagnait la haute mer. Il avait envie d'éclater d'un grand rire triomphant – enfin, il vivait cette aventure qu'il appelait de ses vœux depuis l'enfance, lorsqu'il regardait les navires quitter son petit port des Cornouailles.

4

Mousehole, avril 1770

Debout auprès des siens sur le quai étroit, Susan Penhalligan fixait la mer. La tempête agitait sa chevelure, plaquait sa longue jupe contre ses jambes – elle serra plus fort son châle de laine autour de ses épaules. Mais le froid qui l'engourdissait ne devait rien au vent : venu du plus profond d'elle-même, il se refermait sur son âme comme une main soudain sortie du tombeau.

Se brisant sans relâche contre la digue, les vagues projetaient des myriades de gouttelettes qui, balayées par les bourrasques, retombaient en aiguilles glacées sur le visage de l'adolescente et la trempaient jusqu'aux os. Susan baissa le menton dans la piètre chaleur de son châle, enfouit ses orteils nus sous les galets ; elle tentait de résister à l'assaut des rafales. Seuls quatre bateaux sur dix étaient rentrés au port et, à mesure que le temps passait, l'espoir s'amenuisait en même temps que la lumière du jour.

Toutes les maisonnettes de Mousehole étaient vides, mais à chaque fenêtre brillait une lanterne censée guider les hommes vers leurs demeures. L'adolescente lorgna du côté de sa mère : Maud Penhalligan avait beau rester digne, elle était rongée par l'angoisse. Scrutant les ténèbres que la tempête déchirait, elle clignait à peine des yeux et agrippait des deux mains Billy, treize ans, le cadet de ses six fils ; elle l'agrippait de toutes ses forces, comme si son étreinte possédait le pouvoir de protéger ses enfants absents, ainsi que son mari.

Susan la prit par la taille, mais rien ne pouvait l'apaiser. Elle se concentrait sur les flots déchaînés, priant pour y voir enfin le petit bateau qui, à cette heure, luttait contre les éléments pour regagner la côte. L'adolescente poussa un soupir tremblant et détailla les figures blêmes rassemblées autour d'elle. Les épouses et les fiancées de ses frères se tenaient par la main. Quant à Billy, on aurait dit une statue entre les bras de Maud. Sa jambe cassée l'avait empêché d'embarquer avec les autres ce jour-là, et on lisait dans son regard, outre de l'effroi, un mélange de soulagement et de culpabilité – il avait toujours détesté la mer.

Susan observa le quai. Les familles du village s'y trouvaient réunies dans une anxiété commune. Les hommes les plus âgés tiraient sur leur pipe. Leurs yeux étaient délavés, leurs traits burinés par les nombreuses années passées sur les flots. Tous gardaient le silence. L'heure n'était pas aux bavardages ni aux hypothèses. On ne fêterait pas non plus ceux qui étaient rentrés sains et saufs – pas avant que l'ensemble de la flotte de pêche ait regagné Mousehole.

L'adolescente se détourna en frissonnant. Elle se mit à courir sous la pluie, sans souci des flaques apparues çà et là entre les pavés brisés. Elle courut jusqu'à la maison. Ayant refermé la porte derrière elle, elle s'y adossa pour tâcher de puiser des forces dans le décor familier. Elle était née dans cette demeure et n'en avait pas connu d'autre. La petite communauté de pêcheurs à laquelle elle appartenait menait une existence difficile, mais bien plus enviable que celle des hommes qui s'échinaient au fond des mines d'étain sans jamais voir le jour. Ceux-là mouraient jeunes, tandis que les vieux pêcheurs contaient leurs récits en ravaudant les filets – ils encourageaient les nouvelles générations à suivre leur exemple. Dans leurs maisonnettes régnait une douce chaleur, il ne manquait jamais de nourriture sur les tables, et les maladies étaient rares.

Cependant, les deux professions comportaient des risques. Les puits de mine s'effondraient. Les ouvriers périssaient étouffés ou écrasés, parce que les patrons ne songeaient qu'au profit. Les pêcheurs, eux, se trouvaient soumis aux caprices du climat. Durant sa courte vie, Susan avait déjà vu disparaître plus d'un équipage au cœur de tempêtes pareilles à celle qui rugissait en ce moment.

— Mon Dieu, chuchota-t-elle dans un sanglot, protégez-les. Ramenez-les-nous sains et saufs.

Le vent se jetait contre les parois épaisses de la demeure, il hurlait dans la cheminée, projetant à l'intérieur de la pièce un nuage suffocant de fumée grise. Une brève accalmie survint. La jeune fille tendit l'oreille vers le silence et frissonna de nouveau. Les quatre murs semblaient retenir leur souffle dans l'attente de nouvelles fraîches.

Susan se ressaisit en essuyant ses larmes. Elle se hâta vers la cuisinière. Le feu qui brûlait dans l'âtre et la lanterne posée à la fenêtre constituaient les seules sources de lumière, mais les ombres dansantes qu'elles engendraient paraissaient débonnaires ; l'adolescente y puisa un peu de réconfort. L'inquiétude ne tarda pas pourtant à la serrer de nouveau dans son étau : qu'adviendrait-il de sa famille si les hommes ne rentraient pas ? Comment s'acquitterait-on du loyer ? Lady Cadwallader les jetterait-elle dehors ? Elle avait déjà agi de la sorte en pareilles circonstances. Si seulement Jonathan était là. Il veillerait, lui, à ce que Susan et les siens ne finissent pas à la rue.

À quoi bon songer à lui ? se reprocha la jeune fille. Il n'était pas en mesure de l'aider. Personne ne pouvait lui porter secours. Elle posa une grosse bouilloire sur la cuisinière. Puis elle rassembla des châles, glissa ses pieds nus dans de vieux sabots et s'empara d'une couverture. Ce n'était pas la première fois que le village se préparait à une nuit de veille. Ce ne serait, hélas, pas la dernière non plus. Pour survivre aux ténèbres glacées, il fallait avoir chaud et rester au sec.

Susan versa l'ale, qu'elle avait réchauffée, dans une grande bouteille en terre cuite, puis ajouta une cuillerée à café de miel avant d'enfoncer le bouchon. Ses compagnons devaient prendre des forces pour affronter les événements. Ayant soigneusement serré son châle autour de sa tête, elle saisit la couverture et des vêtements supplémentaires, plusieurs timbales en étain, ainsi que la lourde bouteille. À peine était-elle dehors que le vent s'engouffra dans la pièce et fit claquer la porte derrière elle. Elle courut vers le quai. On entendait à peine le bruit de ses sabots contre les pavés, couvert par le rugissement des flots s'abattant contre la jetée.

— J'ai apporté de l'ale ! hurla-t-elle.

Sa mère était incapable de sourire, mais Susan lut de la gratitude dans ses yeux rougis. Maud saisit la timbale entre ses doigts glacés, meurtris par le travail. Une vapeur parfumée lui réchauffa le visage.

Ayant placé la couverture sur les cheveux trempés de sa mère, l'adolescente enveloppa ensuite Billy dans un châle et distribua de l'ale aux autres villageois présents sur le quai. Les traits étaient tirés, les yeux pleins d'effroi.

— Tu devrais rentrer, maman !

Maud secoua négativement la tête.

Susan observa son jeune frère. Billy luttait contre ses démons intérieurs : il désirait ardemment se comporter en homme, mais des terreurs d'enfant le tenaillaient au cœur du drame. Incapable de trouver les mots capables de le rassurer, elle referma ses bras autour de lui en l'attirant à elle malgré les réticences du garçon. Elle l'adorait. Ce n'est que lorsqu'il se dégagea de son étreinte qu'elle se rendit compte qu'il avait passé l'âge de ces embrassades puériles. Elle le regarda s'éloigner, avant d'aller se blottir sous un porche voisin d'où elle continua de scruter le port.

Quatre bateaux – toujours les mêmes – reposaient sur le flanc au beau milieu de la plage, à l'abri des vagues tumultueuses qui brassaient sans merci les galets du rivage. La nuit était maintenant d'un noir d'encre. On n'y voyait luire de place en place que les lanternes, et la tempête emportait dans sa plainte les pleurs des villageoises. Susan sentit monter en elle une colère née de son impuissance. Elle brûlait de tirer l'une de ces embarcations vers les flots pour se lancer à la recherche de son père et de ses frères. Hélas, il n'y avait plus qu'une chose à faire : attendre.

L'aurore parut entre d'épais nuages. Un soleil pâle jetait des reflets d'argent sur la mer un peu moins houleuse, dont les rouleaux se brisaient avec une fureur atténuée contre la digue. Susan était parvenue, avant le lever du jour, à dormir par à-coups. Elle oscillait entre l'espoir et l'affliction. On avait soudain annoncé le retour de deux navires. Huit hommes étaient sauvés. Mais les Penhalligan manquaient à l'appel.

Accablée par la fatigue et le tourment, l'adolescente se leva du banc installé près de la cheminée et quitta la maison. Il ne pleuvait plus et, quoique le vent continuât de la chahuter dans les ruelles menant au quai, il était moins froid. Le soleil étincelait sur les pavés humides, les mouettes poussaient des cris. L'écume chuintait sur les galets. Les bateaux avaient déserté les eaux du port : tous les équipages étaient partis en quête des disparus aux premières lueurs de l'aube.

Susan avait la bouche sèche. Son cœur se mit à battre la chamade quand elle avisa la silhouette solitaire assise sur le parapet. Maud n'était passée chez elle que pour enfiler des vêtements secs. Elle était livide et une affreuse toux sèche lui déchirait la poitrine. Malgré l'insistance de sa fille, elle avait refusé de rester au chaud.

— Où sont les autres ? interrogea l'adolescente.

Elle songeait aux épouses et aux fiancées de ses frères.

— Elles sont allées voir leurs familles, mais elles ne vont pas tarder à revenir.

— Et Billy ?

— Il a embarqué avec les hommes.

L'adolescent avait pourtant la jambe cassée, et il haïssait la mer. Sa sœur salua son immense courage. Il était si jeune… Il ne restait qu'à prier pour qu'il regagne Mousehole sain et sauf.

Au fil des heures, navire après navire, ce qui restait de la flottille de pêche rentra bredouille au port. Le silence devenait de plus en plus pesant parmi les villageois.

La tempête frappa de nouveau la nuit suivante. Dans l'aurore glaciale et muette qui lui succéda, les femmes réunirent leurs enfants et tournèrent le dos à l'océan. Il n'y avait plus d'espoir. L'heure était venue de pleurer les morts.

Mer de Tasmanie, mai 1770

D'ici trois mois, ils fêteraient leurs deux années passées en mer et Jonathan célébrerait son dix-neuvième anniversaire. Allongé sur sa couchette inconfortable, il écoutait ronfler son oncle. Le sort de ce dernier l'inquiétait beaucoup : depuis qu'ils avaient quitté la Nouvelle-Zélande, il était souffrant. Les efforts déployés par le médecin du bord demeuraient vains. Josiah Wimbourne n'avait pas le pied marin. Que l'*Endeavour* s'avise de tanguer un peu, et le malheureux s'effondrait de nouveau ; il ne quittait plus son lit.

Si le temps ne s'améliorait pas au plus vite, il y laisserait la vie. Il ne s'alimentait presque plus. Tout juste réussissait-il parfois à avaler une gorgée d'eau ou de cognac. À l'idée de perdre l'homme qui était pour lui comme un père, Jonathan frissonna. Jamais il n'aurait dû l'inciter à poursuivre l'aventure après l'escale tahitienne. Les conditions météorologiques étaient épouvantables. Le vent ne mollissait pas – hormis pendant les deux mois passés dans les eaux paisibles d'une baie de Nouvelle-Zélande, les aventuriers n'avaient connu que les tempêtes et la houle. Dire que l'équipage pensait que l'hémisphère Sud leur réserverait au contraire un doux zéphyr sur une mer d'huile… Les matelots eux-mêmes étaient exténués par leur lutte incessante contre les éléments.

L'adolescent poussa un gros soupir et se leva. Il balaya la petite pièce du regard. Des boîtes et des caisses occupaient presque tout l'espace. Après l'inactivité de ces derniers mois, le jeune homme ne tenait plus en place. L'exiguïté de la cabine lui donnait mal à la tête. Il lui fallait de l'exercice et de l'air frais.

Il s'empara d'un lourd manteau et sortit. Comme il refermait doucement la porte derrière lui, des bourrasques mêlées de pluie l'assaillirent. Il avança d'un pas chancelant sur le pont désert. Son cœur s'emplit d'allégresse : il avait enfin échappé à l'étroitesse de son réduit, et les trombes d'eau le lavaient de cette atmosphère morbide qui, depuis quelque temps, régnait sur le navire.

Après avoir passé plusieurs mois à cartographier la Nouvelle-Zélande malgré le mauvais temps, les hommes avaient jeté l'ancre pour la deuxième fois dans une baie préservée des intempéries. Ils en avaient profité pour réapprovisionner le navire. Dix-huit jours plus tôt, ils étaient repartis. Depuis lors, le vent soufflait sur les flots déchaînés. On avait mis cap à l'ouest, dans l'intention de rejoindre la Terre de Van Diemen et la côte de la Nouvelle-Hollande. De là, on filerait plein nord en direction des Indes orientales. Puis ce serait l'Angleterre. L'aventure touchait à sa fin.

La mer en furie malmenait l'*Endeavour*. Les marins s'affairaient pour affaler la grand-voile. On s'en remettait désormais à la voile de misaine et à l'artimon. Des paquets de mer s'abattaient sur le pont ; les matelots étaient trempés jusqu'aux os. Jonathan se cramponna au bastingage. L'océan rageur lui rappelait les Cornouailles, les eaux déferlant dans les ports ou s'écrasant contre les falaises dans un bruit de tonnerre. Mais ici, nulle falaise en vue, pas le moindre petit bout de terre à l'horizon. Une terreur sourde s'empara du jeune homme, pareille à celle qu'il avait éprouvée lorsque leur navire avait failli heurter un énorme récif au large des côtes néo-zélandaises. Ils se trouvaient si loin de toute civilisation, si loin de l'Angleterre. La puissance de l'océan et sa colère se chargeaient de rappeler à Jonathan combien l'homme était vulnérable.

Depuis quelque temps, il doutait de jamais parvenir à reprendre une existence normale à son retour en Grande-Bretagne. La vie risquait de lui sembler bien terne après un tel périple. La gestion du domaine familial ne lui suffirait pas. Il ne se résoudrait pas davantage à poursuivre ses études à Londres, puis à siéger à la Chambre des lords une fois sa majorité atteinte.

Il avait acquis la certitude que ce voyage n'était que le premier d'une longue série. Contre l'avis de sa mère, il épouserait Susan et, ensemble, ils s'en iraient vivre loin de la morosité de leur pays natal.

Il songea soudain au sourire de la jeune fille, à ses longs cheveux flottant dans la brise, à ses superbes yeux bleus. Elle lui manquait terriblement. Après tout, pourquoi un explorateur se condamnerait-il à la solitude ? Et Susan avait toujours manifesté de la curiosité pour l'inconnu qui s'étendait par-delà l'horizon. Jonathan se jura de respecter ses promesses.

Comme la pluie lui fouettait le visage, il baissa la tête. Sa fiancée et lui n'étaient plus des enfants. Il était temps pour eux de saisir leur chance sans se soucier des conventions. De nouveau, Jonathan soupira. La tâche ne serait pas facile. Pourquoi fallait-il donc que l'existence se révèle si compliquée ?

Tournant le dos à l'océan, il gagna prudemment la cabine de luxe aménagée tout exprès pour les passagers et les officiers du bord. Pourvue de fauteuils moelleux et d'une excellente bibliothèque, la pièce fleurait bon le cuir, le cognac et la pipe. C'était là qu'aimaient se réunir ceux que le mal de mer n'avait pas terrassés ; les longues heures d'oisiveté y passaient plus vite qu'ailleurs. Jonathan lorgna par la fenêtre : la cabine ne contenait que deux occupants – les flots impétueux faisaient décidément des ravages.

Il entra et referma la porte derrière lui. Aussitôt, une affreuse odeur de chien mouillé assaillit ses narines. Les trois lévriers, qui gisaient sur le sol, ne remuaient guère que pour se gratter ou mordiller une puce importune. Leur maître, Joseph Banks, le botaniste fortuné, tenait comme à son habitude des discours prétentieux. Il ne daigna même pas saluer l'adolescent, au contraire de Sydney Parkinson, qui lui décocha un large sourire.

Jonathan lui sourit en retour.

— Bonjour, Syd. Rude journée, n'est-ce pas ? Y compris pour les chiens.

Sydney s'efforça de garder son sérieux. Les deux hommes partageaient le même avis : Banks était un compagnon pénible à leur goût et ses trois bestioles empestaient au-delà du raisonnable. Mais Parkinson ne l'aurait avoué pour rien au monde à l'intéressé, qui jouait auprès de lui le double rôle de mentor et de mécène. Ce natif d'Édimbourg préférait rester prudent.

En outre, il était quaker. Il comptait cinq années de plus que Jonathan, et les deux garçons s'étaient liés d'amitié pendant le voyage. Artiste de talent, l'Écossais avait éveillé l'intérêt de Joseph Banks, grâce auquel il s'était embarqué sur l'*Endeavour* à titre d'assistant d'Alexander Buchan, peintre officiel de l'expédition. Celui-ci s'était malheureusement éteint avant même l'arrivée à Tahiti, de sorte que Sydney passait désormais le plus clair de son temps à dessiner des plantes ou des animaux. La tâche était lourde : il lui arrivait souvent de consacrer une nuit entière à une planche.

Jonathan se servit un verre de cognac, louvoya entre les lévriers du botaniste et se cala dans un fauteuil avec un livre. Mais comment se concentrer en dépit du bavardage incessant de Banks ? Il fut tenté d'interrompre et de contredire l'importun qui, tout empli de lui-même, assenait pompeusement des avis discutables sur toutes sortes de sujets. Mais, redoutant une fâcheuse querelle, le garçon choisit de se taire.

C'est que, depuis qu'on avait contourné la pointe méridionale de la Nouvelle-Zélande, l'ambiance à bord du navire avait changé. Banks avait mille fois reproché à Cook de ne pas s'être aventuré dans les fjords de la côte occidentale. Mais le commandant savait combien il était dangereux de longer un territoire par l'ouest quand le vent soufflait dans la même direction. Pénétrer à l'intérieur d'un fjord, autrement dit dans un espace étroit où l'on n'était pas certain de parvenir à faire demi-tour, tenait donc selon lui de la folie la plus pure. De surcroît, le paysage alentour permettait de conclure sans ambiguïté que le fond de l'eau était rocheux ; réussirait-on seulement à jeter l'ancre ? Cook avait refusé de prendre un tel risque.

Meurtri dans son orgueil, et quoiqu'il demeurât poli avec l'officier de marine, le botaniste ne manquait pas une occasion de souligner la couardise de ce dernier en matière de navigation. Les autres passagers rechignaient à prendre parti pour l'un ou pour l'autre. Cook, lui, demeurait imperturbable – il avait choisi d'ignorer son ennemi.

Jonathan vida son verre de cognac et referma son livre. Il avait beau étouffer dans sa cabine, il la préférait encore au verbiage de Banks. Il cligna discrètement de l'œil en direction de Sydney pour l'assurer de sa sympathie. Pauvre garçon, songea-t-il en enjambant les trois chiens.

Mousehole, mai 1770

Située à environ un kilomètre à l'intérieur des terres, l'église de Saint-Pol-de-Léon dominait le village au sommet de la colline. Elle était entourée d'arbres tordus par le vent, de pierres dressées et de maisonnettes en granit. La croix celtique adossée contre l'un de ses murs avait plus de mille ans. Des mouettes tournoyaient en criant dans un ciel presque sans nuage et, au loin, la mer étincelait sous le soleil – une mer calme qu'aucune tempête n'agitait plus.

Les bateaux, à l'ancre dans les eaux du port, dansaient sur les flots. Les filets et les paniers de pêche s'entassaient à la proue. Le silence régnait dans le village : comme ils le faisaient tous les dimanches, ses habitants avaient emprunté les uns derrière les autres le sentier grimpant en lacets jusqu'à l'église. Aujourd'hui, Ezra Collinson avait recommandé à Dieu les âmes des récents disparus.

Le prêtre avait été nommé dans la paroisse un an plus tôt. On ignorait son âge, mais la plupart de ses ouailles lui donnaient un peu moins de trente ans. Autrement dit : il lui fallait une épouse. Il avait de beaux cheveux noirs et des yeux superbes, mais il ne souriait pratiquement jamais. On s'était peu à peu accoutumé à cette longue silhouette mince qui, jour après jour, sillonnait en manteau noir les collines et les rivages. Prédicateur enthousiaste, il semblait possédé tout entier par sa vocation. Aussi fréquentait-il à peine les habitants du cru – à l'exception de lady Cadwallader, lorsqu'elle le convoquait au manoir.

Les paroles de leur pasteur résonnant encore à leurs oreilles, les paroissiens quittèrent les bancs de bois dur sur lesquels ils avaient pris place. Ils se dirigèrent vers les portes de l'église ; les sabots claquaient contre les dalles de pierre. Chacun avait tenté de puiser un peu de réconfort dans le sermon du prêtre. En vain : le royaume des cieux semblait bien loin de cette réalité qui les privait d'un fils ou d'un mari. Les habitants de Mousehole avaient l'impression que Dieu les avait abandonnés. Toute la foi du monde ne leur rendrait pas leurs chers défunts.

— Nous n'avons même pas de corps à enterrer, haleta Maud. C'est injuste.

Susan et sa mère quittèrent la pénombre de l'édifice pour retrouver le plein soleil.

— Dans le fond, nous ne sommes pas certains qu'ils soient morts.

L'adolescente ayant fait signe à ses compagnons de se mettre en route, elle saisit le bras de Maud, qu'une affreuse quinte de toux plia en deux. Elle se laissa tomber à genoux. Les deux femmes avaient déjà eu cette conversation. La mère de Susan ne parvenait pas à accepter le décès de son époux ni de ses fils.

— Plus d’une semaine s’est écoulée, maman. Les miracles ne se produisent jamais pour des gens comme nous.

— Je sais. Mais je n’arrive pas à croire que je ne les reverrai plus.

Elle éclata en sanglots.

— Mais si, ma sœur, intervint Ezra Collinson, qui s’était approché sans bruit. Vous les reverrez. Au ciel.

Il posa une main sur l’épaule de sa paroissienne, le visage tourmenté par le souci.

— Gardez la foi, ma sœur.

Maud leva vers lui ses yeux pleins de larmes. La fièvre rosissait ses pommettes, mais pour le reste elle était livide.

— Ce n’est pas facile, monsieur Collinson. La foi ne paiera pas mon loyer. Elle ne nourrira pas ma famille. Et elle n’apaisera pas mon chagrin.

— Les fardeaux qu’on nous impose ici-bas sont la preuve que le Seigneur nous a réservé une place à sa droite.

Les doigts pâles et délicats du prêtre se cramponnaient à l’ourlet de son long manteau noir ; il effectuait ce même geste à chacun de ses sermons.

— Dieu se contente de mettre notre foi à l’épreuve.

Susan en avait trop entendu. Elle n’avait jamais beaucoup aimé Collinson. Elle ne comprenait pas l’indifférence qu’il semblait manifester à l’égard de ses ouailles en ces temps de tragédie.

— Des fardeaux, nous en avons notre compte, monsieur, rétorqua-t-elle d’une voix sèche. Si Dieu n'était qu'amour, ainsi que vous le prétendez, pourquoi nous prendrait-Il un à un les hommes de notre famille ?

En dépit de son teint cireux, le prêtre rougit violemment et détourna le regard pour éviter celui de l'adolescente.

— Il a Ses raisons, lâcha-t-il pour toute réponse. Il ne nous appartient pas de les mettre en cause.

Une petite tape sur l'épaule de Maud et, déjà, il filait vers sa demeure, les pans de son habit voletant à sa suite, ses gros souliers se riant des pierres semées çà et là parmi les herbes du cimetière.

— Tu ne devrais pas lui parler sur ce ton.

La mère de Susan se remit debout avec peine. Elle réajusta sa jupe et son bonnet.

— Mais que sait-il des « fardeaux » dont il parle, lui qui emploie à son service une gouvernante et une bonne qui se chargent de tout ? Il n'a jamais travaillé de sa vie, mais il a le toupet de nous rebattre les oreilles avec ses histoires d'épreuves et de tourments, comme s'il comprenait ce que nous endurons. Il suffit de regarder ses mains : elles sont aussi soignées que celles de sa comtesse !

Maud s'appuya de toutes ses forces sur le bras de sa fille, tandis qu'elle tâchait de reprendre haleine. Elle avait à peine plus de quarante ans, mais le chagrin l'avait prématurément vieillie.

— C'est un homme bon, Susan, souffla-t-elle. Surtout, ne l'oublie jamais.

La jeune fille fronça les sourcils. Elle replaça son châle, ainsi que le corselet de sa robe, qu'elle avait déjà décousu par endroits car il était devenu trop étroit.

— Et pourquoi donc ?

Une nouvelle quinte de toux empêcha sa mère de répondre. La nuit qu'elle avait passée sur le quai, dans l'attente de son mari et de ses fils, n'avait fait que l'affaiblir encore, elle que le labeur quotidien avait déjà usée. Quand elle parla, Susan sentit son sang se glacer.

— Parce qu'il va venir chez nous ce mois-ci pour demander ta main.

— Tu as de la fièvre, dit l'adolescente avec un petit rire nerveux. Tu ne sais plus ce que tu racontes.

Mais elle lut dans les yeux de Maud une détermination sans faille. Elles s'avancèrent parmi les herbes hautes pour rejoindre le sentier qui les ramènerait au village.

— Il a parlé à ton père voilà dix jours. Nous en avons ensuite discuté tous les deux et je m'apprêtais à te le dire quand... quand papa et les garçons...

Les deux femmes se rappelèrent ce dernier matin, cette aube dans laquelle elles avaient vu partir leurs pêcheurs en quête des bancs de sardines signalés au large de Mousehole.

— Je ne l'épouserai pas, décréta Susan en s'immobilisant entre les pierres tombales.

Mollement agitée par la brise, sa jupe effleurait la corolle des fleurs. Elle croisa les bras.

— Rien ni personne ne saurait m'y contraindre.

Maud la dévisagea longuement.

— Tu as toujours été têtue, dit-elle enfin. Mais tu ferais mieux d'y réfléchir à deux fois.

Avant que la jeune fille ait eu le temps de réagir, elle lui reprit le bras et l'entraîna vers le village.

Susan contempla la mer et les minuscules bicoques blanches blotties les unes contre les autres au fond de la vallée. Jamais elle n'épouserait Ezra Collinson. Plutôt mourir que s'y résoudre. À la seule pensée de ce visage empreint de solennité, de ces molles mains blanches dont le contact, elle l'aurait parié, devait être moite et froid, son cœur se soulevait. Comment ses parents s'étaient-ils laissés aller à imaginer une telle union, eux qui savaient l'amour qu'elle portait à Jonathan ?

— Ezra Collinson a des relations, insista Maud. Il est le plus jeune fils du comte de Glamorgan et, même s'il n'est pas destiné à hériter de la fortune familiale, il perçoit des sommes coquettes grâce au fidéicommis institué par sa grand-mère à son intention. Sans compter son salaire de pasteur. Avec lui, ma petite fille, tu te retrouverais à l'abri des nécessités. Tu n'aurais plus jamais besoin de travailler.

— Tu m'as l'air bien informée, maman, mais tout cela m'est égal. Posséderait-il des coffres au trésor débordant de pièces d'or que je ne voudrais pas davantage de lui.

Elle ôta le châle qui protégeait sa tête et laissa flotter ses cheveux dans le vent marin. Des larmes lui montaient aux yeux, mais pour rien au monde elle n'aurait avoué à sa mère la fureur qui l'étreignait à la perspective d'épouser ce prêtre lugubre. Si seulement son père avait vécu assez longtemps pour s'entretenir avec elle de ce projet – jamais il ne l'aurait contrainte à une pareille union. Et si Jonathan n'avait pas pris la mer… Jonathan, qu'elle risquait de perdre pour toujours en se mariant avec un autre.

— Depuis quand une jeune fille de ta condition se permet-elle de décliner une offre aussi généreuse ?

Maud s'était figée. Le bas de sa robe balayait la poussière du sentier, les rubans de son bonnet voletaient sous son menton.

— Quand donc cesseras-tu de soupirer après ce vaurien de Jonathan Cadwallader ?

— Ce n'est pas un vaurien, protesta Susan.

Sa mère fit la moue :

— En tout cas, il est parti. Et, même s'il revenait parmi nous, il ne serait plus libre. Lady Cadwallader lui a trouvé un excellent parti. La fille d'une famille noble de Londres.

Le cœur de l'adolescente se serra. Elle ne vivait que dans l'attente de son retour. Et elle restait persuadée qu'il tiendrait ses promesses.

— Depuis quand la comtesse se confie-t-elle à toi ? lâcha-t-elle d'une voix chargée de chagrin et d'incrédulité.

Maud grimaça.

— Nous nous sommes simplement croisées peu après le départ de son fils. Elle se réjouissait, m'a-t-elle dit, de le savoir au loin pour au moins deux ans. Cela vous laisserait le temps, à toi comme à lui, de revenir à la raison. Elle a ajouté qu'elle te souhaitait de trouver un bon mari parmi les villageois.

Une autre quinte de toux secoua la malheureuse.

— Nous sommes convenues que vous étiez trop âgés, maintenant, pour continuer d'entretenir cette amitié qui vous unissait dans l'enfance. Les gens comme eux n'épousent pas les gens comme nous, Susan. Je te l'ai pourtant assez répété.

La jeune fille imagina la scène : la veuve hautaine dans ses plus beaux atours, daignant s'adresser à Maud depuis le fond de sa voiture à cheval, et Maud se confondant en révérences et en minauderies serviles. Certes, Jonathan et elle ne vivaient pas dans le même monde, mais ces différences n'avaient jamais compté pour eux - la preuve : il lui avait juré de l'épouser à son retour.

Elle releva le menton dans un geste de défi.

— Lady Cadwallader ferait mieux de s'occuper de ses affaires, siffla-t-elle. Ce n'est pas à elle de me chercher un mari. Si Jonathan était là, il partagerait mon avis.

Sur quoi elle releva sa jupe pour éviter de la salir, et reprit sa marche.

Sa mère, en revanche, paraissait éreintée.

— Le jeune comte a pris la mer il y a longtemps, soupira-t-elle, et à peine aura-t-il posé à nouveau le pied en Cornouailles que son avenir sera tout tracé. Je suis sûre qu'il s'est toujours montré sincère avec toi, mais il ne pourra jamais t'épouser. La comtesse a agi avec sagesse, mon enfant. Pour une fois, je suis d'accord avec elle.

— Soit, c'est elle qui possède toutes les terres de la région, et c'est à elle que nous payons la dîme et nous acquittons de notre loyer. Cela ne lui donne nullement le droit de fourrer son nez dans nos histoires.

Maud eut un faible sourire plein de tristesse.

— Elle en a le droit, dès lors que nos « histoires » concernent aussi son fils unique. Elle n'a que lui au monde. La comtesse s'est de nouveau entretenue avec moi voilà six semaines. C'est alors qu'elle m'a parlé de l'attention que te portait Ezra Collinson. Crois-moi, Susan, j'ai été aussi éberluée que toi à l'idée qu'un homme de son espèce s'intéresse à une fille de pêcheur.

L'adolescente frissonna en observant la lueur de fierté dans les yeux de sa mère. Tout devenait clair, à présent. Elle s'immobilisa pour se tourner vers Maud.

— La comtesse a su te prendre par les sentiments, n'est-ce pas ?

Elle parlait à voix basse, mais la fureur bouillonnait sous la surface.

— Je ne vois pas de quoi tu parles, marmonna sa mère.

— Ezra Collinson est un beau parti. Il vient d'une famille fortunée, il a reçu une bonne éducation. Il ne manque pas d'argent. Lady Cadwallader se doutait que tu fondrais à l'idée que ta fille unique épouse un homme tel que lui.

Maud piqua un fard.

— Je désire ce qu'il y a de mieux pour toi. Réfléchis, Susan. Tu posséderais ta propre maison. Et le village entier te respecterait.

— La comtesse tient à ce que je me marie avant le retour de Jonathan, répliqua l'adolescente sur un ton glacé. Et toi, tu veux pouvoir te vanter auprès des vieilles chouettes avec qui tu travailles. Je ne l'épouserai pas. Un point, c'est tout.

— J'étais sûre que j'aurais du mal à te convaincre, mais… Mais… il est trop tard.

Le sang de Susan reflua de son visage.

— Pour quelle raison ?

— J'ai laissé entendre au pasteur que tu envisageais cette union d'un œil plutôt favorable, lui répondit sa mère d'une toute petite voix.

— Eh bien, il sera déçu, voilà tout.

Maud secoua la tête. Son bonnet lui tomba sur les yeux.

— Tu ne comprends pas, enchaîna-t-elle. Mme la comtesse a promis… Et j'ai promis…

Les mots lui manquèrent. Elle détourna le regard.

La jeune fille la fixa, horrifiée.

— Qu'as-tu promis ?

— Que tu accepterais d'épouser M. Collinson.

Maud se redressa et plongea ses yeux dans ceux de sa fille, où se consumait une terrible rage. Elle reprit la parole. Son discours s'accélérait.

— Mme la comtesse m'a convoquée auprès d'elle le lendemain de… après que ton père… Elle m'a promis que, une fois ton mariage avec le pasteur célébré, elle signerait des papiers nous assurant définitivement le gîte. Nous n'aurons plus jamais de loyer à payer.

Les jambes de Susan se dérobèrent sous elle. Elle se laissa tomber dans l'herbe et entoura ses genoux de ses bras.

— Comment as-tu pu agir de cette façon ? Tu es ma mère ! Tu es censée me protéger, pas me vendre comme tu vendrais ta pêche du jour !

Maud avait repris des forces. Elle se tenait très droite et son ombre tomba, impérieuse, sur sa fille. Son ton était ferme, il ne souffrait aucune contradiction.

— Je n'avais pas le choix. Si tu n'épouses pas M. Collinson, on nous jettera dehors. Nous ne possédons pas de bateau. Ton père et tes frères sont morts. Où irons-nous ? Qu'adviendra-t-il de toi, de Billy et de moi ?

Elle parlait de plus en plus fort.

— Faudra-t-il que nous allions nous installer sur la lande, comme tous ces malheureux qui survivent en fouillant la boue sur les carreaux de mine ? Faudra-t-il que je voie mon unique fils descendre dans les entrailles de la terre pour succomber à une maladie des poumons avant l'âge de trente ans ?

— Nous aurions pu imaginer un autre moyen…, laissa échapper Susan entre ses lèvres transies.

— Lequel ? hurla sa mère. Sans bateau, pas de poisson à vendre. Et comment dénicher du travail, à présent que tant de veuves se retrouvent dans la même situation que moi ?

Elle avait jeté ses dernières forces dans ses paroles, en sorte qu'elle sembla tout à coup se flétrir sous l'effet du désespoir.

L'adolescente la distinguait à peine à travers ses larmes. Elle se releva lentement pour étreindre Maud et la serrer contre son cœur. Celle-ci avait raison. Il n'y avait pas d'autre issue. Susan était prise au piège.

Grande barrière de corail, juin 1770

La lune éclairait la nuit. Une brise légère gonflait les voiles de l'*Endeavour*, qui longeait lentement la côte. Les explorateurs avaient repéré la terre quelques semaines plus tôt. Au même moment, les conditions météorologiques s'étaient améliorées. Josiah avait enfin pu mettre le nez dehors. Il trônait au fond d'un fauteuil installé pour lui sur le pont, emmitouflé dans des couvertures que sa pipe à chaque instant menaçait d'embraser. Ses traits tirés et ses cernes témoignaient de la rude épreuve qu'il venait d'endurer. Les marins lançaient des sondes dans le but d'évaluer la profondeur des eaux.

— Quand on pense au nombre d'îles entre lesquelles nous louvoyons, maugréa-t-il. Quand on pense que ces rivages n'ont encore jamais été cartographiés... On peut dire que nous jouons avec le feu. Cook prend un risque considérable en naviguant de nuit.

Jonathan, qui sirotait un verre de cognac après avoir allumé un cigare au terme du dîner, contemplait le ciel. Il s'émerveillait de l'éclat des constellations dans l'hémisphère Sud.

— Notre commandant s'en est fort bien tiré jusqu'ici, murmura-t-il. Et reconnaissez, mon oncle, que les paysages que nous découvrons sur ces côtes sont extraordinaires. Regardez-moi la splendeur de ces îles !

Josiah grimaça.

— Quand on en a vu une, on les a toutes vues. Et puis, quoi ! ce ne sont jamais qu'une poignée de palmiers et quelques plages de sable.

Sydney Parkinson, qui venait d'émerger de sa cabine, entendit les propos désabusés du vieil homme. Il se laissa tomber dans le fauteuil à côté de Jonathan.

— Détrompez-vous, monsieur, intervint-il. Nous avons répertorié plusieurs centaines de nouvelles espèces végétales et animales dans la seule Botany Bay. Il me faudra plusieurs années pour les classer et les dessiner toutes.

Josiah se tourna vers le jeune Écossais.

— À quoi diantre servent les plantes si l'on n'a pas d'eau potable, si l'on est à court de nourriture ou de bois ? Il suffit d'observer les indigènes pour comprendre qu'il est impossible de survivre dans de telles contrées.

L'artiste se mordit la lèvre inférieure. Une lanterne éclairait son visage aux traits délicats.

— Je vous accorde qu'ils semblent misérables, dit-il, mais, pour ma part, je crois qu'ils sont satisfaits de leur sort. La terre et la mer leur fournissent de quoi manger, le climat est doux, et ils se passent avantageusement des ornements auxquels, en Europe, nous accordons tant de prix. Leur ignorance me paraît gage de bonheur.

— Ce sont des sauvages, grommela Josiah. De pauvres diables qui se distinguent à peine de l'homme des cavernes. Des malheureux qui vivotent sans but sur une terre abandonnée de Dieu. En tout cas, nous voilà fixés sur ce continent austral supposé offrir au Roi et à la nation de l'or et des richesses en quantité : il n'existe pas.

— Certes, si l'on se rend ici en quête de fortune, on a toutes les chances d'être déçu. En revanche, il y a là de quoi attiser l'imagination, ne trouvez-vous pas ?

Jonathan jeta le reste de son cigare par-dessus bord.

— Assurément, intervint-il en bondissant sur ses pieds. Je veux savoir ce qui se cache à l'intérieur des terres. Je veux explorer ce pays, car si les cartes anciennes disent vrai, nous avons affaire à de véritables immensités.

Sydney approuva d'un hochement de tête.

— J'ai consulté ces cartes, moi aussi. S'il s'agit en effet d'un continent unique, le mythe de la grande terre australe se trouve accrédité.

— Des sauvages et des maladies tropicales, s'insurgea Josiah. Mettez-vous cela dans le crâne, messieurs. Vous n'y découvrirez rien d'autre.

— Des sauvages, il y en a à bord, observa le peintre. Rappelez-vous ce qui est arrivé à M. Orton.

— Cet animal est un ivrogne. S'il n'avait pas été aussi soûl, rien de tout cela ne se serait produit.

— Il n'empêche, insista Sydney. Personne ne mérite de se voir dépouiller de ses vêtements ni de se faire trancher les deux oreilles. C'est l'acte d'un barbare, et je ne me sentirai pas en sécurité tant qu'on n'aura pas mis la main sur ce scélérat.

— Cook a déjà suspendu l'aspirant Magra de ses fonctions.

Josiah s'emmitoufla plus soigneusement dans sa couverture et frissonna malgré la chaleur de la soirée.

— Il tient le coupable, reprit-il. Vous pouvez dormir tranquille.

Jonathan n'avait pas suivi l'échange entre les deux hommes. Il songeait au continent austral et arpentait le pont en se rêvant une vie de découverte et d'exploration. Pendant que l'*Endeavour* mouillait dans les eaux de Botany Bay, il avait souhaité prospecter la région au-delà du rivage, mais il s'était révélé impossible de communiquer avec les autochtones – Tupaia lui-même ne comprenait pas leur langue. Le jeune homme en concevait des regrets infinis.

— Tu as raison, Sydney, nous n'avons vu que la côte orientale. Personne ne s'est encore aventuré plus loin. Je brûle de savoir ce qui se cache derrière ces forêts.

Son oncle et son ami le dévisagèrent longuement.

— Tu possèdes une imagination trop fertile, finit par lui dire Josiah. L'épopée que nous venons de vivre devrait te suffire amplement. Il est temps désormais de tordre le cou à tes rêves d'enfant. À ton nom sont attachés des devoirs et des responsabilités. Le domaine qu'il te faudra bientôt gérer te prendra tout ton temps, crois-moi.

Comme l'adolescent s'apprêtait à répliquer, il lui imposa le silence d'un geste de la main.

— Sur ce, messieurs, je vais me coucher.

Josiah s'échina pour s'extirper de son fauteuil.

— Il est presque 23 heures. Beaucoup trop tard pour les discussions.

Jonathan ne dit plus rien, mais son enthousiasme le tenaillait. Il était persuadé que, un jour, il accomplirait ce qu'il brûlait d'accomplir, avec ou sans l'aval de sa famille. Il saisit son oncle par le bras pour l'aider à se lever. Le vieil homme était encore très faible.

Le navire craqua soudain de la poupe à la proue. Il s'immobilisa avec une telle violence que les deux hommes se retrouvèrent projetés par terre.

— Que se passe-t-il ?

Josiah se cramponna à son neveu et, Sydney s'étant porté à leur secours, se remit sur ses pieds.

— Nous avons heurté des écueils, expliqua Jonathan.

Les matelots couraient en tous sens autour d'eux, leurs pieds nus résonnaient contre les planches. Cook et ses officiers hurlaient des ordres.

— Nous allons mourir noyés !

Sydney, plus pâle que jamais, enserrait son cou de ses longues mains graciles comme s'il luttait déjà au milieu des flots.

— Ressaisis-toi, lui enjoignit son jeune ami. Ce n'est pas le moment de perdre ton sang-froid. Cook va avoir besoin de tout le monde pour éviter le naufrage.

On affala les voiles et l'on mit les chaloupes à la mer. À leur bord, les marins s'en allaient mesurer la profondeur des eaux et évaluer les dégâts. Leurs cris s'élevèrent dans la brise légère.

— Sept mètres, commandant !

— Seulement cinq de ce côté, monsieur.

— Moins de deux mètres.

— C'est un récif de corail !

Jonathan tenait son oncle par le bras, tandis que les autres passagers se ruaient hors de leurs cabines. Sydney n'était manifestement pas le seul à se croire condamné à la noyade… ou à la cruauté des sauvages, si ces derniers les repéraient. Les discussions allaient bon train. Partout, on envisageait le pire. Banks lui-même, d'ordinaire si calme, jugeait la situation préoccupante. Le jeune homme, à l'inverse, affichait un flegme remarquable. Son heure n'avait pas encore sonné, il en était convaincu, bien que la marée fût haute et que le corail eût abîmé la coque au-dessous de la ligne de flottaison.

Cook distribua ses instructions.

— Nous devons alléger le navire. Jetez par-dessus bord les objets les plus lourds. Armes, pierres de lest, barriques, jarres d'huile, provisions avariées.

L'équipage et les passagers s'affairèrent toute la nuit. Josiah, malgré sa fatigue, refusa catégoriquement de se retirer dans sa cabine pour s'y reposer. Assis dans un fauteuil qu'on avait installé pour lui à un emplacement stratégique, il participa à la chaîne humaine chargée de vider les cales au plus vite.

Pour éviter que Sydney cède à la panique, Jonathan résolut de l'occuper en permanence. Sans se soucier de ses belles mains d'artiste, il le somma de l'aider à transporter les six canons de l'*Endeavour* jusqu'au bastingage pour les précipiter dans les flots. Bientôt, les deux garçons transpiraient à grosses gouttes. Mais à 5 heures du matin, il restait encore beaucoup à faire. Le bateau demeurait prisonnier du récif.

On se débarrassa des tonneaux vides, et jusqu'aux fûts emplis d'eau potable. On arracha tout le fer qu'on put trouver sur le pont pour le jeter aussi. On sacrifia également les meubles imposants qui garnissaient les cabines de luxe et le carré des officiers. On attacha les canots les uns aux autres avant d'y déposer les lourdes caisses d'instruments scientifiques – trop précieux pour qu'on s'en défasse. On y ajouta les échantillons de plantes, les livres et les cartes. Les porcs eurent moins de chance : ils finirent dans la mer, où ils hurlaient de terreur. Les chèvres, qui avaient fourni aux hommes de la viande et du lait, subirent le même sort. Seuls les canards se réjouissaient de l'aubaine, tandis que les poules s'en allaient, d'un maladroit battement d'ailes, s'effondrer dans le gréement.

Ces efforts furent récompensés : au matin, l'eau n'avait toujours pas pénétré dans l'*Endeavour*. En revanche, en dépit de la bonne cinquantaine de tonnes dont on l'avait délesté, on n'avait pas réussi à renflouer le bateau.

Il était 11 heures. Les hommes n'en pouvaient plus, mais Cook leur ordonna de poursuivre leur besogne. Il fallait à tout prix que le navire soit assez léger pour repartir avant la marée haute.

Josiah alla chercher à contrecœur les ouvrages rangés dans sa bibliothèque, dont on démontait déjà les rayons. On tira de la cale les barils de rhum et de bière, que les matelots regardèrent avec amertume s'éloigner sur les vagues. Jonathan largua ses malles et ses valises avant de s'attaquer aux couchettes. Dans la coquerie, le cuisinier se dépouillait de ses plats et de ses poêles, de ses sacs de farine, de ses réserves de légumes. Il demanda à ses marmitons de déboulonner la table et d'emporter les trois fours en pierre dont il tirait pourtant une immense fierté.

L'équipage et les passagers se battaient contre la marée. À mesure qu'elle montait, l'eau s'engouffrait dans les cales. Deux des pompes fonctionnaient à plein régime, mais comme midi approchait, l'*Endeavour* se mit à gîter dangereusement à tribord.

Vers 17 heures, Cook exigea que les quatre pompes soient actionnées. La marée montait de nouveau.

Jonathan entraîna Sydney à sa suite dans les entrailles du navire. Avec trois compagnons d'infortune, ils se chargèrent de la quatrième pompe. Hélas, le neveu de Josiah eut beau peser de tout son poids sur la manivelle, celle-ci ne bougea pas d'un centimètre. Le garçon jura abondamment en accablant la machine de coups de pied. En vain. Et le temps passait. Le bateau se redressait, le niveau de l'eau augmentait, les trois pompes en état de marche n'y suffisaient plus. Et si Sydney avait vu juste ? Pour la première fois de sa vie, Jonathan prit peur.

La nuit était tombée. Les hommes exténués jetaient leurs dernières forces dans le maniement des pompes.

Les muscles de Jonathan étaient douloureux, ses mains couvertes d'ampoules et la sueur, qui trempait sa chemise, lui piquait aussi les yeux. L'obscurité régnait dans le ventre du navire et l'eau qui ne cessait de s'y introduire clapotait contre les mollets du garçon. Ce dernier sentait la terreur lui grignoter la cervelle. On se trouvait à sept lieues du rivage. Personne ne parviendrait à nager sur une telle distance, surtout au terme de presque vingt-quatre heures d'un labeur acharné. Peut-être, songea Jonathan, était-il bel et bien voué à périr cette nuit, sous ce ciel piqueté d'étoiles.

Neuf heures. La situation demeurait précaire. Si le navire restait échoué sur le récif, il finirait par chavirer et se briser. Si on le renflouait, l'eau déferlerait dans les cales ; ce serait le naufrage assuré.

— Il faut absolument remettre le bâtiment à flot, décréta Cook, qui se tenait auprès des pompes.

Le risque n'est pas négligeable, mais c'est là notre unique chance d'en sortir vivants. Quelques-uns d'entre vous vont continuer de pomper. Que les autres remontent avec moi pour s'occuper du cabestan et du guindeau.

Jonathan guigna Sydney – son ami était trempé de sueur, ses mains saignaient.

— Reste là, lui dit-il. Le commandant sait ce qu'il fait.

En effet, vers 22 heures ce soir-là, l'*Endeavour* s'éloignait de la barrière corallienne. Près d'un mètre d'eau stagnait dans les cales. On redressa néanmoins le mât de hune et l'on hissa les voiles pour mettre le cap vers la terre, au sud-est du récif. À bout de forces, Jonathan et Sydney regagnèrent le pont pour y prendre un peu de repos. Les marins se livraient à d'étranges activités : certains s'affairaient autour d'une voile d'appoint, tandis que d'autres récuraient à la pelle les enclos où les animaux s'étaient trouvés parqués avant qu'on les jette à la mer.

— Que font-ils ? demanda Jonathan à un matelot grisonnant.

— Ils se préparent à boucher la voie d'eau, répondit l'homme d'une voix râpeuse.

Il transpirait abondamment et de grosses veines saillaient sur son cou et ses bras.

— Ils fabriquent de quoi colmater la brèche, précisa-t-il.

— Avec un morceau de voile ?

Le marin expédia un lourd crachat par-dessus bord avant de le gratifier d'un regard agacé.

— On détortille les vieilles cordes, on mélange ça à de la laine, on coupe le tout en petits morceaux qu'on étale sur la voile. Après quoi, on ajoute de la fiente de poulet, des excréments de cochon… Rien ne vaut le crottin de cheval, mais il n'y en avait pas à bord. Pour une fois, les trois foutus chiens vont nous servir à quelque chose. Ensuite, on arrime la voile sous le bateau au moyen de cordes.

— Mais vous ignorez où se trouve exactement le trou… ?

Jonathan lut beaucoup de mépris dans les yeux chassieux de son interlocuteur.

— On déplace la voile jusqu'à ce qu'elle soit au bon endroit, qu'est-ce que vous croyez.

— Et ensuite ?

L'homme était las de ses questions, mais le garçon avait besoin de savoir ce qui se tramait.

Le marin cracha de nouveau.

— Avec l'eau de mer, la laine et le reste se fourrent dans la brèche pour former une espèce de bouchon. Ce qui devrait nous permettre d'atteindre le rivage sans couler.

— Ingénieux, murmura Jonathan.

— Priez pour que ça marche, monsieur. Sinon, vous et moi n'aurons plus qu'à pomper jusqu'au Jugement dernier.

Sydney se laissa tomber sur le pont, la mine décomposée. Son ami lui confia une petite flasque en argent remplie de cognac. À eux deux, ils en burent le contenu jusqu'à la dernière goutte.

Le temps ne passait plus. Enfin, un ordre retentit.

— Arrêtez toutes les pompes, sauf une !

Après un silence, la voix reprit.

— L'opération est un succès. Nous allons pouvoir gagner la côte sans dommage.

Un immense soupir de soulagement parcourut le navire. L'équipage et les passagers s'égaillèrent sur le pont, tandis qu'on mettait à la mer deux canots chargés d'explorer le littoral pour y élire l'endroit le plus sûr - c'est là qu'on procéderait aux réparations.

Oubliant l'engin de torture dont il avait actionné la manivelle plusieurs heures durant, Jonathan alla s'affaler contre la porte de la cabine de luxe, les jambes étendues devant lui. Il était privé de toute énergie, trop exténué pour se nourrir, pour dormir ou parler. Le jeune peintre s'écroula à côté de lui, les membres tremblants. Sa poitrine se soulevait et s'abaissait à un rythme effréné.

Josiah, qui avait sauvé son fauteuil du désastre, s'installa auprès d'eux.

— Bravo, mes enfants, lança-t-il en s'épongeant le front. Je savais bien que Cook nous tirerait de ce mauvais pas.

Jonathan lui coula un regard affectueux. Son oncle avait beau pérorer, il avait craint comme les autres de finir ses jours au milieu des flots, mais du moins l'épisode lui avait-il rendu des couleurs. Il paraissait plus gaillard que jamais.

Tahiti, juin 1770

Il faisait très chaud. Le silence régnait sur l'île, aucun navire ne mouillait dans les eaux de sa baie. Seul un canoë gisait sur le sable. À l'exception de quelques échassiers, la plage était déserte et, dans le village, à l'ombre des palmiers, on ne repérait d'autre mouvement que celui des volutes de fumée s'élevant paresseusement des huttes incendiées. Il n'y avait pas si longtemps, des femmes s'affairaient ici à la confection des repas, des enfants jouaient. Mais la clairière à présent s'était tue. On n'y découvrait plus guère que quelques ustensiles de cuisine et des noix de coco évidées. L'odeur de la mort planait sur le village abandonné.

La maladie avait frappé quelques semaines plus tôt, transmise par l'équipage d'un des gros bateaux à l'ancre. D'abord, on y avait à peine pris garde, car les problèmes de santé étaient apparus sur l'île dès l'arrivée des premiers navires et le sorcier trouvait toujours moyen d'en venir à bout.

Mais, très vite, les décès s'étaient multipliés. Les petits enfants, les vieillards et les sujets affaiblis avaient succombé les premiers. Puis le mal s'était étendu aux hommes et aux femmes les plus robustes, décimant la population. On ne comptait qu'une poignée de survivants, que la terreur n'avait pas tardé à submerger – Tupaia, le prêtre vénéré, n'était toujours pas rentré, et le sorcier avouait son impuissance. Chacun avait donc embarqué ses maigres possessions à bord des canoës qu'on avait dirigés vers les îles voisines avec l'espoir d'échapper à la tragédie. Ne demeuraient au village que les agonisants, ainsi que ceux qui s'étaient sacrifiés pour prendre soin d'eux.

Les dents de Lianni claquaient sous l'effet de la fièvre, la sueur trempait son sarong aux couleurs vives et la natte sur laquelle elle reposait. À l'abri d'une hutte en feuilles de palmier, elle se recroquevillait sous une mince couverture en tâchant de maîtriser les terribles frissons qui agitaient son corps exténué. Les marques rouges apparues sur sa peau la démangeaient, la brûlaient. Elle avait beau se gratter ou se laisser humecter d'eau fraîche, elle n'éprouvait aucun répit.

Il y avait longtemps déjà, un homme était venu d'un des navires, muni d'une sacoche noire. Il avait saisi le poignet de l'adolescente, examiné ses yeux et sa bouche, observé ses boutons. Il avait diagnostiqué la rougeole, dont il avait assuré à Lianni qu'elle guérirait sous peu. Mais l'état de la jeune fille avait continué d'empirer. Elle craignait maintenant pour ses jours et ceux de son bébé. La maladie avait déjà emporté sa mère, deux de ses sœurs et l'un de ses oncles. Des pleurs lui parvinrent d'une hutte toute proche : pas une famille de l'île n'était épargnée par le deuil.

Lianni se pelotonna sous sa couverture. Elle avait mal aux yeux et la douleur martelait son crâne, à mesure que des vagues de chaleur la consumaient de l'intérieur. Elle n'en continuait pas moins de claquer des dents et de trembler comme si on l'avait plongée dans un océan glacé ou soumise au vent le plus froid.

— Bois, Lianni. Ça va te faire du bien.

Une main lui souleva doucement la tête. Dans les brumes de la fièvre, l'adolescente identifia Tahani, la sœur de son père, qui était miraculeusement réchappée de la maladie. La jeune fille sentit couler dans sa bouche le lait de coco rafraîchissant et sucré. Mais la déglutition lui était pénible. Elle renonça.

— Où est Tahamma ? interrogea-t-elle.

— Il va bien. Ton papa l'a emmené avec les autres enfants sur une île voisine. Ils habiteront chez ton frère. Personne n'est souffrant, là-bas.

Les paroles de Tahani parvinrent à peine aux oreilles de Lianni, qui ne comprenait pas pourquoi son plus précieux trésor ne se trouvait pas auprès d'elle. Ses idées se brouillaient, son esprit était confus.

— Je veux le voir.

Sa voix se réduisait à un souffle, que les cris des oiseaux dans la forêt couvraient presque entièrement.

— Je veux le prendre une dernière fois dans mes bras.

Tahani l'enlaça pour la bercer.

— Ce serait imprudent, murmura-t-elle en caressant ses cheveux dégouttant de sueur. Il est trop jeune pour affronter cette chose. Et puis je n'ai aucun moyen de les contacter.

L'adolescente ferma les paupières, apaisée par la douceur de sa tante. Celle-ci avait raison, songea-t-elle. Elle se ressaisit un instant. Tahamma n'était âgé que de quelques mois. Certes, c'était un petit être robuste aux membres potelés, au ventre rond, mais d'autres nourrissons aussi vigoureux que lui avaient déjà succombé par dizaines. Sur l'île voisine, il survivrait.

Lianni écarquilla soudain les yeux et s'agita. Elle se rappelait enfin ce qui la tourmentait depuis plusieurs jours. Elle se libéra de l'étreinte de Tahani. Cette dernière eut beau la supplier de se rallonger, rien n'y fit. La jeune fille rampa jusqu'au fond de la hutte, où elle se mit à creuser le sol de ses mains. Elle déterra un petit objet préservé dans un morceau de tissu, qu'elle épousseta. Elle revint vers sa tante pour s'écrouler sur la couverture. Elle venait de dépenser ses dernières forces, l'étincelle de la vie s'amenuisait.

— Tu donneras cela à Tahamma quand il sera devenu un homme, déclara-t-elle à mi-voix en tendant le paquet à sa tante. Veille sur cet objet comme sur ta vie même. Il s'agit de l'héritage de mon fils.

De la surprise se peignit sur les traits de Tahani lorsqu'elle découvrit la montre de gousset. Elle la souleva, afin que le soleil vînt embraser son petit diamant central et fît luire l'or du boîtier.

— Où l'as-tu volée ?

— Je ne suis pas une voleuse. C'est le père de Tahamma qui me l'a offerte avant de reprendre la mer avec Tupaia.

La tante de la jeune fille souleva le couvercle de la montre. Elle observa les deux portraits en miniature, heureuse de constater que sa nièce n'avait pas menti ; son expression s'adoucit.

Lianni roula sur le flanc et, de sa main, serra l'avant-bras de Tahani avec une force étonnante.

— Promets-moi de garder cette montre pour lui. Promets-moi de ne jamais la vendre, même si tu te retrouves dans le besoin.

La femme hocha la tête.

— Je te le promets. Mais je devrai m'assurer que mon mari ne la découvre pas. Un objet comme celui-ci lui permettrait de s'acheter beaucoup de rhum et de tabac.

Elle rabattit le couvercle et enveloppa la montre dans le morceau de tissu.

— Cache-la, chuchota sa nièce. Prends-en soin comme de ta vie même.

Tahani serra le petit paquet contre son cœur, tandis que des larmes roulaient sur ses joues.

— Comme de ma vie même.

Lianni ferma les yeux. Elle avait accompli son devoir. Son petit garçon ne se rappellerait certes pas les tendresses qu'elle lui avait prodiguées, mais il connaîtrait le visage de ses parents et saurait que la petite larme rouge sur sa peau lui venait de son père. L'adolescente lâcha prise peu à peu. Exhalant son ultime soupir, elle s'enfonça dans des ténèbres bienfaisantes où il n'était plus question de fièvre, de souffrances ni de soucis.

5

Mousehole, juin 1770

La demeure, qui se dressait de l'autre côté de l'église, n'était pas visible depuis les carrières de granit et de néphrite partageant le village en deux. Elle était affreuse. Construite en pierre de la région, ses fenêtres donnaient sur les herbes folles que le vent fouettait sur le promontoire, ainsi que sur le morne cimetière où reposaient nombre de marins et de pêcheurs. À peine avait-on posé le pied dans la bâtisse que le moindre pas résonnait dans les pièces immenses. Des courants d'air s'insinuaient en sifflant sous les portes. L'ensemble était chichement meublé, de sorte qu'Ezra n'occupait que deux pièces au rez-de-chaussée, ainsi que la plus petite chambre, depuis laquelle on découvrait la lande. Chaque matin, une villageoise se chargeait du ménage et des repas. Quant à Higgins, le domestique du pasteur, il logeait dans une chambre non loin de la cuisine – la seule pièce correctement chauffée de l'édifice, puisque la cuisinière y restait allumée même au beau milieu de l'été.

À mesure qu'il approchait, Ezra ralentissait. Le sermon enthousiaste qu'il avait livré à ses ouailles en ce dimanche matin l'avait galvanisé mais, déjà, le cœur lui manquait lorsqu'il songeait à ce qui l'attendait ce soir. Il avait beau patienter depuis plusieurs semaines, il jugeait sa démarche trop précoce après la tragédie subie par les Penhalligan. Pourtant, Maud avait étrangement insisté pour qu'on ne modifie en rien le projet. L'ecclésiastique jugeait avec tristesse qu'il courait à la catastrophe.

Non que Susan lui déplût – bien au contraire –, mais elle s'était ouvertement élevée contre leur union. Il redoutait son dédain. Si seulement il ne s'était pas confié à la comtesse. Si seulement elle ne l'avait pas contraint à cette navrante demande en mariage. Hélas, il était trop tard pour faire machine arrière ; Maud l'attendait à 7 heures.

Poussant un lourd soupir, il tourna le dos à la maison pour contempler le promontoire herbeux qui s'étendait vers la mer. Sa timidité naturelle entravait les échanges qu'il aurait souhaité entretenir avec ses paroissiens. Ces derniers, il ne l'ignorait pas, le jugeaient volontiers distant et froid. Ce n'était pourtant pas le cas mais, face à leur courage et à leur dénuement, il ne savait quelle attitude adopter ; il multipliait les bévues. Son cœur se serrait à la pensée de ce qu'ils enduraient et il enrageait de n'avoir pas les moyens de soulager leurs souffrances, mais personne ne s'en apercevait. Pour les habitants de Mousehole, il ne serait jamais qu'un étranger fortuné aux mains délicates, aux manières guindées, une bête curieuse dont les autorités ecclésiastiques leur avaient imposé la présence au sein de leur communauté. Il n'empêche : Ezra brûlait de voir ses ouailles accueillir favorablement son message divin.

Le jeune homme fut tiré de ses pensées par le spectacle de deux femmes engagées en direction du village. Son pouls s'accéléra et sa bouche devint sèche. Il avait reconnu Susan et sa mère. Elles se disputaient. À son sujet, sans nul doute. Les mots que l'adolescente risquait de lui assener le meurtrissaient par avance.

Le méprisait-elle ? Avait-elle décrété qu'elle ne l'épouserait jamais ? Ne distinguait-elle pas, au-delà de sa maladresse coutumière, la profondeur des sentiments qu'il lui portait ? Respectueux des conventions, il se montrait envers elle d'une politesse qu'elle avait pu prendre pour de la condescendance. Et pourtant, comme il aurait aimé plonger son regard dans celui de la jeune fille pour lui ouvrir son âme… Mais les cancans seraient allés bon train.

Il aurait dû s'éloigner, mais il ne la quittait plus des yeux. Elle avait ôté le vieux châle dont elle avait l'habitude de se couvrir la tête : sa chevelure opulente flottait dans le vent. Elle était aussi farouche que les Cornouailles qui l'avaient vue naître, aussi robuste que les plantes cramponnées aux rochers, aussi désirable que le plus précieux des joyaux. La colère l'ennoblissait, sa poitrine haletait sous l'étroit corselet. Elle avait relevé fièrement le menton. En cet instant, il aurait aimé voir ses prunelles – deux saphirs jetant leurs éclats dans son visage baigné de soleil.

Les deux femmes s'étreignirent soudain avant de reprendre leur route. Ezra attendit qu'elles disparaissent à sa vue pour retourner vers sa demeure solitaire. Jamais il ne serrerait entre ses bras ce corps voluptueux, jamais il ne baiserait ces lèvres appétissantes. Jamais elle ne serait sienne. Elle n'était qu'une fille de pêcheur, mais il ne la méritait pas.

Son appréhension grandit encore à la perspective de la visite qu'il s'apprêtait à lui rendre.

Le pasteur pénétra dans le hall sombre et referma la porte derrière lui. Il se tint immobile un long moment, attentif au silence. Un autre que lui aurait fondé un foyer entre ces murs – la bâtisse était conçue pour une famille nombreuse. Les voix des enfants et les pas légers de leur mère seraient venus à bout de la mélancolie des lieux, ils auraient insufflé chaleur et vie aux grandes pièces vides.

Mais Ezra était né sous le signe de l'isolement. Ses parents, qui comptaient déjà deux rejetons à sa naissance, ne le désiraient pas, au point qu'ils avaient presque fini par oublier son existence. On le confiait pendant d'interminables semaines aux bons soins des domestiques. Puis on l'expédia en pension.

Sa mère déplorait qu'il se montrât à ce point malhabile en société. Quant à son père, il lui avait suggéré sans détour de choisir entre l'Église et l'armée. Seule sa grand-mère lui prodiguait de l'affection. Ses bras aimants et la douceur de ses baisers avaient pansé ses plaies les plus intimes ; Ezra avait éprouvé le décès de la vieille dame comme une fin du monde.

L'héritage qu'elle lui avait laissé le mettait définitivement à l'abri du besoin et des affres du service militaire. Ayant entendu un sermon de John Wesley, Ezra comprit qu'il avait enfin trouvé sa voie.

Dieu l'avait élu. Le jeune homme se trouvait ici-bas pour prêcher Son Évangile et guider Son troupeau vers le paradis. Il appartenait à la famille du Christ, et cela avait suffi à son bonheur jusqu'à ce qu'il découvre Susan, près d'un an plus tôt. Debout sur le promontoire, elle contemplait la mer. Le pasteur en avait eu le souffle coupé. Par la suite, il l'avait guettée parmi ses ouailles, épiée discrètement sur les quais – chaque fois, il s'était délecté du spectacle. Les voies du Seigneur étaient décidément impénétrables. Peut-être le camouflet qu'il essuierait ce soir raffermirait-il sa foi. Il était promis à un destin solitaire, et jamais il ne transmettrait mieux le message divin qu'à travers l'abstinence et l'humilité.

L'heure du rendez-vous approchant, Susan travaillait avec une ardeur décuplée par la rage. Sans plus se soucier de ses mains que le froid irritait, elle vidait des harengs dont elle emplissait ensuite des tonneaux. Imperceptiblement, ses pensées la ramenaient à la trahison de sa mère. De retour chez elle, dans sa maisonnette bondée, elle ne rêvait plus que de fuir.

— C'est bientôt l'heure, remarqua Maud comme les sirènes retentissaient aux abords des carrières. Tu devrais te préparer.

L'adolescente passa ses mains rougies sur l'étoffe grossière de sa jupe et de son tablier.

— Je suis prête, rétorqua-t-elle.

Sa mère considéra d'un œil réprobateur la jupe tachée, le corselet souillé et les pieds nus de son enfant.

— Il n'est pas question que ma fille reçoive un gentleman dans cette tenue. Lave-toi au moins les mains, elles sont pleines d'écailles de poisson. Et change de jupe.

— Je suis une honnête ouvrière. Je n'ai pas honte de ma profession.

La main de Maud se referma brusquement sur son poignet. Elle parlait à voix basse.

— Si je pouvais y changer quelque chose, crois-moi, je le ferais. Mais il est trop tard. Évite de t'acharner sur ce pauvre pasteur, qui n'y est sans doute pour rien. Je suis certaine qu'il ignore tout du chantage de la comtesse.

Elle se retourna brièvement vers les autres occupants de la pièce.

— D'ailleurs, personne n'est au courant.

— Dans ce cas, nous devrions prévenir M. Collinson. La mère de Jonathan en concevrait peut-être assez de honte pour changer d'avis.

Maud coula à Susan un regard empreint de tristesse.

— Tu sais bien qu'elle ne revient jamais sur ses décisions. Je t'en prie, songe à ce que ce mariage signifie pour Billy et moi, à ce qu'il représentera pour les veuves de tes frères.

L'adolescente se mordit les lèvres et observa les membres survivants de sa famille. Ses jeunes belles-sœurs se trouvaient réunies dans la cuisine. Installées près de la cheminée, elles bavardaient, elles pleuraient, elles tricotaient. Elles s'efforçaient ensemble de surmonter leur chagrin. Deux d'entre elles n'avaient déjà plus de toit, une troisième était sur le point d'accoucher. C'est pourquoi Maud leur avait ouvert les portes de sa chaumière, dans laquelle on se bousculait à présent.

Quant à Billy, il regardait ses camarades jouer au football sur les pavés – une boîte de conserve leur tenait lieu de ballon. La jambe toujours munie d'une attelle et soigneusement bandée, il s'appuyait de tout son poids contre le chambranle de la porte. Il devrait patienter longtemps avant de reprendre la mer, et encore n'était-il pas certain de trouver une place à bord des bateaux réchappés de la récente tempête.

Submergée par l'amertume, Susan sentit des larmes lui monter aux yeux en songeant à ses frères disparus, à ce père qu'elle aimait tant. Le sort était cruel, et haïssable l'absence de compassion de la comtesse. Cette dernière avait plongé les Penhalligan dans le chaos avant même qu'ils aient eu le temps de pleurer leurs morts. Si Jonathan était là, il empêcherait sa mère d'agir de cette façon.

La jeune fille plongea son regard dans celui de Maud. Il y passait de vilaines ombres, et les rides sur sa figure se creusaient chaque jour davantage. Elle ployait comme une vieillarde sous ses fardeaux. La force et la détermination qu'elle avait manifestées sa vie durant lui manquaient désormais. Susan se rendit à l'évidence : elle était la seule à pouvoir tirer d'embarras sa famille.

— Je vais mettre une jupe propre, murmura-t-elle.

Le visage de sa mère s'éclaira.

Susan gravit l'escalier de bois quatre à quatre pour gagner la chambre qu'elle partageait avec ses belles-sœurs. C'était une petite pièce sous les toits, chichement éclairée par une fenêtre minuscule. On avait disposé des matelas sur le sol, et les vêtements pendaient à des clous plantés dans les grosses poutres du plafond. Le mobilier se résumait à une table de toilette branlante où trônaient une cuvette et un broc. L'adolescente se déshabilla, puis se lava au savon pour faire disparaître les écailles de poisson et l'odeur tenace des sardines.

Tandis qu'elle enfilait des vêtements propres, elle s'efforça de chasser son désarroi. Elle tenta aussi d'oublier l'image du pasteur pendant qu'elle démêlait ses cheveux, avant de les nouer en queue-de-cheval au moyen d'un ruban noir. Cela n'avait pas d'importance – plus rien n'avait d'importance depuis qu'elle avait perdu Jonathan. Mais elle voulait s'assurer que sa famille profiterait bel et bien de son sacrifice : elle n'épouserait le prêtre qu'à condition que la comtesse signe d'abord les documents garantissant aux Penhalligan la jouissance définitive de leur logement.

Ezra étudia son reflet dans le miroir. Sa coiffure était impeccable et ses joues rasées de frais. Sa lavallière, d'un blanc immaculé, luisait dans la pénombre. Il observa le tombé irréprochable de sa veste. Pourtant, il était au désespoir : son allure demeurait celle d'un pasteur de campagne – d'un épouvantail au nez comme un bec ; deux poignets osseux jaillissaient de ses manchettes. Le jeune homme se détourna de la glace et enfonça son chapeau sur son crâne. La vanité était un péché. Et puis, quelle importance : même si Dame Nature l'avait gratifié d'un physique plus avantageux, Susan n'aurait pas voulu de lui.

Il saisit l'écrin de velours qu'il avait posé sur le lit et l'ouvrit. Cette bague en diamant lui venait de sa grand-mère. Elle ne valait certes pas grand-chose, la pierre était petite, mais la vieille dame ne s'en séparait jamais. C'est pourquoi Ezra lui accordait tant de prix. L'or de l'anneau luisait dans les derniers rayons de soleil et le diamant jetait ses feux. Le pasteur referma l'écrin pour le glisser dans sa poche. Il était plus que temps. Les sirènes des carrières avaient sonné depuis un moment déjà ; Susan l'attendait.

Comme à l'accoutumée, Higgins demeurait introuvable. Quant à la femme de ménage, elle était rentrée chez elle. Ezra poussa un soupir de soulagement en refermant la porte de la maison derrière lui. Il aimait autant subir son humiliation sans témoins.

Le cœur battant, il se dirigea vers les quais. Il s'y rendait rarement, car les pêcheurs, superstitieux, voyaient dans sa présence un mauvais présage lorsqu'ils s'apprêtaient à prendre la mer. Mais, aujourd'hui, des regards inquisiteurs le scrutaient depuis chaque fenêtre, il en était convaincu. Et toutes les oreilles se tendaient vers le cliquetis de ses souliers à boucles sur les pavés. Les villageois connaissaient-ils la raison de sa visite ? Maud Penhalligan l'avait assuré de sa discrétion, mais pouvait-il lui faire confiance ? La honte qu'il éprouverait bientôt était-elle déjà dans toutes les têtes ?

Enfin, il se trouva devant la porte. Avant d'avoir eu le temps de rebrousser chemin pour regagner au pas de course le sommet de la falaise, il se vit en train de heurter à petits coups le bois mangé par le sel.

Maud lui ouvrit. Elle se fendit d'une révérence et s'effaça pour lui permettre d'entrer.

— J'ai veillé à ce que personne ne vous dérange, monsieur, bredouilla-t-elle. Venez, Susan vous attend.

Sur ce, elle fila, ses sabots résonnant dans l'air du soir.

Ezra s'était figé, les jambes tremblantes, au bord de l'évanouissement.

— Je vous en prie, monsieur Collinson, entrez donc.

Ses joues s'empourprèrent. Susan émergea des ténèbres qui régnaient dans la demeure. Elle se planta devant lui, la chevelure étincelante, les yeux d'un bleu intense et profond. Jamais elle n'avait paru plus belle au pasteur, qui cherchait en vain ses mots.

— Je suppose que vous ne tenez pas à ce que notre conversation se déroule sur le seuil, monsieur Collinson.

Il baissa la tête et pénétra dans la grande pièce.

Susan referma la porte. Il ne resta, pour éclairer les deux jeunes gens, que la lueur vacillante des lanternes et le rougeoiement du poêle. D'un geste, la jeune fille invita le prêtre à s'asseoir sur une banquette. Il s'y installa une fois qu'elle-même eut pris place face à lui, sur une chaise. Ils se dévisagèrent un moment, indécis l'un et l'autre sur la conduite à tenir.

Ezra se demandait ce que Susan voyait au juste en lui, pour le fixer avec autant de solennité. Elle lui sourit. Il reprit courage, au point de parvenir enfin à ouvrir la bouche.

— Mademoiselle Penhalligan...

Il s'éclaircit la voix.

— J'ai déjà parlé à votre mère, qui m'a laissé entendre que vous ne resteriez peut-être pas indifférente à ma démarche...

Susan inclina la tête, mais ne dit mot.

L'ecclésiastique se racla la gorge à nouveau et fourgonna dans sa poche. Il en extirpa l'écrin de velours, qu'il plaça au creux de sa paume.

— Sans doute vais-je vous surprendre, enchaîna-t-il, mais je vous admire depuis des mois, au point que ce soir, j'ose à peine m'adresser à vous.

L'adolescente se tortilla sur sa chaise, mais ses traits gardaient leur froideur.

C'est alors qu'Ezra, oubliant toute prudence, se jeta à ses pieds. Un flot de paroles jaillit, dicté par la passion.

— Mademoiselle Penhalligan... Susan... Je vous aime de toute mon âme et, bien que je vous semble probablement trop vieux et trop austère pour vous, j'implore votre pitié. Derrière mon apparente sévérité bat le cœur d'un homme qui vous adore, un homme qui brûle de vous chérir et de mettre tout en œuvre pour assurer votre bonheur.

Susan, qui s'apprêtait à lui révéler le chantage exercé sur elle par la comtesse et le mépris dans lequel elle tenait ce serviteur de Dieu capable de participer à une si vile affaire, se trouva réduite au silence par les confidences du jeune homme. Les sentiments qu'il venait de lui avouer et la détresse qu'elle devinait en lui la stupéfiaient. Elle n'avait jamais fait attention à lui en dehors de l'église. Mais voilà qu'il s'était agenouillé devant elle et que ses yeux sombres la suppliaient d'écouter ce qu'il avait à lui dire. Susan était émue.

La mine apaisée, elle l'examina de plus près. Il n'était pas vilain, au contraire. Ses joues, que l'émotion embrasait, et sa bouche à présent moins sérieuse lui conféraient un charme certain. Peut-être masquait-il ses élans pour s'épargner d'inutiles souffrances. Susan éprouva soudain une immense pitié, pour elle comme pour lui. Car elle n'oublierait pas Jonathan. Or, le pasteur méritait bien plus que ce qu'elle serait jamais en mesure de lui offrir. Sa gorge se noua à l'idée de ce mariage qui se refermerait sur elle à la façon d'un piège. Tout juste pouvait-elle souhaiter que son futur époux possédât assez d'amour pour deux.

— Votre chaleur à mon égard m'honore, monsieur Collinson, chuchota-t-elle. Et elle me surprend, en effet.

Elle lui sourit pour atténuer la suite de ses propos.

— Mais je suis en deuil et je ne saurais…

— J'en ai parfaitement conscience, mademoiselle, la coupa-t-il. Je n'ignore pas non plus qu'il m'aurait fallu attendre avant de vous parler.

Il ouvrit l'écrin d'une main tremblante et le présenta à Susan.

— Mais, une fois le délai écoulé, me ferez-vous l'immense honneur de devenir ma femme ?

Susan respirait avec peine dans le carcan de son étroit corselet. Elle posa les yeux sur la bague, puis revint au jeune homme. Son regard n'était qu'ardente prière. Elle comprit, tandis que le silence entre eux s'éternisait, qu'il ignorait tout des manigances de la comtesse. Il lui avait dévoilé son âme, il avait déposé son orgueil à ses pieds avec le désir insensé de la voir partager ses sentiments. L'adolescente souffrait pour lui : il était vulnérable et elle se préparait à trahir la confiance qu'il venait de placer en elle.

— Oui, répondit-elle dans un souffle.

Ezra n'en crut pas ses oreilles. Il fixait Susan sans comprendre. Enfin, la joie inonda son visage quand la jeune fille lui effleura la main. Il manqua laisser tomber la bague avant de la passer au doigt de sa fiancée. Elle était parfaitement à sa taille.

6

Rivière Endeavour (Cooktown), juin 1770

Il avait fallu quatre jours pour quitter enfin le récif et rejoindre l'embouchure du cours d'eau auquel Cook avait donné le nom de son navire. Une fois l'ancre jetée dans les fonds sableux, on avait examiné la coque et constaté que la chance souriait à l'expédition : si le calfatage avait prouvé son efficacité, le bateau devait surtout sa survie au corail lui-même, dont un énorme morceau s'était logé dans la brèche la plus importante. Sans lui, l'*Endeavour* aurait coulé corps et biens.

Anabarru et ses compagnes se tenaient avec leurs enfants à l'ombre des arbres, tandis que les aînés s'étaient rassemblés dans l'urgence. On avait repéré un peu plus tôt cet étrange canoë muni de grandes ailes – les messagers confirmaient que, lentement mais sûrement, l'embarcation remontait la rivière. La consternation était générale. Cet effrayant navire transportait-il des ennemis pressés d'en découdre ? Ou des Esprits ancestraux venus punir le clan ? Avait-on provoqué la colère de ces derniers ? Et si oui, de quelle faute s'était-on rendu coupable ?

Les discussions allaient bon train, les aînés brandissaient le poing en vociférant de plus en plus fort pour tâcher de se faire entendre. Les plus jeunes étaient d'avis que l'embarcation appartenait à une tribu rivale venue du nord ; ils appelaient donc au combat. Déjà, ils préparaient leurs lances et enduisaient leurs corps d'argile ocre. Les doyens, à l'inverse, qui étaient aussi plus sages, prônaient la retenue. Il fallait attendre, disaient-ils. Plusieurs membres éminents du clan, convaincus que les visiteurs étaient des Esprits, conseillèrent à leurs frères de se préparer à la fin du monde.

Anabarru serra plus fort son bébé dans ses bras et attira sa fillette contre sa hanche. Elle était terrifiée, pour eux comme pour elle. Elle ne voulait pas mourir – elle refusait que l'univers disparaisse avant qu'elle ait eu le temps de voir grandir ses enfants. Watpipa, son époux, se leva pour se camper au centre du cercle formé par les aînés. À mesure que s'écoulaient les saisons, il inspirait de plus en plus de respect à ses compagnons, au point qu'on l'avait nommé membre du Conseil, tel son ancêtre Djanay avant lui. L'âme de ce dernier vivait en Watpipa : c'était un homme avisé, dont l'autorité naturelle imposait le silence aux plus turbulents et apaisait les passions.

— Souvenons-nous des récits de nos aïeux, intervint-il d'une voix posée. Ils y font allusion à ces canoës pourvus de grandes ailes pareilles à celles des oiseaux marins, ainsi qu'aux hommes qui les manœuvraient. Ces hommes n'étaient là que pour récolter certains coquillages, et notre peuple est demeuré en paix avec eux. Les Esprits ancestraux, eux, ne se déplacent pas de cette manière : ils se manifestent par des lueurs dans le ciel ou à travers le souffle d'une tempête.

L'orateur considéra les aînés les uns après les autres avant de poursuivre.

— Quant à la fin du monde, les Esprits nous enverront un signe pour nous prévenir de son imminence. Pour le moment, il ne s'est rien passé de tel.

— Le signe, c'est le canoë, rétorqua un adolescent.

Un murmure parcourut l'assistance. Les traits de Watpipa se durcirent.

— Tu t'exprimes ainsi parce que tu brûles de semer la désolation parmi nous en déclarant la guerre aux visiteurs. Mais si les Esprits étaient fâchés, ils feraient trembler la terre, ils feraient jaillir le feu au milieu des nuages. Ils ne nous enverraient pas un canoë fabriqué par des hommes.

— Dans ce cas, déclara le doyen du groupe, quelle attitude devons-nous adopter ? L'embarcation se trouve sur la rivière. Ce qui signifie qu'elle a déjà violé nos terres sacrées.

— Nous sommes des chasseurs, répondit Watpipa. Durant l'initiation, chacun d'entre nous a appris à se déplacer sans plus de bruit qu'un serpent, à se tenir aussi immobile qu'une fourmilière, à égaler la ruse de l'opossum. Nous avons appris à connaître les animaux et les plantes qui nous entourent, nous savons décrypter le moindre de leurs messages, nous savons en tirer profit pour assurer notre survie. Agissons de même avec ce canoë. Une fois que nous aurons compris les intentions de l'équipage, nous déciderons s'il constitue ou non une menace pour notre peuple.

Les aînés s'étant enfin rangés à cet avis, Anabarru poussa un soupir de soulagement. La fin du monde n'était pas pour demain et les Esprits ancestraux ne nourrissaient aucun grief contre la tribu. Néanmoins, la jeune femme s'estimait en partie responsable : ce qui lui était arrivé naguère avait attiré une force maléfique vers son peuple.

Elle se mit en route, son garçonnet calé contre sa hanche. La petite Birranulu la tenait par la main. C'était une enfant timide et nerveuse, qui se séparait rarement de sa mère. Se rappelait-elle confusément le drame survenu sur la plage ? En tout cas, les événements demeuraient gravés dans la mémoire d'Anabarru qui, la nuit, s'éveillait souvent en sursaut, tremblant de tous ses membres au souvenir du rapt.

Elle observa les hommes : ayant ramassé leurs lances, ils se dirigeaient vers les forêts débouchant sur les rives du cours d'eau. Dès lors, elle sut comment agir. Elle se rendit en hâte auprès de la mère de Watpipa. L'aïeule avait réuni autour d'elle les enfants de la tribu pendant que les autres femmes s'en allaient pêcher les *barramundis* qui prospéraient dans les eaux peu profondes de la rivière, en amont du campement. Elle venait d'entamer un récit et, déjà, les petits étaient suspendus à ses lèvres.

Anabarru lui laissa à son tour son fils et sa fille, la remerciant d'un sourire. Elle saisit son sac, son bâton à creuser et sa courte lance avant de se mettre à marcher d'un bon pas pour rattraper ses compagnes. Mais, une fois hors de vue, elle bifurqua. Sa destination était lointaine, quelque part au cœur du bush. Son périple la ramena en pensée à la cérémonie de purification qu'elle avait accomplie avec l'aide de la doyenne du clan. Lorsqu'elle eut atteint l'entrée de la grotte et récité les prières d'usage, elle frissonna. Puis elle s'accroupit dans un carré de lumière pour examiner la fresque retraçant, sur l'une des parois sacrées, sa propre aventure. Il n'y manquait rien : l'enlèvement, le meurtre de son violeur, la naissance et la mort presque simultanées de l'enfant que la coutume lui interdisait de garder.

Pour réalistes qu'elles fussent, les peintures ne la choquèrent nullement : même si l'exil avait été rude, il lui avait permis de rejoindre les siens. La mort du bébé était un sacrifice nécessaire, car le sang de la tribu devait conserver sa pureté ; il n'était pas question de préserver le fruit d'une union forcée avec un homme Lézard.

La jeune fille essuya la sueur qui lui coulait dans les yeux pour contempler le vaste paysage. Ce jour-là, elle avait quitté la grotte sitôt le rituel accompli. Elle sourit au souvenir de la fougue avec laquelle Watpipa l'avait traitée la nuit suivante. Il était insatiable. Anabarru, elle, se cramponnait passionnément à lui, jouissant des délices de son corps vigoureux, s'abandonnant à ses bras protecteurs. Bientôt, son ventre se gonfla ; un fils allait naître, qui assurait le couple de la bienveillance renouvelée des Esprits envers la jeune femme.

Celle-ci revint au présent et se tourna vers le soleil. Peu après, l'astre aurait disparu derrière les collines jumelles. Anabarru ne devait plus perdre de temps.

Elle examina le caillou dont elle s'était servie pour fracasser le crâne de son tortionnaire. Elle l'avait abandonné là depuis de nombreuses lunes, mais elle se rappelait le malaise qu'elle avait éprouvé, en mettant au monde son second fils, face à l'étrange éclat qu'il dispensait dans la pénombre de la caverne. D'autres parturientes lui avaient avoué une gêne identique – la pierre leur attirait l'œil contre leur gré.

L'objet, songea-t-elle, possédait un pouvoir néfaste dont les ondes semblaient imprégner ce lieu pourtant sacré. Après tout, il provenait des entrailles de la terre des hommes Lézard. Voilà pourquoi il portait malheur aux Ngandyandyi. Comment, sinon, expliquer l'arrivée des étranges canoës ? Anabarru devait le rendre à son sol natal.

Elle se mit debout, prit une profonde inspiration pour se donner du courage, après quoi elle ramassa le caillou et le fourra au fond de son sac. Elle quitta la caverne pour se mettre en route vers l'ouest.

Le soleil déclinait de plus en plus vite à présent. La température baissait. La jeune fille atteignit les confins du territoire de sa tribu. Elle grimpa dans un arbre et, juchée sur une grosse branche, extirpa la pierre de son sac. Sans la regarder, elle la lança de toutes ses forces vers la région occupée par le peuple du Lézard. Elle avait accompli son devoir.

— Ils continuent de nous surveiller, murmura Sydney qui, avec Jonathan, déchargeait d'une chaloupe les boîtes de spécimens et les albums de dessin pour les replacer dans la cabine du jeune peintre.

— Et ça dure depuis deux jours.

Il se massa les reins et essuya son front baigné de sueur. Il régnait une chaleur torride ; l'eau de la rivière sableuse était aussi tiède qu'un bain.

— Ils sont plus curieux que méchants, le rassura son ami. Sans doute n'ont-ils jamais vu de Blancs. Ils se demandent ce que nous sommes au juste.

— Ils ont des lances, objecta Sydney. Je ne serais pas autrement surpris qu'ils nous exterminent tous dans notre sommeil.

Jonathan lui administra une solide claque dans le dos. La mine sombre de son compagnon le faisait rire aux éclats.

— Tu es décidément d'un optimisme sans bornes ! Je t'en prie, détends-toi un peu, sinon je vais finir par devenir aussi méfiant que toi.

Il lorgna du côté des arbres.

— S'ils avaient eu l'intention de nous tuer, ils s'en seraient chargés depuis belle lurette. Après tout, nous leur offrons une fameuse distraction. Ils auraient tort de nous sacrifier au fond de leurs marmites !

Les deux jeunes gens reprirent leur activité mais, malgré tout, Sydney demeurait mal à l'aise. Une fois la dernière caisse déposée dans la cabine, Jonathan laissa le peintre à sa tâche pour rejoindre le rivage. Des hommes s'affairaient autour du navire.

On avait hissé l'*Endeavour* sur la berge pour entamer les réparations. De toute évidence, le bateau n'était pas près de reprendre la mer, mais au moins trouvait-on ici le bois nécessaire aux travaux. On ne quitterait ensuite l'estuaire qu'à condition de réussir à contourner la grande barrière de corail qui paraissait longer le littoral en direction du nord. Cook devrait déployer une fois encore toute son ingéniosité pour emmener son bâtiment vers la haute mer.

Josiah interrompit les pensées de son neveu en venant s'écrouler sur le sable à côté de lui. Toujours vêtu de son épais manteau, il avait cependant renoncé à la perruque et au gilet – la chaleur accablante l'obligeait peu ou prou à céder sur certaines conventions.

— Cook et Tupaia vont tenter de communiquer avec les autochtones, grommela-t-il en lançant des regards furibonds vers la forêt. Ils nous épient depuis que nous avons pénétré dans l'embouchure.

Jonathan l'approuva d'un hochement de tête.

— Les indigènes de Botany Bay se sont révélés plutôt amicaux. Je ne vois pas pourquoi il en irait autrement ici.

Josiah enfonça son chapeau sur ses yeux en guettant les ombres mouvantes entre les arbres.

— Ça me rappelle mon enfance.

Son neveu le fixa d'un air interrogateur.

— Au début du printemps, notre garde-chasse déposait de la nourriture pour les cerfs. Les mâles étaient toujours les premiers à se montrer. Ils humaient l'air, exhibaient fièrement leur ramure. Ils montaient la garde.

L'oncle de Jonathan désigna du menton les Aborigènes armés de lances.

— Ils agissent exactement de la même façon.

Il lâcha un drôle de son, entre la quinte de toux et l'éclat de rire.

— Ensuite se présentaient les femelles. Prudentes, hésitantes, elles approchaient doucement, prêtes à filer à la moindre alerte. Les faons étaient juste derrière, tout en longues pattes grêles et petites queues tremblantes.

Il s'essuya les yeux avec son mouchoir.

— Je ne me lassais jamais de ce spectacle.

L'analogie était flagrante, songea Jonathan. Au cours des deux derniers jours, les femmes avaient rejoint leurs compagnons les unes après les autres. Puis les enfants s'étaient enhardis à leur tour. On les entrapercevait à présent, cachés derrière leurs parents ou juchés dans les cimes des arbres pour mieux scruter les Blancs. L'adolescent sourit : sur les jeunes visages se peignait une formidable curiosité. Cheveux en bataille, regards démesurément grands, membres maigrichons. C'étaient de bons petits diables très semblables à ceux de Botany Bay.

Ayant étudié plusieurs ouvrages sur le sujet, il s'était aperçu que ces gens différaient beaucoup des Noirs d'Afrique. Ils se révélaient en général plus petits et moins solidement charpentés. Quant à leurs cheveux, ils n'étaient pas crépus. Certains en possédaient de longs et raides, d'autres les portaient courts et bouclés, d'autres encore étaient comme couronnés d'une auréole de mèches enchevêtrées.

Jonathan et son oncle se mirent debout lorsque Cook, Tupaia et trois officiers quittèrent l'*Endeavour* pour se diriger vers la forêt. On saurait bientôt quel genre d'accueil les indigènes leur réservaient.

Les passagers et les membres d'équipage s'interrompirent dans leur tâche. Une main sur le pistolet ou le sabre d'abordage, chacun vint se camper devant le bateau. Les lévriers de Banks tiraient sur leur laisse. Ils gémissaient et jappaient, la langue pendante comme avant une partie de chasse.

— Pourvu qu'ils ne lui échappent pas, ronchonna Josiah. Il suffirait qu'ils mordent un seul de ces sauvages pour que la tribu nous massacre tous.

Anabarru et ses compagnes n'y tenaient plus. En début de matinée, elles avaient discrètement rejoint leurs époux pour examiner le curieux engin échoué sur la plage. Les enfants ne tardèrent pas à leur emboîter le pas. En dépit des avertissements, ils se mirent à courir en tous sens jusqu'à ce que les aînés les grondent.

Anabarru tenait son bébé dans ses bras mais Birranulu, pour une fois, avait refusé de lui prendre la main. La fillette galopait de droite et de gauche entre les arbres. Elle n'était pas la seule : tous les bambins se pressaient dans les parages, dévorés par la curiosité et dénués de crainte – même quand un Blanc exhiba trois *dalkans* attachés à des cordes. C'étaient d'étranges dingos qu'il avait là, d'une minceur extrême et pourvus de longues pattes, d'un museau pointu et d'oreilles tombantes. Quant à leur robe, elle se révélait d'un gris étonnant. Ils produisaient des sons remarquables, sans comparaison avec ceux des chiens qui vivaient ici. Enfin, ils donnaient des coups de patte dans l'air comme s'ils brûlaient de sauter à la gorge des guetteurs.

Les aînés se déplacèrent soudain parmi les ombres. Le canoë était énorme, songea Anabarru et, comme le vent chaud malmenait les cordages enroulés autour des troncs, elle eut l'impression d'un gigantesque serpent prêt à frapper. Des hommes grimpaient à bord du canoë, certains se hissaient jusque dans ses ailes repliées. L'adolescente frissonna d'horreur : à découvrir leurs visages de plus près, elle acquit la conviction qu'il s'agissait de spectres. L'âme des morts manœuvrait cette embarcation. La fin du monde était peut-être proche, tout compte fait. À moins qu'une malédiction planât encore sur le clan, même si Anabarru avait rendu le caillou maudit à la terre des hommes Lézard.

Elle chercha sa fille. L'enfant s'était débarrassée de sa timidité : elle s'adressait à ses camarades avec animation, juchée dans un arbre. Les enfants désignaient du doigt les curieux événements en cours sur le rivage, ils s'exclamaient. Anabarru s'étonna de leur audace. Serrant son bébé contre son sein, elle s'apprêtait à déloger Birranulu de son perchoir quand les voix fiévreuses des hommes l'arrêtèrent dans son élan. Les aînés s'étaient rassemblés en une masse compacte, brandissant leurs lances et leurs boucliers. Un coup d'œil vers la plage et la jeune femme comprit : un groupe de fantômes avançait dans leur direction.

Anabarru se sentait tiraillée : elle souhaitait se retrancher avec les autres femmes entre les troncs, mais sa fille refusait de se laisser déloger de sa branche ; elle ne pouvait pas l'abandonner. Elle se tourna vers Watpipa en quête d'un conseil, mais ce dernier, à l'instar de ses compagnons, n'avait d'yeux que pour les spectres qui se rapprochaient. Elle se résolut à tenir son rang : l'épouse d'un aîné se devait de manifester le même courage que lui. Elle resterait donc à ses côtés – ou, du moins, quelques pas en arrière.

À mesure que les étrangers progressaient, les hommes de la tribu discutaient à voix basse avec de plus en plus de fièvre. Les yeux d'Anabarru se posèrent sur le petit être qui marchait en tête des fantômes. Contrairement aux autres, il ne portait pas de couvre-chef et son corps ne se dissimulait pas sous de mystérieuses peaux. L'intérêt de la jeune femme était piqué. En outre, il avait la peau sombre – moins sombre que celle de l'adolescente, néanmoins – et portait de longs cheveux noirs atteignant presque ses reins. Il n'était vêtu que de végétaux tressés qui, fixés à sa taille, lui tombaient jusqu'aux pieds. Les muscles de son torse et de ses bras luisaient au soleil comme s'il s'était enduit le corps de graisse animale.

Watpipa et les siens émergèrent des sous-bois comme un seul homme pour s'immobiliser dans la lumière aveuglante. Ils se tenaient bien droits, fiers, crispés, leurs boucliers et leurs lances prêts au combat.

— Qui êtes-vous et que voulez-vous ? interrogea Watpipa. Vous avez violé les lois tribales en pénétrant sur nos terres sacrées.

L'homme à la peau sombre lui répondit, mais Anabarru, qui tendait l'oreille, ne comprit pas les mots étranges qu'il employait. Un personnage très grand lui succéda, portant de longs cheveux sous un invraisemblable chapeau. Ses paroles étaient aussi obscures. Les visiteurs finirent par s'asseoir dans le sable, invitant, avec force gestes et sourires, les aînés à les rejoindre.

Le soleil cognait. Il y avait de l'électricité dans l'air. Parmi les guerriers de la tribu, les discussions devenaient de plus en plus vives. Malgré leurs manières pacifiques, ils se méfiaient des étrangers. Pourtant, Watpipa et les siens finirent par effectuer quelques pas en direction des Blancs. Anabarru écarquilla les yeux.

Son époux et les siens abaissèrent leurs lances et s'accroupirent dans le sable. L'atmosphère se détendait. Watpipa ne manifestait aucune crainte. La jeune femme se risqua à venir plus près de lui pour tenter de saisir le contenu des conversations.

Ses compagnes et leurs enfants ne tardèrent pas à l'imiter prudemment. Mais, comme un nouveau groupe d'étrangers venait s'agréger au premier, les femmes s'arrêtèrent, terrifiées. Les visiteurs ne semblaient pourtant pas hostiles. Ils arrivaient les mains vides sans cesser de sourire. Étreignant son bébé, Anabarru fit encore quelques pas sous le soleil.

L'homme aux *dalkans* s'avança. Quelles étaient ses intentions ? Ses bêtes étaient-elles féroces ? D'un mot, il leur commanda de s'asseoir, ce qui eut pour effet de rassurer les indigènes. Les chiens haletaient, les yeux pétillant d'espièglerie, la langue pendante.

Les enfants, qui n'y tenaient plus, se ruèrent hors des broussailles pour entourer en piaillant le Blanc et ses animaux. Birranulu se risqua à tendre la main pour caresser la tête de l'un d'eux. Sa mère hurla, partagée entre la peur et la colère. Combien de fois avait-elle exigé de la fillette qu'elle se méfie des bêtes ? Certes, des chiots fréquentaient le campement en permanence, mais les adultes pouvaient se montrer dangereux.

Le lévrier se contenta de lécher la main de l'enfant. Bientôt, les trois animaux jouaient sur la plage avec tous les bambins de la tribu. Des hommes se mêlèrent à eux. Ils avaient apporté une boule rouge, dans laquelle ils donnaient des coups de pied en indiquant aux garçonnets qu'ils pouvaient en faire autant. On se serait presque cru dans un *corroboree*, songea Anabarru, mais d'un genre totalement inédit.

Elle observa les hommes. Ils souriaient en échangeant des poignées de main. Puis de chatoyantes étoffes apparurent, ainsi que des colliers de jolies pierres. Des cadeaux. La paix semblait conclue. Anabarru poussa un soupir de soulagement. Elle avait eu raison de se débarrasser du caillou maudit. Les Esprits malfaisants enfermés dans sa matière ne s'étaient pas alliés aux visiteurs. Au contraire, ils se trouvaient à présent parmi le peuple du Lézard – les Ngandyandyi ne risquaient plus rien.

7

Waymbuurr, juin-août 1770

Jonathan, qui se tenait à l'extérieur du cercle, scrutait le visage des autochtones auprès desquels Cook et le prêtre tahitien tentaient de se faire comprendre. Plusieurs jours s'étaient écoulés, mais la communication établie avec les hommes à la peau sombre restait rudimentaire : on grimaçait, on agitait les bras, on mimait des situations. Il y avait de quoi être déçu, mais du moins était-on parvenu à apaiser les craintes initiales des indigènes – l'enthousiasme des enfants, ravis de découvrir de nouveaux compagnons de jeux, avait achevé de rompre la glace.

Jonathan croisa le regard du jeune homme qui comptait visiblement parmi les chefs de la petite délégation. Il lui adressa un large sourire. Ils s'observaient à la dérobée depuis la veille ou l'avant-veille, échangeant des hochements de tête entendus.

L'autochtone lui rendit son sourire et haussa les épaules. Il était las, lui aussi, des bavardages infructueux. Il se leva. Sa silhouette filiforme se détacha contre l'arrière-plan ténébreux de la forêt. Il se frappa la poitrine en haussant fièrement le menton.

— Watpipa, lança-t-il.

Jonathan supposa que c'était son nom. À son tour, il toucha sa poitrine.

— Jon.

Watpipa était satisfait, ses dents superbes jetaient des éclats.

— Jon, répéta-t-il.

Après quoi il éclata de rire, débita quelques phrases incompréhensibles et, d'un geste, invita le jeune Anglais à le suivre.

Ayant jeté un rapide coup d'œil à ses compagnons de voyage, celui-ci quitta la plage, surexcité : il attendait ce moment depuis si longtemps. Peut-être allait-il percer enfin les secrets de cette contrée stupéfiante et des êtres qui la peuplaient.

Watpipa louvoyait prestement entre les arbres, sans souci des aiguilles de pin ni des cailloux acérés, qui épargnaient ses pieds nus. Jonathan transpirait abondamment et, comme ils s'enfonçaient dans la forêt, il se sentit dévoré par les moustiques. Il s'efforçait de les chasser discrètement. Pas question pour lui de manifester le moindre signe de faiblesse en présence de son guide.

Watpipa le mena jusqu'à une rivière au cours impétueux, au bord de laquelle il s'accroupit. Plongeant les mains dans l'eau, il les ramena en coupe vers ses lèvres et se désaltéra. Jonathan l'imita. Jamais il n'avait goûté meilleur breuvage. Mais, déjà, les deux hommes reprenaient leur périple. Watpipa préleva au passage quelques larges feuilles vertes sur un buisson, dont il montra à son invité qu'il pouvait les écraser pour se frotter ensuite le corps avec leur sève. L'irritation due aux piqûres de moustique s'apaisa instantanément. Enfin, ils quittèrent le couvert des arbres. Un soleil brûlant les accueillit.

Face à eux, une vaste plaine verdoyante s'étendait jusqu'à l'horizon. Le ciel, parfaitement dégagé, se révélait d'un bleu intense et les hautes herbes ondulaient en froufroutant sous la brise, pareilles à un immense océan végétal. Jonathan s'apprêtait à commenter le spectacle quand son camarade posa une main sur son bras pour le précipiter au sol sans ménagement.

Surpris et inquiet, l'adolescent suivit des yeux la direction indiquée par le doigt tendu de Watpipa. Il dut réprimer un cri de stupeur. Quelle étrange créature… Plus haute qu'un homme, munie d'énormes membres postérieurs et de minuscules pattes avant, elle possédait un pelage ocre.

— Kangourou, murmura l'indigène.

Il s'accroupit doucement et tira de sa ceinture une pièce de bois recourbée. Il se figea, plissa les yeux puis, avec d'infinies précautions, s'approcha de l'animal en silence. Enfin, il lança son arme. Elle tournoya dans l'air avant de heurter la tempe de la bête, qu'elle assomma sur-le-champ. Watpipa se retourna vers Jonathan, visiblement aux anges.

— Kangourou ! hurla-t-il.

Le jeune Anglais, qui avait retenu sa respiration, expira profondément.

— Bien joué, commenta-t-il. Joli coup.

Il accompagna sa remarque d'une tape sur l'épaule du chasseur.

Watpipa s'immobilisa, soudain méfiant. Mais, devant la mine réjouie de Jonathan, il retrouva aussitôt le sourire et lui administra une solide claque dans le dos.

L'indigène fit ensuite jaillir une pierre aiguisée du fourreau qui pendait à sa ceinture. Il s'en servit pour trancher la gorge de l'animal. L'Anglais ramassa la lourde pièce de bois pour l'examiner de plus près. Elle s'ornait de signes divers et de symboles.

— Comment ça s'appelle ? demanda-t-il à Watpipa en lui tendant l'objet.

— Boomerang.

Il se mit en position et le lança de nouveau.

Le boomerang tournoya en plein ciel avec un bruit de cisailles, puis revint entre les mains de son propriétaire. Jonathan était éberlué.

— Incroyable ! s'exclama-t-il. Puis-je essayer ?

Le maniement de l'arme se révéla plus difficile que prévu. Soit elle se plantait dans le sol, soit elle filait sans espoir de retour et disparaissait dans l'herbe. Malgré de multiples tentatives, l'adolescent ne parvint pas à la discipliner. Il finit par renoncer – la chaleur était décidément trop intense pour courir de droite et de gauche afin de récupérer l'engin.

Watpipa, lui, s'amusait beaucoup des efforts maladroits de son compagnon. Il hissa le cadavre du kangourou sur ses épaules et entreprit de regagner la plage.

Jonathan cheminait à ses côtés. Il observait les arbres au feuillage inconnu, les fougères, les mille sortes de plantes. Des fourmis tisserandes couraient sur les feuilles et les branches. Son hôte en saisit une poignée, serra les doigts pour les écraser avant de les fourrer dans sa bouche comme il aurait dévoré des bonbons. Il en proposa au jeune Anglais qui, craignant de le froisser, accepta l'offrande. Il ferma les yeux et se mit à mâcher. À sa grande surprise, la chair des insectes se révéla délicieusement sucrée.

Un rire retentit soudain, un gloussement qui avait déjà surpris l'expédition lorsqu'on avait établi le campement sur la plage quelques jours plus tôt. Jonathan leva les yeux pour découvrir au milieu des feuillages un petit oiseau brun assez semblable à un martin-pêcheur qu'on aurait privé de ses couleurs vives.

— *Kookaburra*, indiqua Watpipa.

Renversant la tête en arrière, il en imita le cri. Le volatile se remit à rire.

Quand ils eurent atteint la plage, l'autochtone jeta le kangourou sur le sable.

— C'est un cadeau pour nous, expliqua Jonathan à ses camarades médusés. Il m'a aussi montré où trouver de l'eau.

Il sourit à son nouvel ami.

— Merci.

Watpipa hocha la tête. Puis il considéra avec dédain les colifichets que les Blancs tentaient de lui remettre. Ayant appelé à lui son épouse et ses enfants, il se retira parmi les broussailles.

Cette nuit-là, allongé sous la tente qu'il partageait avec Josiah et Sydney, Jonathan se remémora les événements de la journée. Si l'équipage et les passagers de l'*Endeavour* avaient hâte de reprendre la mer, l'adolescent priait au contraire pour que les réparations s'éternisent. Car, à mesure que Watpipa lui accorderait sa confiance, un nouvel univers s'ouvrirait à lui ; l'aventure comblerait ses rêves les plus fous.

L'indigène se montra tard le lendemain matin. Jonathan l'attendait avec impatience. Les deux hommes s'éloignèrent de la plage. Cette fois, ils remontèrent la rivière. Ils ne tardèrent pas à cheminer parmi des herbes qui leur arrivaient à la taille. Des fourmilières se dressaient de-ci de-là, pareilles à des sentinelles de terre rouge.

Le jeune Anglais humait l'air chaud. Il se retourna vers la forêt qu'ils abandonnaient derrière eux et les collines bleutées qu'on apercevait au loin. Cette terre était un paradis que personne n'avait souillé depuis des millénaires. Pourvu, songea-t-il, que l'expédition ne vienne pas y semer le trouble. Car Watpipa et les siens étaient des êtres primitifs, au sens le plus noble du terme. Ces chasseurs-cueilleurs vivaient en communion avec leur environnement. Ils ne cultivaient rien, n'élevaient pas de troupeaux. Si personne ne s'avisait de rompre l'équilibre, il en irait ainsi pour toujours.

Ce jour-là, ils pêchèrent des *barramundi*. Plus exactement : Watpipa pêcha des *barramundi*. Il tenta en vain d'enseigner à Jonathan l'art de s'allonger à plat ventre dans l'eau, à l'ombre, jusqu'à ce qu'un poisson passe assez près pour qu'on le saisisse à pleines mains. Il éclatait d'un rire tonitruant à chaque échec de son compagnon. Celui-ci s'esclaffait aussi. Il se sentait idiot, mais il s'amusait comme un fou.

Pendant qu'une pierre plate chauffait au-dessus du feu, l'indigène entreprit de vider le premier *barramundi*. Jonathan lui offrit son petit couteau de poche.

Watpipa l'examina longuement, fasciné par les reflets du soleil sur sa lame et l'éclat de son manche d'ivoire.

L'Anglais lui apprit à l'utiliser. Plus tard, tandis que les poissons cuisaient sur la pierre brûlante dans leur écrin de feuilles, les deux hommes s'assirent en silence ; tout n'était qu'harmonie. Jamais ils n'oublieraient cette amitié qui naissait entre eux.

Au fil des semaines, Jonathan multiplia les excursions dans le bush en compagnie de Watpipa. La tribu traitait désormais l'équipage et les passagers de l'*Endeavour* en invités de marque. On leur conseilla les bois les plus adaptés à leurs travaux de menuiserie, on leur expliqua où puiser de l'eau potable, on leur désigna des baies comestibles. Le soir, les autochtones chantaient et dansaient pour distraire les navigateurs.

Les hommes du clan tenaient leurs épouses à bonne distance des étrangers. D'ailleurs, les matelots ne tentèrent même pas de les séduire, impressionnés peut-être par les tatouages rituels et les lances acérées des guerriers. Ici, l'on n'était pas à Tahiti : aucun écart ne serait toléré et la survie des Blancs dépendait de la qualité de leurs relations avec les indigènes.

Fasciné par Anabarru et ses enfants, Jonathan déplorait la pauvreté de leurs échanges. Leur langue lui paraissait si difficile qu'il n'avait réussi à en apprendre que quelques mots. En règle générale, les femmes jouissaient de droits équivalents à ceux de leurs conjoints, sauf en matière de chasse au boomerang ou de décisions importantes. La tribu possédait un code de conduite précis, ainsi qu'un ensemble de mystérieux tabous. Les liens familiaux se révélaient puissants. Selon la hiérarchie établie entre les membres, les plus jeunes veillaient sur les plus âgés qui, en contrepartie, s'occupaient des enfants lorsque leurs mères allaient pêcher ou cueillir de quoi manger. On discernait en chacun d'eux une profonde connaissance de leur territoire et, s'ils menaient certes une existence rudimentaire, elle leur offrait tout ce dont ils avaient besoin. En un sens, Jonathan les enviait.

Les Européens avaient établi leur campement à la lisière de la forêt – des bâches tendues entre les branches leur procuraient une ombre bienfaisante. La réparation du bateau allait bon train, mais on ignorait encore comment quitter sans dommage cette plage tropicale. Banks, Sydney et Solander invitèrent un jour Jonathan à grimper avec eux dans une chaloupe : on allait explorer le récif.

La grande barrière de corail se dressait presque verticalement depuis le fond de l'océan. Elle disparaissait sous les eaux à marée haute, mais à tout moment l'on pouvait admirer les poissons multicolores et les mollusques qui y prospéraient, car la mer était aussi claire et aussi bleue que le ciel.

Sydney débordait d'enthousiasme.

— Je suis au paradis des peintres, Jon ! Je ne sais même pas par où commencer. Il y a tant de choses à dessiner, et le temps passe si vite…

— Tu y arriveras, le rassura son ami. Mais n'oublie pas de dormir et de manger. Personne ne se nourrit d'air pur.

— Mais la splendeur de cet endroit est extraordinaire.

Sydney prit une profonde inspiration.

— Rien à voir avec l'Écosse.

— Encore heureux !

Mais Jonathan avait beau s'émerveiller devant la beauté des coraux et la profusion de la faune sous-marine, il aurait préféré se trouver auprès de Watpipa, à bord de son canoë d'écorce ; ensemble, ils auraient chassé les tortues géantes qui glissaient paresseusement dans les courants chauds ; leur chair était succulente.

Ébahi par le miracle végétal auquel il assistait dans cette région isolée de la planète, Sydney se lançait dans des discours pleins de lyrisme. Son camarade souriait. Jonathan ne connaissait rien à la botanique et ne s'en souciait guère. Impossible pour lui de partager l'enthousiasme débordant du jeune peintre pour la forme d'une feuille ou la couleur d'un tronc. En attendant, l'Écossais travaillait sans relâche. Rien ni personne n'aurait su le convaincre de s'interrompre un instant pour se désaltérer sous le soleil brûlant de midi.

Quelques heures plus tard, il finit néanmoins par céder face à la canicule. Installés sous une tente, ils partagèrent l'une des bouteilles de rhum que les marins avaient eu la joie de voir s'échouer sur la plage à la faveur d'une marée.

Quant à Josiah, après avoir erré de droite et de gauche plusieurs jours durant sans parvenir à se rendre utile, il avait découvert que son chant, pour épouvantable qu'il fût, captivait les petits indigènes. Il entreprit donc d'interpréter pour eux un nombre incalculable de comptines anglaises, sous l'œil ravi des mères et des grands-mères. À présent, il tentait d'enseigner à ses jeunes recrues les règles du cricket.

Mais les bambins préféraient manifestement courir en cercle autour de lui en tirant sur les pans de sa chemise - Jonathan, qui observait le spectacle, riait aux éclats. Son oncle avait enfin renoncé à son manteau ; il allait aussi tête et pieds nus. Il bronzait à vue d'œil. L'adolescent ne l'avait jamais vu si détendu, si insouciant. Il reprenait des forces.

Lorsque la brûlure du soleil s'apaisa et qu'une douce brise se mit à caresser le sable, Cook annonça qu'il comptait gravir la colline dressée au beau milieu de la forêt. De là-haut, poursuivit-il, il évaluerait leur position et tâcherait de trouver un moyen de franchir le récif. Jonathan se joignit à l'expédition.

Le versant de la colline était abrupt et il semblait qu'on ne dût jamais s'arrêter de grimper. Trempé de sueur, à bout de souffle, les mollets douloureux et raides, le jeune homme finit par atteindre le sommet. Il trouva le panorama si époustouflant qu'il eut du mal à comprendre le désespoir dans lequel ce décor plongeait le commandant. La marée était basse et, tout le long de la côte, se distinguaient des bancs de sable. Par-delà, aux confins du paysage, le bleu le plus profond le disputait aux verts les plus clairs.

— Tant que nous n'aurons pas trouvé de solution, nous resterons prisonniers de cette contrée, nota Cook en examinant la région à la longue-vue. Je vais expédier Bob Molyneaux en reconnaissance.

C'est ainsi que ce dernier prit la mer chaque jour. Chaque jour il rentrait bredouille. À l'exception de Jonathan, les hommes s'irritaient de ces échecs à répétition. Ils brûlaient de quitter leur prison de corail.

Le commandant grimpa tout en haut du mât pour étudier le récif à marée basse. Il gagna ensuite, à bord d'un canot, un îlot voisin qu'il tenait pour le dernier de la barrière corallienne. À son retour, Jonathan se sentit accablé : Cook tenait la clé de leur délivrance.

— La manœuvre est délicate, mais nous ne pouvons pas nous permettre de rester ici plus longtemps, au risque de subir les tempêtes hivernales.

Il y eut des hourras. Les passagers, ainsi que les membres d'équipage, étaient las de la chaleur torride et des averses aussi brèves que puissantes, qui les contraignaient à suspendre leurs activités ; le taux d'humidité grimpait alors en flèche. Les aventuriers ne désiraient plus qu'une chose : rentrer chez eux.

— Dieu merci, soupira Sydney, soulagé. J'ai bien cru que nous ne reverrions jamais la Grande-Bretagne.

— Je croyais que tu étais heureux ici, s'étonna Jonathan.

— Je suis enchanté d'avoir découvert une telle quantité de plantes et d'animaux prodigieux, mais je suis écossais. J'ai besoin de sentir le vent glacé me fouetter le visage. J'ai besoin de humer le parfum des bruyères.

Il fronça les sourcils en contemplant les eaux turquoise.

— Je suis content de rejoindre bientôt la civilisation.

Le soir précédant le départ, Watpipa et ses compagnons invitèrent les Blancs. Ils donnèrent un grand repas en leur honneur, au cours duquel on chanta et on dansa. Jonathan avait le cœur gros. Assis pour la dernière fois autour du feu de camp, il tâcha de graver à jamais dans sa mémoire les visages, le décor et les odeurs.

Watpipa, Anabarru et leur tribu avaient préparé un festin de roi. On servit du *goanna* et du wallaby rôtis, du pigeon et de la tortue, ainsi qu'un pain succulent relevé de fines herbes. Lorsque tous furent rassasiés, Watpipa signifia que l'heure était venue de danser. Les chorégraphies n'avaient rien à voir avec les déhanchements érotiques des Tahitiennes ou les figures stylisées en vogue à Londres. Ici, l'on imitait les oiseaux et les animaux du bush - chaque pas comptait, le moindre mouvement des mains, la moindre mimique exprimait l'essence même de la bête évoquée.

Les musiciens faisaient claquer l'une contre l'autre des baguettes ou produisaient un vrombissement profond au moyen d'un tube en bois creux richement décoré de volutes et de silhouettes d'animaux grossièrement représentées.

— *Didgeridoo*, indiqua Watpipa à Jonathan, en lui tendant l'instrument.

L'objet se révéla étonnamment lourd, mais, après que son ami l'eut encouragé d'un hochement de tête, le jeune Anglais tenta de produire un son. Ses efforts se soldèrent par quelque chose qui ressemblait au meuglement d'une vache. Honteux, il rendit le *didgeridoo* à Watpipa, tandis que les rires des indigènes tintaient à ses oreilles.

Mais son ami lui rendit l'instrument en lui faisant comprendre qu'il le lui donnait. Anabarru, pour sa part, lui offrit un collier de coquillages. Jonathan ploya la nuque pour qu'elle le passe autour de son cou. Elle s'exécuta, puis elle se hâta de rejoindre sa progéniture en pouffant.

Au terme de la soirée, les deux hommes se firent face. Sans doute se voyaient-ils pour la dernière fois. Jonathan tendit la main au jeune autochtone, qui la saisit. Ils demeurèrent ainsi un long moment, scellant leur amitié en silence. Après quoi l'Anglais tourna les talons pour regagner le navire.

L'aube commençait à peine à poindre. Debout sur le pont, Jonathan observait les marins en train de hisser les voiles. L'*Endeavour* s'apprêtait à suivre la chaloupe qui le guiderait à travers le labyrinthe de corail. Le jeune aristocrate regretterait cette contrée splendide, son doux climat et les mystères de son peuple.

— Triste journée, grommela Josiah.

Il agita la main en direction des enfants demeurés sur la plage.

— Ces petits gredins vont me manquer.

— Ils ont su vous rendre votre bonne humeur, mon oncle. Peut-être devriez-vous songer au mariage dès notre retour en Angleterre. Vous feriez un père exemplaire.

— Ce sont les enfants des autres qui m'amusent. Je peux m'en débarrasser quand bon me semble.

Les deux hommes se turent. Lentement, le bateau s'ébranla en direction de l'embouchure de la rivière.

Jonathan se penchait par-dessus le bastingage pour apercevoir le plus longtemps possible Watpipa et les siens.

L'*Endeavour* ayant atteint la barrière de corail, ils mirent le cap vers son extrémité septentrionale, autrement dit Lizard Island, ainsi baptisée par Cook. Le lendemain, après avoir louvoyé prudemment entre les écueils, le navire perdit de vue la terre.

— Nous faisons eau à une vitesse inquiétante, murmura Jonathan à son oncle. Les pompes sont hors d'usage et les voiles pourrissent. Nous aurons de la chance si nous réussissons à rejoindre Batavia.

Il fallut huit longues journées pour gagner le large. Hélas, si le scorbut avait épargné l'équipage et les passagers à l'aller, le retour se plaça d'emblée sous le signe de la maladie et de la mort. Batavia constituait un véritable foyer d'infection. Durant les trois mois nécessaires aux travaux de radoub, le chirurgien succomba le premier. Bientôt, ce fut le tour de Tupaia et de son jeune domestique. Quarante hommes durent s'aliter. L'équipage perdait des forces. Dans ces conditions, la traversée de l'Atlantique se mua en calvaire. Au moment de franchir le cap de Bonne-Espérance, on perdit successivement le cuisinier, treize matelots, l'artisan voilier, M. Green, l'astronome, l'aspirant Monkhouse et le malheureux Sydney Parkinson.

Oubliant toute prudence, Jonathan s'était tenu au chevet de son ami, que la fièvre plongeait dans le délire. Son décès l'affecta profondément – les deux garçons avaient échafaudé ensemble de nombreux projets. Tandis qu'on confiait à l'océan la dépouille du jeune Écossais, son compère, au garde-à-vous sur le pont, songea que le monde perdait là un artiste de talent ; lui-même pleurait l'un de ses plus chers amis.

Une fois le navire parvenu au cap de Bonne-Espérance, on déplora quatre décès supplémentaires, puis trois autres encore - dont celui de Molyneaux qui, jour après jour, avait si vaillamment ramé pour tenter de découvrir un passage au cœur de la barrière de corail.

Josiah, pour sa part, vint à bout de la fièvre tropicale en quelques jours. En outre, et malgré le gros temps essuyé ici ou là par l'expédition, il constata qu'il ne souffrait plus du mal de mer. Il arpentait le pont chaque jour, encourageant son neveu à suivre son exemple.

Il s'exécuta. Ces exercices physiques le réjouissaient. Il ne tenait plus en place : il voulait revoir l'Angleterre, il voulait revoir Susan et l'épouser dans les plus brefs délais.

— Cook a cartographié la côte orientale, l'informa Josiah un beau jour, depuis Botany Bay jusqu'au cap York. De plus, il a pris possession de toutes les îles, des ports et des rivières de la région au nom du roi George. Mais je suis d'accord avec lui : notre expédition ne présente qu'un intérêt mineur dans l'édification de l'immense Empire britannique.

Jonathan chassa sa bien-aimée de ses pensées.

— Elle présentera un intérêt majeur lorsque nous aurons exploré l'intérieur des terres, rétorqua-t-il. C'est un pays gigantesque, et je suis certain qu'il recèle de nombreuses richesses.

Josiah grommela.

— L'annexion de l'Australie est censée empêcher nos ennemis de mettre la main sur une contrée précieuse.

Il se renfrogna avant de poursuivre.

— Mais quant à savoir en quoi elle est censée se révéler précieuse, ça, c'est une autre histoire.

Tahiti, août 1770

Tahani avait regagné l'île avec les autres survivants. Il avait fallu plusieurs semaines pour effacer ensuite toute trace de la tragédie qui s'était jouée ici, et même après qu'on eut construit de nouvelles huttes, elle avait l'impression d'entendre murmurer les défunts parmi les arbres. Elle n'en concevait aucune terreur, car elle était persuadée que l'esprit de Lianni se trouvait là aussi pour veiller sur son fils, pour le regarder grandir et devenir un homme.

Deux navires mouillaient dans la baie. Les autochtones avaient acheté du rhum, du fer et des médicaments pour vaincre les maladies apportées par les marins. La saison des pluies était passée. À présent, les mille fleurs colorées qui paraient les sous-bois embaumaient l'air.

Tahani rentrait de la plage, son panier d'osier empli des poissons aux reflets d'argent qu'elle venait de pêcher. Elle fredonnait en pensant au petit Tahamma. C'était un enfant robuste et, même s'il n'avait encore que quelques mois, la curiosité brillait déjà dans ses yeux. Il possédait par ailleurs une manière d'autorité naturelle dans sa façon d'observer son environnement. Il avait eu tôt fait de réagir aux voix de son entourage, au plumage chatoyant et au vol des oiseaux. Chaque fois que Tahani chantait pour lui, il émettait de petits rires joyeux. Cette dernière sourit. Tahamma était bien le seul à apprécier ses chansons – ses enfants et ses petits-enfants se bouchaient les oreilles dès qu'elle ouvrait la bouche !

Elle déposa son panier et se baissa pour pénétrer dans la fraîcheur ombreuse de la hutte. Lorsqu'elle l'avait quitté, le bébé dormait ; maintenant, c'était l'heure de la tétée.

— Où étais-tu ?

La voix mauvaise lui parvint du fond de la pièce. Tahani se rembrunit. Pruhana, son époux, était ivre.

— À la pêche, répondit-elle doucement.

Elle s'apprêtait à s'occuper de l'enfant, qui gazouillait dans son berceau quand, de nouveau, la voix de son mari la glaça.

— Où as-tu trouvé ça ?

Il lui mit la montre sous le nez.

— Lianni, souffla-t-elle. Elle appartenait à Lianni.

Il inclina l'objet d'avant en arrière pour faire luire l'or du boîtier. Il le considérait d'un œil avide.

— Elle n'en a plus besoin, maintenant.

Tahani tenta de s'en emparer, mais son époux se montra plus rapide qu'elle. Il éleva la montre hors de sa portée.

— Elle est à moi, décréta-t-elle. Lianni me l'a donnée pour que je la remette à Tahamma.

— Un bébé n'a pas besoin de ça, ricana Pruhana.

Il se mit debout tant bien que mal. Il titubait sous l'effet de l'alcool. C'était un homme corpulent et large d'épaules qui, à jeun, pouvait cependant faire preuve d'une rapidité peu commune. Lorsqu'il avait bu trop de rhum, il devenait ombrageux. Tahani devrait se montrer particulièrement astucieuse si elle désirait remettre la main sur la montre de gousset.

— C'est un héritage, expliqua-t-elle aussi calmement que possible. J'ai promis à Lianni, juste avant sa mort…

Il la frappa si fort qu'elle s'écroula sur le sol de la hutte avant d'avoir eu le temps de comprendre ce qui lui arrivait.

— C'est à moi, maintenant ! rugit son mari. À moi ! Tu m'entends, femme ?

Tahamma s'était mis à pleurer. Tahani se redressa, encore étourdie par le choc. Elle se jeta sur Pruhana, les doigts pareils à des serres.

— Non ! glapit-elle à son tour en tentant de lui griffer les yeux.

Elle tambourina de ses petits poings contre la poitrine du colosse et lui donna des coups de pied dans les tibias.

— J'ai promis solennellement à Lianni, haleta-t-elle. Cet objet ne t'appartient pas.

Pruhana la repoussa du revers de la main, comme il aurait chassé un essaim de mouches. Il l'empoigna par les cheveux pour l'obliger à s'agenouiller devant lui.

— Tu as tort de me cacher des choses, Tahani. Tes promesses ne te nourrissent pas et elles ne me permettent pas d'acheter du rhum.

Il la jeta au sol sans ménagement.

— Les marins m'en donneront un bon prix.

Tahani comprit que, si elle le laissait quitter la hutte, elle ne reverrait jamais la montre. Aussi tâtonna-t-elle dans la pénombre jusqu'à mettre la main sur une marmite, dont elle frappa la tête de son époux.

Celui-ci ne bougea pas. Puis il se retourna vers elle, les yeux étincelants de rage.

Tahani se mit à hurler en reculant vers le fond de la hutte. Elle était prise au piège. Pruhana entreprit de la battre méthodiquement. Elle se recroquevillait peu à peu sous les coups de poing et de pied. Puis elle cessa de crier, et le monde devint un obscur abîme de douleur.

Mais soudain, tout s'arrêta. Elle leva timidement le regard pour découvrir ses deux frères, venus à son secours. Pruhana était imposant, mais contre la force conjuguée des deux hommes, il demeurait impuissant.

Les premières pensées de Tahani furent pour son neveu. Elle se précipita vers le berceau et le prit dans ses bras en confiant à ses frères la nature de sa promesse à Lianni. Elle leur dit que son époux avait dérobé la montre.

On entraîna Pruhana hors de la hutte pour l'attacher à un arbre dans l'attente du châtiment qu'on ne manquerait pas de lui infliger. Brutaliser sa femme et se rendre coupable de vol étaient des actes répréhensibles. Fouler aux pieds un serment se révélait plus grave encore. Les chefs de la tribu se réuniraient pour décider du sort de Pruhana – sans doute se verrait-il banni, contraint de s'installer sur une autre île.

Tahani s'assit sur le sol de la hutte. Elle tentait d'apaiser le bébé en pleurs. Elle-même sentait rouler des larmes sur ses joues tuméfiées. Elle serrait la montre contre son sein. L'or brillait désormais avec moins d'éclat, et le boîtier était légèrement cabossé, mais la tante de Lianni tiendrait sa promesse. Hélas, elle avait fait, bien malgré elle, de son époux son pire ennemi – l'héritage de Tahamma ne serait pas en sécurité tant que vivrait Pruhana.

8

Mousehole, mai 1771

Près d'un an s'était écoulé depuis la demande en mariage. Susan ne pouvait plus retarder l'échéance. La période de deuil était passée, sa mère avait retrouvé sa vigueur d'antan et la comtesse s'impatientait. Jonathan s'était embarqué pour Tahiti trois années plus tôt ; l'adolescente n'avait pas reçu la moindre lettre. Il ne lui restait plus qu'à épouser Ezra en tâchant de souffrir le moins possible.

Elle s'interrompit dans son travail, songeant à la demeure austère où elle s'installerait bientôt. Sa situation, au sommet de la falaise, ne ferait qu'accroître la sensation d'isolement qu'elle éprouverait entre ses murs. Son union avec le pasteur l'éloignerait inévitablement de sa famille et de l'univers dans lequel elle avait grandi.

L'ecclésiastique la préparait pour l'avenir : grâce à lui, elle s'exprimait de mieux en mieux. Elle connaissait désormais l'usage des mille et un verres et couverts qui trônaient sur une table bien dressée. Les nantis accordaient manifestement plus de prix au rituel du repas qu'à ce qui se trouvait dans leur assiette – après tout, ils n'avaient jamais eu faim. Susan apprit encore le secret des serviettes de table. On lui indiqua sur quel ton s'adresser aux domestiques –

ce dont elle avait horreur, car Mme Pascoe et M. Higgins lui avaient fait comprendre d'emblée qu'ils désapprouvaient cette union. Quant à Ezra, il était la gentillesse même, sa patience rendait les leçons plaisantes. Susan n'en redoutait pas moins le jour où elle devrait prendre le thé avec la comtesse, ce qui ne manquerait pas d'arriver, celle-ci étant une lointaine cousine de la mère du pasteur.

Un vigoureux coup de coude dans les côtes la ramena à la réalité.

— Tu penses à ta nuit de noces ? Je parie que Collinson va te mettre à genoux en moins de deux. Le mien, il adore ça !

Sur quoi Molly, l'amie de Susan, éclata d'un grand rire en manquant de la faire tomber de son tabouret.

— Il paraît qu'on peut déduire la taille de son engin de celle de ses pieds, gloussa-t-elle encore. Veinarde : les souliers du pasteur ressemblent à des péniches !

La jeune fille rougit et se mit à rire à son tour. Elle était habituée à l'humour grivois de Molly, qui égayait mieux que personne les longues heures passées à saler le poisson.

— Tu n'es qu'une jalouse, Moll. Ton mari a des pieds de petit garçon !

Elles se tenaient les côtes. Susan était heureuse, elle n'avait pas eu l'occasion de se détendre depuis bien longtemps. Les deux jeunes femmes s'essuyèrent les yeux avant de reprendre leur tâche : elles salaient les sardines, dont elles emplissaient ensuite des tonneaux en partance pour l'Espagne. Molly s'était mariée huit mois plus tôt. Elle ne tarderait plus à mettre au monde son premier enfant. Solidement charpentée, elle possédait un visage rougeaud, des yeux bleus et une nature allègre.

— Trêve de plaisanterie : es-tu prête pour samedi ?

Elle parlait à voix basse.

— Les vieilles commères du coin ont les oreilles qui traînent jusque par terre, poursuivit-elle. Et ce sont de vraies langues de vipère.

— Je me sens aussi prête qu'on peut l'être, lui répondit sa camarade en évitant son regard scrutateur.

— Tu ne l'aimes pas. Pourquoi l'épouses-tu ? Il y a ici tout un tas de garçons qui rêveraient d'être à sa place.

Susan s'était gardée de révéler toute l'affaire à Molly : en dépit de ses nombreuses qualités, cette dernière était incapable de garder un secret.

— Je vais me marier avec Ezra parce qu'il me l'a demandé. Et parce que je le souhaite. Mon existence s'apprête à changer. C'est ce qui me rend nerveuse, rien de plus.

Son amie poussa un lourd soupir.

— La femme du pasteur... Qui l'eût cru ? Je parie que tu ne lui as pas raconté la fois où nous nous sommes fait pincer toutes les deux dans le séchoir à poisson avec ces deux gars ? Ni le jour où tu t'es tellement soûlée pendant un mariage que ton père a dû te ramener chez vous sur son épaule comme un vulgaire sac de charbon !

— Bien sûr que non. Et je te prierai de tenir aussi ta langue.

Elle sourit de toutes ses dents.

— Je compterai bientôt parmi les personnalités les plus importantes du village, s'amusa-t-elle. Je vais devenir l'épouse d'un pasteur. Je vais emménager dans une grande maison au sommet de la colline. À partir de maintenant, tu devras t'adresser à moi avec respect.

Sur quoi Susan éclata de rire, mais elle s'interrompit en découvrant le regard triste de Molly.

— J'ai l'impression que nous ne nous verrons plus beaucoup, une fois que tu seras mariée, observa celle-ci. Tu ne saleras plus le poisson, tu ne ravauderas plus les filets. Ce serait indigne d'une femme de ta condition.

Elle soupira longuement.

— Tu n'auras plus envie de descendre sur les quais, et nous n'oserons pas grimper jusqu'à chez toi.

— Je ne compte pas vous oublier sous prétexte que je vais épouser Ezra, protesta Susan. Et tu seras toujours la bienvenue dans ma maison.

Elle posa une main sur l'avant-bras de son amie en s'efforçant de lui sourire, mais cette dernière avait raison. Bientôt, elle devrait apprendre à devenir une dame.

— Au moins, tu ne retrouveras plus d'écailles plein ta culotte !

La plaisanterie de Molly tomba à plat. Les deux adolescentes se dévisagèrent un moment, puis reprirent leur travail en silence.

Billy Penhalligan patientait dans l'herbe haute, le regard tourné vers la plage. La nuit était calme, la lune se cachait derrière un gros nuage. Le garçon se tenait là depuis longtemps – impossible de savoir à quelle heure arriverait le bateau. Son estomac gargouillait. Âgé de quatorze ans, il ne cessait de grandir. Un quignon de pain rassis et un vieux morceau de fromage n'avaient pas apaisé la faim qui le tenaillait en permanence.

Il roula dans la verdure et s'étira. Détendant ses muscles douloureux, il observa le sentier côtier pour s'assurer que personne ne l'avait repéré. Les douaniers pouvaient se trouver n'importe où, tapis dans les ténèbres, prêts à accueillir les Retallick dès qu'ils accosteraient. Billy sourit. Le danger ajoutait au plaisir qu'il prenait à ces missions. Et, puisqu'il n'avait jamais été inquiété, depuis six mois qu'il était associé aux deux frères, il jouissait pleinement du frisson que lui apportait l'imminence des périls.

Il avala une gorgée de rhum – la flasque pendait dans un petit sac accroché à sa ceinture – et reprit son guet.

Ses paupières se fermaient peu à peu lorsqu'un bruit lui parvint. Il leva la tête et scruta l'obscurité. Il reconnut les clapotis familiers et le grincement des rames dans les dames de nage. Les Retallick étaient de retour.

Il se faufila parmi les herbes et les rochers pour descendre sur le rivage. Il alluma sa lanterne, qu'il balança d'arrière en avant pour guider ses camarades. Le cri d'une chouette l'ayant informé qu'on l'avait vu, il imita à son tour l'oiseau nocturne. Quelques instants plus tard, il s'avançait dans la mer pour s'emparer d'une corde et participer au remorquage du canot sur les galets.

— Bien joué, mon gars, le félicita Ben Retallick à mi-voix. Tu es sûr que personne ne t'a suivi ?

— Certain.

Le gros barbu le prit par l'épaule. Ben Retallick était nettement plus vieux, nettement plus robuste que Billy, qui le tenait pour un héros.

— Dépêchons-nous, les nuages sont en train de se déchirer.

Le colosse contempla brièvement le ciel et chuchota ses instructions. Billy aida ses compagnons à décharger les caisses de cognac, les rouleaux de soie, les paquets de tabac et de friandises. Les hommes dissimulèrent leur marchandise au fond d'une grotte percée dans la falaise, au-dessus de la ligne des eaux. Le lendemain soir, on reviendrait les chercher en voiture à cheval pour les emporter à Newlyn. Là, dans une taverne baptisée le Beggar's Roost, on les vendrait au plus offrant ; Billy toucherait sa part des bénéfices.

La couverture nuageuse s'était presque totalement dissipée quand les trois hommes mirent à l'abri la dernière caisse.

— Je laisserai la carriole et le cheval à l'endroit habituel, indiqua Ben en regagnant le bateau. Tiens, voilà pour toi un petit supplément. Et ne me laisse pas tomber.

Billy vit briller une lueur dans les yeux de son comparse : l'aîné des Retallick avait confiance en lui.

— Tu peux compter sur moi, souffla-t-il.

Les deux frères grimpèrent à bord de leur embarcation. Le garçon les regarda ramer, puis disparaître dans le noir. Il baissa le regard vers ce que Ben avait déposé dans la paume de sa main. Deux pièces d'or luisaient au clair de lune. Une belle récompense pour deux nuits de veille. La contrebande était un jeu grisant qui, en outre, pouvait rapporter gros. Si la situation se maintenait, l'adolescent ne mettrait plus jamais les pieds sur un bateau de pêche.

— Ce garçon me tuera, cracha Maud en préparant le dîner. Il est encore fourré avec les Retallick, et tu sais ce que ça signifie.

Elle remua le bouillon de poisson avec une vigueur excessive.

— Il a toujours eu l'art de faire des bêtises, mais, cette fois, il va finir derrière les barreaux.

Susan se rappela la prime enfance de son frère : Billy chapardait des pommes, frappait aux portes pour s'enfuir à toutes jambes dès que quelqu'un venait ouvrir. Il aimait se battre. Ses parents avaient espéré le voir s'assagir avec l'âge, mais il n'en était rien.

— Je vais essayer de lui parler, dit-elle à sa mère, mais il n'écoute plus personne en ce moment.

Elle posa le pain sur la table.

— Cela dit, ajouta-t-elle, l'argent qu'il rapporte à la maison est une aubaine.

— Je le sais, acquiesça Maud en soupirant. Nous avons tant de bouches à nourrir, et il y a de moins en moins de travail…

Elle écarta les mèches qui lui tombaient sur les yeux, puis elle quitta le fourneau pour s'emparer de son petit-fils cadet, qui galopait en hurlant à travers la pièce, nu comme un ver. Sa mère ne parvenait pas à le convaincre de s'installer dans le baquet plein d'eau posé près de la porte. On était vendredi, le jour du bain. À la perspective de ce qui attendait la famille le lendemain, Maud se sentait de plus en plus dépassée par les événements.

Susan prit la relève en cuisine, tandis que sa mère énumérait ses griefs contre Billy. Il n'avait jamais accepté l'idée de devenir marin, sous prétexte qu'il avait une sainte horreur de la mer. Le sort, qui l'avait épargné lors de la tempête, venait hélas de le précipiter entre les griffes des Retallick. Il avait découvert les joies de la contrebande, et compris du même coup combien elle se révélait rentable. Pauvre maman, pensa l'adolescente. Elle qui a déjà tellement de soucis. Voilà que Billy court à chaque instant le risque d'être jeté en prison.

Ses réflexions entraînèrent ensuite l'adolescente vers ses belles-sœurs. Deux d'entre elles vivaient encore auprès de Maud, avec leurs enfants ; elles avaient déniché un emploi dans la fabrique d'huile de poisson locale. Elles gagnaient fort peu d'argent, mais c'était toujours mieux que rien. La plus jeune était rentrée chez ses parents à Saint-Mawes, où les responsables de la corderie l'avaient embauchée. On chuchotait ici et là qu'elle fréquentait le fils d'un aubergiste. Dans quelques heures, Susan quitterait à son tour la maisonnette maternelle pour toujours.

Elle joua du bout des doigts avec la bague offerte par Ezra. Elle l'avait passée dans un lacet de cuir pour la porter autour de son cou, afin de la préserver du sel et du poisson. Songeant à son futur époux, le cœur lui manqua. Elle aurait tant aimé le voir manifester encore la passion qui l'animait le jour où il l'avait demandée en mariage. Hélas, à peine avait-elle dit oui qu'il avait troqué sa ferveur initiale contre des manières trop guindées.

Il se montrait si désireux de lui plaire qu'il en devenait servile ; si elle le souhaitait, elle régirait leur ménage d'un simple claquement de doigts. Elle le regrettait, car un homme, à son goût, devait au contraire se montrer robuste et sûr de lui – sa femme n'était pas là pour lui dicter sa conduite.

Et puis, malgré son affection croissante pour le jeune pasteur, elle redoutait la nuit de noces. Comment oublierait-elle les baisers fougueux de Jonathan, la puissance et la chaleur de ses mains sur son corps ?

— Tu es en train de brûler la soupe, la rabroua Maud.

Elle lui prit des mains la cuiller en bois et l'écarta du fourneau.

Susan se sentit tout à coup inutile. Elle sortit, ramenant son châle autour de ses épaules ; la brise du soir lui glaçait les bras. Au bout de la jetée, dans l'odeur âcre des embruns, elle contempla, par-delà l'île minuscule de Saint-Clement, les flots pareils à de l'argent en fusion sous le clair de lune. Jonathan se trouvait quelque part sur la mer. L'adolescente se demanda s'il pensait à elle. Le temps et la distance l'avaient-ils effacée de sa mémoire, ou brûlait-il toujours de l'épouser, comme il le lui avait promis avant son départ ? Des larmes l'aveuglèrent : jamais elle n'obtiendrait de réponse à ces questions.

Tahiti, juin 1771

Pruhana rêvait de se venger d'elle, Tahani le savait. Neuf mois plus tôt, on l'avait exilé sur l'île de Huahine. Il y avait vécu en solitaire. Ses voisins l'évitaient. Pour acheter du rhum, il avait dû se séparer des quelques perles qu'il possédait – mais il avait vieilli : il n'était plus capable de plonger assez longtemps ni d'atteindre des profondeurs suffisantes pour pêcher les plus précieuses.

La tante de Lianni n'ignorait pas qu'au terme de son bannissement il tenterait de regagner Tahiti pour la châtier. Le rhum était un démon puissant. Il devait maintenant lui déchirer le ventre et l'inciter à plus de violence encore. Pruhana, songea encore son épouse, était assez rusé pour échapper à la vigilance de tous et revenir chercher la montre.

Tahani s'agitait sur sa natte sans trouver le sommeil. Elle avait dissimulé l'objet dans la hutte de son frère, mais si son mari mettait la main dessus, elle-même courrait un grave danger. Elle se leva, enroula un sarong autour de ses hanches et sortit sur le pas de la porte pour contempler la nuit. Mille étoiles brillaient au ciel comme autant de joyaux, la lune se reflétait sur les vagues qui, doucement, léchaient une à une la plage déserte. Le parfum des fleurs embaumait l'air. Le village entier dormait, plongé dans le silence. Tahani jeta un coup d'œil au bébé, qui reposait dans un coin de la pièce. Peut-être aurait-elle dû le mettre, lui aussi, en sécurité chez son frère. Ce dernier aurait parfaitement compris ses angoisses.

Elle retourna s'asseoir sur sa natte. Elle était sotte, se gronda-t-elle, un rien la faisait sursauter. Pruhana n'oserait pas violer la loi. La mort attendait quiconque s'avisait d'enfreindre les règles sacrées, or son époux était trop peureux pour risquer ainsi sa tête. Tahani se rallongea et ferma les yeux, résolue à le chasser de son esprit.

Elle s'éveilla au souffle d'une respiration dans la hutte. On s'approchait d'elle à pas furtifs. Elle sentait sa sueur. Paralysée par la terreur, elle feignit de dormir encore, mais à travers ses paupières mi-closes, elle distingua son mari, ainsi que l'éclat d'une lame dans sa main.

Avant qu'elle ait eu le temps de crier, le couteau s'enfonça dans sa chair. Son unique pensée fut pour l'enfant endormi près d'elle. Elle pria pour que Pruhana l'épargne, lorsqu'il s'apercevrait que la montre ne se trouvait pas dans la hutte.

9

Mousehole, 5 juillet 1771

L'aube parut, lumineuse et claire. Ezra ouvrit la fenêtre de la chambre et gonfla ses poumons d'air estival en tournant son visage vers le soleil. Il se sentait renaître et contemplait l'avenir d'un cœur joyeux : aujourd'hui, il allait se marier.

Les pièces résonnaient de mille voix : les domestiques de lady Cadwallader préparaient le petit déjeuner de noces. On époussetait, on astiquait, on installait le nouveau mobilier. Grâce à Susan, la vieille demeure austère était revenue à la vie. Des odeurs s'y mêlaient, de cire d'abeille, de viandes rôties et de pain frais. Il y avait de petits bruits de pas pressés, des rires ; on babillait gaiement.

Le pasteur se détourna de la fenêtre pour contempler la chambre dans laquelle il se trouvait. Elle aussi s'était métamorphosée. En son centre trônait, offert par la comtesse, un grand lit à baldaquin dont les rideaux et le dais étaient en soie rouge vif rehaussée de broderies – on l'aurait cru fait pour une reine. Sur les roses qu'Ezra avait cueillies à l'aurore scintillaient encore des perles de rosée. Il en avait disposé dans plusieurs vases ; leur doux parfum embaumait discrètement toute la pièce. On avait fait venir de Truro une armoire à linge. Le tiroir du bas accueillait draps et couvertures, tandis que les tiroirs supérieurs, tendus de joli papier, attendaient les robes de la future mariée, ses chemises de nuit et ses dessous.

Higgins avait posé sur le lit les vêtements du pasteur, qui l'avait ensuite congédié : il voulait passer seul les quelques heures le séparant de la cérémonie. Il y avait malgré tout une ombre au tableau : l'absence de sa famille. Son frère Gilbert n'avait pas répondu à son invitation, mais, à sa décharge, le jeune homme servait dans l'armée ; on ne pouvait pas forcément compter sur les services de la poste auprès des militaires. Ses parents, eux, vivaient à Londres, ainsi que son frère James. Tous trois avaient expédié à l'ecclésiastique des lettres dans lesquelles ils le félicitaient sur un ton guindé en déplorant que des engagements pris plus tôt les empêchent d'assister à la noce. Ils avaient joint à leurs missives de somptueux présents : un service de table et plusieurs pièces de vaisselle en argent.

Ezra les soupçonnait de désapprouver son union avec une fille de pêcheur et d'avoir dépensé des fortunes en cadeaux dans l'unique but de soulager leur conscience, puisqu'ils avaient choisi de le renier.

Lorsqu'il eut fini de s'habiller, il épingla à sa redingote une fleur de camélia d'un blanc immaculé. On l'avait cueillie la veille dans les jardins du manoir et conservée dans l'eau durant la nuit. Le pasteur observa son reflet dans le miroir et sourit. Pour la première fois de sa vie, il n'était pas loin de se trouver séduisant.

L'homme de loi de lady Cadwallader ayant expliqué à Maud les termes des actes notariés, le régisseur du domaine se présenta avec les documents, aux premières heures du jour, devant la chaumière des Penhalligan. Il s'assura que la mère de Susan apposait sa signature sur chacun des feuillets, au-dessous de celle de la comtesse, après quoi il parapha les papiers à titre de témoin. Il déposa un volumineux paquet sur la table de la cuisine et fila.

Susan n'eut que le temps de contempler son dos avant de se retourner vers le cadeau.

— Tu ne l'ouvres pas ? s'impatienta Maud d'une voix aiguë.

L'adolescente s'empara de la carte pour tenter de déchiffrer les pattes de mouche qui la recouvraient. Grâce à Ezra, elle avait accompli de notables progrès en lecture, mais ses hésitations demeuraient.

— C'est un présent de la comtesse, déclara-t-elle froidement. Je suppose que je suis censée lui en être reconnaissante.

— Susan, dit Maud en serrant sa main rougie autour de celle de sa fille. Ce qui est fait, est fait, et Ezra est un homme de qualité. Il sera un bon époux.

La jeune femme poussa un lourd soupir.

— Je le sais. Mais il mérite mieux.

Ignorant la remarque, Maud entreprit de défaire le paquet. Lorsqu'elle en révéla le contenu, la mère et la fille ouvrirent tout grand la bouche : sur la table de la cuisine s'étalait une splendide robe de soie ivoire. Elle semblait rayonner dans la lumière chiche tombant de la petite fenêtre. Les broderies et les points délicats du vêtement s'enrichissaient de toutes petites perles et de gouttelettes en verre qui scintillaient dans la pénombre.

Susan la souleva, craignant presque de la souiller en la touchant. Le corselet se terminait en pointe au-dessous de la taille. Les manches ballon se resserraient au coude pour céder la place à un délicieux bouillonnement de dentelle vaporeuse descendant jusqu'aux poignets. Au bas du jupon se distinguaient des fleurs et des feuillages brodés, motifs repris sur l'empiècement central de la surjupe. Jamais l'adolescente n'avait rien vu de plus beau, même si cette merveille lui venait d'une femme à laquelle elle vouait une haine farouche.

— Ce n'est pas fini ! s'exclama Maud en déballant un jupon, de délicats souliers à talons et une paire de bas de soie. Oh Susan…, souffla-t-elle, tandis que des larmes roulaient sur ses joues blêmes. Tu vas avoir l'air d'une vraie princesse.

La jeune fille garda pour elle la remarque amère qui lui brûlait les lèvres. Lady Cadwallader savait qu'elle ne résisterait pas à une telle splendeur. Susan rêva soudain de dédaigner cette robe pour enfiler celle que sa mère et elle avaient confectionnée. Mieux : elle pourrait se présenter à l'église dans ses habits de travail. Mais son coup d'éclat ne meurtrirait que son futur époux. Non, elle allait plutôt montrer à cette vieille harpie qu'elle aussi pouvait se conduire à la façon d'une grande dame. Après quoi elle s'efforcerait de rendre le pasteur heureux et de profiter enfin de la chance que cette union lui offrait.

Elle saisit la robe et grimpa l'escalier quatre à quatre.

Ezra serra une à une la main des membres du conseil paroissial. Il salua le pasteur venu tout exprès de Penzance pour conduire la cérémonie. Il lui confia qu'il se présenterait seul devant l'autel : puisque son frère Gilbert était absent, il ne souhaitait pas de témoin.

Les invités arrivaient en charrette ou en carriole, à pied ou à cheval. Les ouailles affluaient de Newlyn, de Mousehole, ainsi que des hameaux de Sheffield ou de Tredavoe. On comptait encore quelques dignitaires du conseil municipal, une poignée de chefs d'entreprises locales et beaucoup de vieilles dames. Lady Cadwallader, qui s'était présentée à bord d'un cabriolet, en descendit avec l'aide du valet de pied qui l'accompagnait. Ayant gratifié le pasteur d'un bref hochement de tête, elle s'engouffra dans l'église sans se départir de sa mine autoritaire.

Ezra possédait peu de véritables amis mais, dans l'assistance, l'humeur était joyeuse, le soleil brillait sur les bonnets et les tenues chatoyantes – la journée promettait d'être belle. Pourtant, le futur marié se sentait gagné par l'angoisse. Et si Susan changeait d'avis au dernier moment ? Mais une main s'abattit soudain sur son épaule, qui mit un terme prématuré à sa crise de panique.

— Qu'est-ce que c'est que cette histoire ? Tu ne veux pas de témoin ? Je croyais pourtant que c'était mon rôle.

Ezra se retourna d'un bond.

— Gilbert ! s'exclama-t-il, tandis que celui-ci le serrait entre ses bras à l'étouffer. Si je m'attendais !

Son frère relâcha son étreinte et lui décocha un large sourire. Les deux hommes faisaient la même taille, affichaient les mêmes traits et les mêmes cheveux noirs, mais la ressemblance s'arrêtait là. Gilbert, qui avait servi dans l'armée des Indes pendant dix ans, possédait un teint hâlé contrastant avec la pâleur d'Ezra. C'était un fringant jeune homme, élégamment sanglé dans une veste rouge vif et coiffé d'un chapeau à cocarde. Il était musclé et pourvu d'une énorme moustache dont il tirait une immense fierté.

— Je n'allais tout de même pas laisser mon petit frère se marier tout seul ! s'écria-t-il.

— Mais pourquoi ne m'as-tu pas écrit pour m'annoncer ta visite ?

— L'armée, mon vieux. Je ne sais jamais où je me trouverai le lendemain, et puis on peut difficilement y compter sur la poste. Bref, je suis rentré en permission chez nos parents, qui se sont empressés de me révéler tes projets.

Il haussa un sourcil en tortillant sa moustache.

— Le moins qu'on puisse dire est que tu nous as réservé une fameuse surprise.

— Si tu es venu pour te moquer de moi, tu seras bien avisé de repartir immédiatement.

L'allégresse du pasteur se dissipait déjà. Gilbert partit d'un énorme éclat de rire en le gratifiant d'une grande claque dans le dos.

— Nos parents m'ont interdit d'assister à ton mariage, et la femme de James a failli s'évanouir lorsque j'ai annoncé à tout le monde que j'avais au contraire l'intention d'être ton témoin.

Son pétillant regard noir croisa celui de son frère, à qui il sourit encore.

— Tu me connais. Je n'ai jamais été homme à écouter les écervelées.

Il se tut un moment pour reprendre son sérieux.

— Je n'ai pas été un très bon frère pour toi, Ezra. Mais les choses vont changer, je te le promets. Nos parents ne t'ont guère ménagé. Puisque nous sommes les cadets, nous devrions nous serrer les coudes.

Débordant de gratitude, le jeune pasteur étreignit le militaire. Il remercia Dieu en silence pour ce formidable cadeau.

Puis ce furent soudain des violons, des tambours et des chants malhabiles.

— Quelle joyeuse procession ! admira Gilbert. La future mariée serait-elle donc en chemin ?

— Oui, répondit Ezra dans un souffle. Rentrons.

Il fourragea dans sa poche.

— Tiens, dit-il à son frère en déposant l'anneau d'or dans sa paume.

— C'est celle de grand-maman, n'est-ce pas ? Tu as toujours été son préféré.

— Au moins, elle m'aimait. Le reste de la famille ne semblait même pas s'apercevoir de mon existence.

— Je suis là, maintenant. Viens, sinon ta promise risque d'arriver avant nous.

Lady Cadwallader était déjà installée sur le banc réservé à sa famille, à l'avant des autres. Ezra eut un instant d'hésitation : il ne réussissait pas à lâcher des yeux la multitude de plumes et d'oiseaux empaillés trônant sur l'extraordinaire perruque de la comtesse.

— La vieille toupie n'a pas oublié de sortir de sa tanière, chuchota Gilbert. *Noblesse oblige.*

Son frère lui donna un coup de coude.

— Chut ! Elle risque de t'entendre !

Le militaire haussa le menton et lissa sa moustache.

— Elle sait parfaitement ce que je pense d'elle, répliqua-t-il d'une voix de stentor qui fit se retourner plusieurs têtes dans sa direction.

Un murmure interrogateur parcourut l'assistance. Qui donc était ce grand gaillard au physique avantageux ? se demandaient les jeunes femmes avec des battements de cils. Ezra, lui aussi, admirait Gilbert. Mais ce jour était le sien. Le sien et celui de Susan. Il ne devait en aucun cas se laisser distraire.

Un brouhaha à l'entrée de l'église annonça l'arrivée de la jeune femme. Les villageois imposèrent le silence à leurs enfants. L'organiste attendit que l'assemblée se fût tue, après quoi les premières notes s'élevèrent et l'on se mit debout pour accueillir la future mariée.

Susan lissa sa jupe d'une main tremblante. Elle avait éprouvé toutes les peines du monde à gravir le sentier escarpé sans salir le bas de sa robe. Elle s'en était admirablement tirée. Elle troqua en hâte ses sabots contre les jolis souliers offerts par lady Cadwallader. Enfin, elle s'empara du petit bouquet de fleurs des champs que sa mère lui tendait.

— Tu es prête, Susan ?

Billy avait fière allure dans le costume de son père, certes un peu trop grand pour lui.

L'adolescente avait mal au ventre et le souffle lui manquait. Elle rêvait de ce jour depuis l'enfance. Elle avait maintes fois imaginé la belle robe, les fleurs, l'église où l'attendraient sa famille et ses amis. Hélas, la superbe tenue de soie devenait le prix à payer pour assurer la sécurité de sa mère et de son frère, son père n'était plus là pour la mener jusqu'à l'autel et elle s'apprêtait à s'unir à un homme qu'elle n'aimait pas.

Elle se retourna une dernière fois dans l'espoir vain de découvrir au loin le navire de Jonathan, mais l'horizon restait vide. Les deux adolescents ne tiendraient jamais les promesses qu'ils s'étaient faites trois ans plus tôt.

— Susan ?

Billy paraissait soucieux.

— Je ne peux pas me sentir plus prête que je ne le suis, murmura-t-elle.

— Mazette ! s'exclama Gilbert en voyant apparaître Susan dans la travée centrale. Quel beau brin de fille. Qui aurait cru ça de toi, mon cher Ezra !

Celui-ci ne répondit rien. Il était fasciné par le spectacle qui s'offrait à lui. On avait dégagé le front de sa promise pour ramener ses cheveux au-dessus de sa tête. Ils dégringolaient en boucles luisantes sur ses épaules. La robe expédiée par lady Cadwallader lui allait à ravir. Elle semblait glisser sur les dalles de pierre grise. Susan Penhalligan était une reine parmi la plèbe.

Elle plongea son regard dans celui du jeune pasteur en prononçant ses vœux devant Dieu et les hommes. Le visage d'Ezra rayonnait. Quand il s'efforça de passer l'alliance au doigt de sa future épouse, celle-ci s'aperçut qu'il tremblait. Elle le rassura en posant doucement une main sur la sienne. Il avait besoin d'elle, comprit-elle soudain. En se mariant avec lui, elle l'aiderait à se débarrasser de sa timidité, elle mettrait un terme à sa solitude. Elle le comblerait. Elle ne l'aimait pas, mais cela n'importait guère. Il avait assez d'amour au cœur pour deux.

La Manche, 13 juillet 1771

Debout sur le pont, Jonathan regardait l'Angleterre de tous ses yeux. Il était presque arrivé. Bientôt, il retrouverait Susan – dès que l'*Endeavour* aurait accosté, il courrait vers elle.

Deuxième partie

La route de Botany Bay

10

Newlyn, Cornouailles, janvier 1782

La vie souriait à Billy Penhalligan. Cette année, songeait-il, elle deviendrait plus belle encore. Le petit appartement qu'il occupait au-dessus du Beggar's Roost était chaud et confortable, il gagnait beaucoup d'argent et portait des vêtements chic. La contrebande se révélait une activité très lucrative. Billy savait, mieux que quiconque, dénicher de bons clients et écouler les marchandises rapportées de France par les Retallick. Au fil des années, la confiance des deux frères à son égard s'était accrue ; ils en avaient fait leur banquier et leur intermédiaire officiel. À vingt-cinq ans, il roulait sur l'or. Néanmoins, il nourrissait un regret : il ne voyait que rarement sa mère ou sa sœur.

Il lutina la jeune fille assise sur son genou en vidant sa chope d'étain. La demoiselle était docile, la taverne bruyante et bondée. Quant à Billy, il digérait doucement l'excellent dîner qu'il venait de s'offrir.

— Les douaniers !

Le silence tomba aussitôt. Toutes les têtes se tournèrent vers le gavroche qui venait de s'encadrer dans la porte pour annoncer la nouvelle.

— Ils sont au coin de la rue ! Ils viennent par ici !

Déjà, Billy avait bondi sur ses pieds en laissant choir lourdement la serveuse. Il se précipita derrière le bar et saisit le patron par le col.

— Arrange-toi pour que mon cheval m'attende à Tinners Field, lui ordonna-t-il calmement en lui glissant une pièce d'or au creux de la paume.

Sans attendre la réponse du tenancier, il se hâta dans l'escalier étroit menant à son logis.

Les panneaux de bois qui ornaient les murs du salon dissimulaient un passage secret donnant accès à une pièce sombre. S'y trouvaient une échelle de corde et un sac de voyage préparé en vue de telles urgences – il contenait de l'argent, des livres de comptes et quelques vêtements de rechange. Billy referma le panneau derrière lui, s'empara du bagage et grimpa à l'échelle de corde, qu'il ramena à lui une fois parvenu dans le grenier. Il s'arrêta pour reprendre son souffle et accoutumer ses yeux à la pénombre. Il entendait monter de la rue les cris des hommes et les sabots de leurs montures. Le temps pressait.

Les combles affectaient la forme d'un tunnel menant de maison en maison. L'adolescent se mit à courir sur les poutres vermoulues avec l'espoir qu'elles ne s'effondreraient pas sous son poids. L'air était saturé de poussière, des toiles d'araignée lui balayaient le visage et s'accrochaient dans ses cheveux. Ayant atteint la dernière demeure, Billy se figea. Il tendit l'oreille. Le silence régnait.

Il dégringola le petit escalier jusqu'au rez-de-chaussée de la menuiserie. Des clameurs se rapprochaient, le bruit des chevaux accéléra son pouls.

La trappe se cachait derrière une pile de bois brut. Le jeune homme pénétra dans un labyrinthe de galeries conçues pour égarer celui qui ne s'y était jamais aventuré. Billy connaissait par cœur ce dédale qui s'étendait sous les rues de Newlyn.

Il en émergea sous un clair de lune atténué par des nuages pressés. Le vent marin se déchaînait. Tinners Field se situait à l'extrémité orientale de la ville. Si Billy en avait eu le loisir et l'envie, il aurait pu, par-delà le promontoire, contempler les lumières vacillantes de Mousehole.

Il s'allongea un instant dans l'herbe déjà humide pour reprendre haleine. Il guettait aussi la présence éventuelle des douaniers. La cheminée de la mine d'étain désaffectée dressait sa noire silhouette décrépite contre la lune pâle. Rien ne bougeait. Seules les hautes herbes ondulaient sous le vent. Billy siffla doucement.

Le cheval hennit et sortit au trot des ténèbres pour se diriger vers son maître. Le jeune homme ayant fixé son sac à la selle, il sauta sur sa monture, qu'il fit démarrer d'un petit coup de talon dans les côtes.

— Au nom du roi, je vous ordonne de vous arrêter !

Le cri provenait de derrière la cheminée. Immédiatement, plusieurs cavaliers se matérialisèrent.

Billy s'immobilisa puis, tirant vivement sur les rênes, il fit volte-face. Hélas, d'autres douaniers se profilaient à l'horizon. Il ne lui restait d'autre solution que de se précipiter vers la falaise. Il était pris au piège. Il jura et éperonna son cheval. Celui-ci, surpris, tressaillit avant de partir au galop.

— Arrêtez-vous ou nous tirons !

Billy se pencha en avant, incitant sa monture à prendre de la vitesse. Devant lui se distinguait un étroit passage entre les gabelous. S'il parvenait à s'y engouffrer, il lui restait une chance de s'en tirer, car son cheval était rapide et lui-même connaissait la région comme sa poche.

Mais les hommes qui s'étaient élancés à sa poursuite se rapprochaient. Quant à ceux qui se tenaient face à lui, ils avaient manifestement un plan.

Le jeune contrebandier continuait de filer droit devant. Mais on tira une charrette à foin pour lui barrer la route. Il se coucha sur l'encolure de la bête afin d'éviter les coups de pistolet qui n'allaient pas tarder à retentir. Il distinguait les armes, ainsi qu'une lueur d'excitation dans les yeux des douaniers.

— Feu à volonté !

Une balle pénétra dans son épaule. Au même instant, le cheval eut un sursaut puis, avec un horrible cri, s'effondra sur le sol. Billy se sentit éjecté de la selle, mais l'une de ses bottes demeura prise dans l'étrier. Il leva les yeux, étourdi et le corps en proie à une vive douleur, vers les hommes à présent rassemblés autour de lui.

— Nous avons enfin l'occasion de faire connaissance, Billy. Je suis heureux de vous annoncer que nous vous arrêtons pour crimes contre la Couronne. J'espère qu'il vous sera infligé une très longue peine.

Tandis qu'on le remettait sans ménagement sur ses pieds, le jeune homme se fendit d'une ultime bravade.

— J'en suis fort aise, lâcha-t-il d'une voix nonchalante. Le fait est qu'il vous a fallu onze ans pour me pincer. Qui plus est, vous venez de tuer un excellent cheval.

Cour d'assises de Bodmin, avril 1782

Le procès, qui se tint trois mois plus tard, ne dura que quelques heures. Les preuves étaient accablantes. Billy se tenait sur le banc des accusés auprès de Ben Retallick et d'une poignée de complices. Son épaule le faisait toujours souffrir, même après qu'un apprenti chirurgien lui avait ôté la balle qui s'y était logée. Ben ayant fourni l'argent nécessaire aux médicaments et aux bandages propres, tout risque d'infection serait écarté, mais le jeune homme craignait de ne pas retrouver l'usage de son bras.

On apprit que le traître n'était autre que le charron, qui s'était mis à table contre la promesse de se voir épargné par la justice, mais il avait dû fuir Newlyn, où la communauté des pêcheurs se serrait les coudes en toutes circonstances.

Billy observait la foule venue assister au procès. Les curieux poussaient des cris, ils sifflaient sans relâche – les hommes de loi parvenaient à peine à se faire entendre.

Une femme se distinguait par son silence et son calme. Lorsque ses yeux croisèrent ceux du jeune prévenu, celui-ci sentit la honte rougir ses pommettes. Susan était une innocente victime de l'opprobre que les agissements de son frère avaient jeté sur la famille entière. Billy avait espéré un instant que ni sa mère ni sa sœur n'auraient eu vent de ses ennuis judiciaires, mais les ragots étaient allés bon train. Il tenta de rendre son sourire à Susan, mais le cœur n'y était pas. Il était néanmoins soulagé que Maud n'eût pas effectué le déplacement.

— Benjamin Retallick. Vous serez pendu jusqu'à ce que mort s'ensuive. Emmenez le condamné.

Rendu muet par l'horreur du verdict, Billy ne put guère que contempler un instant l'homme qu'il avait admiré des années durant, et lui serra la main avant qu'on l'entraîne hors de la salle d'audience. Allait-on les pendre tous ? Il se tourna vers le juge. Une sueur glacée lui trempait le dos. Les peines s'échelonnèrent de sept ans de travaux forcés à la pendaison, en passant par le bannissement. Pour la première fois de son existence, le jeune homme se mit à prier.

— William Penhalligan. Nous vous condamnons à quatorze ans de travaux forcés. Vous partirez en exil à bord du *Chatham*.

L'exil ? Il n'y survivrait pas. Une nausée le secoua, tandis que ses cauchemars d'enfant lui revenaient en mémoire. Il imaginait déjà les mille tourments de cette interminable traversée qu'il lui faudrait accomplir à fond de cale. Il aurait préféré la corde.

— Non, bredouilla-t-il en se débattant pour tenter d'échapper à son gardien. Pas l'exil. Je vous en prie, ne me…

— Taisez-vous.

Le juge abattit son marteau.

— Qu'on l'emmène.

— Je vous en supplie, monsieur. Ne faites pas cela. Le voyage le tuera.

Susan s'était levée, exsangue.

— Silence, madame ! gronda le magistrat.

Billy aperçut les larmes sur les joues de sa sœur. Il ne fut pas loin d'éprouver de la reconnaissance pour l'agent des forces de l'ordre qui, en le poussant hors du tribunal, lui épargnait ce désolant spectacle.

Les cellules étaient infestées de punaises et de puces. La paille était humide, les seaux de toilette débordaient. Les femmes pleuraient, les enfants hurlaient et les hommes se disputaient âprement une bouteille d'alcool que l'un d'eux avait introduite en fraude. L'adolescent s'enquit de Ben et de ses compagnons, mais on lui apprit qu'on venait de les transférer dans une autre prison, où ils attendraient leur exécution.

— Penhalligan ! Viens un peu par là !

Il se fraya un chemin parmi la masse grouillante des détenus pour rejoindre le geôlier.

— Quoi encore ? grommela-t-il.

Si l'homme espérait s'enrichir en lui proposant un supplément de nourriture ou une couverture, il allait être déçu : les douaniers ne lui avaient laissé que les vêtements qu'il portait.

— Tu as de la visite, lui annonça le gardien d'un air mauvais.

Il lui ouvrit.

Billy glissa à plusieurs reprises sur les pavés gras de la cour où les plus fortunés s'offraient, contre de l'argent, un peu d'air frais entre les murs de granit.

— Susan, dit-il. Ce n'est pas un endroit digne de toi.

— Tu es mon frère, voyons.

Elle se pendit à son cou et se mit à sangloter.

— J'ai tenté de le faire changer d'avis, mais… Oh Billy ! Je ne veux pas qu'on t'exile !

Ce dernier tâchait de faire bonne figure, mais la détresse de sa sœur le bouleversait.

— Ça ira, la rassura-t-il à voix basse. Sans doute vont-ils nous garder à quai, puisqu'ils ne peuvent plus expédier les condamnés aux Amériques.

C'était là une piètre consolation, à laquelle, d'ailleurs, il ne croyait pas lui-même.

— Tu en es sûr ?

Elle s'écarta de lui pour le dévisager. Il lut tant d'espoir dans son regard qu'il n'eut pas le cœur de la décevoir.

— Sûr. Et maintenant, sèche tes yeux et montre-moi ce que tu as dans ton panier.

Elle se moucha, souleva le bas de sa jolie robe pour éviter de la salir et l'attira dans un coin où personne ne risquait de surprendre leur conversation.

— J'ai payé le gardien pour qu'on nous laisse tranquilles.

Elle déplia une couverture qu'elle étendit sur la paillasse. Billy se sentait envahi par la tristesse. Susan avait beau feindre la bonne humeur, elle connaissait la terreur que la mer inspirait au garçon. Au cours du trajet qui le mènerait loin de sa terre natale, il mourrait ou sombrerait dans la folie. Néanmoins, il tâcha de se concentrer sur les nouvelles qu'elle lui apportait de la famille.

Sa sœur ne faisait pas ses trente ans, et l'on peinait, devant cette silhouette élégante, à se rappeler l'adolescente qui travaillait naguère sur les quais. Sa coiffure était impeccable et des boucles soyeuses encadraient sa figure. Quant à sa robe et à son bonnet, ils étaient de la plus belle étoffe. Billy nota encore la clarté de son regard, la douceur de sa peau. Le temps l'avait préservée. Elle demeurait mince, en dépit de ses cinq grossesses – tout juste sa taille s'était-elle un peu épaissie depuis le jour de ses noces.

— Tu as bien agi, Susan. Je t'ai toujours dit qu'en épousant Ezra, tu deviendrais une vraie dame.

— Ça n'a pourtant pas été facile, répondit-elle en lui tendant un petit pâté à la croûte dorée. Combien ai-je dû subir de leçons avant d'être autorisée à fréquenter les gens comme il faut !

Elle lui décocha un large sourire, dans lequel il aperçut brièvement le garçon manqué d'autrefois.

— J'ai rêvé bien des fois de tout abandonner et de courir pieds nus sur les pavés pour rejoindre les villageois qui se ruaient vers la mer quand on annonçait des bancs de sardines près des côtes.

Elle poussa un lourd soupir.

— Il m'est même arrivé de t'envier, poursuivit-elle. Tu étais libre de faire ce que bon te semblait, tu n'avais pas le moindre souci… Mais le prix à payer, aujourd'hui…

De nouveau, elle était au bord des larmes. Billy s'abstint de tout commentaire. Rien ne pouvait les consoler. Il laissa sa sœur se ressaisir doucement. Il dégustait le petit pâté qu'elle lui avait offert. Ici, la soupe était infecte, mais il fallait bien l'ingurgiter pour survivre. Et s'il résistait à son voyage sur le bateau-prison, il devrait passer quatorze années parmi la vermine et l'ordure. Il s'efforça de chasser de son esprit cette épouvantable perspective et revint à Susan.

— Ezra te rend-il heureuse ?

Il engloutit un deuxième pâté en croûte. La jeune femme hocha positivement la tête.

— C'est un homme bon, et je n'ai pas à me plaindre.

Il plongea son regard dans le sien : elle ne mentait pas.

— Tu as fini par l'aimer, alors ?

Elle éclata d'un petit rire frais.

— J'avoue que je n'ai jamais cru la chose possible, mais Ezra a su gagner mon affection et mon respect. Nous nous entendons bien. C'est un époux attentionné. J'apprécie sa gentillesse et le dévouement qu'il manifeste envers ses paroissiens et son église. Et puis, l'amour que nous portons tous deux à nos enfants a encore resserré nos liens.

— Mais il ne t'a jamais enflammée comme Jonathan avait su le faire ?

Soudain gênée, Susan entreprit de couper le gâteau qu'elle avait apporté.

— Ça, rétorqua-t-elle enfin d'un ton ferme, ce ne sont pas tes affaires, Billy Penhalligan.

Elle lui tendit une tranche et revint à des considérations plus prosaïques.

— Voici de l'argent. C'est une très petite somme, mais je n'ai pas pu en grappiller davantage. Quant à ce ballot, il contient des médicaments, des pansements propres et des habits de rechange.

Elle grimaça devant les haillons crasseux qui lui tenaient lieu de vêtements.

— J'ai ajouté du savon et de l'eau de lavande.

La gorge de Billy se noua lorsqu'il voulut la remercier. Il avait vu briller des larmes dans les yeux de sa sœur – elle était anéantie qu'il fût tombé si bas.

Mais déjà, le gardien approchait. Il allait falloir se séparer.

— Tu as subvenu en partie à nos besoins, Billy. Tu nous as soutenues plus que tu ne l'imagines. Il est juste que nous t'aidions en retour.

Elle s'obligeait à ravaler ses pleurs.

— Je ne supporte pas l'idée qu'on te bannisse. Je ne le supporte pas…

Ses mots restèrent un instant en suspens.

— Je me suis renseignée. Le *Chatham* mouille actuellement dans le port de Plymouth. Je pourrai donc te rendre visite.

— Non.

Billy se leva. La douleur tordit ses traits : son épaule continuait de le tourmenter.

— Je te l'interdis. Cette geôle est épouvantable, mais je sais qu'on vit sur les bateaux-prisons dans des conditions bien plus terribles encore. Ce n'est pas un endroit pour une femme. Et certainement pas un endroit pour ma sœur.

— Tu ne pourras pas m'en empêcher.

— Je refuserai de te voir.

Susan poussa un soupir tremblant.

— Tu as toujours été un garçon entêté, Billy.

L'angoisse dévorait le visage de la jeune femme.

— Je comprends tes arguments, mais nous aurons besoin de savoir comment tu te portes.

— Ça risque d'être trop douloureux, répondit son frère en lui prenant les mains. J'éprouverai plus de honte encore si tu es témoin de ma déchéance.

Elle hocha la tête.

— Très bien, murmura-t-elle. Je demanderai à quelqu'un de t'apporter de la nourriture et des vêtements aussi souvent que possible.

Elle effleura le menton de Billy, mangé de barbe.

— Il faut que je m'en aille, dit-elle d'une voix navrée – des larmes scintillaient sur ses cils. Bonne chance. Rappelle-toi que nous t'aimons et que nous ferons tout ce que nous pourrons pour toi.

Elle l'étreignit. Billy sentit pêle-mêle la douceur de ses cheveux, son parfum de lavande et la vigueur de son petit corps mince. Quatorze ans. Sa peine serait longue, mais si Dieu lui prêtait vie au-delà de son terme, il paierait sa sœur de retour.

Mousehole, avril 1786

Susan contempla son reflet dans le miroir à main. Où donc avaient fui les années ? Quatre d'entre elles s'étaient écoulées depuis sa dernière entrevue avec Billy. On avait rejeté toutes ses demandes de visite et jamais elle n'avait reçu de lettre de son frère, en dépit des colis qu'elle lui avait expédiés.

Elle reposa le miroir en tentant de chasser ces préoccupations de son esprit. Aujourd'hui, sa fille célébrait son quatorzième anniversaire – Susan avait une fête à organiser, des invités à recevoir. Elle se leva et lissa sa jupe, se délectant du contact de ses doigts avec l'étoffe couleur de lavande. C'était la première fois qu'elle portait cette robe, confectionnée pour l'occasion. Elle était splendide. Elle mettait en valeur ses yeux bleus et l'étroitesse de sa taille. Tandis qu'elle chaussait ses souliers assortis et saisissait son éventail, elle entendit des voix dans le jardin. Elle s'approcha de la fenêtre. Les membres de sa famille se rassemblaient peu à peu. Susan aurait dû se précipiter pour les rejoindre, mais elle préféra les contempler un moment encore du haut de sa paisible solitude.

Ezra était en grande conversation avec son frère Gilbert, venu de Londres avec Ann, son épouse. Leur union, trois ans plus tôt, avait surpris tout le monde, la mariée la première, qui avait confié à Susan s'être crue depuis toujours vouée au célibat – elle se trouvait trop ordinaire pour retenir l'attention d'un homme. Et voilà que, à trente et un ans, elle avait retenu celle du fringant général Collinson.

Ann et Gilbert étaient heureux. Certes, les noces avaient été trop tardives pour que des enfants naissent mais, même si, dans ses lettres à Susan, la femme du militaire le regrettait un peu, elle se réjouissait de sillonner l'Empire britannique aux côtés de Gilbert.

Maud, dans sa chaise roulante, trônait au beau milieu de la pelouse. Elle distribuait ses instructions à la gouvernante. Elle avait beau avoir perdu l'usage de ses jambes, sa frêle constitution et son petit visage d'oiseau dissimulaient une volonté de fer qui impressionnait beaucoup ses petits-enfants.

On jouait au croquet. Un groupe d'adolescentes, assises sous un arbre, souriaient en battant des cils aux jeunes officiers que Gilbert avait amenés avec lui. Maud réprimanda sèchement les garçonnets que l'événement surexcitait déjà.

Susan poussa un soupir de soulagement. Avril commençait à peine, mais le temps était splendide. On avait servi le thé sur des tables couvertes de nappes d'un blanc immaculé, dont les pans ondulaient sous la brise printanière venue de la mer. Le presbytère avait troqué son austérité d'antan contre une atmosphère vibrante et colorée dans laquelle évoluaient de jolies robes et des uniformes écarlates.

Ezra, qui avait peut-être perçu le regard de son épouse sur lui, leva les yeux vers la fenêtre. Son sourire, qui disait l'intensité de son bonheur, réchauffa le cœur de Susan. Leurs quinze années de mariage avaient apporté à celle-ci une satisfaction croissante et, même si Billy avait deviné qu'elle n'éprouvait pas pour le pasteur la passion qu'elle avait nourrie envers Jonathan, elle comptait bien se garder à jamais de le révéler à Ezra.

Elle observa sa fille – qui flirtait effrontément avec le jeune lieutenant contre lequel elle disputait une partie de croquet. Emma avait vu le jour quatorze ans plus tôt. Ses cris rageurs, ses coups de poing et de pied avaient annoncé les colères de l'enfance, puis l'infatigable énergie avec laquelle elle étudiait à présent dans l'école ouverte au village par son père.

En apercevant Ernest, Susan eut un pincement au cœur. Son frère et lui étaient nés deux mois avant terme ; Thomas n'avait pas vécu plus d'une semaine.

Elle se demandait souvent si Ernest, dont la placidité était légendaire, souffrait inconsciemment de la perte de ce jumeau qu'il n'avait pas eu le temps de connaître. Âgé de treize ans, ses airs malicieux et son sourire timide faisaient déjà des ravages parmi les demoiselles de la région, chaque fois qu'il rentrait de la ferme de Land's End où il se trouvait en apprentissage. Il espérait posséder un jour sa propre exploitation : indifférent aux études, il n'aimait rien tant que s'occuper de ses bêtes, au grand air et par tous les temps.

Il bavardait avec deux adolescentes. Grand pour son âge, il promettait de devenir un véritable colosse. Comme il se penchait pour mieux entendre ce que l'une de ses interlocutrices lui disait, ses cheveux blonds jetèrent des éclats d'or sous le soleil.

Susan était surprise qu'il soit présent à la fête. Il ne pensait en général qu'à son travail, au point d'oublier les rendez-vous importants. Peut-être la perspective de croiser des jeunes filles l'avait-elle stimulé.

Un peu plus loin, Florence plaçait les tables et les chaises. Née très exactement neuf mois après sa conception, elle brillait par son efficacité dans tout ce qu'elle entreprenait. Elle tenait de sa grand-mère maternelle une langue acérée et un soin du détail exceptionnel pour une enfant de son âge.

Susan secoua la tête en l'observant. Florence était certes une réplique miniature de Maud mais, grâce aux revenus du pasteur, jamais elle ne connaîtrait la faim ni le froid. Sa mère l'imaginait mariée plus tard à un homme fortuné, car elle manifestait déjà un goût prononcé pour les belles choses.

Mais Florence était une fillette étrange. À peine née, il lui était arrivé de fixer sa mère d'un regard pénétrant qui accablait Susan. Elle se sentait jugée, jaugée, incapable d'offrir à son enfant ce qu'elle paraissait lui réclamer avec tant d'avidité. Ezra seul réussissait à calmer les pleurs de la petite, qui ne s'en remettait qu'à lui dans les situations difficiles.

Susan s'éloigna de la fenêtre après avoir scruté le jardin pour tenter d'y repérer George. Il demeurait introuvable. Elle quitta la chambre et se hâta de descendre l'escalier. Du haut de ses onze ans, George était un garçon extrêmement turbulent, plus occupé à multiplier les sottises qu'à améliorer ses résultats scolaires. Le directeur de la carrière était récemment venu au presbytère pour se plaindre de lui et de quelques-uns de ses camarades. Un autre jour, plusieurs pêcheurs s'étaient mis en colère, le garçonnet et sa bande ayant dissimulé au fond d'un puits de mine désaffecté leurs filets et leurs casiers à homards. Bien à contrecœur, Ezra avait infligé à son fils une série de coups de canne, mais le châtiment était demeuré sans effet. Susan s'inquiétait : George lui rappelait douloureusement Billy au même âge.

Ce dernier croupissait toujours à bord d'un bateau-prison ancré dans le port de Plymouth. Il lui restait dix ans à tirer. La guerre d'Indépendance lui avait au moins évité le voyage vers les Amériques. Pour sa sœur, c'était une manière de soulagement : il demeurait près d'elle et loin de la haute mer qu'il redoutait tellement.

Lorsqu'ils s'étaient rendus sur place, Susan et Ezra n'avaient pas été autorisés à le voir, mais ils s'étaient émus des conditions de vie sordides qu'on imposait aux détenus. La jeune femme avait passé de nombreuses nuits sans sommeil. Néanmoins, justice avait été rendue : Billy connaissait les dangers de la contrebande ; il payait à présent pour ses fautes. Sa sœur priait pour qu'il survive à son incarcération.

— Bonjour, mon amour, murmura le pasteur quand elle sortit de la maison.

Il l'accueillit d'un doux baiser sur sa joue soudain rougissante.

— Tu es ravissante, comme à l'accoutumée, mais tu me sembles un peu distraite.

Susan s'empressa de chasser son frère de ses pensées.

— As-tu vu George ? lui demanda-t-elle.

— Je l'ai expédié dans sa chambre pendant une demi-heure.

Le soupir d'Ezra ne masquait pas tout à fait le demi-sourire amusé qui naissait sur ses lèvres.

— Il a tiré les cheveux de Florence, qui s'est vengée en lui assenant une gifle.

Susan se mit à rire.

— Elle sait se défendre comme je me défendais à son âge ! George a récolté ce qu'il méritait.

Jonathan savait que ce n'était pas raisonnable mais, après tant d'années loin de Mousehole, il brûlait de la revoir. L'annonce du mariage de Susan avec Ezra Collinson à quelques jours de son retour en Angleterre l'avait atterré. Lady Cadwallader, bien sûr, était aux anges.

Susan était-elle heureuse ? Non qu'il eût son mot à dire en la matière, songea-t-il avec une pointe d'amertume, mais le sort de la jeune femme continuait de lui importer. Il regrettait de n'être pas revenu plus tôt dans les Cornouailles. Mais il s'était installé à Londres. En outre, il continuait à sillonner les mers du globe. Ses activités lui laissaient peu de temps pour l'introspection. Après le décès de la comtesse, deux ans plus tôt, Braddock s'était révélé pleinement capable d'administrer seul le domaine.

Ayant aidé son épouse à grimper dans le cabriolet, Jonathan ignora le regard meurtri dont elle le gratifia en le voyant s'installer sur le siège du cocher, saisir les rênes et lancer le cheval au petit trot.

Emily se tenait assise derrière lui, raide, les lèvres pincées, une main gantée agrippée au pommeau de son ombrelle.

— Je ne vois décidément pas pourquoi nous devons rendre visite au pasteur, lâcha-t-elle d'un ton glacé.

— Parce qu'il s'agit d'un cousin éloigné, répondit-il sans se retourner. Je vous saurai gré, madame, de vous montrer polie avec lui.

Il regardait droit devant lui. Susan avait-elle beaucoup changé ? Comment se sentirait-il devant elle ? Car il n'avait rien oublié des serments échangés lors de leur dernière rencontre, au fond de la caverne.

Hélas, Emily n'en finissait pas d'émettre des critiques ; Jonathan peinait à conserver son calme. Sa future épouse avait surgi dans sa vie en 1772, peu après son retour en Grande-Bretagne. Ce qu'il tenait pour la trahison de Susan lui avait brisé le cœur ; sa mère avait profité de sa faiblesse. Avant qu'il ait eu le temps de réagir, les préparatifs du mariage allaient bon train. Il était trop tard pour faire machine arrière.

Car le domaine ne se relevait pas du remboursement des dettes de jeu contractées naguère par le comte. Si les Cadwallader voulaient conserver leur rang au sein de la haute société, ils avaient besoin d'argent frais. C'est ainsi que, à peine âgé de vingt et un ans, Jonathan devint l'époux d'une véritable harpie.

Fille d'un riche aristocrate, Emily s'était montrée si revêche depuis sa plus tendre enfance qu'aucun prétendant n'avait jamais demandé sa main. Aussi accueillit-on l'ancien fiancé de Susan à bras ouverts ; la dot se révéla importante. Les deux conjoints n'éprouvèrent nul plaisir à partager le même lit. À la naissance d'Edward, leur fils, Emily considéra qu'elle avait accompli son devoir : pour le plus grand soulagement de Jonathan, elle le chassa de sa chambre à coucher.

Il lui arrivait de se consoler auprès d'autres femmes. Au début, il en conçut du remords. Après tout, Emily n'était qu'un pion dans le vaste plan ourdi par Clarissa Cadwallader. Mais la jeune femme semblait le haïr de tout son cœur. Il finit par abandonner toute perspective de réconciliation.

D'ailleurs, il passait le plus clair de son temps en mer – à Londres, il se contentait de s'acquitter de ses obligations et de siéger de loin en loin à la Chambre des lords. S'il n'avait eu son enfant pour le retenir, il aurait quitté l'Angleterre définitivement.

Bientôt, le presbytère apparut. Jonathan mit son cheval au pas, observant dans le jardin, à travers la grille, les hôtes et leurs invités. Son regard s'arrêta sur une superbe jeune femme en robe lilas. Déjà, son cœur battait la chamade. Il l'aurait reconnue entre mille.

Il la trouvait plus belle encore que jadis. Elle était si pleine de vie et d'entrain… C'était comme si le soleil et le vent des Cornouailles avaient choisi de s'incarner dans ce corps svelte, dont Jonathan se disait qu'il pourrait s'envoler d'une minute à l'autre.

— Quand vous aurez fini de rêvasser, aboya Emily, vous m'aiderez à descendre.

Brusquement ramené à la réalité, il s'exécuta en hâte. Contemplant un instant la mine pincée de son épouse et ses tristes vêtements gris, il songea qu'elle ne soutenait vraiment pas la comparaison avec Susan. Une immense tristesse l'envahit. Il n'aurait pas dû venir.

Susan riait avec Emma des pitreries d'Ernest. Le garçon tentait d'enseigner les règles du croquet à deux adorables fillettes. Ezra la saisit doucement par le coude.

— Nous avons de la visite, ma chérie.

Elle se retourna. Son sourire trembla, tandis que son cœur bondissait dans sa poitrine, cognant péniblement contre ses côtes. Jonathan avait à peine changé. Tout juste quelques cheveux argentés ornaient-ils maintenant ses tempes. Pour le reste, il était splendide – un visage d'ange et un corps d'athlète. Mais ce furent ses yeux qui l'hypnotisèrent littéralement et réveillèrent ses souvenirs : plantés dans les siens, ils demeuraient aussi bleus que les flots baignant les rivages de la contrée.

— Susan ? s'étonna Ezra en serrant son coude un peu plus fort.

Elle cligna des yeux et se ressaisit : on l'observait. Il lui fallait feindre l'indifférence en dépit de son émoi.

— Je suis surprise, souffla-t-elle. J'ignorais qu'ils étaient invités.

— On m'a informé de leur présence dans la région. Je leur ai envoyé une invitation à la dernière minute. J'espère que tu n'y vois pas d'inconvénient ?

Mais déjà, Jonathan et son épouse à l'air rogue s'avançaient vers eux. Susan effectua une révérence.

— Comme c'est gentil à vous d'être venus.

Emily hocha durement la tête, la bouche dédaigneuse. Sous son œil impitoyable qui ne la lâchait plus, Susan se sentit rougir : la lueur de réprobation qu'elle lisait dans ce regard valait tous les discours. Elle avait seize ans de nouveau, de nouveau elle était cette fille de pêcheur pauvre s'échinant sur les quais – une seconde lui avait suffi à oublier son statut d'épouse de pasteur.

Jonathan serra la main de ce dernier. Ses pommettes rosirent lorsque, ensuite, il baisa celle de Susan. Leurs yeux se croisèrent et, aussitôt, le reste du monde se volatilisa. La jeune femme tangua jusqu'à son invité.

— Jonathan, murmura-t-elle.

Gilbert rompit le charme.

— Ezra ! tonna-t-il en abattant une main sur l'épaule de son frère. Il est temps pour toi d'ouvrir le champagne que j'ai apporté de Londres. Car j'ai des choses à vous annoncer.

Susan se détourna de Jonathan quand Ann la saisit par la taille pour l'éloigner doucement du groupe.

— Tu es toute rouge, remarqua sa belle-sœur. Allons nous servir un rafraîchissement, tu en as bien besoin.

Hébétée, Susan la suivit docilement. Ainsi, Jonathan était de retour, et l'amour qu'elle lui portait se révélait plus intense que jamais. Son cœur battait comme un tambour, un frisson parcourait sa peau. Elle ne s'était pas sentie aussi vivante depuis de nombreuses années.

— Je suis étonnée de voir le comte parmi nous, déclara Ann en penchant le pichet de citronnade pour emplir un verre en cristal. Il se trouve rarement en Angleterre et cela faisait une éternité qu'il ne s'était pas rendu en Cornouailles.

Susan tentait d'échapper à son chaos intérieur.

— C'est Ezra qui les a invités.

Elle ne put s'empêcher de lorgner Jonathan, qui aidait son épouse à s'installer à l'ombre d'un arbre.

— Quelle erreur, commenta Ann en lui tendant le verre.

Sa belle-sœur sursauta.

— Que veux-tu dire ? balbutia-t-elle.

Ann la prit gentiment par le bras pour l'entraîner vers deux fauteuils isolés. Elles prirent place et lissèrent soigneusement leur jupe.

— J'ai eu vent de la rumeur, expliqua l'épouse de Gilbert. Je sais que Jonathan et toi avez été très liés. Certes, c'était il y a longtemps, mais je ne crois pas qu'il soit bon de contempler son passé ni de regretter ce qui n'a pas eu lieu.

Susan rougit.

— Nous étions des enfants, se justifia-t-elle. Ma vie auprès d'Ezra me satisfait pleinement.

— Jusqu'à ce que les souvenirs resurgissent, répondit Ann en lui tapotant le dessus de la main.

Dans sa voix pointait une réprimande. Elle se raidit en voyant celui qu'elle venait d'évoquer se joindre à une partie de croquet. De toute évidence, la présence de Jonathan l'exaspérait – elle pourtant si mesurée d'ordinaire.

Elle avala une gorgée de citronnade avant de reprendre la parole.

— Jonathan Cadwallader traîne derrière lui une fameuse réputation de séducteur, assena-t-elle d'un ton neutre. Dans certains milieux, on le tient même pour un aventurier. Il a fière allure, je l'avoue, et c'est un homme fortuné. En outre, il se montre toujours d'une discrétion exemplaire. Mais il a brisé plus d'un cœur. Je comprends l'amertume qu'on lit sur le visage de sa pauvre femme.

Refusant d'accorder foi à ces ragots, Susan se tourna vers Jonathan et rougit lorsqu'il lui décocha un sourire. Elle brûlait de s'entretenir avec lui en privé. Elle aspirait à voir se terminer la fête ; elle aurait alors tout loisir d'imaginer un moyen de le rencontrer.

— Ma chère ? murmura Ann, en lui donnant un léger coup de coude.

Cette dernière attendait une réaction. Susan s'apprêtait à lui conseiller de ne pas se fier si aveuglément aux potins, quand Gilbert prit la parole.

— Mesdames et messieurs ! Officiers !

Ann ouvrit son éventail et l'agita devant sa figure.

— Mon mari se croit sur un champ de manœuvres, plaisanta-t-elle à l'adresse de sa voisine.

Celle-ci gloussa, ravie d'échapper enfin à la curiosité de sa belle-sœur.

— Mais quelle prestance, tout de même, tu ne trouves pas ? enchaîna-t-elle. On a peine à croire qu'il a déjà quarante-huit ans.

— Le mariage vous réussit à tous les deux, la flatta Susan.

Ann piqua un fard et s'éventa les joues.

— Aujourd'hui est un jour de fête, reprit Gilbert. Car nous célébrons l'anniversaire de ma nièce, Emma. Mais de plus, j'apporte de grandes nouvelles de Londres.

— Il adore s'écouter parler, s'amusa son épouse, mais j'espère qu'il ne va pas nous faire languir trop longtemps.

Voyant que Susan la fixait d'un air interrogateur, elle la rassura d'une petite tape sur la main.

— Dans quelques minutes, tu sauras tout, lui promit-elle.

— Eu égard à la guerre d'Indépendance qui fait actuellement rage en Amérique, ainsi qu'à l'hostilité manifestée par la France et l'Espagne, William Pitt, notre Premier Ministre, a déclaré que la survie de notre nation dépendait de notre présence affirmée dans l'Est.

— Dieu du Ciel, soupira Ann, le voilà lancé. Nous en avons pour des heures !

Susan, elle, n'entendait plus rien : elle contemplait Jonathan.

— Mais il est d'autres préoccupations qu'il nous faut également traiter si nous tenons à ce que la Grande-Bretagne regagne sa puissance navale, rugit le général. Ainsi le chanvre représente-t-il pour nous un élément vital. Or, la grande Catherine de Russie a jugé opportun de faire main basse sur l'ensemble de la production de la Baltique.

Il fit une pause pour reprendre haleine et lisser son imposante moustache.

— La fondation d'une colonie en Nouvelle-Galles du Sud constitue l'une des solutions à notre problème. Non seulement elle nous permettrait de nous approvisionner en lin et en bois de construction, mais nous pourrions, de là, empêcher les Français de s'installer dans la région. Nous disposerions enfin d'une base géographiquement avantageuse si un conflit venait à se déclarer.

Un murmure parcourut l'assistance ; on s'impatientait. Gilbert enchaîna.

— Cet ambitieux projet réglerait en outre la question de ces centaines de détenus entassés dans nos bateaux-prisons, détenus que nous exilions naguère aux Amériques.

Susan tendit aussitôt l'oreille. Elle pensait à Billy.

— Lord Sydney, du *Home Office*[1], a annoncé cette semaine que Sa Majesté avait approuvé la création

1. Ministère de l'Intérieur.

d'une colonie pénitentiaire à Botany Bay. Le ministère de la Marine affrétera sous peu des navires qui emporteront là-bas sept cent cinquante criminels, ainsi que diverses provisions indispensables et des outils. Car il s'agit d'y développer une activité agricole digne de ce nom. Les premiers départs auront lieu au printemps 1787.

Le cœur de Susan battait la chamade. Son frère ferait-il partie du voyage ? Allait-on l'expédier à l'autre bout du monde, dans une contrée sauvage et inconnue où il devrait vivre et mourir loin des siens ? L'épouse du pasteur jeta un coup d'œil en direction de sa mère. Maud avait pâli sous son bonnet. Les deux femmes échangèrent un regard chargé d'angoisse.

— Ne nous y trompons pas, mesdames et messieurs. Il ne s'agira pas d'une colonie fondée *pour* les prisonniers, mais bien d'une colonie fondée *par* les prisonniers, ces derniers ne représentant qu'un moyen mis au service d'un noble but. Le capitaine Arthur Phillip est sur le point d'être nommé gouverneur de la Nouvelle-Galles du Sud. Il exercera son autorité depuis le cap York jusqu'aux îles les plus proches de l'océan Pacifique.

Les pensées de Susan tourbillonnaient.

— Une présence militaire importante sera également nécessaire, poursuivit Gilbert. C'est pourquoi, mesdames et messieurs, j'ai la joie de vous annoncer ma nomination à la tête de ce contingent : me voici promu maréchal. Je prendrai mes fonctions d'assesseur auprès du tribunal militaire dès l'arrivée de la Première Flotte à Botany Bay.

Des applaudissements retentirent. Susan se tourna vers sa belle-sœur. L'inquiétude faisait trembler sa voix.

— Que va-t-il se passer pour Billy ?

— Je l'ignore, mais Gilbert va se renseigner. Si les autorités l'expédient là-bas, nous veillerons sur lui.

— Tu pars avec lui ?

— Bien sûr. Ma place est auprès de mon époux.

— Mais que vas-tu faire dans cette contrée oubliée de Dieu ? Les dangers doivent y être nombreux ?

Ann se tourna un instant vers son mari, heureuse des félicitations qu'on était en train de lui adresser.

— Cette contrée ne restera pas longtemps oubliée de Dieu, Susan. Le révérend Richard Johnson nous accompagne. Il sera l'aumônier de la colonie. Quant à moi, j'aurai la compagnie d'autres épouses et de nombreux enfants. Et les Deuxième et Troisième Flottes compteront à leur bord des hommes d'Église supplémentaires.

Susan la considéra avec admiration. Elles avaient le même âge, mais un monde les séparait.

— Quel courage, lui dit-elle. Jamais je n'oserais m'engager dans un tel périple.

Une lueur d'enthousiasme brilla dans les yeux de sa belle-sœur.

— C'est une aventure exaltante, ma chère. D'ailleurs, d'ici quelque temps, Ezra et toi pourriez fort bien nous rejoindre. La tâche sera immense, pour un pasteur aussi dévoué que ton époux.

Susan frissonna.

— Je ne quitterai jamais les Cornouailles.

Tournant discrètement ses regards vers Jonathan, elle s'aperçut qu'il l'observait.

— L'existence possède l'art de vous faire changer d'avis dans bien des domaines, murmura Ann.

Mais sa belle-sœur ne l'écoutait déjà plus. Le comte s'était détaché du groupe entourant le maréchal pour se diriger d'un pas tranquille vers le clos. Ayant lancé un regard furtif à Susan, il disparut.

— Je vais féliciter Gilbert pour son discours, dit Ann. Tu m'accompagnes ?

Susan secoua la tête.

— Je vais d'abord monter voir George. Sa demi-heure de punition est écoulée. Il va pouvoir se joindre à nous.

Sur quoi, elle fila vers la maison sans laisser le temps à sa belle-sœur de la questionner davantage. Dès que le garçonnet fut descendu dans le jardin, elle traversa le potager pour se glisser jusqu'à la porte du clos. Il lui était impossible de s'absenter longtemps, mais elle devait poser à Jonathan les questions qui la taraudaient depuis tant d'années.

Il l'attendait à l'ombre d'un vieux prunier.

— Susan. Il s'est passé tellement de temps…

Elle aurait pu se pendre aussitôt à son cou, mais quelque chose dans son expression l'en empêcha.

— Trop longtemps.

Elle le dévorait des yeux.

— Pourquoi n'es-tu pas revenu pour moi, comme tu me l'avais promis ?

— Mais c'est ce que j'ai fait ! protesta-t-il. Mais à mon arrivée, ma mère m'a appris que tu venais d'épouser Ezra Collinson. Si tu avais patienté huit jours de plus, c'est avec moi que tu aurais pu te marier. J'ai eu tort de croire à tes serments.

— Comment oses-tu ? se fâcha-t-elle. J'ai attendu trois ans, sans la moindre nouvelle.

— Comment aurais-je pu t'écrire au beau milieu de la mer de Tasman ? Tu aurais dû avoir foi en moi.

— Trois ans, répéta-t-elle. Au lieu des deux dont tu m'avais parlé. Que devais-je faire ? Me contenter de prendre mon mal en patience pendant que tu jouais au vieux loup de mer ?

— Bien sûr que non. Mais trois années ne représentent rien : nous aurions pu passer ensuite le reste de notre vie ensemble.

Il avança d'un pas dans sa direction.

— J'étais fermement décidé à t'épouser, Susan. Mais tu n'as pas été capable de m'attendre. Et puis d'ailleurs, pourquoi diable ce Collinson ?

Il prit une profonde inspiration, tâchant d'étouffer la rage qu'il sentait monter en lui.

— Je t'ai fait confiance, Susan, et tu m'as brisé le cœur.

— Ton chagrin aura été de courte durée, rétorqua-t-elle, refusant de se laisser attendrir par la mine dévastée qu'il lui opposait. Moins d'un an plus tard, tu te mariais avec Emily.

Il se passa nerveusement la main dans les cheveux avant de révéler à la jeune femme les plans ourdis par la comtesse et l'union arrangée.

— Je n'ai guère eu le choix. Elle avait tout prévu avant même mon départ pour Tahiti. Elle m'avait annoncé que je devrais, dès mon retour, me soumettre à sa volonté. C'est pourquoi je comptais t'épouser le plus vite possible, avant qu'elle ait eu le temps de lier mon destin à celui de quelqu'un que je n'aimais pas. Mais l'annonce de ton mariage avec Collinson m'a anéanti. Sans toi, tout me devenait égal.

Il restait de la fureur dans ses yeux.

— Je suppose que tu seras ravie d'apprendre qu'Emily et moi nous entendons très mal.

— Je suis navrée, Jon. Mais nous sommes deux à avoir souffert des manigances de ta mère.

Elle lui rapporta la mort de son père et de ses frères, puis le chantage exercé sur elle par Clarissa Cadwallader.

Jonathan serra les poings. Le sang avait soudain reflué de son visage. Une plainte sourde lui échappa.

— Dieu du Ciel. Je suis si malheureux de n'avoir pas été là pour te protéger…

Susan recula. Elle se rappelait les longues heures passées à contempler les flots, les prières qu'elle avait formulées pour qu'il débarque à temps, son renoncement final sur les marches de l'église. Enfin, elle leva les yeux vers lui. Tout ressentiment s'était évanoui. Elle n'éprouvait plus qu'une immense tristesse face au sort cruel qui leur avait été réservé.

— Mais pourquoi es-tu parti si longtemps ?

— Nous avons poussé beaucoup plus au sud que ce qui était initialement prévu, et nous avons essuyé de nombreuses tempêtes.

Il lui narra leur exploration du littoral néo-zélandais, leur découverte de l'Australie, le cauchemar enduré à Batavia et le voyage de retour.

— Nous n'avons pas croisé d'autre navire susceptible de se charger de notre courrier. Je n'avais aucun moyen de t'expédier un message, Susan. Mais je n'ai cessé de penser à toi. Tu es toujours demeurée dans mon cœur.

Elle aurait voulu pleurer, mais les larmes n'auraient pas apaisé sa douleur.

— Oh, Jonathan… Ce récif de corail nous a piégés tous les deux. Et maintenant, il est trop tard.

Lorsqu'il lui prit les mains, elle ne résista pas.

— Je m'aperçois en te retrouvant aujourd'hui que je t'aime toujours avec une ferveur égale, Susan. Et je sais qu'il en va de même pour toi.

Elle brûlait de poser sa bouche sur la sienne, de sentir à nouveau ses bras robustes autour de sa taille. Mais il lui fallait résister à la tentation. Il lui fallait être forte.

— C'est vrai. Mais nous devons mettre un terme à cette histoire.

— Pourquoi, puisque nous nous aimons ?

Il l'attira contre lui, les traits torturés par le chagrin.

— Parce que j'ai des devoirs envers Ezra et mes enfants. Je ne veux pas les blesser. Et parce que… Parce qu'il est trop tard.

Il porta les mains de Susan à ses lèvres.

— Pouvons-nous au moins être amis ?

— Pour toujours, oui.

Le Dunkirk, *bateau-prison, Plymouth, mai 1786*

Billy découvrit son reflet dans l'eau calme et noire qui lui arrivait presque jusqu'à la taille. Pendant un court instant, il se demanda qui était cet individu.

Le jeune homme qu'il se rappelait ne lui ressemblait absolument pas. Incrédule, il passa une main calleuse dans sa barbe en broussaille et ses longs cheveux. Billy Penhalligan avait toujours été un garçon élégant, soucieux de son physique et des beaux vêtements que ses activités illégales lui avaient permis de s'offrir. Mais la créature qu'il avait sous les yeux portait d'affreux haillons. Son regard témoignait des terribles épreuves qu'il avait traversées – il se réduisait à deux globes mornes, dans un visage hagard qui semblait celui d'un vieillard. Billy avait vingt-neuf ans.

— Bouge-toi, Penhalligan, ou je te fais encore tâter de mon fouet.

Le jeune homme émergea de sa rêverie et reprit sa lourde masse. La levant au-dessus de sa tête, il l'abattit sur le pieu – il aurait préféré enfoncer le crâne du gardien dans la vase. Ce dernier ne le laissait jamais en paix, et rien ne semblait lui faire plus plaisir que de manier son fouet.

— Encore vingt comme ça, et tu pourras souffler.

Sur quoi Alfred Mullin partit d'un gros rire mauvais et s'éloigna.

— Qu'est-ce que j'aimerais lui donner une bonne leçon, souffla Billy à Stan, qui s'échinait à côté de lui.

Originaire de Norfolk, Stanley Irwin avait vu sa peine de mort commuée en bannissement. Sa femme et son enfant vivaient avec lui sur le *Dunkirk* – il s'était marié durant son incarcération à la prison de Norwich Castle. Sa santé se dégradait, et les trop fréquents coups de fouet avaient eu raison de son tempérament rebelle.

— Laisse couler, Bill. Fais ta peine et fiche le camp.

Le jeune homme continua de manier son maillet, mais ses pensées se bousculaient à l'intérieur de son crâne. Dix années encore, songeait-il. Il lui arrivait de regretter de n'avoir pas été pendu avec ses compagnons devant la prison de Bodmin. Un sourire lui tordit la bouche. Nell, une jeune prostituée londonienne qui s'était présentée à bord quelques semaines plus tôt, représentait désormais son unique lueur d'espoir. Cette rouquine au tempérament de feu l'avait envoûté. Ils s'étaient découvert de nombreux points communs. Nell était une battante, prête à lutter contre l'adversité jusqu'à son dernier souffle. Son énergie et sa détermination empêchaient le frère de Susan de sombrer dans la folie. Ils n'avaient pas encore couché ensemble, mais Billy était convaincu que ce jour viendrait.

Il s'interrompit, observa le poteau sur lequel il venait de s'acharner pour vérifier sa hauteur. Satisfait, il pataugea jusqu'au pieu suivant. Jetant un coup d'œil en direction du *Dunkirk*, il grimaça. La vieille frégate croupissait dans la boue, le bois de sa coque pourrissait, la puanteur qui se dégageait des cellules flottait au-dessus des eaux. Billy vivait là depuis un an, après que le *Chatham*, complètement délabré, eut coulé dans les eaux du port de Plymouth. N'était la guerre en Amérique, le jeune homme y aurait été débarqué depuis belle lurette. Il travaillerait à présent dans les champs de coton. Là-bas, il pourrait toujours rêver d'évasion ou compter sur une remise de peine. Ici, en revanche, le désastre régnait en maître. Chaque jour était un calvaire – et la nuit, il ne dormait que d'un œil, craignant qu'un codétenu l'agresse ou que les rats le dévorent. Nell était son rayon de soleil. Bénis soient ses bruyants éclats de rire, ses plaisanteries douteuses et son inépuisable vitalité.

Le soir commençait à tomber. Bientôt, on les entasserait à bord des canots qui les ramèneraient vers leur geôle flottante. Billy aspira une goulée d'air salé, courba le dos et les épaules. L'épuisement le gagnait. Chacun de ses muscles le faisait souffrir, mais il n'était pas pressé de retrouver l'odeur fétide du bord ni les glapissements des putains qui usaient de leurs charmes auprès des matelots pour obtenir un peu de nourriture. Billy ne désirait qu'une chose : regagner Mousehole, retrouver sa maison. Il souhaitait sentir à nouveau le fumet du poisson et les effluves de pain chaud. La liberté lui manquait, qu'il regrettait maintenant d'avoir dilapidée contre de vaines richesses.

— Reculez !

Le gardien repoussa chaque prisonnier du bout de sa matraque.

— Des visiteurs approchent. Je t'ai à l'œil, Penhalligan. Si tu bouges un cil, je te colle aux fers.

Billy plaqua son dos contre le pieu qu'il venait d'enfoncer dans la vase de l'estuaire. Il s'était accoutumé à ces touristes qui louaient des barques pour venir observer les détenus de plus près. Ils les contemplaient bouche bée, en se pinçant les narines pour se prémunir de la pestilence. Les femmes étaient les pires : elles avaient beau presser leur mouchoir contre leur nez avec des mines dégoûtées, elles n'en coulaient pas moins des regards de braise aux prisonniers à moitié nus. Elles gloussaient et s'exclamaient derrière leurs éventails, comme si les objets de leur convoitise étaient sourds, ou déjà morts.

Billy se racla la gorge et cracha dans l'eau à l'approche de la petite embarcation. Ses passagers, se dit-il, devraient s'aventurer ici la nuit. Ils découvriraient que les hommes qu'ils se plaisaient à railler pouvaient de temps à autre se métamorphoser en bêtes sauvages.

Le canot avait presque atteint le bout de la jetée que les détenus étaient en train de construire. Le responsable du groupe s'entretenait avec M. Cowdry, le geôlier en chef.

— William Penhalligan ?

Billy chassa ses noires pensées et releva la tête.

— Oui ?

— Un visiteur pour vous. Venez par ici.

Mullins le poussa sans ménagement, au risque de le faire tomber.

— Grouille-toi !

Le jeune homme s'avança pesamment - la vase collait à ses mollets et paraissait l'entraîner vers le fond.

— Ah, vous voilà enfin, Penhalligan. Dépêchez-vous un peu.

Billy lança un regard noir à Cowdry, planté sur la digue comme un gros pigeon farci, puis il se tourna vers le visiteur. Il fronça les sourcils. L'homme portait un uniforme de l'armée ; le détenu jugea cela de mauvais augure. Il enfonça ses orteils dans la boue et baissa le menton.

— Je suis ici au nom de votre famille.

Billy se redressa et plongea ses yeux dans les siens.

— Je suis le maréchal Collinson, des dragons de Sa Majesté.

— Qu'est-il arrivé à ma famille ?

Le prisonnier allait faire un pas vers l'officier, lorsque Mullins lui assena un coup de matraque dans les côtes en lui ordonnant de se tenir au garde-à-vous.

— C'est inutile, intervint sévèrement le maréchal.

Il jeta au gardien un regard furibond.

— Votre famille se porte bien, n'ayez crainte. Venez par ici, nous serons plus tranquilles pour converser sur la berge.

Sans attendre la réaction de Billy, Gilbert Collinson congédia sèchement Mullins et descendit du bateau pour grimper sur la jetée. De là, il gagna une platebande herbue qui bordait le rivage.

Billy remonta son pantalon trop grand, qui menaçait à chaque instant de tomber sur ses chevilles. Il tira sur sa poitrine les pans déchirés de sa chemise. Le contraste entre ses guenilles et la mise impeccable du maréchal lui faisait mal. Il se plaça de manière à ce que le vent ne rabatte pas son odeur vers le militaire. Billy avait honte. Il n'en considéra pas moins l'inconnu avec un air de défi.

— Quels rapports entretenez-vous avec ma famille ?

— Je suis le beau-frère de votre sœur. Mais le temps presse, écoutez-moi attentivement. Je sais, de source sûre, que vous appartenez au contingent qu'on expédiera bientôt en Nouvelle-Galles du Sud pour y fonder une colonie.

Billy n'avait jamais entendu parler de cet endroit, mais l'idée de devoir prendre la mer le mettait à la torture. Il était mort de peur.

Gilbert lui fournit quelques détails. Le jeune homme tremblait, mais il s'efforça de n'en rien montrer à son interlocuteur. Il lui décocha un sourire ironique.

— Et moi qui pensais que vous veniez m'annoncer qu'on m'avait gracié.

— Hélas, les charges qui pèsent contre vous sont trop accablantes.

Une lueur brilla dans les yeux noirs du maréchal.

— En revanche, reprit-il, je peux vous promettre, à Botany Bay, un emploi autrement plus propre et moins éreintant que celui que vous occupez ici. Nous aurons, là-bas, beaucoup de pain sur la planche, et j'ai besoin d'un homme comme vous pour veiller sur mes intérêts.

Billy réprima un sourire.

— En somme, vous cherchez un voleur pour arrêter les voleurs ?

Gilbert opina.

— Exactement. Et si vous adoptez un comportement exemplaire, je veillerai personnellement à ce qu'on vous attribue de bonnes terres à votre libération.

— Des terres ?

— Le gouverneur de Sa Majesté distribuera des lopins aux soldats, aux civils, ainsi qu'aux détenus irréprochables. Vous tiendrez là une chance de vous racheter.

— Mais ce n'est pas ce qui me ramènera à Mousehole.

Pour tout dire, Billy doutait même de survivre jusqu'à Botany Bay.

— En effet, soupira Gilbert, je ne peux rien vous promettre. Vos méfaits vous ont conduit là où vous êtes, Billy, mais maintenant que vous allez relever de ma juridiction, vous pourrez faire quelque chose de votre vie. Vous manquez à votre mère, bien sûr, ainsi qu'à Susan. D'ailleurs, elles voulaient m'accompagner aujourd'hui, mais je savais qu'une telle visite les bouleverserait.

Il jeta un coup d'œil en direction de Mullins, puis du *Dunkirk*.

— Comment se porte ma mère ?

Le jeune homme ne l'avait pas vue depuis plusieurs années. Il eut de la peine à dominer ses émotions.

— Elle est en excellente santé. Très occupée par ses petits-enfants. Ce qui lui laisse néanmoins le temps de se mêler des affaires de tout le monde, comme à l'accoutumée.

Billy se rappelait les façons autoritaires de Maud et son infatigable entrain, y compris dans les périodes les plus sombres. Il se réjouissait d'apprendre qu'elle n'avait pas changé. Il insista auprès de Gilbert pour obtenir d'autres nouvelles, de Susan et des siens en particulier. Tant de choses s'étaient passées depuis son arrestation… Il garda la question essentielle pour la fin.

— Quand partons-nous ?

— Au printemps prochain.

— Encore un an à tirer dans cet enfer. Ai-je la moindre chance d'être transféré dans une autre prison d'ici là ?

Le maréchal secoua la tête.

— J'ai eu beau insister, le juge s'est montré inflexible.

Il se mit en route en direction de la chaloupe.

— J'ai quelques petites choses pour vous. J'espère que personne ne vous les volera.

Billy écarquilla les yeux : il y avait là des victuailles, de même qu'un ballot de vêtements propres. Gilbert lui remit le tout. Il ajouta une poignée de pièces dans la paume du garçon.

— Ici, soupira ce dernier, un quart de cette somme suffit à se faire assassiner.

— J'ai parlé à William Cowdry. Remettez-lui cet argent. Il s'en servira pour vous obtenir des rations de nourriture supplémentaire. Vous pouvez lui faire confiance. C'est un homme honnête.

Billy lorgna le geôlier en chef, auquel il ne se fiait pas davantage qu'aux autres gardiens.

— Je préfère prendre le risque de tout garder avec moi.

— J'aurais aimé faire plus.

Le frère de Susan haussa les épaules. Il serra plus fort ses paquets contre lui, en veillant à ne pas les mouiller.

— Merci, monsieur. Si vous dites à ma mère que je l'aime et qu'elle ne doit pas s'inquiéter pour moi, cela suffira à mon bonheur.

Il sourit soudain avec orgueil.

— Ils n'ont pas encore réussi à faire plier Billy Penhalligan. Et je pense qu'ils n'y arriveront jamais.

— Je le pense aussi, répondit le maréchal avec chaleur.

Il tendit la main à Billy.

— J'ai hâte de vous retrouver à Botany Bay.

11

Mousehole, mai 1786

Si avril s'était révélé étonnamment chaud, le mois de mai, en revanche, voyait se succéder les tempêtes. Les bateaux de pêche demeuraient à l'ancre dans le petit port, les hommes cultivaient leurs minuscules lopins de terre. Une épidémie de grippe avait fait de nombreuses victimes parmi la frange la plus vulnérable de la population. Susan ne savait plus où donner de la tête. Elle avait beaucoup appris auprès d'Ezra. Elle comprenait à présent cet air d'indifférence pour lequel elle l'avait autrefois méprisé. Il lui avait en effet enseigné à ne manifester ni pitié ni dégoût auprès des plus démunis. Il ne fallait pas davantage montrer la rage qui pourtant vous saisissait face aux conditions déplorables dans lesquelles vivaient les indigents. La pitié, avait-il expliqué à son épouse, n'aidait personne, tandis que les conseils pratiques permettaient d'alléger un peu certains fardeaux.

Cette nuit-là, Susan était allongée dans son lit. Elle écoutait la pluie battre les carreaux ; le vent hurlait autour des cheminées. La demeure entière semblait retenir son souffle, pendant qu'un vent rageur malmenait la mer – d'énormes vagues s'écrasaient contre les falaises. Nichée sous les couvertures, la jeune femme jouissait de leur chaleur et de leur confort.

Néanmoins, elle ne trouvait pas le sommeil. Jonathan ne tarderait plus à regagner les Cornouailles.

Elle ferma les yeux pour mieux le voir, pour mieux détailler ses gestes et la manière dont il s'exprimait. Leur bref échange sous le prunier du clos avait réveillé son émoi et, malgré ses bonnes résolutions, elle savait que, s'ils se rencontraient encore, elle ne lui résisterait pas.

Elle s'efforça de rester sourde au fracas de la tempête et aux ronflements d'Ezra. Jonathan ne lui avait pas écrit, comme elle l'avait pourtant espéré. Cela ne l'avait nullement empêchée d'attendre impatiemment qu'on annonçât son retour dans la région. Depuis ce matin, c'était chose faite. Elle était au chevet de l'épouse du régisseur du domaine. La malheureuse venait de perdre son bébé, mais elle l'avait informée de sa volonté de regagner le manoir pour préparer l'arrivée de Jonathan et d'Emily.

Le pasteur grommela dans son sommeil et se retourna, entraînant avec lui une bonne partie des draps. Avec un soupir d'exaspération, Susan tira de son côté avant de se replonger avec délices dans son rêve éveillé. La présence d'Emily contrariait ses projets, mais elle prendrait le risque d'expédier une courte lettre à son amour de jeunesse.

Ses pensées se bousculaient. Elle fronça les sourcils. Il serait inconvenant de le recevoir ici en tête à tête, mais ils ne pouvaient pas davantage se permettre de se rencontrer en public. Qui, au village, croirait qu'ils n'étaient plus que de simples amis ? Elle sourit en se rappelant leur repaire de jadis – la grotte à flanc de falaise. L'endroit était invisible depuis le sommet et, vu le mauvais temps, aucun promeneur ne s'aventurerait dans les parages…

Treleaven House, Cornouailles, mai 1786

— Les raisons qui vous ont poussé à vouloir revenir si tôt après notre dernière visite ne sont que trop évidentes, jeta Emily au visage de son époux.

Le couple se disputait dans la bibliothèque.

— Vous êtes affreusement prévisible, ajouta-t-elle.

Ils se trouvaient en Cornouailles depuis moins de vingt-quatre heures mais, déjà, Jonathan était excédé. Appuyé contre la cheminée de marbre, il avala une autre gorgée de cognac. Il était soûl. Pas assez, hélas, pour faire fi des remarques incessantes de sa femme. Elle paraissait décidée à l'accabler des heures durant.

— Vous n'étiez pas obligée de m'accompagner. Je ne doute pas que les charmes de votre morne salon de Londres excèdent de loin tout ce que je peux vous offrir ici.

— Je ne saisis pas la signification de vos sarcasmes, monsieur, répliqua Emily en se tordant les doigts. Et si vous vous imaginez que je ne vois pas clair dans votre jeu, c'est que vous êtes encore plus sot que je ne le pensais.

Jonathan la considéra d'un œil trouble. Enfin, le cognac produisait son effet, et sa chaleur se diffusait dans tout son corps.

— J'ai un domaine à gérer, décréta-t-il d'une voix pâteuse. J'ignore ce que votre esprit tordu a bien pu inventer. Si vous consentez à vous taire, peut-être parviendrez-vous à utiliser le peu de cervelle que vous possédez. Dans ce cas, vous aurez tôt fait de comprendre que cette propriété est précisément ce qui vous permet de vivre dans ce luxe qui vous plaît tant.

Violemment éclairé par les rayons de soleil tombant dru de la fenêtre, le visage pincé d'Emily paraissait prématurément vieilli. Ses paupières lourdes jetaient une ombre sur son regard gris ; sa bouche était petite, son pli amer.

— J'ai vu la façon dont vous regardiez l'épouse du pasteur, grinça-t-elle. C'est pour cette femme que vous êtes revenu, pas pour le domaine.

Jonathan reposa son verre sur le dessus de la cheminée avant de répondre. Elle avait raison. Il brûlait de revoir Susan, mais la propriété exigeait également sa présence - en dépit de sa bonne volonté, sans doute manquerait-il de temps pour les visites de courtoisie.

— Inutile, je suppose, de tenter de vous convaincre du contraire, dit-il avec lassitude. Mais, si vous étiez capable de deux sous de logique, vous sauriez que j'ai mille choses à régler ici. Si vous ne me croyez pas, je vous invite à nous rejoindre demain, Braddock et moi, lorsque nous effectuerons notre tournée d'inspection.

Elle se leva du canapé et s'avança vers lui. Sa jupe bruissait comme un tas de feuilles mortes en automne.

— Ne me prenez pas pour une idiote, monsieur.

— Je ne me le permettrais pas, madame.

Il s'empara de la bouteille avant de gratifier son épouse d'un sourire aguicheur.

— Allons, Emily. Oubliez donc un peu votre austérité et prenez un verre. Vous serez surprise de constater à quel point le monde change après quelques gorgées de cognac.

Il sourit de nouveau.

— Peut-être même serez-vous capable d'y trouver du plaisir.

La jeune femme se raidit.

— Tout le cognac d'Angleterre ne suffirait pas à modifier mon point de vue sur le monde. Ni sur vous.

Soudain, les mille déceptions et les douleurs du passé submergèrent Jonathan.

— Notre mariage est un désastre, et nous en portons tous deux la responsabilité. Je vous présente mes excuses, Emily, pour les souffrances que je vous ai infligées, et je regrette que nous ayons abouti à une telle impasse. Mais, si vous ne vous étiez pas toujours montrée si froide, si dure, les choses auraient pu être différentes.

La gifle le surprit. Hébété, il se tourna vers son épouse.

— Pourquoi diable m'avez-vous frappé ?

Pour toutes les femmes avec lesquelles vous m'avez trompée. Pour l'humiliation que j'ai ressentie, à mesure que les ragots vous concernant se propageaient.

Elle respirait bruyamment, étonnée, peut-être, par la violence de sa colère.

— Je vous hais, Jonathan, de toutes les fibres de mon être.

Ce dernier cligna des yeux. Il tentait de remettre de l'ordre dans sa cervelle embrumée par l'alcool.

— Je partage vos sentiments, ma chère. Je n'ai eu que deux maîtresses depuis que nous nous sommes mariés. Deux femmes d'une immense discrétion. Deux femmes dont j'ai profondément goûté la douceur, plusieurs années durant.

Comme Emily s'apprêtait à intervenir, il la fit taire d'un geste de la main.

— J'apprécie la compagnie des femmes. Quel homme ne l'apprécie pas ? En particulier lorsque son lit conjugal ressemble à une banquise. J'aime séduire et danser. J'aime les fêtes. Mais j'ai toujours pris garde de ne salir ni votre réputation ni celle de notre fils.

— Ce n'est pas ce qu'on m'a rapporté, siffla son épouse entre ses dents. On m'a révélé que vous aviez des femmes un peu partout dans Londres. Notre fils grandit hélas en sachant que son père est un dépravé.

— C'est faux ! rugit Jonathan. Les harpies que vous recevez n'ont rien de mieux à faire que d'entretenir votre vocation de martyre. Je ne suis pas un dépravé. Comment osez-vous m'accuser d'une pareille ignominie ?

— Je m'en vais, rétorqua-t-elle froidement.

Elle s'empara de son réticule et de son châle, avant de se diriger vers la porte.

— Notre enfant est seul à Londres. L'un de nous se doit de se trouver auprès de lui, au cas où il aurait besoin de quelque chose.

Son époux n'ignora pas la pique, ni la lueur de triomphe au fond des yeux d'Emily.

— Partez donc ! aboya-t-il. Bon débarras !

Il se servit un cognac supplémentaire, qu'il avala d'un trait, tandis que son épouse quittait la bibliothèque. Puis il jeta le verre contre la porte qu'elle venait de refermer derrière elle.

— Je ne vous permettrai pas de monter notre fils contre moi ! hurla-t-il.

Il attrapa la bouteille, alla chercher un autre verre, avant de s'affaler dans un fauteuil, en face de la cheminée. Il avait décidé de boire jusqu'à tout oublier.

Un moment plus tard, des bruits de pas résonnèrent dans le hall, des portes claquèrent, des voix retentirent. Jonathan s'approcha de la fenêtre. Deux voitures à cheval s'immobilisèrent devant le perron. Emily apparut, distribuant des instructions à ses domestiques d'un ton sec. On plaça les bagages selon sa volonté. Après quoi les serviteurs grimpèrent à bord de la plus petite voiture. Sans un regard en arrière, leur maîtresse s'installa dans l'autre et ordonna au cocher de se mettre en route. Les sabots des bêtes cliquetèrent sur le gravier, les roues crissèrent. Bientôt, le convoi disparut.

Jonathan leva son verre, la mine narquoise.

— Bon voyage !

Il eut d'abord un rire amer, puis il éclata en sanglots.

Il finit par se moucher en se reprochant sa faiblesse. Il n'avait pas pleuré ainsi depuis l'enfance – et les larmes n'atténuaient en rien son affliction. Son union avec Emily était en miettes. À présent que Susan s'était à son tour mariée, il songeait qu'il serait seul à jamais. Il continuerait donc de poursuivre son rêve en sillonnant les mers du globe, où tous les ans l'on découvrait de nouvelles contrées. Mais combien il serait heureux, se dit-il, d'avoir à ses côtés une femme aimante – une femme telle que Susan, qui illuminerait son existence.

Il se versait un dernier verre de cognac lorsqu'il avisa la lettre récemment reçue du notaire de Josiah. Il lui fallut de nouveau ravaler son chagrin : la mort récente de son oncle avait laissé en lui un vide immense.

À son retour de la première expédition menée par Cook, le vieil homme débordait d'énergie. Il s'était lancé dans une éreintante tournée de conférences, puis avait rédigé le récit de ses aventures. Mais l'épidémie de grippe qui venait de déferler sur le pays avait eu raison de Josiah ; il s'était éteint dans son sommeil quelques semaines plus tôt. Son neveu s'apprêtait à hériter de sa fortune, car l'astronome ne s'était jamais marié.

Jonathan éprouva une vive émotion en se rappelant Josiah sur la plage, entouré de petits Aborigènes. Pour la première et la dernière fois de sa vie, il était apparu détendu, offrant un spectacle des plus comiques, en manches de chemise et les pieds nus dans le sable. Un sourire naquit sur les lèvres de son neveu, mais il avait le cœur lourd – il venait de perdre un véritable père, un sage conseiller et un ami fidèle. Il aurait souhaité lui parler encore, évoquer avec lui leurs souvenirs du temps de l'*Endeavour*. À l'exception de Sir Joseph Banks, tous les hommes qui avaient attisé sa soif d'aventure étaient décédés. Cook avait été assassiné dans l'archipel hawaiien, Sydney avait trouvé la mort sur le bateau qui le ramenait de Nouvelle-Hollande. Et voilà que Josiah avait disparu à son tour.

Jonathan froissa la missive et la laissa tomber sur le sol, submergé par la détresse. Son oncle n'avait certes pas approuvé que le jeune homme prît une maîtresse, mais il l'avait compris. Il était demeuré son confident, durant ces premières années de mariage qui avaient peut-être été les pires ; Jonathan, alors, tentait au moins de devenir un bon père pour Edward. Maintenant, il n'avait plus personne vers qui se tourner. Il rêvait si fort de briser les chaînes qui l'attachaient à la détestable Emily…

— Oh Susan, murmura-t-il. J'aimerais tant que tu sois là pour me réconforter. Tu comprenais mieux que quiconque tout ce que Josiah représentait pour moi.

Il bondit sur ses pieds et se mit à arpenter la pièce. Les murs étaient couverts de livres, dont les splendides reliures de cuir luisaient dans le soleil printanier qui pénétrait dans la bibliothèque. Ils avaient appartenu à son grand-père, puis à son père. Sous peu viendraient s'y ajouter les revues scientifiques et les volumes savants de Josiah. Quelle superbe collection…

Il retourna à la fenêtre. Treleaven House était un édifice carré de proportions élégantes. Bâti sur une crête en pente douce, il dominait des bois et des champs. La pierre aux tons crème étincelait au soleil. Quant aux grandes fenêtres de la façade, elles ouvraient sur une allée gravillonnée et une fontaine, dont les eaux engendraient des arcs-en-ciel. Des pelouses parfaitement entretenues, aussi vertes et lisses que des tables de billard, s'étendaient à l'ouest jusqu'au boqueteau. À l'arrière de la demeure, des murs protégeaient les jardins du vent marin.

Jonathan contemplait l'allée, sinueuse et bordée d'arbres, menant à la grille imposante. La tempête de ces deux derniers jours semblait avoir lavé la campagne et la mer : le paysage resplendissait.

Les bateaux de pêche étaient à pied d'œuvre, traînant leurs filets derrière eux, tandis que les mouettes, fidèles à leurs habitudes, tournoyaient au-dessus des embarcations. Les pensées du jeune homme revinrent vers Susan. Elle seule serait en mesure de comprendre ce qu'il traversait. Leur conversation dans le clos avait été brève, mais il avait eu le temps de voir briller dans ses yeux l'amour qu'elle continuait de lui porter – néanmoins, était-il sage de vouloir ranimer la flamme ? Elle risquait de les mener à leur perte.

Il alla chercher dans un petit meuble une carafe emplie de porto. Peut-être réussirait-il à s'enivrer suffisamment pour imposer le silence à sa douleur. Il prit avec lui le paquet d'enveloppes qu'il avait négligé d'ouvrir à son arrivée, et se laissa tomber dans un fauteuil.

Il mit de côté les cartons d'invitation expédiés par les aristocrates locaux ; il faudrait bien qu'il se soumette à ses obligations sociales, mais pour le moment, il n'était pas en état d'y réfléchir posément. Il découvrit ensuite plusieurs missives en rapport avec la charge de magistrat qu'il occupait dans la région. Il allait devoir siéger au moins un mois au tribunal pour s'acquitter de sa tâche.

Le directeur de l'école fréquentée par Edward lui avait écrit. Certes, la lettre était d'une politesse exquise, mais Jonathan n'eut aucun mal à lire entre les lignes : à treize ans, son fils se muait en vilaine petite brute, en tricheur que ses maîtres étaient sur le point d'exclure de l'établissement. Son père lui parlerait. Mais il lui parlerait à contrecœur, car Edward lui opposait la plupart du temps une moue qui le laissait démuni.

La missive suivante émanait du responsable d'une des mines dont il était propriétaire. L'homme lui exposait, d'une écriture malhabile, que les plafonds des galeries les plus profondes, creusées sous la mer, présentaient des irrégularités. Jonathan décida qu'il se rendrait sur place dès le lendemain. Son correspondant aurait déjà dû convoquer un ingénieur – après tout, c'était pour prendre de telles décisions qu'on le payait. Hélas, l'homme était un incapable et, aux dernières nouvelles, l'exploitation minière était devenue un gouffre financier.

Quelques gorgées de porto consolèrent momentanément le comte. La situation l'assommait. Il était tellement plus simple de sauter à bord d'un navire et d'appareiller pour des pays lointains…

Comme le jour commençait à baisser, Jonathan s'endormit. Il se réveilla dans la soirée, surpris de découvrir qu'on avait allumé les lampes, qu'on lui avait servi un repas froid et qu'on avait fait disparaître toute trace du verre qu'il avait brisé contre la porte de la bibliothèque. Les domestiques d'Emily ayant regagné Londres avec leur maîtresse, son époux ne gardait à son service que la cuisinière et deux bonnes recrutées dans les villages voisins. Il examina le jambon, les tranches de bœuf et les morceaux de poulet. Après quelques instants d'hésitation, il renonça à manger. Il se leva pour se diriger vers la porte d'un pas mal assuré. Il avait besoin d'air frais.

Il manqua tomber en descendant les marches du perron. Il ignorait où il comptait se rendre au juste, mais songea soudain qu'il souhaitait s'entretenir avec Susan. Elle l'écouterait sans le juger.

Millicent Parker se sentait à la fois découragée et rompue de fatigue. Elle entreprit de traverser le parc en direction du boqueteau. Le chemin serait long. Elle disposait d'un seul jour de congé par mois, et elle venait de passer celui-ci à marcher ou à se quereller âprement avec sa belle-mère. Comme à l'accoutumée, cette dernière s'apitoyait sur son sort en s'enivrant de gin. Pour couronner le tout, la maisonnette de Newlyn ne désemplissait pas.

L'adolescente avait pris soin de ses cadets – depuis le remariage de son père, il naissait un enfant chaque année. Elle avait ensuite préparé le dîner, raccommodé quelques vêtements. Elle s'était occupée de la lessive. Enfin, elle avait tâché de remettre un peu d'ordre dans le logis avant le retour de son père. Len Parker était un homme tranquille et bon, qui usait sa santé dans la carrière voisine – il méritait mieux que cette soiffarde, qui passait le plus clair de son temps à dépenser en alcool l'argent du ménage. Lorsqu'il l'avait croisée sur le seuil, il avait embrassé sa fille. Leur silence mutuel en disait plus long que n'importe quel discours.

Millicent savait que, de loin, son père l'avait suivie des yeux, tandis qu'elle se hâtait dans la rue pavée, avant d'emprunter le raidillon qui la mènerait à Treleaven House, à plusieurs kilomètres de là. Len n'aimait pas la savoir dehors à la nuit tombée, nais l'adolescente ne craignait pas les ténèbres. Elle connaissait par cœur ces chemins qu'elle empruntait depuis des années.

Elle avait entamé sa journée avant l'aube, et demain, il lui faudrait être prête dès 5 h 30 du matin. Elle était la plus humble servante de la maison, aussi était-ce à elle qu'il revenait de vider les cendres et de nettoyer l'âtre avant que le comte se montre au rez-de-chaussée. Elle transportait ensuite les brocs d'eau chaude à l'étage, vidait les pots de chambre et faisait les lits.

La plupart du temps, le manoir était vide, mais lorsque les Cadwallader apparaissaient, Millicent n'avait plus une minute à elle – au point qu'il lui arrivait de se coucher sans prendre la peine de se déshabiller. En revanche, on la payait grassement et on la nourrissait bien – et la comtesse ne venait jamais sans plusieurs domestiques pour partager le surcroît de travail avec l'adolescente. Elle devait s'estimer heureuse d'avoir déniché une si belle place.

C'était une nuit sans lune. Les nuages cachaient les étoiles, et un vent glacé soufflait depuis la mer. Réprimant un bâillement, Millicent allait dans l'obscurité, les mains au fond des poches de son manteau pour les protéger du froid. La journée avait été rude, ses jambes étaient de plomb, mais elle avançait le cœur léger : John l'attendait peut-être.

Elle sourit en pénétrant dans l'ombre du boqueteau, aux reflets d'ébène. John Pardoe, qui occupait le poste d'apprenti jardinier du domaine, l'avait croisée dans le potager six mois plus tôt. C'était un grand gaillard large d'épaules, dont la tignasse noire lui tombait sur les yeux quand il ne portait pas de casquette. Son rire avait aussitôt fait rougir Milllicent. Quant à la lueur qu'elle avait discernée dans son regard, elle ne permettait pas de doute sur l'opinion qu'il avait de la jeune fille – il s'était d'ailleurs empressé de lui passer un bras autour de la taille et de lui voler un baiser.

L'adolescente se rappelait le plaisir qu'elle avait éprouvé à sentir les lèvres de John contre les siennes. Il avait des bras puissants ; lorsqu'il la serrait contre lui, le monde n'existait plus. Auprès du jeune homme, elle se sentait en parfaite sécurité.

Elle fut tirée de sa rêverie par le son d'une brindille qu'on casse, puis celui de pas pesants dans le sous-bois. Son pouls s'accéléra et elle jeta des regards inquiets autour d'elle.

— John ? dit-elle à mi-voix. Est-ce que c'est toi ?

Jonathan s'engouffra dans le manoir et se débarrassa de son lourd manteau. Il le jeta sur le dossier d'un fauteuil, ôta ses gants, puis observa le hall vide. Où donc était la bonne ? Il avait besoin d'aide pour retirer ces fichues bottes. Comme elle ne se montrait pas, il ramassa le courrier sur la desserte et se rendit dans la bibliothèque.

Un feu ronflait dans la cheminée, la pièce était inondée de soleil. Le comte soupira d'aise en s'affalant sur un siège. Il allongea les jambes. Sans les remarques incessantes d'Emily, le silence était d'or. Et le tour du propriétaire qu'il venait d'effectuer en compagnie du garde-chasse lui avait éclairci les idées. Il effleura ses tempes du bout des doigts en grimaçant. Il gardait de la nuit précédente des souvenirs flous. Tout juste se rappelait-il les ténèbres, des ombres mouvantes, ainsi qu'une voix de femme en train de l'appeler. Puis plus rien.

Il haussa les épaules, se leva et actionna la sonnette. La marche lui avait ouvert l'appétit : il était pressé d'engloutir son petit déjeuner. Il se campa devant la cheminée en attendant la bonne, les mains derrière le dos, doucement bercé par la chaleur de la flambée. Il aimait retrouver les Cornouailles, dont il goûtait si fort la pureté de l'air et les flots étincelants. Londres, en comparaison, était un cloaque. La capitale se résumait à des taudis, à des égouts débordants, à des rues envahies par les cris et, sur les pavés, à l'affreux raclement des roues des voitures. Même en plein cœur de la ville, on n'échappait ni aux mendiants ni aux prostituées ni aux tas de crottin fumant lâchés par les chevaux. Ici, à l'inverse, on respirait à pleins poumons ; la souffrance et la pauvreté n'empestaient pas comme à Londres.

Jonathan fut tiré de ses songes par quelques petits coups frappés à la porte de la bibliothèque.

— Entrez !

La jeune domestique entra furtivement et exécuta une révérence.

— Vous vous appelez Millicent, n'est-ce pas ? s'enquit-il aimablement.

On l'avait embauchée depuis peu.

— Oui, monsieur, acquiesça-t-elle, le regard baissé.

Jonathan lui ayant commandé de lui apporter son repas, elle détala. Elle fit à son maître l'effet d'une souris effarouchée. Que craignait-elle donc de lui ?

À peine eut-elle refermé la porte derrière elle qu'il l'oublia pour se pencher sur son courrier. Il mit de côté les lettres qu'il lirait plus tard, ainsi qu'une série de documents expédiés par le tribunal – il les examinerait dans l'après-midi. Tout compte fait, il reposa l'intégralité de sa correspondance et attendit son petit déjeuner.

Il arriva quelques minutes plus tard, sur un lourd plateau d'argent transporté par la cuisinière. Celle-ci soufflait bruyamment – l'office se situait un étage plus bas et l'escalier était rude. Jonathan s'alarma de son teint écarlate.

— Vous ne devriez pas vous charger de ça, la gronda-t-il. Où est Millicent ?

L'employée de maison déposa doucement le plateau sur une table. Puis, saisissant entre deux doigts un coin de son tablier immaculé, elle essuya son visage en sueur. Le tissu empesé, pareil à la voile d'un navire, se marquait de plis épais sur sa poitrine opulente.

— Elle est souffrante, monsieur.

Jonathan s'apprêtait à rétorquer qu'elle semblait se porter comme un charme tout à l'heure, mais il préféra se taire. Il ne comprenait rien à la psychologie des domestiques. Il reporta toute son attention sur le civet et ses petits légumes. Une fois encore, la cuisinière s'était surpassée. De plus, elle avait eu l'excellente idée d'accompagner sa succulente tarte aux pommes d'un bol de cette épaisse crème jaune, une spécialité régionale, dont le comte déplorait qu'on ne pût s'en procurer à Londres.

Repu, il se servit une tasse de café qu'il dégusta dans un fauteuil, près de la cheminée. Il revint à son courrier. Bientôt, il découvrit la dernière enveloppe de la pile. Il n'en reconnut pas le sceau, mais lorsqu'il l'eut ouverte pour lire la missive qu'elle contenait, il écarquilla les yeux. Susan lui proposait de le rencontrer le lendemain matin dans la grotte.

Il fixa le feu dans la cheminée, contempla un instant les flammes dansant autour des bûches. C'était comme si la jeune femme avait deviné ses pensées, comme si elle s'était doutée qu'il avait besoin d'elle. Honorerait-il l'invitation ? Dieu seul savait à quelles extrémités risquaient de les mener ces retrouvailles. Il ne voulait surtout pas meurtrir son amour de jeunesse.

Il se tourna vers la fenêtre, mais sa rêverie l'empêchait de voir les flots qui scintillaient au loin. Enfin, il sourit. Bien sûr qu'il se rendrait demain dans la grotte. Une seule rencontre ne blesserait personne.

Uluru, Australie, mai 1786

Les pluies estivales avaient rendu le long périple vers le sud encore plus rude que les années précédentes. Les cours d'eau débordaient, la terre se changeait en boue. On avait bien cherché refuge sous des abris de fortune confectionnés à la hâte avec des feuillages et des branches, mais la tribu devait ouvrir l'œil, car les crocodiles étaient partout.

Anabarru se tenait derrière Watpipa avec leurs quatre cadets. Ils contemplaient les plaines cernant le mont Uluru, le rocher sacré. La pluie avait cessé. Les arbres verdoyaient et le désert rouge se couvrait de fleurs aux tons éclatants. La famille admira un moment le paysage, avant de se rapprocher des feux de camp dont les panaches de fumée s'élevaient doucement dans l'air paisible. Le grand *corroboree* commencerait le lendemain.

Watpipa était devenu le chef du clan. Aussi, lorsqu'on eut établi le campement, s'éloigna-t-il avec les autres aînés pour aller rendre hommage aux gardiens d'Uluru. Remplie de fierté, son épouse regarda leur fils se joindre à eux. C'était un homme à présent. Il avait accompli les rites initiatiques et s'apprêtait à se marier avec la fille de Lowitja, l'une de ses cousines, au dernier jour du grand rassemblement. Digne héritier de Djanay, il faisait preuve d'une sagesse étonnante pour un garçon de seize ans – chacun s'attendait à le voir, dans quelques années, succéder à son père à la tête de la tribu.

— Bienvenue, Anabarru.

Celle-ci sourit à sa cousine préférée.

— Lowitja, cela fait si longtemps.

Les deux femmes échangèrent des cadeaux, des pendentifs en argile et des colliers de coquillages, en vantant les mérites respectifs de leurs enfants et de leurs petits-enfants.

— Il est bon que les descendants de Djanay et de Garnday se retrouvent ainsi lors d'un grand *corroboree*, déclara Lowitja en s'asseyant sur le sol auprès de sa cousine. L'esprit de Garnday ne me quitte pas. Elle m'a fait comprendre à travers les pierres qu'elle tient le mariage de ma fille et de ton fils pour une union bénie. Tous deux sauront apporter à nos clans ce qu'il faut de bon sens au cours des temps troublés que nous n'allons pas tarder à traverser.

Son regard couleur d'ambre se posa sur Anabarru, qui fronçait les sourcils.

— Lors de la réunion des femmes, nous évoquerons les fantômes qui ont pénétré sur nos territoires sacrés, car ils reviendront bientôt.

Les prédictions de Lowitja avaient ébranlé sa cousine mais, à la pensée de l'étranger qui, bien des années plus tôt, avait tant impressionné Watpipa, elle sourit.

— Il n'y a rien à craindre, murmura-t-elle.

L'autre femme la saisit par le bras, la mine grave.

— Ils apporteront la mort avec eux, la mit-elle en garde. C'est Garnday qui me l'a dit.

Anabarru frissonna. Sa cousine avait reçu des Esprits ancestreux le don de voyance, un don devenu légendaire parmi les clans.

— Mais ils sont venus vers nous sans haine. Nous leur avons parlé, nous avons chassé et partagé nos repas avec eux. Leur peau est pâle et leurs manières étranges, mais ce sont des hommes.

— Ils vont revenir en grand nombre et se disperser à travers l'ensemble de notre nation.

La prophétesse prit dans sa main une poignée de terre rouge, qu'elle lança dans la brise.

— Pareils à cette poussière, nous les retrouverons aux quatre coins de notre terre sacrée. Ils nous détruiront.

Anabarru se mordit la lèvre inférieure. Les paroles de sa cousine l'effrayaient, mais elle refusait de croire que les inconnus qu'elle avait rencontrés pussent ainsi changer du tout au tout.

Lowitja la scruta avec insistance.

— Nous devons demander aux Esprits de nous aider à les repousser. Quand ils seront là, c'en sera fini de nos traditions. Ce *corroboree* n'est certes pas le dernier, mais nous n'en connaîtrons plus jamais d'une pareille ampleur.

L'épouse de Watpipa considéra la foule nombreuse qui, peu à peu, se répandait presque jusqu'à l'horizon. Les tribus avaient afflué de partout, comme elles avaient l'habitude de le faire depuis les premiers jours du monde. Sa cousine se trompait. Elle avait mal interprété le langage des pierres. Mais lorsqu'elle rendit son regard à Lowitja, elle tressaillit, secouée par une prémonition. Dans les yeux d'ambre de la devineresse, elle distingua les ombres funestes du futur – les événements à venir dépassaient de bien loin les limites de son imagination.

Mousehole, mai 1786

Susan se demandait s'ils allaient enfin déguerpir. L'impatience la rendait brutale. Par bonheur, Ernest se trouvait à la ferme et George à l'école. Sinon, elle serait devenue folle. Ezra avait mis une éternité à rassembler, au terme du petit déjeuner, tous les ouvrages dont il avait besoin, Florence avait égaré ses partitions. Quant à Emma, elle avait insisté pour écrire à Algernon afin que la lettre parte pour Londres le jour même. Son idylle avec le jeune lieutenant était née le jour de son anniversaire, dans les jardins du presbytère. Depuis, le garçon lui expédiait des missives entourées d'un ruban dont l'adolescente dissimulait soigneusement le contenu à ses frères et sœurs.

À l'aube, il faisait un temps splendide mais, comme Susan observait Ezra et Emma en train de se diriger vers l'école, de gros nuages commencèrent à s'amonceler au-dessus des flots.

— J'ai l'impression qu'il va se remettre à pleuvoir, remarqua-t-elle à l'intention de Florence qui, ayant mis la main sur ses partitions, s'apprêtait à partir. Prends ton manteau et dépêche-toi.

— Tu essaies de te débarrasser de moi ?

Troublée par le regard pénétrant de sa fille, Susan entreprit d'essuyer les miettes qui jonchaient la table du petit déjeuner. Elle ramassa les serviettes.

— Non, voyons. Mais tu risques d'être en retard.

— Je ne suis jamais en retard.

Florence noua les cordons de son bonnet et enfila son manteau.

— On dirait que tu es pressée de sortir.

Rien n'échappait à son œil acéré, songea sa mère avec angoisse, et elle-même laissait par trop transparaître ses émotions. Elle inspira profondément en tâchant de se ressaisir.

— Ce temps-là me rend nerveuse, c'est tout. Je crois que je vais avoir la migraine.

L'adolescente se radoucit.

— Veux-tu que je te prépare ton médicament avant de partir ?

Rongée par la culpabilité, Susan s'assit en évitant le regard de sa fille.

— Non, je te remercie. Je vais me reposer un peu et boire une tasse de thé. Ça devrait aller mieux rapidement.

Honteuse de ses mensonges, elle sourit à Florence. Celle-ci servit le thé, rassembla ses affaires et quitta la maison - elle n'était pas une enfant expansive ; jamais elle n'embrassait sa mère en partant.

Demeurée seule, Susan songea qu'elle n'était décidément pas fière de son comportement, mais son désir de revoir Jonathan l'emportait sur tout le reste. Elle n'entendait plus que les battements précipités de son cœur. Il viendrait - elle en était aussi sûre que s'il avait répondu à sa lettre. Car on lui avait rapporté qu'Emily avait déjà regagné Londres.

Mais à son impatience se mêlait de la crainte. Une petite voix intérieure lui recommandait la prudence. Elle refusa de l'écouter. Comment sa famille pourrait-elle souffrir d'une situation dont elle ignorerait tout ? Elle veillerait à préserver son secret coûte que coûte. Elle monta à l'étage pour finir de se préparer.

Cette douce robe de laine et cette lourde pèlerine conviendraient parfaitement.

Le soleil brillait entre les nuages filant à toute allure dans le ciel. Susan marchait d'un bon pas. Le vent salé lui piquait le visage, bousculait sa pèlerine et son bonnet. Une allégresse enfantine l'envahit soudain. Elle se mit à dévaler le flanc escarpé de la falaise, les bras ouverts, à la bouche un formidable cri de bonheur. Elle redevenait une adolescente, elle était à nouveau cette fille de pêcheur qui ne se souciait guère de la bienséance, du protocole étouffant qui régissait désormais sa vie. Susan avait oublié depuis de nombreuses années le goût exquis de la liberté.

Au sommet de la colline suivante, elle s'arrêta pour reprendre haleine. Elle avait laissé Mousehole loin derrière elle. Devant, elle entrapercevait la côte de Newlyn. La plage en contrebas était déserte, et sur la mer naviguait un unique petit bateau – ses voiles se gonflaient tandis qu'il regagnait le port. La jeune femme était presque arrivée.

On distinguait à peine le sentier que Jonathan et elle empruntaient jadis. Elle le retrouva pourtant au milieu des ajoncs. Bordé d'arbres tordus et chétifs, il se révéla plus abrupt que dans son souvenir. Elle glissa à plusieurs reprises. Pendant un instant, elle crut qu'elle allait se rompre le cou, mais elle tint bon et, bientôt, elle foulait les galets de la plage. Elle n'était plus aussi agile ni aussi audacieuse qu'autrefois.

Elle attendit que son pouls ait ralenti, après quoi elle rajusta sa pèlerine et son bonnet, puis entreprit de traverser la vaste étendue de galets, la tête courbée contre le vent. La marée basse laissait voir une large bande de sable jaune et mouillé. Des échassiers sondaient les flaques, des crabes se hâtaient et des paquets d'algues marquaient la ligne des eaux.

Des mouettes criaillaient, fondant en piqué sur des poissons morts qu'elles se disputaient ensuite âprement. Le froid était glacial pour un mois de mai, et le vent si violent qu'il menaçait parfois de renverser la jeune femme. Les sombres falaises la dominaient, menaçantes. Ici et là, des éboulis semblaient composer un chemin de pierres de gué à l'usage des géants.

Susan souleva sa jupe avant de se frayer un passage entre les rochers. Mais, au moment de contourner le dernier, elle hésita, soudain consciente du danger qu'elle s'apprêtait à courir. Elle était folle, assurément, de risquer son existence entière pour une poignée d'instants auprès de son amour de jeunesse. Qu'adviendrait-il si quelqu'un l'avait vue ? Si Ezra se doutait de quelque chose ? Ce matin, s'alarma-t-elle, il l'avait examinée d'un air étrange, tandis qu'elle le chassait littéralement de leur maison.

Puis il y avait les enfants. Ses mensonges étaient-ils parvenus à les berner ? Réussirait-elle longtemps à leur cacher la situation ? Debout sur la plage, malmenée par le vent, les paupières closes, elle luttait avec sa conscience. Peut-être Jonathan ne se montrerait-il pas – au fond, ce serait mieux ainsi. Pauvre folle… Il fallait tourner les talons avant qu'il ne soit trop tard. L'abandonner au passé révolu auquel il appartenait.

— Je ne pensais pas que tu viendrais.

Elle ouvrit tout grand les yeux. Il était là, à moins de cinquante centimètres d'elle, une main tendue l'invitant à franchir le dernier pas qui la séparait de lui. Le cœur de Susan battait la chamade et sa gorge s'était nouée. Lorsqu'elle prit la main de Jonathan, elle oublia toute raison. Entre ses bras, elle comprit qu'elle pourrait tout sacrifier pour la joie de se tenir à ses côtés.

12

Mousehole, septembre 1786

La fin de l'été se révélait aussi humide que son début. On était à la mi-septembre. Higgins, le valet de chambre d'Ezra, avait quitté la maison depuis longtemps pour occuper, près de Londres, un poste plus digne de ses compétences. Quant à Mme Pascoe, on l'avait renvoyée chez elle pour soigner un gros rhume. Susan se trouvait donc seule dans la salle à manger, où elle dressait la table pour le dîner.

Après avoir tiré les rideaux de velours au nez de la nuit venteuse qui commençait à tomber, elle avait ravivé le feu dans la cheminée. La lumière des bougies rendait la pièce accueillante. Elle fredonnait en s'affairant ; elle pensait à Jonathan. Il s'apprêtait à regagner Londres. Susan devrait attendre le printemps pour renouer avec leurs rendez-vous clandestins.

Les averses de l'été, en revanche, n'avaient pas arrêté les amants. Au contraire. La pluie décourageant les promeneurs, leur secret ne s'en trouvait que mieux gardé. Leurs corps à corps avaient doté Susan d'une vigueur dont elle ne se croyait plus capable – pour tout dire, elle n'avait jamais éprouvé une telle jubilation. Sous les mains de Jonathan, elle revivait, elle s'enivrait de liberté et ses baisers lui donnaient toutes les audaces. Elle brûlait déjà de sentir à nouveau sa peau nue contre la sienne, dans la pénombre bienfaisante de la grotte.

Elle s'immobilisa derrière une chaise. Les deux mains sur le dossier, elle se laissait envahir par ces souvenirs sensuels. Dans la caverne, Jonathan avait apporté des chandelles et des couvertures, puis du vin, des fruits et de petits gâteaux qu'ils dégustaient allongés l'un contre l'autre en contemplant la mer. Susan eut un sourire en ajustant le corselet de sa robe : c'est à ces pâtisseries qu'elle devait de se sentir un peu à l'étroit dans ses vêtements.

— Quand mange-t-on ? Je meurs de faim.

Susan ébouriffa la tignasse de George, qui venait de la tirer de sa rêverie.

— Dès que ton père sera rentré de Truro.

George détestait qu'on le décoiffe ; il fit la moue.

— Pourquoi est-il allé à Truro ? demanda-t-il en se laissant tomber sur une chaise avant de se mettre à jouer avec un fil de laine.

Sa mère l'observa un moment et soupira. Ses culottes étaient déchirées, ses chaussures crottées et ses poches étrangement gonflées.

— Je n'en ai pas la moindre idée.

Plongeant une main dans la poche du garçon, elle en tira un mouchoir d'une saleté repoussante, plusieurs coquillages et quelques fragments d'os, des galets, ainsi qu'une pomme à demi dévorée.

— George, le gronda-t-elle. Je viens à peine de t'acheter cette veste et elle est déjà fichue.

Avec un grand sourire, son fils fit surgir d'une autre poche le cadavre d'une grenouille.

— Je vais la découper, expliqua-t-il, pour étudier son anatomie.

Il était ravi.

Susan frissonna et lui ordonna de quitter la pièce. Certes, George était un esprit curieux, mais même en ces temps d'inventions, de découvertes et d'explorations, il poussait le bouchon un peu loin.

— Va te laver les mains avant de passer à table !

Susan l'entendit grimper bruyamment l'escalier, puis claquer une porte. Elle ferma les yeux. La vie quotidienne se révélait deux fois plus difficile à supporter en l'absence de Jonathan. Comment tiendrait-elle tout un hiver loin de lui ?

Ezra rentra enfin. Elle l'aida à ôter son chapeau et son manteau trempés, puis le pressa vers la salle à manger, où Ernest lui-même commençait à manifester des signes d'impatience.

— Qu'est-ce qui t'a retenu aussi longtemps ? demanda-t-elle à son époux, tandis qu'il découpait le gigot après avoir récité les grâces.

— Nous avions de nombreux sujets à aborder, répondit-il évasivement. Je n'ai pas vu le temps passer.

Susan servit les légumes et distribua les assiettées.

— Je n'imaginais pas que la gestion d'une école puisse t'accaparer autant. Après tout, tu n'as que dix élèves.

— Il n'a pas été uniquement question de gestion, aujourd'hui. J'avais d'autres préoccupations, des plans à établir.

Elle lui jeta un regard noir. Il demeurait volontairement énigmatique. Que diable manigançait-il à Truro ?

— Que de mystères, dit-elle sur un ton léger, pour masquer son irritation. J'espère que tu finiras par me livrer tes secrets. À moins qu'ils soient si terribles que tu préfères les garder pour toi ?

Ezra se mit à manger, les yeux rivés sur son assiette.

— Absolument pas. Je te tiendrai au courant en temps et en heure. D'ici là, ne te laisse pas emporter ainsi par ton imagination. C'est mauvais pour la santé.

Susan le fixa d'un air pincé. Le pasteur l'exaspérait chaque jour davantage. Lorsqu'elle détourna la tête, elle s'aperçut que Florence lui coulait un regard étrange. Mal à l'aise, elle reporta son attention sur la nourriture, dont le goût lui parut soudain détestable. Jonathan et elle s'étaient montrés d'une prudence exemplaire depuis quatre mois. Personne n'avait pu soupçonner quoi que ce soit, mais il régnait ce soir une curieuse atmosphère dans la demeure. Cela n'augurait rien de bon.

Le dîner se poursuivit. Le bavardage incessant de George couvrait le dialogue plus discret d'Emma et de Florence, mais Susan manquait d'appétit. Son mari parlait peu, et la tension allait croissant. Si seulement ce maudit repas était terminé, songea-t-elle. Elle se retirerait dans son atelier de couture, dont elle refermerait la porte derrière elle pour rêver en paix au retour de Jonathan.

— On m'a raconté quelque chose d'intéressant aujourd'hui, glissa Florence durant un bref silence.

Ensuite elle se tut pour s'assurer d'avoir capté l'attention de toute la famille.

— J'ai croisé Katy Webster au village, reprit-elle.

Face aux regards perplexes qui accueillirent la nouvelle, elle se hâta d'enchaîner.

— Katy travaille aux cuisines de Treleaven House. Et c'est la reine du commérage.

Susan se tenait très droite, les mains sur les genoux, le visage dénué d'expression - à tout instant, ses cogitations menaçaient de l'emporter dans leur tourbillon.

— Tu ne devrais pas accorder foi aux ragots, commenta Ezra en déposant sa serviette sur la table. C'est mal.

— Pas aussi mal que ce qui est arrivé à Millicent Parker, répliqua sa fille. Katy m'a raconté qu'on l'avait renvoyée. En moins d'une heure, elle s'est retrouvée dehors avec tous ses bagages.

— Ce sont des choses qui arrivent, murmura le pasteur. Sans doute s'est-elle rendue coupable de vol.

— Non, elle est enceinte, claironna l'adolescente. Quand la cuisinière s'en est aperçue, Millicent s'est mise dans tous ses états en accusant le comte d'être le responsable.

Susan pâlit. La tête lui tournait.

— Elle ment, parvint-elle à articuler. Le comte ne tomberait pas si bas.

Florence secoua la tête.

— Katy m'a dit que Millicent pleurait et criait si fort que le comte l'a entendue. Il est descendu à la cuisine. Il était fou de rage. Il l'a attrapée par le bras pour l'obliger à le suivre dans la bibliothèque.

Susan n'avait plus qu'une envie : prendre ses jambes à son cou. Mais elle demeurait clouée sur sa chaise. Incapable de détourner les yeux de sa fille, elle écoutait ses mots résonner dans son crâne comme des coups de marteau.

— Katy a grimpé l'escalier en catimini pour coller son oreille à la porte. Millicent pleurait, le comte hurlait, mais Katy n'a pas compris ce qu'il disait. Finalement, Millicent est redescendue dans la cuisine avec ses paquets et, pendant que la cuisinière était occupée ailleurs, elle a montré à Katy l'argent que le comte venait de lui remettre.

La jeune fille reprit haleine.

— Il y avait deux guinées dans sa bourse. S'il était innocent, il ne lui aurait rien donné du tout.

Susan se sentit prise au piège par le regard innocent de Florence. Elle observa son époux à la dérobée. Concentré sur le verre de porto qu'il était en train de déguster, il affichait une mine impassible.

Pendant ce temps, l'univers s'écroulait. Le bonheur que Susan avait éprouvé tout l'été s'effritait, révélant la sordide petite liaison à laquelle il se réduisait au final. Elle avait cru aux serments d'amour de Jonathan. Mais Jonathan, lui, couchait avec la bonne. Susan n'était qu'une sotte : elle avait risqué son existence entière pour un homme qui n'en valait pas la peine.

— Je ne vois pas en quoi tout cela nous concerne, objecta Emma, soudain embarrassée. Qui plus est, nous ne disposons que de la version de Katy. Tu ne devrais pas colporter ces potins, Florence. C'est une source d'embarras.

George se tortillait sur sa chaise, Ernest paraissait mal à l'aise. Ici, on n'avait pas l'habitude de ce genre de conversation.

— Pauvre petite, souffla Ezra en reposant son verre sur la table. Peu importe ce qui s'est réellement passé, nous devons prier pour que sa famille ne la rejette pas.

Ses yeux se posèrent sur son épouse.

— Rien n'est plus précieux que le respect qui unit les membres d'un même foyer. N'est-ce pas, ma chère ?

Susan réussit tout juste à hocher la tête. Elle avait la gorge nouée. *Il sait.*

Le pasteur ne s'était pas avisé de son trouble, car il faisait tranquillement tourner son verre entre ses doigts. Il observa ses enfants.

— Florence n'est pas la seule ici à avoir des nouvelles à annoncer, déclara-t-il.

Il se tourna vers Susan, le teint livide et l'œil hagard.

— Tu m'as demandé tout à l'heure ce qui avait motivé ma visite à Truro. Eh bien, je vais te le dire.

Son épouse avala péniblement sa salive. Une funeste prémonition fit courir un frisson le long de son épine dorsale. Une bûche s'écroula dans l'âtre au milieu d'une gerbe d'étincelles ; elle sursauta - elle avait les nerfs à vif. En aurait-on jamais fini, ce soir, avec les révélations ?

— J'y ai reçu des candidats susceptibles de me succéder à la tête de l'école, lâcha-t-il dans le silence qui s'était abattu sur la tablée. J'ai engagé une veuve qui me paraît convenir parfaitement.

Comme Emma s'apprêtait à intervenir, il leva une main pour l'en empêcher.

— J'ai également discuté avec les membres du conseil paroissial. Nous sommes convenus du terme de ma mission ici. Quant à notre maison, elle reviendra à mon remplaçant.

Les enfants se mirent à protester, mais le visage anormalement autoritaire de leur père les calma.

— Pourquoi ? s'enquit Susan d'une voix faible.

— Parce que nous allons partir.

Ses fils et ses filles le fixaient avec stupéfaction.

— Votre oncle Gilbert et moi correspondons régulièrement, leur dit-il. L'une de ses lettres m'a appris ce matin qu'Arthur Phillip me proposait de l'accompagner en Australie avec le révérend Richard Johnson.

Le sang reflua du visage de Florence, Emma fondit en larmes, Ernest restait bouche bée, tandis que George tournait autour de la table en poussant des cris de triomphe. Leur mère était abasourdie. Ainsi Ezra la punissait-il - il avait choisi de châtier la famille entière pour lui faire payer sa faute. La fureur s'empara d'elle ; elle bondit sur ses pieds. Elle bouscula sa chaise et abattit son poing sur la table.

— Non ! hurla-t-elle. Non, non et non !

— Il est trop tard, répliqua posément son époux. Tout est réglé.

— Il s'agit d'un projet grotesque ! Je m'y opposerai de toutes mes forces, car je refuse de mettre nos enfants en danger au beau milieu des sauvages et des prisonniers !

Elle respirait bruyamment. Son corselet la serrait si fort qu'elle était tout près de s'évanouir.

— Cette maison est la nôtre et je refuse de la quitter. Va-t'en en Australie si tel est ton devoir, mais ni les enfants ni moi ne bougerons d'ici.

— Tu es ma femme, lui rappela Ezra, et tu as juré devant Dieu de m'obéir. Tu as promis à l'Église de me respecter et de me demeurer fidèle jusqu'à ce que la mort nous sépare.

Susan sentit la honte enflammer son visage. Le pasteur, lui, campait sur ses positions.

— Que tu le veuilles ou non, nous partirons d'ici à la fin du mois d'avril pour nous embarquer en mai à bord de la Première Flotte.

— Nous devons discuter en privé, Ezra, répondit son épouse en tâchant de garder son calme.

Il planta son regard dans le sien, avant d'opiner.

— Montez dans vos chambres, ordonna-t-il aux enfants.

La fermeté de son ton étouffa les protestations éventuelles des adolescents, qui sortirent les uns derrière les autres, hébétés face au tour que prenaient les événements.

— Pourquoi une telle décision ? exigea de savoir Susan.

— Tu le sais très bien.

Il se versa un deuxième verre de porto, la figure empreinte de tristesse.

— Comment saurais-je quoi que ce soit, puisque tu as pris tes dispositions sans m'en parler ?

Elle ne décolérait pas, mais à sa rage se mêlait à présent de l'effroi.

— Tu es trop rarement à la maison pour que nous puissions parler de quoi que ce soit. Pour tout dire, tu passes tellement de temps avec Cadwallader que je m'étonne que tu te soucies encore de nous.

Le pasteur était blême et dans ses yeux noirs se lisait un chagrin si profond que sa femme détourna la tête.

— Tu étais au courant depuis le début, n'est-ce pas ?

— J'ai compris dès la fête d'anniversaire d'Emma. J'ai vu ton visage lorsqu'il est arrivé. J'ai su à cet instant que j'allais te perdre.

— Ton imagination t'a joué des tours.

— Mon imagination n'est pas en cause, se fâcha-t-il, les poings serrés. Je t'ai suivie quand tu t'es précipitée jusqu'à cette grotte. Puis je me suis assis au sommet de la falaise pendant votre rendez-vous.

Un lourd soupir résonna dans le silence de la pièce.

— Puis je t'ai suivie chaque fois que tu quittais cette demeure.

Susan n'en croyait pas ses oreilles.

— Dans ce cas, pourquoi n'es-tu pas intervenu ?

Ses pensées se bousculaient dans son crâne.

— Quel genre de mari es-tu donc pour autoriser ta femme à se comporter ainsi sans réagir ?

— J'espérais que tu allais te ressaisir, lui confia-t-il avec un grognement de dégoût. J'avais peur de te perdre. C'est pourquoi j'ai voulu croire, contre toute raison, que tu finirais par me revenir.

Son regard exprimait maintenant beaucoup de dédain.

— Mais tu as fait bien peu de cas de moi ou des vœux que tu as prononcés jadis. Tu as préféré t'ébattre tout l'été sans songer à rien d'autre.

— C'est faux ! s'insurgea-t-elle. Bien sûr que j'ai pensé à toi. Et aux enfants. J'avais honte de ma conduite, mais je ne pouvais pas résister.

— Si, tu pouvais !

Le poing d'Ezra s'écrasa sur la table – la porcelaine s'entrechoqua.

— Tu es ma femme ! La mère de mes enfants ! As-tu la moindre idée du mal que tu nous as fait ?

Elle tressaillit lorsqu'il repoussa sa chaise pour venir se placer devant la cheminée. Jamais elle ne l'avait entendu élever la voix. Jamais elle ne l'avait vu perdre son sang-froid. Son courroux la terrifiait.

— Les enfants ignorent tout, avança-t-elle. Je n'ai jamais meurtri que ta dignité.

La laideur de sa raillerie la mortifia. Elle retint ses larmes, croisa les bras sur sa poitrine et tourna le dos au pasteur.

— Si je comprends bien, ma dignité ne vaut rien ?

La colère d'Ezra était retombée. Lorsque Susan lui fit face à nouveau, elle découvrit ses épaules affaissées, sa tête basse.

— Bien sûr que si, et tu le sais, lui répondit-elle, brisée de le voir tant souffrir. Je suis navrée. Je suis tellement navrée…

Elle s'approcha de lui, posant une main sur son bras comme pour le consoler.

— J'ai perdu l'esprit. J'ai eu la sottise de croire à la résurrection d'un amour de jeunesse. Mais j'ai compris ce soir que Jonathan Cadwallader avait changé. Et que je venais de mettre en péril mon mariage, qui est mon bien le plus précieux. Châtie-moi selon ton désir, mais laisse les enfants en dehors de tout ça. Ils n'ont rien fait de mal.

Il repoussa sa main en réprimant un sanglot.

— Tu ne comprends pas. Notre départ pour l'Australie préservera l'intégrité de notre famille, loin du comte et de ce qu'il représente encore pour toi.

Il fixa les flammes dans la cheminée.

— Je ne peux pas te faire confiance pour le moment, Susan. Si nous restions ici, tu te trouverais soumise chaque jour à la tentation.

Elle tenta de le toucher à nouveau mais, à l'infime frémissement qu'elle perçut, elle comprit que le moment était mal choisi.

— Je te prouverai que tu peux avoir confiance en moi, assura-t-elle. Je ne te trahirai plus.

— Les mots ne sont rien, Susan. La confiance se mérite.

— Dans ce cas, je saurai la mériter. Mais je t'en prie, renonce à ton projet délirant. Ne nous emmène pas dans cette colonie pénitentiaire. Nous pouvons prendre un nouveau départ ici, où nos enfants resteront en sécurité.

— Il m'est impossible de revenir en arrière. Nous partirons au printemps prochain.

La peine et l'abattement dévoraient les traits du pasteur.

— À partir de maintenant, je dormirai dans mon bureau. Peut-être cela te laissera-t-il assez de temps et d'espace pour mesurer l'étendue de ta félonie.

Son épouse le suivit dans l'escalier. Ses suppliques restèrent vaines. Il ferma à clé la porte de son bureau derrière lui. Susan demeura plantée là un long moment, puis elle se résigna à rejoindre la chambre. Après s'être juchée sur l'appui de fenêtre, elle éclata en sanglots dans les ténèbres, misérable et perdue.

Dehors, la lune émergea des nuages. Son éclat impersonnel et glacé transperça la femme adultère. Au souvenir des péchés qu'elle avait commis durant l'été, elle frissonna de dégoût. Elle s'était arrangée pour ne plus remplir son devoir conjugal, soit qu'elle fît mine de dormir quand Ezra se rapprochait d'elle dans leur lit, soit qu'elle attendît qu'il ronfle pour aller se coucher. Jonathan l'avait envoûtée.

Avec le recul, elle se rappelait l'affliction dans les yeux du pasteur, sur ses lèvres des questions muettes et beaucoup de vague à l'âme dans son comportement. Mais elle avait pris le parti d'ignorer ces signes. Il souffrait depuis des mois, incapable de lui parler ou répugnant à le faire par crainte de la perdre. À l'impitoyable clarté de la lune, Susan discernait toute la gravité de sa tromperie.

Elle entoura de ses deux bras ses genoux repliés et laissa les larmes ruisseler sur ses joues. Sa liaison avait presque détruit un homme dont l'unique faute était d'aimer passionnément sa femme.

— Oh Ezra, murmura-t-elle. Comment ai-je pu me comporter de cette façon avec toi ?

À mesure que la nuit avançait, elle songea qu'il lui fallait partir. La sécheresse du pasteur à son égard lui serait intolérable et l'échange qu'ils venaient d'avoir n'était pas de ceux qu'on oublie aisément. Les deux époux avaient besoin de temps pour panser leurs blessures. Susan n'y parviendrait qu'en laissant les Cornouailles derrière elle.

La lune décroissait. Le ciel à l'horizon s'éclaircissait. Susan quitta enfin l'appui de fenêtre pour s'installer à son bureau. Ann habitait Bath et, pour le moment, Gilbert ne se trouvait pas à la maison, accaparé qu'il était par les préparatifs de départ de la Première Flotte. C'était le moment ou jamais de lui rendre visite. Personne ne s'étonnerait d'un tel séjour chez sa belle-sœur. Ezra lui-même n'y verrait rien de répréhensible. Susan s'empara de sa plume et rédigea une longue lettre à la seule amie en qui elle avait une totale confiance.

Le Dunkirk, *bateau-prison, mars 1787*

La température grimpait doucement au fil des semaines. La puanteur qui régnait sur le navire augmentait à proportion, et les puces s'y reproduisaient avec d'autant plus de vigueur. Billy avait hâte de voir le jour se lever : il échapperait à la pestilence des cales pour respirer l'air plus vivifiant du port. Dire qu'il en était venu à préférer s'éreinter douze heures durant plutôt que de rester allongé sur sa paillasse… C'était révélateur de ses conditions d'existence. La tâche était harassante, mais elle le débarrassait pour un temps des punaises qui infestaient sa couche et des gémissements des malades. En outre, le travail le maintenait en bonne forme physique et occupait son esprit. Car il répugnait à se pencher sur sa vie, puisque ses seules perspectives d'avenir résidaient dans un exil à l'autre bout du monde.

L'obscurité régnait au fond des entrailles pourrissantes du bateau. Allongé dans le noir, Billy guettait les premières lueurs de l'aube à travers les trous de la vieille coque. Après l'achèvement de la digue, plusieurs mois plus tôt, on avait chargé les détenus les plus robustes de la construction d'une route menant au port principal.

Il fit jouer les muscles de ses bras – avant son incarcération, il n'avait là que la peau et les os. Depuis la visite du maréchal, il mangeait mieux, on lui fournissait des vêtements plus propres et Mullins avait renoncé à user de son fouet. Il était bon de posséder des amis haut placés – à condition de ne pas s'en vanter : si ses codétenus avaient appris que ses relations lui valaient d'être traité un peu moins mal qu'eux, Billy aurait fini avec un couteau entre les deux omoplates.

Billy écoutait le souffle laborieux de Stan. L'homme de Norfolk agonisait. Le frère de Susan avait appris à reconnaître les prémices du trépas, car la Faucheuse fréquentait assidûment les bateaux-prisons. Qu'adviendrait-il de Bess, sa compagne, et de leur enfant ? Sans doute la femme s'empresserait-elle de se lier à quelqu'un d'autre ; Billy avait vu la chose se produire mille fois. Ici, les relations étaient précaires, moins proches de l'amour que du besoin désespéré de se cramponner à un partenaire pour tenter de surnager. C'est pourquoi, depuis longtemps déjà, l'ancien contrebandier avait choisi de faire cavalier seul.

La poitrine de Stan résonnait comme un soufflet de forge et le malheureux ne cessait de s'agiter sous sa mince couverture. Bess tentait vainement de l'apaiser. Billy se retourna et ferma les paupières pour s'isoler mentalement.

Stan l'avait soutenu depuis leur arrivée à Plymouth. Il fréquentait le système pénitentiaire depuis assez longtemps pour avoir mis au point, en dépit de sa santé déclinante, des techniques de survie qu'il avait enseignées au frère de Susan. Il n'était pourtant guère plus âgé que celui-ci. Ailleurs, sans doute une solide amitié serait-elle née entre eux mais, ici, Billy avait rapidement saisi que l'amitié ne menait à rien : la mort ou le transfert de l'un ou de l'autre y mettait en général un terme précoce.

À l'aube, les détenus sursautèrent : des bruits insolites résonnaient au-dehors. Le silence se fit soudain dans les cales, l'appréhension s'insinua parmi les prisonniers, tandis qu'une flottille de petites embarcations semblait cogner les flancs du navire. Bientôt, des pas martelèrent le pont.

Billy s'assit, le cœur battant la chamade. Il croyait avoir deviné ce qui se tramait.

— Debout ! hurla le geôlier.

Au même instant, on ouvrit l'écoutille. La lumière se déversa dans les entrailles du bateau.

— Mettez-vous tous en rangs, et sortez quatre par quatre.

Le frère de Susan saisit prestement son ballot de vêtements en s'assurant que les quelques pièces d'argent qui lui restaient se trouvaient toujours dissimulées dans l'ourlet de sa chemise. Pour rien au monde il n'aurait pris le risque de voir Mullins, ce vautour, mettre la main dessus après son départ. Il jeta la couverture crasseuse sur ses épaules et se tourna vers Stan.

Contre toute attente, il avait survécu à la nuit. Soutenu par Bess et Billy, il se mit sur ses pieds. La jeune femme rassembla leurs maigres affaires et serra le bébé contre son sein, l'œil agrandi par la terreur.

— Bon Dieu, qu'est-ce qui se passe ? brailla Nell à l'intention du frère de Susan, depuis l'autre bout de la cale.

— Que je sois pendu si je le sais ! lui répondit-il.

En traînant des pieds, les détenus s'acheminèrent vers l'échelle menant au pont. Croisant le regard de sa bonne amie, Billy lui décocha un large sourire. C'était une très jolie fille aux formes généreuses. Nul doute qu'elle usât parfois de ses charmes pour obtenir un peu de nourriture en supplément.

— Tiens-toi prête, poupée ! lui cria-t-il.

Elle rejeta ses boucles rousses en arrière, les mains sur les hanches, et bomba le torse pour mettre en valeur sa poitrine opulente.

— Pourquoi ? lui lança-t-elle sur un ton de défi. Tu te décides enfin à te glisser dans mon lit ?

Des gloussements nerveux parcoururent la foule des prisonniers. Nul n'ignorait que Nell, malgré les efforts qu'elle déployait depuis plusieurs mois, n'avait pas encore obtenu les faveurs du jeune homme.

— J'ai trop de boulot en ce moment ! Mais je t'assure que ça vaut le coup d'attendre.

Elle éclata d'un rire tonitruant.

— Y a intérêt ! Sinon, j'aurai sacrément perdu mon temps !

Le silence se fit dès que les premiers détenus commencèrent à gravir les barreaux de l'échelle. Des murmures consternés couraient çà et là, des femmes sanglotaient. Le *Dunkirk* avait beau n'être plus qu'une épave, ses pensionnaires s'y étaient accoutumés, ils y avaient noué des liens, des naissances avaient même eu lieu – la plupart des nourrissons mouraient en bas âge. L'inconnu se révélait plus inquiétant encore que les entrailles infectes du navire.

Billy entraperçut le pan d'un uniforme pourpre et l'éclat d'une épée. Son pouls s'accéléra. Il passa la langue sur ses lèvres desséchées. Le maréchal lui avait annoncé que les opérations commenceraient au printemps. Or, il avait repéré depuis peu les campanules fleurissant sur les bords de la route que les détenus étaient en train de construire. Cela signifiait que février touchait à sa fin – peut-être même était-on au début du mois de mars. Il donna un coup de coude à Stanley.

— Tâche de faire bonne figure, lui chuchota-t-il, sinon ils ne te prendront pas.

— Que veux-tu dire ? s'enquit Bess en calant le bébé contre son épaule.

— Tu comprendras bien assez tôt.

Il n'était pas tendre avec la jeune femme, mais il ne voulait pas divulguer ses informations. Mieux valait que la bagarre éclate sur le pont, lorsque les détenus découvriraient ce qui les attendait – dans les cales, on manquait de place ; Billy avait déjà vu les ravages qu'une échauffourée pouvait produire dans cet espace confiné.

Leur tour vint enfin de grimper à l'échelle. Billy poussa Stan dans le dos. Une fois sur le pont, il se baissa pour aider Bess, qui tentait de s'agripper aux barreaux sans lâcher son baluchon ni son enfant.

Nell se présenta ensuite. Elle lui attrapa la main. Sa poigne était telle qu'elle manqua le faire basculer au fond de la cale.

— Merci, mon poulet ! lui lança-t-elle joyeusement.

Elle rajusta sa jupe sale, serra mieux ses seins dans son corsage informe et s'efforça de discipliner sa chevelure en bataille.

— Nom de Dieu, le grand air ne me vaut rien. Regarde un peu l'allure de ma tignasse.

Billy lui décocha un large sourire, qu'elle lui rendit aussitôt. Mais il y avait de la détresse au fond des yeux de la jeune femme. Elle avait beau jouer les bravaches, elle était aussi inquiète que les autres.

Des soldats en habit rouge, des officiers de marine et des matelots se tenaient de part et d'autre du pont, le long du bastingage. Un groupe de civils, accompagnés de Cowdry, le geôlier en chef, demeurait légèrement à l'écart. On séparait peu à peu les détenus en deux groupes : les plus jeunes et les plus robustes sur la droite, sur la gauche les malades et les plus âgés.

— Tenez-vous tranquilles pendant que le médecin vous examine ! brailla Mullins.

Lorsque le docteur ausculta sa poitrine et vérifia l'état de ses dents, le frère de Susan se raidit. Il avait l'impression d'être un cheval dans une foire à bestiaux – il brûlait de mordre ces doigts inquisiteurs qui sentaient le tabac. Il résista à la tentation : les militaires étaient trop nombreux.

— Par là, lui ordonna le médecin d'un ton bourru en se plantant devant Stanley.

Le cœur de Billy battait la chamade. Allait-on l'exiler ? À moins qu'on le transfère dans une autre prison – c'est ce qui s'était produit après le naufrage du *Chatham*. Il avait pris ses quartiers à bord du *Dunkirk*. Quant aux captifs plus vieux ou souffrants, personne ne savait ce qu'ils étaient devenus. Ces projets de bannissement n'étaient-ils qu'un leurre destiné à se débarrasser discrètement des individus qu'on jugeait inutiles à la communauté ?

Le docteur expédia Stanley dans l'autre groupe. Au terme d'un examen hâtif, il commanda à Bess de rester auprès de Billy.

Nell se présenta dans un insolent froufrou de jupons. Elle eut un mouvement brusque du menton, plein de défi. Narguant les soldats, elle prit dans ses bras le nourrisson de Bess.

— Il y en a du monde, hein, le cajola-t-elle. Tous sur leur trente et un. Comme nous.

— Tiens-toi tranquille, lui souffla son ami. Rends donc son bébé à Bess, tu vas finir par l'étouffer entre tes nichons.

Nell s'exécuta en souriant.

— Tu veux prendre sa place ? murmura-t-elle.

La matinée s'éternisait. Les rangs des détenus s'allongeaient. On en recensait plus de deux cents à bord du *Dunkirk*. Billy tentait d'oublier les sanglots de Bess et les vagissements de son bébé. Mais il comprenait le désarroi de la jeune femme : peu importait ce qui se tramait, de toute évidence Stan ne participerait pas à l'aventure.

À la mi-journée, le tri était terminé. Hommes et femmes se soumettaient à leur destin sans broncher. On n'avait pas déploré la moindre altercation et, n'étaient les cris du nourrisson de Bess, un silence absolu régnait sur le pont, qu'un officier de marine arpentait depuis quelques secondes.

Il s'immobilisa au centre du navire, le dos bien droit, la main posée sur la poignée ouvragée de son sabre.

— Les captifs qui se trouvent à ma gauche seront transférés à la prison d'Exeter. Ceux qui se tiennent sur ma droite rejoindront la colonie pénitentiaire de la Nouvelle-Galles du Sud.

Des clameurs de protestation accueillirent la nouvelle. Dès que les soldats et les gardiens bougèrent, les coups de poing se mirent à pleuvoir. Billy s'interposa entre Bess et la foule pour la protéger. Nell, à l'inverse, se débrouillait fort bien toute seule : elle bataillait au cœur de la mêlée, ravie, semblait-il, de se venger un peu des geôliers qui abusaient d'elle régulièrement.

Les autorités finirent par rétablir l'ordre sur le bateau. L'officier dirigea les détenus les plus faibles vers les embarcations en attente. Bess poussa un hurlement en voyant Stanley s'éloigner. Elle se débattit entre les bras du soldat chargé de la calmer, elle lui assena des coups de pied dans les tibias. Puis elle supplia son supérieur de ne pas la séparer de son compagnon. Elle n'était plus seule : d'autres femmes, victimes d'un sort semblable, criaient à fendre l'âme.

— Ça va aller, Bess, lança Stanley d'une voix forte pour dominer le vacarme. Prends bien soin de toi et de notre bébé.

Déjà, il atteignait la passerelle. Se retournant une dernière fois, il jeta à Billy un regard en forme de supplique.

Le jeune homme attira Bess contre lui et hocha la tête en direction de son camarade. Il protégerait de son mieux la femme et son enfant. Il devait bien cela à son codétenu.

Les petits bateaux s'éloignèrent. Leurs malheureux passagers courbaient la nuque, accablés par la défaite. Chacun savait ce qui les attendait dans la terrible geôle d'Exeter.

Sur le pont, on se taisait. Le frère de Susan continuait d'étreindre Bess, qui se cramponnait à lui en serrant son nourrisson contre son sein. L'avenir s'annonçait très sombre.

— Bon Dieu, lâcha Nell. Où c'est-y qu'ils nous emmènent ?

— À l'autre bout du monde, lui répondit Billy. Mais tu t'en sortiras.

Elle secoua sa chevelure de feu.

— Pour sûr, dit-elle avec détermination. Ces ordures n'auront pas ma peau.

L'officier de marine avait repris son inspection ; de loin en loin, il s'arrêtait devant un prisonnier. Parvenu auprès de Bess, il se tourna vers le matelot qui l'accompagnait.

— Prenez cet enfant et veillez à ce qu'il soit accueilli dans un orphelinat.

— Non ! glapit sa mère en agrippant si fort son petit qu'il se remit à pleurer. Vous n'avez pas le droit de m'enlever mon bébé !

— J'ai tous les droits. Cet enfant est trop jeune pour obtenir le statut de criminel. Je ne suis donc pas autorisé à le transporter à bord d'un bateau-prison.

L'homme fit signe au marin. Billy vint s'interposer entre Bess et lui.

— Ce nourrisson n'est pas encore sevré, expliqua-t-il à l'officier. Cette jeune femme a déjà perdu son époux. Et son bébé mourra si vous le privez d'elle.

— Votre nom ? aboya son interlocuteur.

— Penhalligan, monsieur.

Le frère de Susan se tenait bien droit.

— Que savez-vous des lois qui régissent l'organisation des bateaux-prisons ?

— Rien, monsieur. Mais je sais qu'il n'est pas convenable d'arracher un enfant au sein de sa mère quand, par-dessus le marché, on vient de séparer ses parents.

Billy fixait résolument un point dans l'espace, droit devant lui. Le militaire éclata d'un rire cruel.

— Vous osez me parler de morale, alors que vous puez le crime à plein nez !

Il grimaça et se tourna vers le matelot.

— Mettez-moi cet homme aux fers. C'est un fauteur de troubles.

— Je suis pourtant certain que le maréchal Collinson partagera mon avis, monsieur, remarqua

Billy calmement, tandis qu'on lui entravait les chevilles sans ménagement.

Le militaire écarquilla les yeux. Il rougit jusqu'aux oreilles.

— Pourquoi diable le maréchal se soucierait-il de votre opinion ?

Le frère de Susan s'efforça de réprimer la lueur de triomphe qui commençait à briller dans ses yeux.

— Parce que nous sommes parents par alliance.

L'officier s'éloigna à grands pas. Il se lança dans une discussion très animée avec Cowdry.

Billy aurait aimé entendre leur échange, mais il ne le devinait que trop bien. Tout sourires, Nell lui envoya un coup de coude dans les côtes.

— Ça alors ! Toi ! De la même famille qu'un gars de la haute !

Elle lui adressa un clin d'œil.

— Tu as bien agi, lui souffla-t-elle. Il sera forcé de piger qu'on ne va pas se laisser faire sans rien dire.

Elle se mordit la lèvre inférieure.

— On est faits l'un pour l'autre, mon gars.

Le frère de Susan lui sourit en passant un bras autour des épaules de Bess, qui continuait d'étreindre son enfant comme si sa vie entière en dépendait.

— Pour le moment, je gamberge trop pour m'occuper d'autre chose, dit-il.

— Je saurai attendre, rétorqua Nell avec un air canaille.

Sur quoi le militaire revint vers eux.

— Qu'elle garde son bébé jusqu'à Portsmouth, ordonna-t-il. Quant à vous, Penhalligan, vous n'embarquerez pas aujourd'hui à bord du *Charlotte* : vous

vous rendrez à Portsmouth à pied, avec les fers. Cela vous apprendra à respecter vos supérieurs.

Pendant qu'on entraînait Bess vers l'une des chaloupes, Billy maudit son sens de la justice. Le *Charlotte* et le *Friendship* mouillaient tout près, dans le vaste port, mais les fers aux chevilles du jeune homme pesaient lourd – lorsqu'il s'ébranla, la chaîne qui les reliait se mit à racler le pont. La route serait longue jusqu'à Portsmouth.

Mousehole, mars 1787

D'abord choquée par les révélations de Susan, Ann s'était ensuite comportée en véritable amie. Loin de la condamner ou de l'accabler de sermons, elle avait offert à sa belle-sœur l'affection dont celle-ci avait grand besoin.

Le séjour à Bath s'était prolongé plusieurs mois, mais l'épouse du pasteur avait fini par trouver le courage de regagner Mousehole. Dès lors, elle erra, tel un spectre, à travers la maison. Elle mangeait à peine. Le remords l'empêchait de dormir. Elle s'efforçait à la gaieté devant les enfants mais, dès qu'elle croisait le regard affligé d'Ezra, elle chancelait.

Le pardon qu'il lui avait accordé en bon chrétien la mettait au supplice. D'autant que, en réalité, il ne parvenait pas à oublier le péché qu'elle avait commis : il s'était définitivement installé dans son bureau. La tristesse et la déception qu'il affichait constituaient pour Susan une torture de chaque instant, car elle avait mesuré depuis quelques mois la puissance de l'amour qu'elle portait à son mari – leur union, songeait-elle, valait tous les sacrifices. Jamais elle n'aurait imaginé accorder un tel prix à son couple.

Cependant, la vie continuait. La vie, don de Dieu, précieux présent qu'il ne s'agissait pas de gâcher en vains regrets ni souvenirs éplorés. Aussi, quoiqu'elle se sentît vide, Susan s'accrochait-elle à l'espoir que, un jour, Ezra laisserait son chagrin de côté pour redécouvrir la tendresse qu'il avait jadis éprouvée pour son épouse. Les premiers mois de 1787 marquèrent un temps de séparations, d'adieux et de nouveaux départs.

Tandis que, soufflant du nord, les vents de mars menaçaient d'apporter la neige avec eux, Susan, emmitouflée dans son col de fourrure, se tenait sur le quai de Southampton. À travers ses larmes, elle saluait Emma, qui venait d'apparaître sur le pont du grand navire pour rejoindre son époux, déjà accoudé au bastingage. Récemment promu capitaine, Algernon s'en allait occuper son premier poste, au Cap.

Les deux jeunes gens s'étaient fiancés à la fin du mois de février. Après quoi l'on avait précipité le cours des événements, car Emma refusait catégoriquement d'accompagner le reste de la famille en Australie. Le mariage avait été célébré en hâte, sitôt révélée l'affectation d'Algernon. Et voilà que le jeune couple partait aujourd'hui pour l'Afrique. Susan était au désespoir, car elle doutait de jamais revoir sa fille.

— Hier encore, elle n'était qu'un bébé, observa Ezra avant de se moucher puis de s'essuyer les yeux.

Les mots manquaient à son épouse. Emma lui semblait encore si jeune pour se lancer ainsi à l'aventure, loin des siens et de sa patrie. Mais l'adolescente ne partageait pas ses craintes : elle souriait, le visage rayonnant de bonheur. Les plumes de son chapeau s'agitaient joyeusement dans la brise. Cette robe de laine bleue lui va à ravir, songea Susan, mais la pèlerine en fourrure que sa belle-mère lui a offerte la vieillit un peu.

Ezra, qui sans doute avait perçu sa détresse, lâcha la main de Florence pour tapoter l'épaule de sa femme.

— Auprès de lui, glissa-t-il doucement, elle ne craint rien. Et puis elle ne part pas pour toujours. Les soldats changent souvent d'affectation.

— Je serais tout de même étonnée qu'Algernon se retrouve un jour en poste en Australie, rétorqua-t-elle d'un ton chargé d'amertume.

La remarque se perdit dans le tintement des cloches et les cris des matelots grimpant prestement aux mâts pour dérouler les voiles. On tira les cordages, on remonta l'ancre. Les petits remorqueurs entraînèrent peu à peu le géant des mers vers le large.

George bondissait, agitait son chapeau en direction du majestueux navire. Il se tourna vers sa mère, le regard pétillant d'enthousiasme.

— Notre bateau sera-t-il aussi gros ? l'interrogea-t-il. Possédera-t-il autant de voiles ?

Susan l'attira contre elle pour déposer un baiser sur son front. À douze ans, il grandissait à vue d'œil.

Bientôt, il la dominerait largement. Pour l'heure, elle se délectait de ces brefs instants de complicité.

— J'espère bien.

Il se dégagea de son étreinte pour courir le long du quai. Ernest, lui, saluait une dernière fois sa sœur au bout de la jetée. Comme il était grand, comme ses épaules étaient larges…

Florence et George le rejoignirent. La gorge de Susan se noua. Bientôt, ils partiraient à leur tour. La solitude la submergea. Le vide dans lequel elle évoluait depuis plusieurs mois semblait tout près de l'engloutir à jamais. Elle observa son époux, brûlant de mériter à nouveau son amour, qu'elle avait eu jadis l'imprudence de tenir pour acquis. Mais, déjà, Ezra pressait le pas vers leurs enfants.

Portsmouth, 13 mai 1787

Ils se trouvaient enchaînés par groupes de cinq. À chaque pas, la haine de Billy augmentait. Par ailleurs, elle le rendait plus fort, plus résolu à survivre aux épreuves qui l'attendaient, quelles qu'elles fussent. À Portsmouth, il se retrouva au garde-à-vous devant l'officier de marine qui l'avait mis aux fers sur le *Dunkirk*. Il planta son regard dans le sien, tandis qu'on désentravait ses chevilles meurtries.

Le militaire, à l'inverse, détourna les yeux. Puis il s'adressa au geôlier qui avait accompagné les détenus sur la longue route sinueuse menant au port.

— Emmenez-les sur le *Charlotte*, ordonna-t-il. Dépêchez-vous, sinon nous risquons de manquer la marée.

— Et l'enfant de Bess ? interrogea Billy.

— Sa mère et lui ont pris place à bord du *Lady Penrhyn*.

Le jeune homme éprouva une intense satisfaction. Le maréchal n'avait donc pas menti, on pouvait lui faire confiance. Peut-être Billy tenait-il pour de bon la chance d'entamer une existence neuve, de passer l'éponge sur ses erreurs passées.

Il fut tiré de ses pensées par un vigoureux coup de coude dans le dos. C'était le geôlier. Le frère de Susan se remit en marche vers le *Charlotte*, submergé par la terreur à mesure qu'il découvrait le spectacle du port.

Ce dernier regorgeait de bateaux – la ville en revanche était déserte, toutes ses échoppes obstinément closes. Pas même un chien ne se risquait sur les pavés du quai. Manifestement, boutiquiers et habitants de Portsmouth n'appréciaient pas cet afflux de prisonniers. Billy grimaça en posant le pied sur le navire qui s'apprêtait à l'entraîner, loin de sa famille et de sa patrie, vers un futur incertain.

Une partie des bâtiments composant la Première Flotte avait été affrétée dès janvier, à Woolwich et Gravesend. Ceux dont on s'était occupé à Plymouth avaient rejoint Portsmouth à la fin du mois de mars. Tous étaient maintenant prêts à mettre les voiles.

Susan, qui se tenait avec les siens sur le pont du *Golden Grove*, observait l'animation régnant sur le quai. Elle avait emprunté la longue-vue de Gilbert pour tenter d'apercevoir Billy parmi les détenus en haillons arrivés à pied de Plymouth. La cruauté de la punition qu'on leur avait infligée la rendait malade. Leur allure misérable empêchait de les discerner les uns des autres – tous paraissaient à demi morts de faim.

C'est alors que la jeune femme repéra cinq prisonniers supplémentaires, dont l'un attira plus particulièrement son attention. Elle régla la longue-vue dans un sanglot : on ôtait ses chaînes à Billy. Il se trouvait trop loin pour qu'elle pût l'appeler. Elle se contenta de le regarder grimper sur le *Charlotte*. Comme il devait avoir peur, songea-t-elle. Elle se jura de faire tout son possible pour lui rendre le voyage moins pénible.

Elle ferma les yeux en s'efforçant de se ressaisir : elle était au bord des larmes. Elle se rappela ses adieux déchirants à sa mère. Maud était âgée et, quoique le maréchal eût affirmé le contraire à Billy, sa santé déclinait. La vieille dame ne comprenait pas pourquoi Susan devait entreprendre ce voyage. Cette dernière l'avait longuement étreinte, puis elle l'avait embrassée avant de quitter sa maisonnette. La veuve de son frère aîné avait promis de prendre soin d'elle et le nouveau pasteur s'était engagé à lui lire les lettres qui lui parviendraient, ainsi qu'à rédiger celles que Maud lui dicterait. Mais Susan savait qu'elle aurait dû se trouver auprès d'elle pour adoucir ses vieux jours. Ce fardeau s'ajoutait à la culpabilité qui la rongeait depuis l'automne.

Contrairement à ce qu'il avait annoncé, Jonathan n'était pas revenu en Cornouailles. La jeune femme s'en trouvait soulagée. Car, si elle haïssait sa conduite, elle n'était pas certaine de le haïr encore si elle le croisait – bien que ténue, une flamme continuait de trembloter au plus profond de son cœur ; elle l'aimait encore.

Elle multipliait les efforts pour garder son calme. À quoi lui aurait servi de dévoiler ses sentiments à son époux et à ses enfants qui, eux, se réjouissaient manifestement de l'aventure dans laquelle ils étaient engagés ? Si elle leur opposait un visage morose, elle n'en serait que plus isolée. Ce labeur qu'elle s'imposait faisait partie de sa pénitence.

Lorsque les canons retentirent, George ne se tint plus de joie. Un orchestre militaire entonna un air entraînant sur le quai. Le garçon, surexcité, pointa un doigt vers les magasins dont les rideaux se levaient les uns après les autres ; les portes s'ouvraient. Les habitants de Portsmouth se ruèrent enfin au bord de l'eau pour observer le départ de cette extraordinaire armada.

Après l'avoir longuement épiée, Ernest s'en fut rejoindre la jolie fille d'un des officiers du bord. Quant à Florence, elle ne lâchait plus la main de son père. Elle avait toujours préféré Ezra mais, désormais, elle ne s'en éloignait plus. Susan ne pouvait s'empêcher de lui en vouloir un peu.

Elle se détourna pour contempler les voiles immenses qui, sitôt déployées, se gonflèrent sous la brise. Elles se détachaient admirablement contre le bleu du ciel. Quant au nombre de navires, il s'avérait tel que les spectateurs en restaient bouche bée. Susan, qui depuis sa plus tendre enfance enviait les pêcheurs, avait bu les paroles de Jonathan quand il lui avait conté ses expéditions par-delà l'horizon. Mais, à présent qu'elle-même s'éloignait de sa terre natale, elle songeait à sa maison près de l'église, au petit village niché au pied des falaises. Jamais elle ne reverrait les Cornouailles, jamais elle ne reverrait sa mère. Plus jamais l'air salé n'agacerait ses narines. Plus jamais elle ne humerait l'odeur des harengs frais pêchés. Elle frissonna et inspira profondément, le regard embué de larmes. Elle n'admettait pas ce qui était en train de se produire.

— Je sais combien c'est difficile pour toi, intervint Ann en s'installant à ses côtés.

Elle serra dans sa main les doigts de son amie.

— Mais tu n'es pas seule.

Susan s'efforça de lui sourire.

— J'abandonne tant de choses derrière moi...

— Tout le monde laisse ici une part de son existence. Surtout ces malheureux garçons.

La jeune femme suivit le regard d'Ann, qui se posait sur les bateaux-prisons en route pour le large. Comme elle, en effet, les détenus n'avaient pas choisi leur sort. Comme elle, ils devaient redouter l'avenir.

— Pauvre Billy, dit-elle en pleurant. Il a toujours détesté la mer. J'ai si peur qu'il ne survive pas au voyage.

— L'esprit humain possède des ressources insoupçonnées, la rassura son amie, qui pressa de nouveau les doigts de Susan entre les siens. Essaie de voir dans ce qui nous arrive une formidable aventure.

Plongeant ses yeux dans ceux de l'épouse du pasteur, Ann la considéra avec tendresse et bienveillance.

— Dis-toi que la chance nous est donnée de vivre une expérience exceptionnelle. Nous sommes en train d'écrire l'Histoire, Susan.

Troisième partie

Détenus et conflits

13

Botany Bay, 20 janvier 1788

Ils naviguaient depuis huit mois. Aussi, lorsqu'on approcha du rivage, les passagers du *Golden Grove* se rassemblèrent en hâte sur le pont. De joyeuses rumeurs parcouraient la foule. Le soulagement était palpable.

Alors que la côte ne se trouvait plus qu'à quelques brasses, sous la lumière crue d'un soleil torride brillant dans un ciel sans nuage, un terrible silence s'abattit : l'aridité des terres que les colons découvraient mit un brusque terme à leurs rêves, y compris à ceux des plus optimistes.

Agrippée au bastingage, Susan ne lâchait plus des yeux cette immensité semée d'arbres chétifs et de marécages fétides. Où se trouvaient les verts pâturages qu'on leur avait promis, les riches terres arables qui n'attendaient que les bras des détenus pour se couvrir de l'or précieux des blés ?

— Cela n'a rien à voir avec ce qu'on nous avait annoncé, lâcha-t-elle d'une voix tremblante.

Elle leva la tête vers Ezra, le regard empli de larmes d'effroi.

— Comment sommes-nous censés survivre dans un tel endroit ?

Immobile à ses côtés, l'œil vide et la mine sinistre, le pasteur ne lui offrit aucun réconfort.

— Dieu y pourvoira, se contenta-t-il de répondre sur un ton où pointait le doute.

— Comment ? rétorqua-t-elle avec une brusquerie qui ne lui ressemblait pas. Ces arbres ne portent pas de fruits, les marais nous donneront la fièvre, et je ne distingue pas le moindre pré où faire paître nos bêtes, pas le moindre carré de terre à labourer.

À mesure que la terreur l'envahissait, elle élevait la voix.

— Nous avons bravé des tempêtes, nous avons vaincu la maladie, nous avons supporté les charançons plein nos sacs de farine ! hurla-t-elle. Et pourquoi ? Pour nous installer dans un cloaque !

Ezra demeurait impassible. À la vue de ses enfants, Susan se tut. Car son angoisse se reflétait dans leurs yeux ; elle devait s'apaiser.

— Le Seigneur a du pain sur la planche, lança-t-elle gaiement. Et nous aussi.

— Il nous donnera la force de rendre cet endroit accueillant, renchérit son époux, tandis que Florence éclatait en sanglots.

Il lui caressa les cheveux d'un geste machinal.

— Tant que nous garderons la foi, la rassura-t-il, Il guidera nos pas.

Susan s'empêcha de lui opposer que Dieu, selon elle, ne se souciait guère du défi qu'ils allaient tenter de relever. Elle se tourna vers les bateaux-prisons. La Première Flotte avait essuyé de terribles ouragans. Billy et ses compagnons enchaînés à fond de cale étaient-ils parvenus à surmonter ces épreuves ? Si oui, ils allaient maintenant s'échiner sous un soleil de plomb, menacés à chaque instant par la maladie et les fièvres plus sûrement que par le fouet de leurs gardiens. Aucun être humain ne pouvait survivre dans cet enfer.

Les navires restèrent à l'ancre dans la baie cinq jours durant. Arthur Phillip et quelques-uns de ses officiers avaient pris place à bord d'une chaloupe pour tenter de dénicher le long de la côte un lieu plus hospitalier. On autorisa enfin Billy et les siens à quitter la cale. À peine eurent-ils émergé sur le pont en clignant des yeux dans la lumière vive qu'ils se turent. Rien ne les avait préparés à un tel spectacle.

— Vous ne risquez pas de vous évader, se moqua Mullins. Vous pouvez toujours sauter à la flotte si ça vous chante. Les requins vous boulotteront si la jungle ne s'en charge pas la première.

Incrédule, le frère de Susan scrutait le décor devant lui. Des arbres par centaines mangeaient jusqu'à l'horizon un sol desséché. Quant aux marécages lourds de menaces, ils s'étendaient le long de la rive. Des racines aériennes s'y métamorphosaient en doigts de sorcière d'où pendait une végétation molle. Des nuages de moustiques se déplaçaient dans la puanteur et le silence entrecoupé du gloussement suraigu de quelque étrange créature, qui semblait se moquer des colons.

— Vous êtes aussi coincé que nous, observa Billy à l'adresse de Mullins. C'est la fin du voyage pour tout le monde.

Le geôlier cracha par-dessus bord.

— Sûrement pas, répliqua-t-il. Il est prévu que j'embarque à bord du prochain bateau pour l'Angleterre.

Une lueur mauvaise brilla dans ses yeux.

— Je serai à Londres depuis belle lurette, entre une pinte et une pute, quand ta carcasse finira de pourrir ici !

Il s'éloigna à grandes enjambées. Le jeune homme serra les poings, brûlant de réduire cette ordure en bouillie. Mais Mullins, qui n'attendait que cela, s'empresserait de le remettre aux fers et de lui faire à nouveau tâter de son fouet. Billy tâcha de se calmer en contemplant les autres bâtiments à l'ancre dans la baie. Il avait au moins tenu bon jusqu'au terme du périple, même si, à maintes reprises, il avait cru devenir fou de terreur en voyant l'eau s'engouffrer dans les cales au risque d'en noyer tous les occupants.

Avisant le *Golden Grove*, il pensa à Susan et à ses enfants. Elle lui avait fait parvenir plusieurs fois de la nourriture en supplément, ainsi que des vêtements propres. Mais pourquoi diable Ezra avait-il eu cette idée folle d'entraîner sa famille en Australie ? Rien ne l'y obligeait. Et pourtant, il venait de condamner à mort sa femme et leurs rejetons.

— Hé, Billy ! Je suis là !

Il se tourna vers la voix qui l'interpellait. Penchée par-dessus le bastingage du *Lady Penrhyn*, Nell faisait de grands gestes dans sa direction ; ses seins rebondissaient. Il agita la main en retour.

— Tu vas bien ? cria-t-il. Et Bess ?

— Moi, ça va ! Mais comme le gosse est mort il y a quelques semaines, Bess n'est pas au mieux.

Le frère de Susan se sentit coupable. Peut-être avait-il eu tort d'insister pour que le nourrisson se lance dans cette aventure auprès de sa mère. Il s'apprêtait à répondre quand il reçut une bourrade dans les côtes.

— Interdiction de parler avec les femmes, aboya Mullins. Redescends, Penhalligan. Tu resteras à fond de cale jusqu'à demain.

Billy lorgna du côté de Nell, qu'un matelot tentait de ramener elle aussi dans le ventre du navire. Elle se débattait comme un beau diable.

— On se reverra en enfer ! lança-t-elle au frère de Susan avant de disparaître.

À son retour, Arthur Phillip déclara qu'il venait de découvrir « le plus beau port au monde, dans lequel pouvaient mouiller sans risque un bon millier de navires ». Dès que la marée aurait monté, on appareillerait pour Port Jackson.

Il n'était que temps : de farouches hommes noirs avaient surgi sur les plages de Botany Bay en brandissant leurs lances, et l'on avait repéré un bâtiment de l'expédition dirigée par La Pérouse au large du cap. Les Britanniques ayant réussi jusqu'alors à devancer les Français, il convenait d'être aussi les premiers à s'établir en Nouvelle-Galles du Sud. On pourrait ainsi annexer l'île Norfolk et entamer la production de lin.

Depuis bien des lunes déjà, Lowitja les avait vus venir, grâce aux pierres dont elle interprétait les signes. Ses dons de voyante et de guérisseuse étaient unanimement respectés, mais ses prémonitions récentes l'avaient alarmée : elle n'y distinguait que des jours sombres, du sang, partout la mort rôdait, tout n'était que terreur et maléfices.

Ce matin-là, elle s'était réveillée tôt, plus affectée qu'à l'ordinaire par les rêves de la nuit. Une force invisible – les Esprits peut-être – l'avait attirée vers le cap. Lorsqu'elle les découvrit, voguant en direction de la petite baie que sa tribu appelait Kamay, elle comprit que ses pressentiments ne l'avaient pas trompée. La gorge nouée par l'angoisse, elle rassembla son petit sac, ses lances, et s'en fut en courant prévenir ses oncles, Bennelong, Colebee et Pemuluwuy.

Les hommes du clan se plantèrent sur le rivage en agitant leurs lances. Ils poussèrent des hurlements de défi à l'adresse des Blancs, qui se rapprochaient des côtes à bord de leurs immenses canoës. Lowitja, cachée dans les bois avec les autres femmes, se souvint de la première visite de ces étrangers. Leur retour marquait le début de l'ère funeste que les pierres lui avaient annoncée.

Après que le soleil se fut levé cinq fois, les Blancs parurent prendre peur : ils déployèrent leurs voiles et reprirent leur périple le long du littoral. Les trois oncles de Lowitja se réjouirent, mais leur nièce savait que les événements commençaient à peine.

À l'aube du jour suivant, un autre bateau se présenta, dont les couleurs attachées aux arbres sans feuilles qui soutenaient les voiles n'étaient pas les mêmes que celles de ses devanciers. Les hommes se ruèrent de nouveau sur le sable en criant des injures et en menaçant les intrus de leurs lances. Retranchée dans la forêt, Lowitja observait la scène en frissonnant.

Un coup de tonnerre retentit soudain.

Tous les membres de la tribu se précipitèrent au sol.

Un objet vola au-dessus de leurs têtes pour retomber dans une épouvantable explosion qui fit trembler la terre. Des arbres et des buissons furent projetés en l'air. Les visions de la devineresse devenaient réalité – la fin du monde approchait.

Lowitja et les siens finirent par relever le nez. À la vue de deux adolescents réduits en charpie, ils décampèrent. L'effroi leur donnait des ailes.

Maintes fois, la jeune femme jeta les pierres, dans l'espoir qu'elles la rassureraient. Hélas, lorsqu'une transe lui permit de communiquer avec les Esprits ancestraux, elle apprit que son clan n'était pas de taille à lutter contre l'ennemi. Celui-ci tenait ses armes des démons eux-mêmes ; contre elles, les lances et les boomerangs ne serviraient à rien.

Bennelong, doyen de la tribu, envoya des traqueurs informer les Cadigal de ce qui se passait. Il les chargea en outre de retrouver la trace des navires. À leur retour, l'oncle de Lowitja suggéra aux deux clans de se mettre en route pour Warang, dans le nord, afin de déterminer à quel genre d'adversaire on avait affaire.

Port Jackson, 26 janvier 1788

L'équipage et les passagers se massèrent sur le pont en arrivant à Sydney Cove[1] et Port Jackson. Le spectacle des sauvages gesticulant sur le rivage de Botany Bay les avait terrorisés, de sorte que, même si ces barbares avaient finalement reflué dans les marécages après que leurs lances avaient échoué à atteindre les Blancs, ces derniers appréhendaient ce que la crique suivante allait leur offrir.

Susan se sentit renaître en découvrant l'herbe verte et les arbres vigoureux, l'eau claire et les bords sableux de l'immense port. De douces collines barraient l'horizon. Des rivières déroulaient leurs rubans argentés à travers les forêts et les pâturages. Peut-être l'existence qui les attendait ici se révélerait-elle moins épouvantable que l'épouse du pasteur l'avait d'abord cru. Elle résolut d'imposer le silence à son désespoir.

— Il va falloir défricher ces terres avant de pouvoir les cultiver, murmura Ernest en passant une main dans son épaisse chevelure blonde. Une tâche colossale nous attend.

Il plissa les yeux en contemplant les flots étincelants sous le soleil.

— Mais le sol m'a l'air de bonne qualité. Et puis nous disposons de toute la main-d'œuvre souhaitable pour arriver à nos fins.

Il décocha un large sourire à sa mère.

1. Sydney Cove (correspondant aujourd'hui à Circular Quay) est l'emplacement choisi en 1788 par Arthur Phillip pour fonder l'actuelle ville de Sydney.

— J'ai hâte de me mettre au travail et de poser enfin le pied sur la terre ferme !

Au moins l'un des membres de sa famille se montrait-il enthousiaste, songea Susan, un peu soulagée. Florence, en revanche, ne lâchait pas le bras du pasteur. Il ne restait plus qu'à prier pour que les Collinson se tournent enfin vers l'avenir tous ensemble, unis comme autrefois.

Les militaires furent les premiers à gagner le rivage à bord des canots. À l'instar de son fils, Susan brûlait de retrouver le plancher des vaches – et tant pis, après tout, si cette contrée exigeait de ses visiteurs un labeur acharné.

L'épouse d'Ezra observa les soldats à l'œuvre : ils dressaient le campement. Le tintement des fers de hache et les cris parvenaient jusqu'au bateau. Au fil du défrichage, des tentes blanches surgissaient par dizaines. L'ensemble tenait indubitablement de l'installation militaire – rien n'y manquait : ni le remue-ménage ni les ordres que les gradés aboyaient à leurs subalternes. Susan se demanda un instant comment elle s'y prendrait pour s'occuper de sa maison sans équipement digne de ce nom pour la lessive ou la cuisine.

En fin d'après-midi, elle descendit l'échelle de corde menant à l'une des chaloupes. Ezra l'aida sans se départir de ses airs guindés, Florence toujours cramponnée à lui. George et Ernest, à l'inverse, débordaient d'ardeur.

La chaleur était presque insoutenable et Susan avait beau agiter son éventail, des nuées de mouches l'importunaient.

— J'ai bien fait de suivre tes conseils, souffla-t-elle à Ann, et de renoncer à mon corset, ainsi qu'à mon jupon.

Sa belle-sœur arborait un visage écarlate sur lequel la sueur avait plaqué ses boucles brunes.

— C'est Gilbert qui m'a mise en garde. Il a l'habitude, après plusieurs années passées en Inde.

Le canot accosta. Quand Susan posa le pied sur le sable, elle eut l'impression que le sol se dérobait sous elle. Bousculant son père, Ernest se porta à son secours pour lui éviter de tomber.

— Ce n'est rien, la rassura-t-il en souriant. Oncle Gilbert m'a expliqué que c'est à cause du temps que nous avons passé en mer. Cette sensation va se dissiper rapidement.

Susan effleura la joue de son fils, dont la barbe naissante lui picota le bout des doigts. L'adolescent grandissait. C'était presque un homme, à présent, dont les attentions à son égard la ravissaient. Elle aurait tant aimé qu'Ezra fît preuve à nouveau d'une telle délicatesse.

— Les sauvages ! Nous allons tous mourir !

Susan serra George contre elle, tandis que le pasteur étreignait Florence. Ernest empoigna son fusil.

Soldats et marins s'interposèrent à la hâte entre les colons et les indigènes, qui hurlaient en les visant avec leurs lances.

— Tirez au-dessus de leurs têtes, commanda Arthur Phillip. Surtout, ne les tuez pas.

Les Noirs eurent tôt fait de battre en retraite, mais ils n'en continuaient pas moins à jeter des pierres aux étrangers, à les menacer de leurs javelots et à les couvrir d'injures.

— Où nous as-tu amenés ? cria Susan à son mari au milieu du tonnerre des coups de feu. Ces gens vont tous nous massacrer !

Ezra s'efforçait de calmer Florence, submergée par la panique.

— Nous sommes parfaitement en sécurité ! répliqua-t-il. L'armée assure notre protection.

Les Collinson se tapirent derrière un arbre, Susan serrant contre elle le pétulant George, qui mourait d'envie de rejoindre les soldats. Elle jeta des regards affolés dans toutes les directions. Où donc était Ernest ? Elle le repéra au bord de la clairière. À le voir charger sa carabine, tirer en l'air pour la recharger aussitôt et répéter l'opération, un sanglot lui échappa. Malgré son jeune âge, il n'avait pas peur – au contraire, il semblait exulter. Sa mère n'en était que plus affolée.

— Pour l'amour de Dieu, Ezra ! Nous ne pouvons pas rester dans cet endroit ! Il est de notre devoir de protéger nos enfants.

— Ils seront protégés, assena le pasteur d'une voix ferme, pendant que les autochtones regagnaient les broussailles. Les soldats, les marins et le gouverneur Phillip sont ici pour faire régner l'ordre. Nous ne devons pas renoncer maintenant.

Susan vit scintiller une lueur de joie dans les yeux de son époux. Ses sanglots redoublèrent. Des larmes roulaient sur ses joues.

— Pour toi, cet enfer représente un moyen de te mettre au service de Dieu, n'est-ce pas ?

Son mari hocha positivement la tête.

— Les détenus sont des impies, au même titre que ces malheureux hommes noirs. Le Seigneur m'a envoyé ici pour accomplir Son œuvre, Susan. Je ne saurais me dérober.

— Même si nos enfants doivent y laisser leur vie ?

Elle avait séché ses pleurs. Désormais, elle raisonnait froidement.

— Dieu veillera sur eux.

Il avança la main comme pour effleurer celle de son épouse, mais se ravisa.

— Tu dois avoir foi en Lui, Susan, et tu dois avoir foi en moi. La mission qu'on nous a confiée est primordiale. Nous ne parviendrons à la remplir qu'à condition de nous montrer fermes dans nos résolutions.

Elle aurait tant souhaité le croire. Elle aurait tant souhaité lui dire qu'elle l'aimait au point de le suivre aux confins du monde, si au moins il consentait à lui manifester la chaleur qu'il lui témoignait jadis. En revanche, elle refusait de sacrifier la chair de sa chair.

— J'exige que tu me promettes que nos enfants regagneront l'Angleterre à bord du prochain navire. Ils vivront auprès de ma famille jusqu'à ce que tu aies accompli ta tâche.

— La Deuxième Flotte n'arrivera pas avant un certain temps, lui rappela le pasteur. Et Ernest n'est plus un enfant.

L'expression de son visage s'adoucit néanmoins. Il hocha la tête.

— S'ils désirent rentrer en Grande-Bretagne lorsque les navires seront là, alors ils rentreront. Je te donne ma parole.

Comme sa sœur avant lui, Billy tituba en quittant le *Charlotte* pour se retrouver sur la terre ferme. Il s'enquit de Nell, mais on lui apprit que les femmes ne débarqueraient que dans quelques jours. Il sourit. Le gouverneur Phillip tenait à ce que le campement fût établi avant que ces dames se montrent. Car une fois qu'elles se mêleraient aux hommes, ces derniers ne penseraient plus qu'à elles. Le frère de Susan remonta son pantalon en tâchant d'oublier la chair douce et ferme de sa compagne, en oubliant la chaleur de ses seins généreux.

— Billy ! s'écria sa sœur en se précipitant vers lui pour se jeter dans ses bras. Oh Billy, je suis contente de te voir !

Son étreinte se révéla si brutale qu'il faillit tomber à la renverse. Il se dégagea pour l'observer. Il la trouvait plus mince que dans son souvenir, et ses paupières étaient gonflées d'avoir beaucoup pleuré. Il l'embrassa sur la joue en maudissant secrètement Ezra de l'avoir entraînée dans cette folle expédition.

— Maintenant que nous avons réussi à venir jusqu'ici, lui dit-il, nous ne pouvons que nous en sortir.

Quoique Susan le mitraillât de questions, il réussit à lui taire les détails les plus sordides. À quoi bon évoquer les rats, la pestilence qui régnait dans les cales ? À quoi bon parler de la nourriture rance et de l'eau saumâtre ? Il ne lui dit rien non plus du sadisme de Mullins, dont le fouet lui avait maintes fois zébré le dos. Il ne lui raconta pas la terreur qu'il éprouvait quand, au cœur des tempêtes, l'eau lui arrivait au-dessus de la taille, le contraignant à nager pour survivre.

— Tu as perdu du poids, déplora sa sœur. T'a-t-on distribué de ma part les rations supplémentaires ? Et où sont les habits que je t'ai expédiés ?

Billy prit soudain conscience de ses haillons et de l'odeur qu'il devait dégager. Rouge de honte, il recula d'un pas.

— Je t'en remercie très sincèrement, articula-t-il avec raideur. Mais nous n'étions autorisés à nous laver à l'eau de mer qu'une fois par semaine. Et, sur le bateau, tout pourrissait en moins de temps qu'il n'en faut pour le dire.

— Oh Billy, murmura Susan en effleurant la joue de son frère. Je voudrais tant…

— Je sais, s'empressa-t-il de l'interrompre. Mais dès que j'aurai retrouvé le maréchal et découvert ce qu'il me réserve, j'obtiendrai peut-être un pain de savon et des vêtements propres.

Il essuya une larme qui perlait sur les cils de sa sœur.

— Mon sort est plus enviable que celui de la plupart de mes compagnons de chaînes. Au moins, j'ai ma famille à mes côtés.

— Auras-tu le droit de t'installer avec nous ?

Billy secoua la tête. Il était navré.

— Je reste un détenu, Susan. Je continuerai de dormir avec les autres.

Plus tard au cours de la même journée, tandis que le soleil se couchait derrière les collines verdoyantes, les colons se rassemblèrent dans la prairie. On hissa le drapeau britannique au-dessus de Sydney Cove avant de tirer plusieurs coups de feu et de porter quelques toasts. C'était une date mémorable : pour la première fois dans l'Histoire, l'homme blanc s'installait sur le sol australien.

6 février 1788

Nell avait commencé par s'impatienter mais, à présent qu'on avait enfin laissé sortir les femmes des cales du *Lady Penrhyn*, l'empressement cédait le pas à la terreur. Assise à bord d'une chaloupe, elle découvrait un odieux spectacle : rassemblés sur le rivage, les hommes hurlaient comme des loups ; ils bavaient presque.

La jeune fille observa ses compagnes. Bess se cramponnait au matelot qui, peu à peu, avait pris dans son existence la place de Stanley. Au moins, songea Nell, son amie pouvait-elle compter sur lui le temps que durerait leur idylle. Sally et Peg se pomponnaient en lançant des œillades aux marins et aux détenus massés sur le sable. Mais elles se prostituaient depuis longtemps.

Celles qui n'avaient jamais vendu leurs charmes dans les rues ou les tavernes jetaient autour d'elles des regards bouleversés. Certaines, tout juste sorties de l'adolescence, avaient déjà subi les pires outrages dans les entrailles du navire. Nell craignait que, une fois à terre, on leur réservât un sort plus terrible encore.

Elle serra son châle élimé autour de ses épaules en tâchant de réprimer ses frissons. Jamais de sa vie elle n'avait éprouvé la peur mais, comme le petit bateau s'apprêtait à accoster, elle se sentit submergée par la panique. Elle avait à peine vingt ans et se prostituait dans l'East End, à Londres. Là-bas, elle savait à quoi s'attendre, mais, ici, dans cette contrée sauvage, le chaos et la luxure régneraient en maîtres. Qu'allait-il advenir d'elle ?

C'est alors que Billy pénétra dans l'eau pour la rejoindre. Jouant des coudes, il atteignit la proue de la chaloupe.

— Billy ! hurla-t-elle. Viens m'aider !

Il la prit aussitôt dans ses bras.

— Vite, ordonna-t-il. On est au bord de l'émeute.

Déjà, trois détenus s'étaient jetés sur la jeune femme pour la ravir au frère de Susan. Elle cria son nom en se débattant.

Billy distribua les coups de poing sans compter, tandis que son amie bataillait jusqu'à mettre ses agresseurs en déroute. Les deux jeunes gens se précipitèrent main dans la main vers les arbres.

Lorsqu'ils s'immobilisèrent, Nell tremblait si fort qu'elle tenait à peine debout. Elle éclata en sanglots.

— Bon Dieu, je n'ai jamais eu autant la trouille de toute ma vie.

Elle se blottit contre son compagnon. Ce dernier l'étreignit en tâchant de la rassurer.

— Dieu merci, je t'ai récupérée à temps. Il va y avoir des viols et des meurtres avant la tombée de la nuit. Trop d'hommes, pas assez de femmes et du rhum pour couronner le tout. Voilà le résultat.

— Je me demande ce que j'aurais fait sans toi, hoqueta Nell.

Ils s'enfoncèrent plus avant dans l'ombre du sous-bois.

— Ce sont des animaux, maugréa Billy. Dieu seul sait ce qui se serait passé si...

La jeune femme tremblait toujours et respirait difficilement.

— Ils peuvent encore nous mettre la main dessus, chuchota-t-elle en scrutant la semi-obscurité. Il faut qu'on se cache.

— Je sais. La nuit va être longue. Mais j'ai planqué du rhum et de la nourriture un peu plus loin. Et nous sommes libres jusqu'à demain matin.

Ils finirent par atteindre une petite clairière où le tohu-bohu de la plage ne leur parvenait plus qu'atténué. Mais le décor était étrange. Nell, qui ne s'apaisait pas, se retourna, la mine anxieuse.

— Et les indigènes ? s'enquit-elle. Si ça se trouve, ils sont là, tapis dans les buissons, prêts à nous tuer.

— Je crois qu'ils ont plus peur que nous. À l'heure qu'il est, je te parie qu'ils se trouvent à plusieurs kilomètres d'ici.

— Merci, Billy. Je savais que je pouvais compter sur toi.

Il était drôlement beau, songea la jeune femme, en dépit de ses hardes crasseuses.

— Je boirais bien un bon petit coup, lui dit-elle en claquant des dents.

Aussitôt, il déterra un tonnelet de rhum qu'il avait dissimulé plus tôt dans la journée. Quant à la nourriture, elle se résumait à un peu de pain et de viande séchée, assortis de deux pommes presque pourries.

Rassasiée et rassurée, Nell attira le frère de Susan auprès d'elle, dans l'herbe haute. Billy l'enlaça. Elle admira ses yeux d'un bleu intense.

— On était faits pour se rencontrer, susurra-t-elle.

La jeune femme s'offrit à son compagnon ; elle le désirait depuis qu'elle avait, pour la première fois, posé le regard sur lui. Ce garçon, avait-elle prédit, la protégerait et l'aimerait comme aucun autre avant lui. Plus jamais elle ne vendrait son corps.

Susan avait vu son frère extirper Nell de la chaloupe. Sous ses yeux effarés, trois prisonniers s'étaient alors jetés sur eux pour tenter d'enlever l'inconnue. Lorsque Billy et elle avaient disparu dans les buissons, elle avait poussé un soupir de soulagement. À présent, elle contemplait avec horreur la scène qui se déroulait devant elle.

Les autres passagères avaient eu moins de chance que l'amie de Billy. Les détenus déchaînés les sortaient brutalement des embarcations pour les violer immédiatement sur le sable. Ivres de rhum, ils se battaient entre eux, se disputaient les femmes. Certaines prostituées leur rendaient coup pour coup, mais le combat se révélait inégal.

— Pourquoi les soldats n'interviennent-ils pas ? hurla Susan.

Ezra faisait rempart de son corps pour épargner le spectacle à Florence. Il avisa les militaires qui reculaient.

— Les prisonniers sont trop nombreux ! répondit-il. Ils sont devenus incontrôlables.

— Éloigne Florence !

Susan, de son côté, serra George contre elle et battit en retraite devant un malfrat titubant dans sa direction. Il était nu, couvert de salissures et de sang. Ses intentions ne laissaient pas le moindre doute.

— Si tu la touches, tu es mort ! cria Ernest, son fusil pointé sur le torse du détenu.

La menace porta immédiatement ses fruits : l'homme s'éloigna d'un pas lourd.

Folle de terreur, Susan se rua vers Florence et Ezra.

— Courez ! les pressa-t-elle. Courez ! Ou nous allons tous mourir !

Ils rompirent le rang des soldats chargés de veiller sur les femmes et les enfants, pour se réfugier dans leur tente, plantée à bonne distance du cauchemar.

Ernest monta la garde à l'entrée, la carabine chargée, prêt à abattre le premier intrus. Le pasteur se mit à prier – Florence, qui sanglotait de plus belle, ne le lâchait toujours pas. George s'empara du fusil de son père pour épauler son frère. Sa mère se blottit contre son époux.

La chaleur devenait insupportable. La famille assoiffée transpirait à grosses gouttes. On se désaltéra à un seau d'eau puisée par Susan un peu plus tôt. Après quoi l'on attendit la nuit dans la peur et l'affliction.

Au coucher du soleil, la pluie s'abattit sur la toile de la tente. Quelques minutes plus tard, elle ruisselait sur la terre aride, menaçant de tout emporter sur son passage. Par bonheur, les piquets et les cordes tinrent bon. Sous l'œil vigilant d'Arthur Phillip, les soldats demeuraient à leur poste, imperturbables en dépit du déluge.

Ezra et les siens émergèrent de leur refuge à l'aube, pour constater que les militaires s'étaient retirés.

— L'averse semble avoir mis un terme brutal à l'orgie, observa le pasteur au retour d'une brève tournée d'inspection.

Les troupes sont en train de réunir les agresseurs dans la grande clairière.

— Nous avons du pain sur la planche, décréta sa femme en rassemblant des bandages et des pommades. Les femmes ont besoin de nous.

— Ce sont des prostituées, cracha Florence. Elles n'ont pas besoin de toi.

— Ce sont surtout des êtres humains, la rabroua sa mère.

Susan déplorait le dédain de l'adolescente, même si l'effroi en était la cause. Elle lui caressa la joue.

— Elles n'ont pas réclamé ce qu'elles ont subi hier, Florence. Montre-toi un peu plus charitable, veux-tu.

Le campement avait retrouvé un semblant d'ordre, mais il faudrait du temps pour réparer les dégâts entraînés par la tempête et les échauffourées. De certaines tentes ne demeuraient que des lambeaux, partout l'on trouvait de la poterie brisée, des meubles avaient été réduits en miettes. Les réserves de nourriture n'étaient pas épargnées – des tonnelets vidés de leur rhum gisaient çà et là. Susan et ses compagnes pansèrent les plaies et tentèrent de réduire les fractures. On déplorait sept victimes – trois femmes et quatre hommes. La colonisation australienne commençait sous de tristes augures.

Arthur Phillip fit son apparition, flanqué de la fanfare de son régiment. Il grimpa sur une estrade où il prêta serment : il devenait officiellement le gouverneur de la Nouvelle-Galles du Sud.

Gilbert lut ensuite une interminable série d'instructions, après quoi Phillip, sur la Bible, jura allégeance au roi d'Angleterre. Susan, qui assistait à la cérémonie avec son mari et ses enfants, scruta le groupe des détenus à la recherche de Billy. Elle le repéra enfin, plus dépenaillé que jamais – la jeune femme qui l'accompagnait ne se trouvait pas en meilleur état.

L'épouse du pasteur s'attarda sur la tignasse rousse, les seins presque nus, la pose effrontée. Elle eut tôt fait de comprendre à quel genre d'activité la jeune femme se livrait. Elle se détourna en soupirant. Après tout, Billy n'avait pas l'embarras du choix, et chacun méritait sa chacune, en particulier dans un environnement aussi hostile.

Comme la température grimpait, les prisonniers en haillons commencèrent à s'agiter. Des murmures parcouraient leurs rangs. Le gouverneur leur parla néanmoins pendant une heure, durant laquelle il les mit en garde contre les fléaux de la promiscuité et leur vanta les vertus inégalables du mariage. Il était hors de question, enchaîna-t-il, de voir se reproduire les horreurs de la veille ; il promit une décharge de chevrotine dans le postérieur à tout détenu surpris dans le quartier des femmes une fois la nuit tombée.

Susan lorgna son frère, qui la gratifia d'un clin d'œil et d'un large sourire. Sa sœur pria pour qu'il ne trahît pas sottement la confiance que le maréchal avait placée en lui.

Campement des Eora et des Cadigal, février 1788

Après que la mort-tonnerre eut frappé depuis le navire, on ordonna aux femmes et aux enfants de rester en arrière. Pendant ce temps, Bennelong et les autres aînés se rendirent à Warang pour y affronter courageusement l'ennemi sur la plage. Hélas, leurs airs de défi et leurs démonstrations de force produisirent un effet dévastateur : les terrifiants bâtons-tonnerre des hommes blancs rugirent, au point que le sol parut en trembler. Les Aborigènes n'eurent d'autre choix que de se retrancher dans le bush.

Depuis sa cachette, Lowitja vit les intrus se déverser sur la plage, pareils à des termites quittant leur nid. Bientôt, un campement de toiles blanches se dressait le long de la côte. On abattait des arbres, on déplaçait les pierres sacrées, on foulait aux pieds les sites ancestraux. D'étranges animaux furent menés dans les enclos par des individus qui semblaient en surveiller d'autres ; ils portaient des tenues rouge vif et maniaient de curieuses lances.

C'est avec une rage impuissante que Lowitja les regarda détruire les *lieux du rêve* des Eora et des Cadigal. Elle aurait voulu donner sa vie pour se débarrasser des envahisseurs, mais ses oncles s'y étaient opposés. Elle s'était rangée à leur avis – la voix de la sagesse parlait par leur bouche. Les Blancs étaient trop nombreux, leurs armes trop puissantes face aux boomerangs et aux javelots.

Les membres des deux tribus disparurent parmi les arbres. Ils s'apprêtaient à y dresser un campement.

On mettrait ensuite au point une stratégie. Mais, d'abord, Lowitja devait demander conseil aux Esprits.

Les Eora, comme les Cadigal, la respectaient infiniment : elle communiquait avec l'au-delà et était en outre une descendante directe de la grande Garnday, qui avait guidé son peuple, depuis le nord où il mourait peu à peu de faim, vers les territoires de chasse verdoyants bordant les rivages de Warang. C'est pourquoi, lorsque Lowitja pénétra à l'intérieur du cercle des aînés, ceux-ci l'écoutèrent attentivement.

— Ils sont venus avec leurs épouses et leurs enfants. Ils ont apporté des animaux, des armes, des toiles sous lesquelles ils se sont installés. Ce ne sont pas des nomades.

Elle les dévisagea un à un avant de poursuivre.

— Puisque nos armes ne valent rien contre la mort-tonnerre, il nous faut gagner leur amitié. Apprenons-leur les coutumes de notre peuple, apprenons-leur à respecter la terre et nos Esprits ancestraux.

— Que se passera-t-il si l'homme blanc nous repousse ?

— Ils nous ont montré toute la puissance de leurs armes, mais leurs bâtons-tonnerre ont craché leur feu vers le ciel, pas à l'intérieur de nos corps. Le Grand Esprit de Garnday me dit qu'ils n'ont pas l'intention de nous tuer.

— Mais ils ont déjà ravagé les *lieux du rêve* de notre clan ! protesta l'un des plus jeunes. Comment est-il possible que Garnday tolère une chose pareille ?

Lowitja avala sa salive. Elle avait entrevu les épreuves à venir. Il fallait agir avant qu'elles deviennent réalité.

— Cela nous prouve à la fois leur pouvoir et leur ignorance, expliqua-t-elle dans le silence. Si nous tenons à mettre un terme à leurs ravages et à éviter un bain de sang, nous devons les initier à nos mystères.

Pemuluwuy et Bennelong acquiescèrent, mais d'autres aînés semblaient moins convaincus. De sombres nuées s'accumulaient au-dessus de leurs têtes, Lowitja les voyait : si l'on ignorait ses conseils, la tempête les balaierait pour toujours.

C'était à elle de montrer l'exemple. Quelques jours plus tard, elle s'approcha seule du campement des Blancs. Accroupie à l'ombre des arbres, elle observa une femme en train de préparer le repas. Sa peau était pâle, ses cheveux luisaient sous le soleil. Elle portait de drôles de pièces d'étoffe, qui lui arrivaient à la cheville. Lowitja s'attarda sur celles qui enveloppaient ses pieds. Tout cela la surprenait beaucoup mais, pour le reste, la femme paraissait plutôt aimable. Et elle-même ne pourrait pas demeurer tapie dans le sous-bois jusqu'au soir.

Elle émergea en silence et s'avança vers l'étrangère.

Susan, qui avait repéré la fillette cachée dans la pénombre, devina qu'elle éprouvait autant de crainte qu'elle. Elle continua de cuisiner en lorgnant de loin en loin vers l'indigène.

— Bonjour, dit-elle doucement lorsque l'enfant s'approcha.

Elle lui sourit et l'invita d'un geste à venir plus près. L'autochtone hésitait. Elle jetait des coups d'œil inquiets de droite et de gauche, prête à décamper au moindre bruit.

Susan ne bougeait plus. Les deux femmes se toisaient. Au terme d'un examen plus attentif, l'épouse du pasteur s'aperçut qu'en réalité elle avait affaire à une adulte. Petite et la peau zébrée de cicatrices tribales. Elle possédait une lourde chevelure brun-roux, des yeux noirs au-dessus d'un nez épaté et de lèvres épaisses. Son vêtement avait beau se résumer à une mince ceinture tressée, la noblesse de son allure était indéniable.

Elle fit un pas supplémentaire.

— Lowitja, déclara-t-elle.

— Susan, lui répondit l'épouse du pasteur en souriant.

L'Aborigène tendit une main jusqu'à toucher sa jupe. Elle parut satisfaite, car elle sourit à son tour, révélant une rangée de belles dents blanches.

Susan tira un mouchoir de sa ceinture pour le lui proposer.

— Pour toi, dit-elle. Un cadeau pour Lowitja.

Celle-ci s'empara du carré de tissu et l'étudia soigneusement avant de le rendre à sa propriétaire. Susan s'efforça de lui faire comprendre qu'elle pouvait le garder, mais l'indigène n'en voulait pas. Elles s'observèrent un moment, incapables de communiquer. La femme d'Ezra se rappela la frustration dont lui avait parlé Jonathan face à Watpipa et ses compagnons du nord de la contrée. Elle s'apprêtait à proposer un peu de son ragoût à Lowitja, quand cette dernière se mit à jargonner avant de regagner la forêt au pas de course.

Au fil des mois, Susan s'accoutuma aux visites de l'aborigène. Elles s'enseignèrent quelques mots de leurs langues respectives mais, pour l'essentiel, elles s'exprimaient au moyen de gestes, de hochements de tête et de sourires.

Lorsque la jeune femme écrivait à sa mère et à sa fille, elle ne leur racontait rien des épreuves qu'il fallait endurer parfois, elle passait sous silence les crocodiles et les serpents venimeux. Elle n'évoquait pas davantage l'enfer de devoir s'activer aux fourneaux alors que la température extérieure grimpait en flèche. Au contraire, elle décrivait des merveilles, narrait l'amitié fragile qui peu à peu naissait entre les colons et les autochtones.

Aujourd'hui, j'ai vu un kangourou pour la première fois. Quel étrange animal, qui avance en bondissant sur ses énormes pattes arrière. Les hommes en rapportent souvent de la chasse, car sa chair est goûteuse.

Les Aborigènes, qui commencent à comprendre que nous n'avons pas l'intention de repartir, tentent peu à peu de se lier d'amitié avec nous. Nous leur avons offert de la nourriture mais ils préfèrent manifestement le rhum. Hélas, l'alcool ne leur réussit guère : dès qu'ils boivent, ils perdent la tête.

Ce sont des chasseurs-cueilleurs primitifs. Ils ne cultivent pas de terres, ne possèdent pas de bétail – même leur logement se réduit à des abris de fortune. Ils ont refusé les outils, les couvertures et les vêtements que nous voulions leur donner ; Ezra est terriblement choqué par leur nudité. Pour ma part, je n'y vois rien de répréhensible, car elle leur est naturelle, et dictée par leur environnement. J'avoue que, souvent, j'aimerais les imiter et plonger avec eux dans la mer, car il règne ici une chaleur si intense que je suffoque dans mes habits – mais je sais combien je heurterais mes compagnons en me comportant de la sorte.

Le gouverneur Phillip avait espéré que les autochtones nous aideraient à fonder notre colonie – des bras supplémentaires n'auraient pas été de trop –, mais tous nos efforts pour les en convaincre sont demeurés vains. Les hommes noirs refusent de travailler pour nous. Les détenus creusent le sol, déblaient les pierres et bâtissent, à notre intention, des refuges plus durables que ceux dans lesquels nous nous sommes installés en arrivant.

Les indigènes paraissent tenir à présent le vol de nourriture, de rhum et de bétail pour un véritable jeu. Nos compagnons s'élancent à leur poursuite, mais les Aborigènes sont rapides comme l'éclair ; ils se font rarement prendre. Mon amie Lowitja rit beaucoup de la maladresse des Blancs quand ils s'aventurent dans les forêts alentour. Pour être tout à fait honnête, on les entend venir à un ou deux kilomètres à la ronde !

Quant à moi, je me porte bien, et je passe le plus clair de mon temps à soigner les malades ou à entretenir mon potager. Ezra s'est lui aussi mis à la tâche, avec Florence à ses côtés ; les élèves de son école se montrent assidus. Ernest s'occupe d'une ferme gouvernementale – il se verra bientôt octroyer son propre lopin de terre. George est en train de devenir un magnifique jeune homme. Il semble né pour l'existence que nous menons ici. Il a beaucoup grandi, sa peau est dorée par le soleil et il déborde d'énergie. Nous avons bien du mal à lui imposer de rester assis devant ses livres de classe, quand tout l'appelle au-dehors : les chevaux, la pêche, et mille sottises à faire !

Billy, qui occupe le poste d'intendant auprès de Gilbert, se trouve peu à peu récompensé de ses efforts. On lui a par exemple accordé la permission de planter sa tente à l'écart de celles des autres prisonniers. Et Gilbert ne tarit pas d'éloges à son sujet. Il est tombé amoureux d'une jeune femme prénommée Nell. Elle est dure à la tâche et paraît infatigable. Malgré ses façons parfois un peu grossières, elle constituera un véritable atout pour notre colonie.

Campement des Cadigal et des Eora, avril 1788

Le sport consistant à dérober des biens appartenant aux Blancs cessa brusquement lorsque trois jeunes garçons furent abattus par un bâton-de-feu. On avait déjà déploré plusieurs vols et des méfaits commis par des hommes rendus fous par cette boisson dont ils finissaient par ne plus pouvoir se passer. Peu à peu, on détruisait les sites sacrés, les rituels se perdaient. La Terre Mère avait été insultée. Il était temps pour les tribus de chasser les envahisseurs et de rétablir la paix d'antan, contre les mises en garde de Lowitja.

Les agressions se multiplièrent. À Kogerah, l'un des jeunes guerriers tua de sa lance deux Blancs en train de couper des joncs au bord de l'eau. Leurs compagnons le traquèrent plusieurs jours durant, avec l'aide de leurs chiens. Les hommes en habit rouge finirent par le capturer. Personne ne le revit jamais.

Quelques saisons plus tard, Bennelong et Colebee furent faits prisonniers pour avoir attaqué les nouvelles installations de Parramatta. Mais le pire restait à venir. Les Blancs avaient apporté avec eux une maladie qui commença à décimer les rangs des Eora et des Cadigal. Un feu s'emparait du corps des malheureux. Puis venait une phase de délire, après quoi la peau se couvrait de cloques. Les enfants succombèrent les premiers, bientôt suivis par les membres les plus âgés et les plus faibles. Finalement, même de valeureux guerriers gisaient impuissants sur leur couche, terrassés par la fièvre.

Lowitja appelait cette affection *galgala ;* son amie Susan parlait de variole. Elle était apparue quelques générations plus tôt et les colons n'y semblaient pas sensibles. Il n'empêche : les aînés décrétèrent que les Blancs étaient responsables. Ils y virent un signe supplémentaire les invitant à les chasser de leur territoire.

Susan ne possédant aucun remède miracle, Lowitja retourna à ses pierres, à travers lesquelles elle implora le secours des Esprits ancestraux. En dépit de toutes ses connaissances, elle ne tarda pas à comprendre qu'elle ne pourrait rien faire. Les quelques survivants s'en tiraient sérieusement éprouvés, les membres enflés et le corps semé d'affreuses cicatrices.

En moins d'une demi-saison, la population des tribus se trouva réduite de moitié. Lowitja avait perdu trois de ses cinq enfants, ainsi que sa mère, sa tante et son frère cadet. La haine des Blancs était à son comble. Contre tous les avis de l'amie de Susan, Pemuluwuy prit la tête des rescapés des vingt clans alliés.

Avec son fils Tedbury, il se lança dans une guérilla qui devait durer plusieurs années. Les décès ne cesseraient de se multiplier.

14

Sydney Cove, Port Jackson, 3 juin 1790

Susan s'interrompit pour essuyer son front en sueur, d'une main abîmée par le travail. La chaleur était épouvantable. Une nuée de mouches vrombissait sans relâche autour de sa tête, tandis qu'elle récurait la table et tentait de remettre un semblant d'ordre dans la misérable cabane de bois. Ezra avait refusé tout net de faire appel à des détenus pour les travaux les plus rudes : l'esclavage, avait-il décrété, constituait le plus vil des péchés, dont aucun membre de sa famille ne saurait se rendre coupable. Son épouse aurait aimé qu'il se montre parfois moins intransigeant. Si, au moins, ils possédaient une demeure digne de ce nom, comme celle de Gilbert et Ann, songea-t-elle avec mélancolie. L'existence se révélerait un peu plus supportable.

Elle jeta la brosse dans le seau métallique avant de sortir sur le pas de la porte pour tenter d'échapper à la canicule. Hélas, la mer était d'huile, le soleil brûlait dans un ciel sans nuage. Il n'y avait pas un souffle de vent. Susan s'écroula à l'ombre d'un grand arbre. Ses pieds nus dépassaient de sa jupe en charpie. La tête lui tournait et son estomac gargouillait. Elle souleva la lourde tresse qui pesait sur sa nuque, dans l'espoir de se rafraîchir un peu.

Depuis deux ans, les récoltes étaient mauvaises, aussi le gouverneur Phillip avait-il réduit les rations hebdomadaires attribuées aux colons : quatre livres de farine, deux livres et demie de porc salé, une livre et demie de riz. La plupart des soldats ou des marins œuvraient pieds nus, car leurs bottines avaient rendu l'âme. Les garde-robes étaient en loques.

Le *Sirius*, un navire ravitailleur, avait fait naufrage en février, au large de l'île Norfolk. Quant à la Deuxième Flotte, qui aurait dû se présenter depuis plusieurs mois, elle demeurait introuvable. Le moral de la colonie était en berne, la famine menaçait.

On avait déploré de nombreux décès, en particulier parmi les prisonniers déjà mal en point à leur arrivée en Australie – Susan s'était ainsi occupée d'un malheureux qui avait prolongé sa vie de quelques jours en se nourrissant d'herbe. Pour tenter d'endiguer les vols de provisions, les autorités promirent la mort à ceux qui s'y laisseraient aller. Rien n'y fit. Récemment, on avait arrêté deux hommes mais, le gouvernement n'ayant pas songé à inclure un bourreau parmi les émigrants, l'on promit de gracier l'un des malfrats s'il consentait à occuper ce poste. Sinon, on les abattrait tous les deux. La première tâche du garçon, qui avait accepté la proposition, consista donc à pendre son camarade.

Susan ferma les paupières. Elle s'efforça d'ignorer un instant la faim qui la tenaillait et la précarité de sa situation. Non seulement la disette risquait d'emporter la colonie tout entière, non seulement elle grillait sous le soleil, mais, en outre, depuis le meurtre de deux détenus à Rushcutters Bay deux ans plus tôt, les Aborigènes représentaient un terrible danger. On avait affaire à des sauvages, qui brandissaient leurs lances et poussaient d'effroyables cris. Ils dérobaient de la nourriture, massacraient le bétail. Pourquoi diable Gilbert ne prenait-il contre eux aucune mesure ? Il ne servait à rien d'en arrêter une poignée de loin en loin. Les autochtones semblaient maintenant caresser deux funestes projets : s'enivrer jusqu'à ce que mort s'ensuive ou exterminer l'ensemble des migrants.

Susan haïssait cet endroit. Elle haïssait la grossièreté des prisonnières et la lubricité de leurs compagnons. Elle haïssait la canicule et les mouches. Elle ne supportait plus de se voir si éloignée de toute civilisation. Pis : elle se détestait. Si elle était demeurée fidèle à Ezra, la famille Collinson continuerait de vivre dans les Cornouailles.

Elle se mit debout et chassa la poussière de sa jupe. Il devenait inutile de la rapiécer encore : ce n'était plus qu'une guenille. Susan ayant toujours accordé beaucoup de prix à sa tenue, elle en éprouvait de la honte. Si Dieu comptait également punir sa vanité, Il avait visé juste.

Elle observa un groupe de détenus, maigres et débraillés, en train d'abattre des arbres. Le forgeron jouait du marteau dans sa forge. D'autres captifs transportaient des briques. Ils souffraient plus qu'elle, soit, mais quelle pagaille ! Si on lui avait demandé son avis avant de quitter la Grande-Bretagne, Susan se serait assurée que certains prisonniers connaissaient l'agriculture, que d'autres savaient bâtir des maisons, que d'autres encore possédaient une formation de menuisier. Mais les décideurs londoniens n'y avaient même pas songé.

Les terres s'étaient avérées dures comme du fer ; les détenus y tordaient la lame de leurs houes. Le bois déformait leurs haches, la chaleur les accablait, des serpents les guettaient dans l'herbe, des fourmis géantes leur infligeaient leurs morsures. On avait proposé aux indigènes de leur enseigner les bonnes manières anglaises et de les éduquer. Ils avaient décliné l'offre. De même, ils avaient refusé de travailler pour le compte des Blancs, y compris contre de la nourriture et des couvertures. Le sort de la colonie reposait entre les mains de flemmards plus habitués à faire les poches des braves gens, ou à vendre leurs charmes en échange d'une rasade de rhum, qu'à s'échiner des journées entières. Comment, dans ces conditions, espérer des récoltes fructueuses ?

Susan se détourna de la scène pour poser les yeux sur la cabane construite peu après le débarquement. Elle se dressait à deux pas de la petite église en bois que le révérend Richard Johnson avait fait ériger ensuite. La bicoque avait au moins permis à la famille d'échapper aux pluies torrentielles des premiers mois, mais rien à faire : ce n'était qu'un taudis.

Son sol était en terre battue, les fenêtres ne comportaient pas de vitres. L'hiver, le vent s'insinuait en sifflant par le moindre interstice, privant ses occupants de la chaleur bienfaisante dispensée par le fourneau. Le linge délicat apporté par Susan avait moisi sous l'assaut de l'humidité ambiante, la quasi-totalité de la vaisselle en porcelaine s'était brisée durant le voyage. Le piano de Florence se révélait si désaccordé qu'il était devenu inutilisable. Les meubles avaient pourri, quand les termites ne s'étaient pas chargés de leur faire un sort. George et Ernest effectuaient de-ci de-là quelques réparations – les deux adolescents s'épanouissaient dans cette contrée sauvage.

Leur mère soupira. À dix-sept ans, Ernest avait quitté Sydney Cove pour s'occuper du lopin de terre qu'on lui avait attribué près de la rivière Hawkesbury, récemment cartographiée. Heureux comme un roi, il était parti depuis près d'un an pour défricher sa parcelle et commencer à la cultiver. George ne tarderait sans doute pas à le rejoindre. Âgé de quinze ans, il rêvait déjà du champ qu'on ne manquerait pas de lui offrir.

— Un bateau ! Un bateau !

L'exclamation tira Susan de sa rêverie. Elle regarda du côté de la mer. Un immense navire, pourvu de nombreuses voiles, glissait majestueusement sur les eaux en direction de Port Jackson. Il battait pavillon britannique.

La femme du pasteur releva sa jupe et se mit à courir. Enfin, ils étaient sauvés. Enfin, il y aurait de quoi manger. Enfin, on leur donnerait des nouvelles d'Angleterre. Dieu, qui tout compte fait ne les abandonnait pas, exauçait les prières qu'Ezra et son épouse Lui avaient adressées.

Susan fila vers la tente-hôpital pour y retrouver le pasteur. Il y régnait une chaleur suffocante et la mort planait sur tous ses occupants. Elle découvrit son mari au fond de la tente, au chevet d'un garçonnet décharné gisant sur un matelas, amorphe ; ses pupilles étaient ternies. Le prêtre lui faisait la lecture.

— Un bateau arrive, annonça-t-elle. Nous sommes tirés d'affaire.

Il ne releva pas la tête.

— Dans ce cas, tu devrais aller voir ce qu'il nous apporte.

— Viens avec moi, le pressa-t-elle en posant une main sur son épaule.

Il se dégagea.

— Je suis occupé.

Elle décida de ne pas se laisser atteindre par sa froideur ; elle était trop épuisée pour verser des larmes. Elle l'abandonna et quitta la tente en hâte.

Le *Lady Juliana* était un bâtiment splendide. Mais, lorsqu'il jeta l'ancre et que les premières passagères apparurent, une rumeur désapprobatrice se propagea parmi les colons et les détenus. Bientôt, le murmure se fit menaçant.

— C'est un navire de prostituées, souffla Billy, qui avait rejoint sa sœur sur le quai. Et regarde-les ! Elles sont grasses à souhait et accoutrées pour nous satisfaire. Où se croient-elles ? Dans une réception mondaine ?

Comme ces dames descendaient des chaloupes, parées de couleurs éclatantes, l'atmosphère devint sinistre. Leurs sourires aguicheurs moururent sur leurs lèvres quand la foule se dispersa en silence sans un regard pour elles.

— Où est la nourriture ? cria un homme.

— Ouais ! On n'a pas besoin de baiser, on a besoin de bouffer !

Le groupe avança. Gilbert réunit son épouse, Susan et Florence puis les conduisit à l'écart.

— Il va y avoir du grabuge, leur dit-il. Le capitaine m'a indiqué que ses vivres ne couvriraient que les besoins des passagères. Le gouverneur Phillip va devoir en réquisitionner un peu, après quoi il remettra les femmes dans le bateau pour les expédier sur l'île Norfolk. Hors de question de risquer une émeute ici.

Susan le regarda droit dans les yeux.

— Pourquoi nous ont-ils envoyé ce navire sans y prévoir de la nourriture pour les colons ? Ignore-t-on, à Londres, que nous sommes en train de mourir ?

Gilbert se lissa la moustache en jetant un coup d'œil dédaigneux vers les nouvelles arrivées.

— Dans son infinie sagesse, le gouvernement a estimé que nous avions surtout besoin de femmes, afin d'assurer le calme et la stabilité de notre colonie. Dieu seul sait où nos dirigeants ont la tête.

Sa belle-sœur observa les prostituées. Elles fendaient la foule hostile sous bonne escorte. La Grande-Bretagne, songea-t-elle, se moquait bien du destin de ses émigrants. La colonie était condamnée.

Le Surprise, *26 juin 1790*

Jack Quince gisait dans sa propre ordure, enchaîné à un homme mort. Il était faible, squelettique – il n'avait ni mangé ni bu depuis plusieurs jours. Mais ses compagnons et lui avaient compris que rien ne servait de supplier : personne ne se porterait à leur secours. Le capitaine du *Surprise* paraissait résolu à les éliminer tous.

Il avait renoncé à gratter sa chevelure infestée de poux, il ne sentait plus qu'à peine les balafres infectées que lui avaient values les multiples coups de fouet reçus durant ces nombreux mois passés en mer. Il ne prenait plus garde à la puanteur des chairs pourrissantes ou des déjections barbotant autour de lui dans l'eau sale. Il ne souffrait plus de claustrophobie. Il ne savait qu'une chose : s'il demeurait un jour de plus dans cette cale, il mourrait. Il était prêt.

Il ferma les yeux, allongé au milieu des cadavres, sans plus se préoccuper des rats – ils galopaient de droite et de gauche, fourraient leur museau dans les corps en décomposition. Il tentait de se rappeler le Sussex, dont il était originaire. Le Sussex se trouvait maintenant à mille lieues – dans cet univers à jamais inaccessible, le soleil était bon pour celui qui moissonnait le blé ou faisait paître ses troupeaux au cœur des vallées des South Downs. Là-bas, la famine n'existait pas, non plus que la souffrance, et le trépas venait à son heure, lorsqu'on avait longtemps vécu. Les haies, les allées bordées d'arbres, les villages paisibles, les chaumières, le bétail dans les champs, la petite ferme qui lui avait jadis appartenu… Tout, désormais, se fondait pour lui dans les brumes du rêve.

Et puis, il y avait Alice. À cette pensée, les lèvres fendillées de Jack esquissèrent un sourire. Alice Hobden et lui étaient tombés amoureux lorsqu'ils n'étaient encore que des enfants. Il songea à son épaisse chevelure brune, à ses yeux noirs, à sa peau de lait et à son rire grave. Ils avaient tant de projets, avant que le destin s'abatte sur lui et qu'on le poursuive injustement pour vol.

Il ravala un sanglot. Il connaissait son accusateur, un riche propriétaire voisin qui, convoitant ses verts pâturages, était prêt à toutes les malhonnêtetés pour mettre la main dessus. Il avait donc sciemment introduit son taureau dans le pré où paissaient les vaches de Jack. Ce dernier s'était aussitôt retrouvé devant la cour d'assises.

Le procès n'avait pas duré longtemps, car le nanti avait le bras long et suffisamment d'argent pour corrompre le président du tribunal. Condamné à quinze ans d'incarcération, le cultivateur avait passé les trois premiers dans les entrailles d'un bateau-prison. Par bonheur, un ami était parvenu à transmettre les titres de propriété de la ferme à Alice. Au moins, l'exploitation échapperait à la canaille qui l'avait mis en cause et permettrait à la jeune femme d'affronter l'avenir sereinement.

Hélas, la perspective de la revoir lui était intolérable. Il avait refusé qu'elle lui rende visite, même lorsqu'on eut annoncé aux détenus qu'ils allaient prendre la mer pour partir en exil. Il fallait qu'elle s'éloigne de lui, il le savait – qu'elle se libère des promesses qu'ils avaient naguère échangées.

Tourmenté par ses souvenirs, il préféra rouvrir les yeux. L'affreuse réalité valait encore mieux que l'image d'une Alice en épousant un autre, d'une Alice fondant une famille dans la demeure que Jack et elle avaient prévu de partager.

Il écouta les bruits alentour. Il s'était accoutumé aux grattements de la vermine, aux gémissements des malades et des agonisants, aux craquements du navire. Au moins n'était-il plus obligé de s'asseoir, car le niveau de l'eau avait baissé : durant les tempêtes, alors que le bateau tanguait, elle pouvait lui arriver à la taille. Dans ces moments-là, il perdait la tête, plongé dans les ténèbres. Ses compagnons et lui poussaient des hurlements, dont personne sur le pont ne se souciait. Les armateurs, qu'on avait déjà payés, et grassement, se moquaient bien de savoir si leur cargaison périrait en cours de route.

Jack s'apprêtait à clore de nouveau les paupières pour se préparer au sommeil éternel de la mort quand il s'aperçut que le *Surprise* ne bougeait plus qu'à peine. Il oscillait doucement, comme un navire ballotté en eaux peu profondes. Des hommes criaient. On maniait des rames.

Jack se dressa péniblement sur un coude et tendit mieux l'oreille. Une lueur d'espoir se mit à briller au plus profond de son cœur.

Port Jackson, 26 juin 1790

On avait repéré les bateaux quelques semaines après l'arrivée, puis le départ précipité, du *Lady Juliana*. Une fois de plus réunis sur le sable, les colons n'osaient pas croire qu'ils avaient bel et bien face à eux les bâtiments de la Deuxième Flotte. Qu'enfin ils tenaient leur salut.

Billy avait supplié Gilbert de l'autoriser à grimper à bord de l'une des chaloupes expédiées par le gouverneur Phillip à la rencontre du *Neptune*. À présent, il ramait avec cinq autres volontaires vers la Flotte. Lorsqu'il songeait aux victuailles entreposées dans les cales, l'eau lui venait à la bouche. Peut-être le dieu d'Ezra existait-il pour de bon, après tout.

Ses compagnons et lui touchaient presque les flancs du navire, quand le gouverneur leur ordonna de regagner la plage. Billy fut d'abord tenté d'ignorer l'injonction, mais il surprit le regard du maréchal Collinson : il se passait quelque chose de grave. Le militaire était blanc comme un linge.

Les hommes se démenèrent en direction du rivage, impatients qu'on éclaire leur lanterne – leur ventre criait famine. Ils attendirent sur le quai.

— Que se passe-t-il ? s'enquit le frère de Susan auprès de Gilbert.

Celui-ci avait vomi – des éclaboussures souillaient ses bottes éculées.

— J'ai combattu partout dans l'Empire, mais je n'avais encore jamais rien vu d'aussi effroyable.

Il avait les yeux injectés de sang.

— Les cales sont pleines de cadavres et de mourants, enchaînés les uns aux autres. Les agonisants n'ont visiblement rien avalé depuis des jours et toutes les maladies de la Création sont en train de les ronger.

Billy réprima un haut-le-cœur. Mais il avait lui-même enduré les horreurs des fonds de cale. Ce qui l'intéressait pour le moment, c'était les vivres.

— Et les provisions ? interrogea-t-il.

Les épaules du maréchal s'affaissèrent.

— Le *Guardian*, à bord duquel elles se trouvaient, a sombré, déclara-t-il sur le ton de la défaite. Quant au *Scarborough* ainsi qu'au *Justinian*, ils transportent également des denrées alimentaires, mais en quantité insuffisante.

Il soupira.

— Le gouverneur Phillip a exigé que ce bâtiment patiente en attendant que l'ensemble des détenus ait quitté les trois bateaux-prisons. Nous voulons éviter tout risque de pillage.

— Combien sont-ils ?

Une main en visière, Billy regarda approcher les cinq navires, qui finirent par jeter l'ancre.

— Mille dix-sept détenus. À quoi s'ajoutent les équipages et les geôliers.

Le frère de Susan jura entre ses dents.

— J'ai déjà bien du mal à empêcher les voleurs de vider nos stocks. Je n'avais vraiment pas besoin d'un contingent supplémentaire d'affamés.

— Ils n'auront pas seulement besoin de nourriture, précisa Gilbert en se redressant. Nous allons devoir les loger et les soigner. Occupez-vous-en, Billy, et tâchez de faire bonne figure. Les premiers sont sur le point de débarquer.

Le jeune homme considéra le maréchal, campé d'aplomb sur l'appontement, le visage résolu, les mains derrière le dos. Il avait décidé de dissimuler à tous la profondeur de son désarroi, mais un frisson sembla lui parcourir l'échine lorsque le *Surprise* jeta l'ancre à son tour. Le bateau avait manifestement subi des avaries et, dans la chaleur tropicale de Port

Jackson, la mort, l'eau stagnant à fond de cale, le bois pourri et les déjections humaines dégageaient une puanteur indescriptible.

La mine à la fois contrite et dégoûtée, le gouverneur Phillip signifia à Gilbert que sa chaloupe serait la première à accoster le navire. De la bile, pareille à de l'acide, remonta dans la gorge de Billy. Lorsqu'on ouvrit l'écoutille, la pestilence ne fut pas loin de le jeter à la renverse. Il allait décamper quand la voix du gouverneur s'éleva.

— Conduisez-moi ces détenus sur le rivage immédiatement, rugit-il à l'adresse des matelots, qui lançaient des regards concupiscents aux femmes rassemblées sur le sable. Où sont le chirurgien et le commandant ? Je jure devant Dieu de leur faire donner le fouet pour leur impardonnable négligence.

Sur quoi Phillip quitta le *Surprise* en hâte pour se rendre à bord du *Neptune*.

— Je vais prendre des sanctions exemplaires, continua-t-il à hurler, et le commandant de cette Flotte sera le premier à en faire les frais !

Jack Quince sentit les menottes se détacher, mais il était trop faible pour se mettre debout. Il se débattit quelques instants avant de se laisser aller entre les deux bras puissants qui l'arrachèrent à l'ordure de la cale pour le hisser vers le grand air. Le soleil l'aveugla. Il enfouit son visage entre ses mains, mais sa narine frémissait, tandis qu'il inspirait profondément : il identifiait mille odeurs, celle de l'herbe et du foin, celle des chevaux, des chiens ou des moutons. Des hommes venaient-ils de le sauver, ou la Mort l'avait-elle ramené vers son Sussex natal ?

À demi conscient, il distingua des constructions rudimentaires en bois, une forêt de tentes, une église, de même qu'un troupeau de vaches paissant dans un pré. Non, il n'était pas en Angleterre. le soleil était trop brûlant, le ciel trop uniformément bleu. La terre arborait des teintes rouge sang.

Sans doute s'évanouit-il un moment, car on lui tamponnait à présent la figure au moyen d'un linge frais. Puis on enduisit ses plaies ouvertes d'un baume apaisant.

— Tenez, déclara une voix féminine. Buvez donc une goutte, ça vous requinquera.

Jack avala une gorgée d'eau, avant de lever la tête vers deux charmants yeux bleus.

— Suis-je au paradis ? demanda-t-il.

Au terme de plusieurs mois de silence, sa propre voix le surprit.

— Ah ça non, pour sûr ! s'exclama la jeune femme en esquissant l'ombre d'un sourire. Mais ce n'est pas non plus l'enfer d'où vous venez, bon Dieu.

Jack but encore un peu, mais son estomac ne tarda pas à se rebeller. Il était important de laisser à son organisme le temps de s'adapter aux nouvelles conditions. La jeune femme patienta. Elle lui offrit ensuite un bol de lait trempé de pain. Il mâcha lentement, avec délices. Hélas, il avait perdu plusieurs dents. Chaque fois que les croûtes irritaient ses gencives meurtries, il grimaçait.

— Je m'appelle Jack Quince, dit-il comme la jeune femme s'apprêtait à partir.

— Et moi, c'est Nell, répondit-elle avec un sourire si doux qu'il le réchauffa des pieds à la tête. À plus tard, Jack.

Susan n'en croyait pas ses yeux. Les colons qui avaient grimpé à bord du *Neptune* et du *Scarborougb* jetaient par-dessus bord d'innombrables cadavres d'hommes, de femmes et d'enfants. Les survivants émergeaient des cales à quatre pattes, trop faibles pour marcher, trop hagards pour parler. Certains succombaient immédiatement, d'autres gisaient sur le pont, inertes, attendant qu'on les transporte jusqu'au rivage. Sur leur torse et leur dos, d'une maigreur effarante, se dessinaient les marques laissées par le fouet des gardiens. Les fers avaient parfois entamé la chair des chevilles ou des poignets jusqu'à l'os.

— Dieu tout-puissant, murmura l'épouse du pasteur quand l'épouvantable odeur lui parvint.

Elle se couvrit la bouche et le nez d'un mouchoir.

— Dieu n'aidera pas ces malheureux, commenta la voix rauque qui lui était devenue familière. Viens, on a du boulot.

— Tu as raison, répliqua Susan, au bord de la nausée.

Elle remonta ses manches et suivit la fiancée de Billy en direction des tentes-infirmeries et de la morgue de fortune.

La puanteur était insoutenable. les cadavres s'entassaient – on les ensevelirait plus tard dans la fosse que plusieurs détenus étaient en train de creuser. Mais les prisonniers, comme les soldats, se hâtaient d'abord d'extraire les survivants des cales, de porter ceux qui ne pouvaient se déplacer seuls, d'offrir à boire aux agonisants. Billy lançait des ordres à la façon d'un sergent-major, tandis qu'on dressait une à une des tentes supplémentaires. Des chasseurs furent expédiés dans le bush pour y traquer le kangourou et le wallaby. On trayait les chèvres et les vaches pour donner leur lait aux petits enfants.

Susan apprit plus tard qu'on avait récupéré les provisions entassées à bord des navires ravitailleurs pour les rapporter à terre et les enfermer dans un local sous garde armée. Mais personne ne songeait à se battre. Désespérés, les survivants de la Première Flotte se contentaient de venir en aide à ceux de la Deuxième.

Elle se démena jusque tard dans la nuit. On ne s'était interrompu que le temps de réciter quelques prières au bord de la fosse commune. Maintenant, Susan se sentait prête à s'évanouir. Affaiblie par le manque de nourriture, écrasée par la chaleur et les actes terribles que le chirurgien lui avait demandé d'accomplir pour le seconder, elle faisait pourtant front. Au moins, songeait-elle, elle était utile à ses semblables.

Elle se déplaçait de l'un à l'autre, délogeant les asticots nichés dans les plaies, distribuant de l'eau et de quoi manger. En revanche, elle peinait à réprimer sa colère contre les responsables de cette tragédie. De toute son existence, jamais elle n'avait observé une telle cruauté, un tel avilissement. Il lui semblait que Dieu s'était détourné de celles et ceux qui avaient le plus besoin de Lui.

À l'aube, on l'envoya dans la tente des femmes. Ces dernières, passagères du *Neptune*, n'avaient pas connu un sort plus enviable que celui de leurs compagnons. Le sexe faible n'avait pas ému les marins. Elles n'avaient plus que la peau sur les os.

On les découvrait prématurément vieillies, les yeux creux. La plupart d'entre elles, se dit Susan, ne survivraient pas plus de quelques heures.

Ayant mis de l'eau à chauffer sur le fourneau, elle en emplit une cuvette, réquisitionna la dernière serviette propre et gagna la paillasse la plus proche. Impossible de deviner l'âge de la malheureuse : son teint était de cire, sa chevelure se réduisait à une masse inextricable de poux et de crasse. Susan entreprit de lui laver le visage, puis le cou, notant au passage les ecchymoses sur ses bras et ses côtes. On l'avait récemment battue, car les hématomes étaient encore noirs.

La pauvre n'ouvrit même pas les yeux lorsque l'épouse d'Ezra la fit basculer sur le flanc pour nettoyer son dos. Elle ne réagit pas davantage quand l'eau chaude s'écoula sur les zébrures laissées par le chat à neuf queues. Susan s'empêcha de pleurer.

Elle entreprit de débarrasser la femme de ses haillons infestés de vermine, avant de les jeter sur le tas de guenilles qu'on avait prévu de brûler ensuite. Elle tira la couverture propre sur le corps squelettique, avec l'espoir que cela soulagerait un peu l'infortunée.

Elle s'apprêtait à rejoindre le grabat suivant lorsque des doigts osseux agrippèrent son poignet.

— Merci.

Ce n'était guère plus qu'un murmure, à peine audible parmi les bruits environnants.

Susan plongea son regard dans le regard brun de sa compagne, au fond duquel brillait encore le désir de vivre, en dépit de tout ce qu'elle venait d'endurer.

— Je suis navrée de ne pas pouvoir faire davantage, répondit-elle en serrant la main fluette dans la sienne.

— C'est suffisant.

Les lèvres ulcéreuses esquissèrent un sourire.

— J'ai eu de la chance, ajouta l'inconnue.

— Quel âge avez-vous ?

— Dix-neuf ans.

Sur quoi la jeune femme battit un instant des paupières et sombra dans un profond sommeil.

Susan l'observa un moment, le cœur brisé. Elle aurait pu être sa fille, elle n'avait que deux ans de plus qu'Ernest. Elle tira soigneusement la couverture sur ses épaules nues et s'éloigna. D'autres rescapées avaient besoin d'elle, mais elle se promit de revenir au chevet de la jeune femme – quelque chose en elle l'avait émue.

Billy s'était acquitté de toutes les tâches que Gilbert lui avait confiées. Il avait mis de l'ordre parmi les tentes, partagé les vivres en rations, organisé la chasse. Après quoi, il avait secondé les femmes et les chirurgiens, qui se dépensaient sans compter. À présent, il se tenait assis sur la berge de la rivière en compagnie de Gilbert et d'Ezra. Ils partageaient quelques rasades de rhum en regardant le soleil se lever. Un pareil trio contredisait toutes les conventions sociales en usage en Angleterre, mais les récents événements avaient aboli les frontières. Ils n'étaient plus guère que trois hommes éreintés tâchant de composer tant bien que mal avec le spectacle dont ils venaient d'être témoins.

— Deux cent soixante-dix-huit décès, murmura le maréchal. Et nous en déplorerons beaucoup d'autres d'ici la fin de cette journée.

— Quelqu'un doit être puni, déclara le pasteur. Je croyais que certaines garanties permettaient d'éviter de pareils drames.

Gilbert avala une gorgée de rhum.

— C'est le cas lorsque la Royal Navy s'occupe du transport. Mais ces bateaux-prisons étaient aux mains d'armateurs privés. Ignorance et incompétence des officiers, absence de responsabilité directe. Résultat : en mer, les détenus se sont retrouvés à la merci des équipages. Sachant que ceux-ci se composent généralement de vauriens enrôlés de force, qu'on est allé chercher dans les tavernes et les quartiers pauvres, le désastre est assuré.

— Je parie que personne ne sera inquiété, grommela Billy. Les autorités se soucient bien peu des prisonniers.

— Vous vous trompez, affirma le maréchal. Je mettrai un point d'honneur à exiger l'ouverture d'une enquête dès que ces navires auront regagné l'Angleterre. Les commandants et les médecins de bord seront poursuivis pour leur intolérable négligence.

Le frère de Susan laissa son regard errer vers le large, au-delà du port. Gilbert avait beau être un homme de parole, Billy doutait qu'un procès eût jamais lieu – les coupables se volatiliseraient avant de comparaître devant la justice pour leurs terribles manquements.

15

Sydney Cove, novembre 1790

Ezra s'acharnait sur la rédaction de son sermon du lendemain, mais les mots ne venaient pas et ses soucis l'empêchaient de se concentrer. On avait installé la table de bois et le banc à l'extérieur de la maison, sur un tertre dominant les flots. Une brise agitait les feuilles de papier rassemblées sur le bureau et tournait les pages de la Bible.

Le pasteur pensait à Susan. Il se montrait avec elle d'une politesse glacée, qui frisait parfois le dédain. Depuis deux ans et demi, elle avait pourtant manifesté une force de caractère peu commune. Elle avait veillé sans relâche sur les malades et les agonisants. Jamais elle n'avait failli à sa tâche en dépit des rudes conditions d'existence au sein de la colonie. Combien de fois, se souvint Ezra le cœur serré, avait-il surpris, posés sur lui, ses jolis yeux bleus chargés de tristesse ? Elle s'était démenée pour que son époux l'absolve enfin mais, maintenant, elle envisageait d'embarquer avec leurs enfants sur le prochain navire en partance pour la Grande-Bretagne.

Le pasteur ne parvenait pas à oublier. Il avait pourtant la conviction que, si elle le quittait, il serait un homme fini. À quoi bon prêcher aux détenus l'amour et le pardon, à quoi bon évoquer pour eux les liens sacrés du mariage et les devoirs d'un bon chrétien, si sa propre famille volait en éclats ? Il se montrait infidèle à Dieu, ainsi qu'à Sa parole, qu'il avait pourtant choisi de propager. Il était faible. Il lui fallait puiser en lui le courage de tout recommencer – d'accorder de nouveau sa confiance à Susan.

La voix de Gilbert interrompit ses réflexions.

— Je viens de recevoir des nouvelles étonnantes !

Le banc craqua et vibra lorsque le maréchal y prit place aux côtés de son frère en agitant une lettre.

Avec l'arrivée de la Deuxième Flotte et des vaisseaux qui la suivaient de près, on avait reçu des informations sur la Révolution française et appris que le roi George avait recouvré la santé. Mais les colons s'étaient surtout intéressés au courrier expédié par leurs familles. Ils avaient lu et relu les missives, avant de les ranger précieusement – c'était comme si un petit morceau d'Angleterre s'était frayé un chemin jusqu'au bout du monde.

Ezra reposa sa plume et croisa les bras sur la table, soulagé de cette diversion. La moustache du maréchal était plus fournie que jamais, ses manières toujours aussi gaillardes, même s'il avait perdu du poids. Surtout, les deux frères s'étaient beaucoup rapprochés depuis leur installation en Australie. Une vraie tendresse les liait à présent.

— Et tu brûles de me les révéler, dit le pasteur avec un brin de malice.

Gilbert lissa sa moustache en tâchant de réprimer son excitation.

— Tu as devant toi le comte de Glamorgan, annonça-t-il.

Ezra le dévisagea.

— Cela signifie que James est décédé ?

— En effet, murmura le maréchal. Il est mort d'une attaque au beau milieu d'un discours à la Chambre des lords. Terrassé avant même de toucher le sol.

Les deux hommes n'appréciaient guère leur aîné. Ezra s'empressa pourtant de chasser ces vilaines pensées de son esprit.

— Je songe à sa pauvre épouse, à ses malheureuses filles, souffla-t-il. Ça a dû être pour elles un choc terrible.

— Absolument pas.

Le maréchal lui tendit la lettre.

— Tu liras toi-même. Sa femme m'a indiqué qu'il se sentait patraque depuis un bon moment, mais qu'il avait refusé de suivre les conseils de son médecin, qui lui avait suggéré de renoncer aux nourritures trop riches, ainsi qu'au vin, qu'il adorait.

Gilbert soupira avant de poursuivre.

— Ses filles ont fait de bons mariages, et, pour ce qui est de Charlotte, elle se retrouve à la tête d'une belle petite fortune. En revanche, tous les petits-enfants sont des filles. C'est donc moi qui lui succède.

Le pasteur se rembrunit - après plusieurs années de cohabitation, son frère risquait de lui manquer.

— Tu es donc obligé de regagner l'Angleterre ?

— En effet, répondit le maréchal en refermant une main sur l'avant-bras d'Ezra. Par le prochain bateau. Je suis navré de te faire ainsi faux bond, mais je ne peux pas me dérober à mes devoirs.

Incapable de demeurer sérieux bien longtemps, il décocha un large sourire – malgré ses cinquante-trois ans, on aurait cru un gamin.

— Ann est dans tous ses états, confia-t-il à son frère. Elle multiplie déjà les projets de réaménagement de la vieille demeure familiale. Elle a la ferme intention d'y donner de grandes réceptions. Je suis soulagé qu'une somme rondelette m'échoie en plus du titre de comte, sans quoi elle me ruinerait en moins d'un an !

Le pasteur sourit en retour.

— Ann est une femme formidable, remarqua-t-il. Et tu lui dois énormément.

Gilbert tortilla sa moustache.

— Je pourrais en dire autant de Susan. Ne crois-tu pas qu'il serait temps pour toi de te comporter plus tendrement avec elle ?

Le regard d'Ezra erra en direction du large. Les paroles de son frère avaient beau rejoindre ses propres considérations, il ne pardonnait pas la trahison dont son épouse s'était rendue coupable. Il lui sembla qu'un poignard lui transperçait le cœur.

— J'ai essayé, mais chaque fois que je la regarde, c'est lui que je vois.

Il cligna des yeux, résolu à masquer le puits de solitude qu'il sentait se creuser en lui.

— « Que celui qui n'a jamais péché me jette la première pierre. » Personne n'est parfait, Ezra.

— Le péché est humain, le pardon est divin. Tu as raison. Je me dois de mettre enfin en pratique ce que je prêche.

Le maréchal acquiesça.

— Ne la perds pas par excès de fierté et d'entêtement. Ton mariage vaut mieux que cela. Tes enfants grandissent, Ezra. Ernest vous a quittés depuis un moment déjà, George l'a suivi de près, Florence se mariera sans doute bientôt. Susan et toi allez vous retrouver seuls. Ne laisse pas l'amertume gâcher vos dernières années.

Il pressa l'épaule de son frère, puis se détourna et partit.

Le pasteur le regarda s'éloigner en direction de la ville, les épaules carrées, la tête haute, droit comme un i. Gilbert allait terriblement manquer à Ezra.

Il contempla la mer. Le maréchal avait raison. L'heure était venue de laisser le passé derrière lui et de prendre un nouveau départ – si Susan le désirait aussi. Il rassembla ses papiers. Sa Bible sous le bras, il s'engagea sur le chemin de l'église. Il avait besoin de prier avant d'agir.

Susan n'avait pas mis longtemps à comprendre que Florence désapprouvait son amitié naissante avec la jeune détenue, de même que la relation de Billy avec Nell. L'inapaisable colère de l'adolescente s'expliquait aisément par les terribles conditions dans lesquelles il lui fallait vivre. Mais à quoi donc tenait l'hostilité qu'elle manifestait envers sa mère ?

Elle tâcha de ne plus y penser, tandis qu'elle se dirigeait vers les tentes-infirmeries, un panier au bras. Son dévouement à l'égard des prisonniers et ses liens de parenté avec Billy faisaient jaser parmi les épouses d'officier de la petite communauté. Peut-être Florence craignait-elle, pour cette raison, de passer à côté d'un bon mariage.

Devant le magasin du gouvernement, Susan salua de la main Billy et Nell, qui s'accordaient une pause à côté des lessiveuses. C'est alors qu'elle vit, devant elle, une femme de militaire se détourner délibérément de Florence. Elle était folle de rage. Elle devait aider sa fille à surmonter ces vexations.

Elle la rattrapa en hâte.

— Ne t'occupe pas d'elle, lui conseilla-t-elle en passant un bras autour de ses épaules. C'est une sotte, qui n'a rien de mieux à faire que de jouer les mijaurées. Ne t'abaisse pas à réagir.

— Il faut que je te parle.

L'épouse du pasteur fut frappée par le dédain qu'elle lisait dans le regard de l'adolescente.

— Que se passe-t-il, ma chérie ? Dis-moi.

— Nous avons besoin de toi à la maison, cracha Florence, l'œil furibond. Je ne devrais pas avoir à te rappeler que ta place est auprès de papa, non avec les détenus.

— Comment oses-tu t'adresser à moi sur ce ton ? Si tu n'es pas capable d'être polie, laisse-moi travailler et va-t'en.

— Tu préfères la compagnie des forçats à celle de ta famille.

— Absolument pas, répondit Susan en soupirant. Mais ton père et toi savez vous débrouiller seuls. Tandis que ces malheureux ont besoin que l'on veille sur eux.

Elle s'affligea de la rancœur qu'elle lisait dans le regard de son enfant, de sa bouche pincée, de ses airs malveillants. Quelle blessure profonde l'affectait à ce point ?

— Tu dois apprendre la compassion, Florence. Nous avons tous notre croix à porter, ma chérie, mais c'est la manière dont nous la portons qui détermine le cours de notre existence.

La jeune fille fronça les sourcils.

— J'avoue que, d'un point de vue strictement matériel, nous ne sommes pas gâtés, enchaîna sa mère. Mais comparés à d'autres, nous regorgeons de richesses. Pourquoi n'essaies-tu pas de puiser en toi un peu de cette miséricorde chrétienne que ton père et moi avons tenté de t'inculquer ?

— Je ne souhaite pas me montrer miséricordieuse. Les prisonniers ne récoltent que ce qu'ils méritent. Ils sont sales, grossiers et paresseux. Pourquoi devrais-je éprouver envers eux autre chose que du mépris ?

Susan perdit patience.

— Parce que tu es la fille de ton père et que ces paroles que tu prononces foulent aux pieds toutes les valeurs auxquelles il croit.

Elle saisit Florence par le bras et, en dépit de ses protestations, l'entraîna à l'intérieur de la tente-hôpital.

— Va t'asseoir, lui ordonna-t-elle en lui désignant le lit le plus éloigné. Et ne t'avise pas de bouger tant que je ne t'en aurai pas donné l'autorisation.

L'adolescente lui lança des regards noirs et croisa les bras, excédée. Surprise par le ton inhabituel de sa mère, elle obéit néanmoins.

Susan se jucha au bord du lit et prit la main de la jeune détenue dans la sienne.

— Je vous ai amené de la visite, dit-elle doucement. Il s'agit de ma fille. Je vous ai déjà parlé d'elle, vous en souvenez-vous ? J'aimerais que vous lui rapportiez les événements qui vous ont conduite sur ce navire.

L'épouse du pasteur encouragea la patiente d'un sourire.

— Je n'ai pas envie de l'écouter, maugréa Florence. S'il fallait croire ne serait-ce que le quart de ce que ces gens nous racontent, on en conclurait que les bateaux-prisons sont remplis d'innocents.

— Tu vas l'écouter, rétorqua Susan d'un ton égal. Et tu vas l'écouter respectueusement.

Mère et fille se jaugèrent, après quoi la plus âgée se tourna de nouveau vers la prisonnière.

— Je sais qu'il vous est pénible d'évoquer votre histoire, mais accepteriez-vous de le faire pour moi ? Commencez par le début. Personne ne s'avisera plus de mettre votre parole en doute.

Les regards de la jeune femme couraient de Florence à Susan, dont elle serra la main plus fort.

— J'étais domestique dans une grande maison. J'aimais mon travail, jusqu'au jour où mon maître est venu séjourner au manoir sans son épouse.

Elle s'interrompit quelques instants.

— Une nuit qu'il était ivre, il a abusé de moi. J'étais terrifiée. Je n'ai osé en parler à personne, de peur qu'on me renvoie aussitôt. Je n'aurais jamais retrouvé d'emploi.

La femme du pasteur guettait la réaction de sa fille. Cette dernière ricanait en silence. Elle semblait déterminée à rester sur son quant-à-soi.

— Par pitié, maman, s'agaça-t-elle. Comment peux-tu avaler de telles fadaises ?

— Contente-toi d'écouter. Les choses ne tarderont pas à s'éclairer.

Susan pressa les doigts de la jeune détenue entre les siens.

— Je vous en prie, mon enfant. Poursuivez. Il est important que vous meniez votre récit à son terme.

— J'ai découvert que j'étais enceinte. Je ne savais pas quoi faire. Je n'avais nulle part où aller, personne à qui me confier. Je suis parvenue à dissimuler mon état pendant quelques mois, mais la cuisinière a fini par s'en apercevoir. Elle m'a immédiatement congédiée.

L'adolescente se tut un instant ; elle tentait de puiser au fond d'elle suffisamment d'énergie pour enchaîner.

— Je lui ai expliqué ce que notre maître m'avait fait subir. Je tenais à ce qu'elle sache que je n'y étais pour rien.

Elle agrippa le drap.

— Il m'a donné deux guinées pour que je le laisse tranquille. Puis il m'a renvoyée.

— Que s'est-il passé ensuite ? interrogea Florence, dont la curiosité commençait enfin à être piquée.

— Je suis rentrée chez moi, mais mon père venait de trouver la mort dans un accident survenu dans les carrières, et ma belle-mère a refusé de m'accueillir. Elle m'a volé presque tout mon argent. J'étais sur le point d'accoucher, il m'était impossible de décrocher un autre emploi. Alors j'ai vécu dans les rues. Je mendiais quelques restes de nourriture ici ou là, je dormais sous les porches. J'aurais pu me prostituer, mais je tenais à conserver le peu de dignité qui me restait.

L'ancienne domestique planta son regard brun dans celui de Florence.

— Mais la dignité ne vous nourrit pas. Je me suis mise à voler de quoi manger. Je me suis fait prendre en train de dérober une tranche de pain. On m'a jetée en prison. Mon bébé, lui, est né avant terme. Il n'a pas survécu. J'en remercie Dieu car, au moins, il n'aura pas souffert.

Florence abandonnait peu à peu sa posture guindée. Sa mère lut même une lueur de compassion dans ses yeux – elle eut grande envie de la prendre dans ses bras, mais la jeune détenue continuait son récit.

— On m'a emmenée sur le *Neptune*, avec d'autres femmes. Les marins nous ont violées. Puis ils nous ont battues. Bientôt, ils ont cessé de nous alimenter. Le navire a fait escale quelque part sous les Tropiques, pour accueillir des galériens à son bord. Dès lors, la situation n'a cessé d'empirer.

Elle ferma les yeux. Des larmes parurent entre ses cils et glissèrent le long de ses joues pâles. Susan lui caressa tendrement les cheveux.

— Le cauchemar est terminé, l'apaisa-t-elle. Vous êtes en sécurité, à présent. Il ne vous reste plus qu'à regagner des forces.

L'épouse du pasteur se tourna vers Florence – cette dernière brûlait manifestement de poser une question à la détenue.

— Comment vous appelez-vous ? lâcha-t-elle enfin en se redressant.

La prisonnière rouvrit les paupières.

— Millicent Parker.

D'un geste, Florence signifia à sa mère qu'elle ne souhaitait pas évoquer cette révélation pour le moment. Elles rentrèrent en silence. Susan n'avait pas ménagé sa fille, mais la leçon lui semblait salutaire ; elle espérait que leurs liens s'en trouveraient finalement resserrés.

Florence et elle réussiraient-elles jamais à bien s'entendre ? Leur relation avait mal commencé : à la naissance de l'enfant, sa mère pleurait encore le petit Thomas. La fillette s'était mise à hurler dès que Susan avait tenté de la prendre dans ses bras, son corps s'était raidi : elle l'avait repoussée. Peut-être ne se sentait-elle pas pleinement désirée ? Peut-être fallait-il y voir la raison qui l'avait si puissamment attirée vers son père ?

Susan chassa ces vaines pensées – personne ne tirerait jamais les choses au clair. Elle reporta son attention sur Millicent. Ça avait été pour elle un terrible choc de découvrir l'identité de la malheureuse et le rôle odieux joué par Jonathan dans sa déchéance. L'homme auquel elle avait voué une passion brûlante les avait trahies toutes les deux.

Ezra, qui les attendait à la porte du logis, prit à peine garde aux démonstrations d'affection de Florence – la pauvre, songea sa mère : elle avait passé l'âge d'adorer son père. Il était grand temps pour elle de trouver un mari.

Le pasteur avança d'un pas en tendant la main à Susan.

— Que dirais-tu d'une promenade en ma compagnie ? proposa-t-il à mi-voix.

Son épouse dénoua les cordons de son bonnet. Puis elle dévisagea Ezra pour tenter de décrypter ses intentions. Cette soudaine invitation la désarmait.

— Je m'apprêtais à préparer le souper, répondit-elle sur un ton hésitant.

— Florence s'en chargera. Viens, Susan. J'aimerais te parler.

Elle renoua les cordons de son bonnet et prit le bras du pasteur.

— Te voilà bien mystérieux, commenta-t-elle en s'efforçant de paraître légère et de masquer son angoisse.

Ils se mirent en route. Ezra demeura muet jusqu'à ce qu'ils atteignent le bord de l'eau. Des eucalyptus s'y dressaient, exhibant leur feuillage vert pâle et leur écorce argentée. Ils projetaient leur ombre mouchetée sur la rive et le fouillis des roseaux où se pavanaient les ibis blancs - les cygnes noirs, eux, y construisaient leurs nids.

— J'adore me balader ici en fin de journée, dit le pasteur.

— C'est un endroit très agréable, approuva son épouse, tandis que mille questions tournoyaient dans son esprit.

Se préparait-il à lui annoncer qu'il la renvoyait en Angleterre ? En était-il venu à considérer leur union comme une imposture ? Ou comptait-il au contraire sur une réconciliation ?

La rivière formait un coude. De là, on ne distinguait plus la maison. Susan fut tentée de jeter un coup d'œil en arrière – elle aurait juré que Florence les épiait. Elle se comporta au contraire comme si tout était normal, comme si elle longeait ainsi le cours d'eau chaque soir au bras de son époux. Si cela pouvait être vrai, songea-t-elle avec mélancolie.

Elle observa Ezra à la dérobée. Il vieillissait. Sa chevelure noire se teintait d'argent, son nez s'affaissait un peu, des rides profondes s'étaient creusées autour de ses yeux et de sa bouche. Il travaillait trop, prenait son ministère trop à cœur. Son pas résolu témoignait néanmoins de sa force de caractère et de la foi qui l'animait. Comment Susan avait-elle pu douter de l'amour qu'elle lui portait ?

Il se figea et saisit les mains de sa femme entre les siennes.

— J'ai beaucoup de choses à te dire, mais d'abord, je dois t'annoncer une nouvelle qui concerne toute notre famille.

Voilà qui n'augurait rien de bon.

— Que se passe-t-il, mon chéri ? s'enquit Susan sans rien dévoiler de son agitation.

Ezra lui apprit le décès de son frère aîné et le départ imminent de Gilbert pour l'Angleterre. Elle poussa en silence un soupir de soulagement, mâtiné de tristesse. Ann allait lui manquer cruellement. Elle était devenue au fil des années une véritable sœur.

— Je t'ai promis, à notre arrivée, que je renverrai les enfants en Grande-Bretagne s'ils le désiraient. Il est temps pour moi de tenir ma promesse.

Ainsi, il n'était pas question de réconciliation. Susan ravala son désappointement et dégagea ses mains de celles de son mari pour poser les deux poings sur ses hanches.

— Les garçons sont ravis de vivre ici, mais Florence s'épanouirait probablement mieux en Angleterre. Elle ne s'est jamais habituée à l'Australie. L'existence y est rude pour une adolescente.

Le pasteur acquiesça de la tête.

— Gilbert et Ann l'accueilleraient volontiers chez eux. Elle multiplierait ses chances de conclure un mariage avantageux. Je lui en parlerai tout à l'heure.

Il reprit les mains de son épouse et les serra plus fort.

— Et toi, Susan ? Désires-tu également retourner au pays ?

Elle se représenta aussitôt les Cornouailles, la bruine et les prairies verdoyantes, les douces collines, les longues plages et les falaises abruptes. Là-bas, se dit-elle, toutes les bêtes ne piquent pas, ne mordent pas, toutes ne distillent pas de venin. Elle songea encore au linge propre, aux lits douillets, à la bonne société qu'elle fréquentait, si différente de cette armée de forçats ou des sauvages qui, à tout instant, risquaient de les assassiner. Elle se rappela les églises de pierre, les chorales chantant pour l'office du soir à la lueur des chandelles, la paix des dimanches matin en famille.

Elle rendit son regard à Ezra, prête à accepter sa proposition, mais quelque chose dans l'expression de son mari la retint. Non, elle ne pouvait prononcer les mots qui lui permettraient d'échapper à cette abominable contrée – tant qu'un espoir demeurerait de sauver son mariage, elle ne les dirait pas.

— Ma place est auprès de toi, murmura-t-elle. Où que ce soit.

— Susan, je te demande pardon.

Il secoua la tête pour l'empêcher de l'interrompre.

— Je t'en prie, laisse-moi finir.

Il inspira profondément.

— Ma coupable faiblesse t'a causé énormément de tort. Je t'ai punie en t'opposant ma froideur depuis des années. Tu ne le méritais nullement.

Il s'agenouilla devant elle, les yeux brûlants d'une ardente supplique.

— Accepteras-tu de pardonner à cet homme faible et solitaire qui t'adore ? Veux-tu redevenir ma femme ?

Susan s'agenouilla à son tour. Elle prit entre ses mains le visage torturé de son époux, plongea son regard au plus profond du sien et fit glisser ses pouces le long de ses joues. Après quoi elle lui donna un baiser, dans lequel elle mit assez de fougue pour faire entendre à Ezra qu'elle l'aimait, qu'il n'y avait rien à pardonner, qu'elle était toujours demeurée sa femme et qu'elle se tiendrait à ses côtés jusqu'à ce que la mort les sépare.

Il se passa beaucoup de temps avant qu'ils regagnent la maison, bras dessus, bras dessous. Florence s'affairait à la cuisine. Le ragoût de kangourou répandait dans la pièce son délicieux fumet, tandis que les moustiques commençaient à vrombir à mesure que la nuit tombait. L'adolescente opposa une mine revêche au sourire de son père.

— Ta mère et moi nous sommes réconciliés. Nous tenions à te mettre au courant la première.

— Félicitations, se contenta-t-elle de lâcher avec raideur.

Susan était stupéfaite. Leur fille aurait dû se réjouir.

Tout à son bonheur, Ezra, lui, ne s'aperçut de rien et enchaîna.

— Nous avons également décidé d'ajouter plusieurs pièces supplémentaires à notre modeste logis et de nous offrir les services d'une bonne.

Il rayonnait.

— Mais nous avons pour toi d'autres nouvelles, autrement plus enthousiasmantes.

Il étreignit son épouse. Celle-ci lui sourit avant qu'il évoque le sort de son frère.

— J'ai promis à ta mère que je vous permettrais, à tes frères et à toi, de regagner l'Angleterre si vous le souhaitiez. L'affaire a pris plus longtemps que prévu, en raison du retard considérable de la Deuxième Flotte. Mais, même si je pense que les garçons choisiront de rester ici, je tiens maintenant à honorer cette promesse.

Il s'accorda une pause.

— Florence, ma chérie, désires-tu rentrer en Grande-Bretagne avec Gilbert et Ann ?

Des sentiments contradictoires se peignirent sur les traits de l'adolescente. Sans doute, songea Susan, se trouvait-elle assaillie par les souvenirs et les doutes qui l'avaient elle-même envahie un peu plus tôt. Qu'allait-elle répondre ? Sa mère était tiraillée : c'était certes dans les Cornouailles que l'avenir de Florence promettait d'être le plus radieux mais, si elle s'en allait, il y avait fort à parier que ses parents ne la reverraient jamais. Le choix était cornélien.

La jeune fille se leva pour se diriger vers le pasteur.

— Ma place est auprès de toi, déclara-t-elle, faisant écho sans le savoir aux paroles prononcées tout à l'heure par Susan.

Celle-ci était abasourdie.

— Mais voyons, s'écria-t-elle, tu mettrais toutes les chances de ton côté en t'installant chez Gilbert et Ann ! Tu vivrais dans le luxe, tu fréquenterais le gratin de la société et les prétendants de qualité se presseraient autour de toi.

Elle s'efforçait de se maîtriser.

— Je te supplie d'y réfléchir à deux fois.

— Je n'ai aucune envie de jouer les candidates au mariage comme on expose une vache dans une foire aux bestiaux !

Susan prit ses mains dans les siennes ; elle devait coûte que coûte la ramener à la raison.

— Mais tu as toujours détesté l'Australie. Je croyais que tu sauterais sur l'occasion de regagner les Cornouailles.

Florence se dégagea et se tourna vers le pasteur.

— Il y a un an, je l'aurais fait, c'est vrai. Mais je serai plus utile ici.

Elle sourit.

— J'ai décidé de consacrer mon existence à Dieu. Cette colonie est l'endroit rêvé où œuvrer pour le Seigneur.

— Ne sois pas ridicule, protesta sa mère. Tu es beaucoup trop jeune pour assener de pareilles déclarations. Il te faut réfléchir longuement : c'est de ton futur qu'il s'agit.

— Non. Dieu s'est adressé à moi et m'a montré le lieu le plus propice à l'exercice de ma vocation.

Susan n'en croyait pas ses oreilles. Elle allait protester encore, mais l'adolescente poursuivit.

— Nous devons transmettre Son message aux pauvres âmes sans foi ni loi qui composent une partie de notre communauté. Avec ton aide, papa, j'ai bien l'intention de leur apporter la lumière de l'amour divin.

L'épouse d'Ezra était sans voix. À quoi tenait ce soudain revirement ? Pourquoi, du jour au lendemain, ce zèle missionnaire dont Florence n'avait jamais fait preuve ?

Elle se tourna vers son époux en quête de secours mais, lorsqu'elle avisa sa mine radieuse, elle comprit que la bataille était perdue d'avance.

Quatrième partie

Coups de théâtre

16

Rivière Hawkesbury, février 1791

La chaleur dansait en vagues au ras du sol. L'horizon s'estompait, les arbres baignaient dans une lumière onduleuse et changeante. Des cygnes noirs glissaient majestueusement sur la rivière et le bavardage des perroquets aux couleurs vives était entrecoupé par le lugubre croassement des corbeaux ou le rire rocailleux des kookaburras.

La brise agitait doucement l'or des blés sous un ciel limpide, d'un bleu éblouissant. Ernest travaillait aux côtés de son frère de seize ans. Les deux garçons balançaient leurs faux en cadence avant de réunir les céréales en gerbes. La sueur piquait les yeux de l'aîné et trempait sa chemise, il avait les mains calleuses et les ongles noirs, mais jamais il ne s'était senti plus fringant. Il effectuait sa première récolte et il s'en réjouissait tant qu'il ne cessait de sourire à George. Contre toute attente, ils semblaient avoir enfin dompté cette terre sauvage et inhospitalière. Ils avaient réussi là où tant d'autres avaient échoué.

Ayant atteint le bout du champ, ils s'octroyèrent une pause à l'ombre des eucalyptus. Ernest étira ses muscles douloureux et extirpa de son pantalon les pans de sa chemise, qui se mirent à voleter dans le vent. George l'imita – les deux frères ne travaillaient plus jamais torse nu, depuis que de terribles coups de soleil leur avaient fait perdre plusieurs jours de labeur. Chacun portait un chapeau à large bord, d'amples pantalons de lin et de solides souliers ; leurs cheveux, qu'ils ne coupaient plus, leur tombaient aux épaules.

Ernest grimaça : ils n'avaient décidément plus grand-chose à voir avec les jeunes élégants qu'ils rêvaient de devenir naguère – ils ressemblaient davantage aux forçats de Port Jackson. Mais, pour rustiques qu'ils fussent, leurs vêtements se révélaient confortables, et bien plus légers que les tenues dont leurs malles débordaient. Et puis, au fond, la coquetterie importait peu, si loin de la civilisation.

Pour tout dire, songea-t-il en avalant à grands traits l'eau contenue dans une timbale en étain, il appréciait de ne plus se raser, il était content d'avoir renoncé aux cols durs et aux vestes cintrées. Il éprouvait une liberté dont il ne soupçonnait même pas l'existence en Cornouailles. Il finissait par ne garder de son enfance que le souvenir de l'ennui et des contraintes imposées par la petite communauté à laquelle sa famille appartenait. Trois ans avaient passé depuis son départ d'Angleterre. Sa patrie s'évanouissait peu à peu dans les brumes du rêve. Ernest avait peine à croire qu'il y eût au monde une autre réalité que la formidable grandeur de cette nouvelle contrée.

Contemplant les surfaces que George et lui avaient défrichées, il s'émerveilla de ce que deux adolescents de seize et dix-huit ans étaient parvenus à accomplir. Cette terre se révélait fertile, chargée de promesses.

Ici, pour peu qu'on mît du cœur à l'ouvrage, on pouvait assurer sa fortune.

Ernest s'allongea à côté de son cadet. Les arbres lui dispensaient une ombre bienfaisante, l'herbe lui rafraîchissait le dos. Il s'étira avant de croiser ses mains derrière sa nuque.

— Je pourrais dévorer un cheval, dit-il en bâillant.

George examina le contenu de leur sacoche.

— Il reste du canard, un peu de pain et une grande bouteille de bière.

Il partagea équitablement la nourriture. Les deux adolescents se mirent à manger, le regard fixé sur leurs champs, qui s'étendaient presque jusqu'aux montagnes lointaines.

Le gouverneur avait attribué une parcelle à l'ensemble des hommes et femmes libres de la colonie. Ni Susan, ni Ezra, ni Florence n'ayant manifesté le désir de s'occuper des leurs, Ernest et George, avec leur accord, se les étaient appropriées. En outre, quiconque défrichait cinquante hectares s'en voyait octroyer cinquante de plus. Il restait trois lopins à moissonner mais, déjà, Ernest organisait en silence les prochains labours.

— Il est temps pour moi de prendre femme, décréta-t-il soudain.

George éclata de rire.

— Quelle femme douée de raison accepterait de vivre là-dedans ?

Les deux frères portèrent leurs regards de l'autre côté du champ, vers la bicoque érigée par Ernest à son arrivée dans la région. Si la jolie maison du gouverneur possédait des vitres et des portes en chêne, celle des fils Collinson était faite de bric et de broc : l'aîné avait débité les troncs des arbres alentour pour en tirer des planches. La cheminée se composait d'un empilement de pierres récupérées sur la première parcelle entrée en sa possession. Les vestiges d'une voile tenaient lieu de toit et le sol était de terre battue. La masure ne comportait qu'une pièce sans fenêtre – un rectangle de toile à sac servait de porte. Quant aux meubles, ils se résumaient à deux lits de toile et de bois, des chaises et une table rudimentaire munie de quatre pieds de longueurs différentes.

— Tu as raison, admit Ernest. Nous allons tâcher de procéder à quelques améliorations, puis nous demanderons à maman de nous apprendre à cuisiner. Il faudra des années avant qu'une femme daigne vivre avec l'un de nous.

Il se leva et épousseta ses vêtements.

— Viens, terminons de moissonner ce champ, puis allons voir notre nouveau lopin, en aval de la rivière, histoire de décider ce que allons en faire.

Les adolescents accomplirent leur tâche en silence. Après quoi ils admirèrent les gerbes impeccables qui flamboyaient dans l'éclat doré des ultimes rayons de soleil. Ernest rejeta son chapeau en arrière pour s'éponger le front. La sueur avait plaqué ses cheveux blonds contre son crâne.

— Nous pouvons être contents de nous, murmura-t-il.

— Plutôt, oui. C'est quand même mieux qu'une partie de croquet avec des filles qui passent leur temps à glousser.

— Ça, je n'en suis pas si sûr, répondit l'aîné d'un air songeur. Je me défendais drôlement bien au croquet.

George lui allongea une bourrade dans les côtes.

— Tu te défendais surtout pour ce qui était d'enlacer ces demoiselles et de leur chuchoter des sottises au creux de l'oreille, le taquina-t-il. Allez, le premier arrivé au bord de l'eau a gagné.

Il se mit à courir. Ernest le prit en chasse et, bientôt, les deux frères plongeaient dans le courant rapide et frais. Ils criaient, s'éclaboussaient, sans plus songer à la fatigue : ils s'abandonnaient au contraire à une joie sans mélange. Tandis qu'ils se frictionnaient le corps pour en ôter la sueur et la crasse, leur dos musclé et leurs bras puissants luisaient sous le soleil. Après la baignade, ils descendirent le cours de la rivière pour examiner le lopin dont Gilbert et Ann leur avaient fait don.

La parcelle paraissait fertile, à l'instar de toutes les terres bordant la Hawkesbury. Certes, le défrichage promettait d'être rude, mais le jeu en valait la chandelle : il y aurait ensuite de formidables récoltes et le bétail brouterait une herbe d'excellente qualité.

— Nous n'avons pas encore baptisé notre ferme, remarqua Ernest.

— C'est vrai, répondit George, les mains enfoncées dans les poches. Tu as une idée ?

— Puisque la rivière se nomme Hawkesbury et que « *hawk* » signifie « faucon » en anglais, pourquoi ne pas appeler cet endroit « la Tête de faucon » ?

George approuva d'un signe de tête – dans la lumière éclatante, sa noire chevelure jetait des reflets presque bleus.

— Va pour la Tête de faucon. Je confectionnerai une pancarte demain.

Ils poursuivirent leur promenade au bord de ce terrain dont ils deviendraient bientôt les heureux propriétaires.

— Quel dommage que les détenus ne soient pas autorisés à nous aider, déplora le cadet. Nous irions deux fois plus vite.

— Je suis d'accord. Et nous ne devons pas être les seuls à le penser. La plupart des agriculteurs ne demanderaient pas mieux que de les employer contre un salaire.

— Il faut que les règlements évoluent, poursuivit George en observant les hectares de forêts et de broussailles, qui promettaient de leur donner du fil à retordre. La colonie ne cesse de se développer. On manque de nourriture.

Les discussions sur le sujet allaient bon train au sein de la communauté, mais seule une refonte radicale des lois en vigueur sur le sol australien résoudrait le problème.

Les deux frères évoquaient maintenant leurs projets pour le lendemain quand ils se figèrent.

— Qu'est-ce que c'était ?

Ernest tendit l'oreille. Ni les Cadigal ni les Eora ne leur avaient cherché noise pour le moment, mais les deux garçons se savaient régulièrement épiés et suivis. On leur avait rapporté que d'autres fermiers avaient été tués à coups de lance à mesure que les colons progressaient vers l'intérieur des terres. Un sort semblable menaçait Ernest et George, ce n'était qu'une question de temps, et l'aîné se maudit d'avoir laissé leurs fusils dans leur cabane.

George désigna du menton un matériel de pêche rudimentaire, ainsi que des canoës. Décelant un mouvement dans les hautes herbes, il tendit le doigt dans cette direction à l'intention de son frère.

Ils s'approchèrent à pas de loup.

L'adolescente était noire comme l'ébène, et totalement nue. Elle pouvait avoir seize ans. Étendue parmi les plantes entre lesquelles elle tentait en vain de se dissimuler, elle laissait s'échapper d'entre ses lèvres une plainte déchirante ; des larmes ruisselaient le long de ses joues. Son regard suppliait les inconnus de l'épargner.

— J'ai l'impression qu'elle a eu la variole, murmura Ernest en examinant ses genoux et ses coudes enflés, sa peau pustuleuse et la mollesse de ses mouvements. Ce qui expliquerait pourquoi elle ne s'est pas enfuie en nous entendant venir. La pauvre gosse est terrifiée.

— Mais elle n'est pas seule, s'alarma George. Il y a deux canoës. Nous ferions mieux d'être prudents.

— Nous ne pouvons pas l'abandonner ici, répliqua son frère. Elle souffre et elle est incapable de se débrouiller seule. Les amis qui pêchaient avec elle sont loin, maintenant.

Il s'accroupit à côté d'elle. L'adolescente recula lorsqu'il tendit la main vers elle pour la réconforter. Elle était mince, et ses articulations gonflées donnaient à ses membres un aspect plus frêle encore.

— N'aie pas peur, dit-il doucement. Nous ne te voulons pas de mal.

Ses yeux couleur d'ambre étaient pleins de larmes. Elle se recroquevillait comme un petit animal traqué.

Ernest ôta sa chemise. Il ne possédait rien de mieux pour réchauffer la jeune fille, à présent que le soleil avait presque disparu derrière les collines.

— Nous devrions la ramener à la maison, observa-t-il, mais ça l'affolerait davantage.

— *Baa-do,* gémit-elle. *Baa-do.*

— Que dit-elle ? s'enquit George.

— Je l'ignore. En tout cas, il faut faire du feu. Ainsi, elle n'aura pas froid et nous y cuirons les poissons qu'elle a pêchés.

Le cadet courut jusqu'à la cabane. Il en revint avec des carabines, du bois à brûler et un briquet à amadou. Pendant l'absence de son frère, Ernest avait creusé le sol et entouré la légère dépression de pierres récupérées au bord de l'eau. George y déposa du petit-bois. Au moyen du briquet, l'aîné fit jaillir une étincelle, dont il prit grand soin jusqu'à ce qu'elle eût convenablement enflammé les brindilles. Enfin, il embrocha les trois gros poissons et les plaça au-dessus des flammes.

Tandis que son frère surveillait la cuisson, il se remit à parler à l'adolescente, dans l'espoir de l'apaiser. Peu à peu, en effet, elle parut se détendre.

— *Baa-do,* chuchota-t-elle de nouveau. *Baa-do.*

Comme le garçon fronçait les sourcils pour signifier qu'il ne la comprenait pas, elle passa sa langue sur ses lèvres desséchées.

Ernest bondit sur ses pieds. Il se précipita vers la rivière, où il remplit d'eau le fond de son chapeau. De retour auprès de l'adolescente, il l'aida à s'asseoir. Elle but avec avidité.

— Eau, lui expliqua-t-il.

L'ombre d'un sourire passa sur le visage de la malheureuse.

— *Baa-do*, prononça-t-elle. Eau.

La nuit était tombée durant leur repas. Les deux frères ramassèrent du petit-bois, qu'ils déposèrent non loin de la jeune fille, afin qu'elle puisse alimenter le feu sans effort. Ils lui laissèrent également une cruche d'eau pour se désaltérer. Sur quoi ils portèrent la main à leur chapeau en guise d'adieu et s'en retournèrent chez eux.

Lowitja émergea des buissons. Cachée au milieu des arbres, elle avait vu les garçons s'approcher de sa fille. S'ils lui avaient fait du mal, elle n'aurait pas hésité à les tuer d'un coup de lance. Elle n'avait pas bougé. Ils avaient nourri l'adolescente, lui avaient apporté de l'eau. La mère avait compris qu'ils étaient aussi bienveillants que la femme avec laquelle elle avait sympathisé dans le grand campement. Il n'y avait rien à craindre.

Elle patienta jusqu'à ce que la lune se trouvât haut dans le ciel. Alors, seulement, elle aida sa fille à grimper à bord du canoë. Elle se rendit ensuite à l'étrange abri où dormaient les deux jeunes hommes. Elle plaça la chemise sur le sol, de même qu'un grand panier d'osier contenant trois superbes poissons. En découvrant ce cadeau à leur réveil, ils comprendraient que leur geste envers l'adolescente avait été tenu pour une marque d'amitié.

Port Jackson, avril 1791

Billy exultait : Arthur Mullins, son tortionnaire, n'avait pas reçu la permission de regagner l'Angleterre. Il avait beau continuer de jouer les brutes – d'autant plus qu'il ingurgitait désormais d'extraordinaires quantités de rhum –, il se trouvait coincé dans cet enfer au même titre que les autres. Le frère de Susan songeait avec bonheur que le geôlier devait haïr chaque minute de son existence. Sa cruauté et le plaisir sadique qu'il prenait à fouetter les prisonniers en avaient fait un personnage unanimement détesté parmi les détenus, au point que Billy s'étonnait que personne ne lui eût encore réglé son compte.

Le jour était levé depuis une heure. Le jeune homme, qui avait emprunté le chemin de terre menant à l'entrepôt, nota que Mullins était déjà en train de rassembler l'équipe de forçats dont il avait la charge. Parvenu au hangar, le frère de Susan en déverrouilla la porte et se retourna. Le geôlier l'observait, l'œil trouble et chargé d'hostilité. Billy lui sourit en effleurant du doigt le bord de son chapeau, manière de le saluer. Mullins jalousait la place qu'il occupait au sein de la colonie et fulminait de ne plus pouvoir s'en prendre au jeune homme, puisqu'on l'avait placé sous le commandement direct du gouverneur.

Comme le frère de Susan pénétrait dans le bâtiment, le vigile s'extirpa tant bien que mal de la paille pour le saluer. Aussitôt, Billy décida en silence de le remplacer par un autre veilleur de nuit. Un employé incapable de garder les yeux ouverts ne valait rien, et le jeune homme ne comptait pas abandonner les bras voluptueux de Nell pour se charger lui-même de la besogne.

Il balaya les lieux du regard, humant la délicieuse odeur de thé et de céréales mêlés. Les stocks étaient élevés, à présent, car les fermiers effectuaient leurs récoltes, et l'arrivée de baleiniers, ainsi que de navires de commerce, avait permis d'accroître les réserves d'huile, de pétrole lampant, de lin, de savon, de rhum et de cuir pour la confection des chaussures.

Billy admira les sacs, les caisses et les tonneaux. Puis il examina les murs, de même que le toit métallique. C'est lui qui avait insisté pour qu'on abattît le précédent hangar, en si mauvais état que quelques souris auraient suffi à le réduire en miettes. On avait édifié celui-ci selon ses instructions. Il était satisfait du résultat. Néanmoins, l'inspection matinale demeurait obligatoire.

Parasites, animaux ou humains ; tous étaient capables de s'attaquer aux provisions. Billy avait certes disposé çà et là des pièges contre les opossums et les rats, mais il fallait vérifier chaque jour que rien ni personne ne s'était attaqué aux parois, qu'on n'avait pas tenté de creuser par-dessous. Le jeune homme connaissait toutes les astuces. Aussi s'assurait-il que les stocks correspondaient à son inventaire ; il effectuait le tour de son royaume. Car des voleurs pouvaient toujours soudoyer les vigiles pour qu'ils ferment les yeux sur leurs mauvaises actions ; à moins que les gardiens eux-mêmes dérobent des marchandises, troquant le rhum contenu dans les barriques contre de l'eau, les sacs de farine contre des sacs de terre. Le frère de Susan ne faisait confiance à personne.

Sa tâche accomplie, il se prépara une tasse de thé, qu'il dégusta en grignotant les biscuits confectionnés par Nell le soir précédent. Tout à l'heure, le nouveau responsable des fermes gouvernementales lui rendrait visite ; Billy avait hâte de le rencontrer. Jack Quince, un détenu lui aussi, avait survécu à l'effroyable aventure du *Surprise*. C'était un agriculteur expérimenté, qui en savait plus sur le bétail et la terre que la plupart des autres colons – Ernest et George, cela dit, accomplissaient des merveilles de leur côté : malgré leur jeune âge, leur exploitation était considérée comme un établissement modèle.

Billy s'installa confortablement derrière le grand bureau – de là, il distinguait tout ce qui se passait à l'extérieur. Il ouvrit un fort volume rouge. Les cuisiniers réclameraient de la farine, les lavandières du savon ; les tisseurs voudraient du lin. Puis viendrait le cordonnier, qui demanderait du cuir et des clous. Les chefs de chantier exigeraient des outils, les femmes d'officier du fil et des aiguilles. Il était nécessaire de consigner chaque article, et le frère de Susan n'était pas peu fier de s'acquitter de ce travail : il avait appris seul à lire et à écrire.

Il était en train de coucher soigneusement sur le papier le nombre de tabliers livrés aux tisserandes lorsque la voix de Mullins lui parvint depuis la rue. Il abandonna son livre de comptes pour se diriger vers la porte.

L'homme auquel le geôlier s'en prenait était un garçon mince, de taille moyenne, aux cheveux bruns, à l'exception d'une mèche étonnamment blanche au-dessus du front. Son uniforme de détenu – chemise et ample pantalon de lin – accentuait encore sa maigreur. Il pesait lourdement sur sa canne, sans ciller sous les injures proférées par Mullins, planté devant lui. L'inconnu affectait la patience d'une mule ; il se contentait d'attendre que l'autre eût terminé.

Billy en conçut aussitôt de l'admiration pour lui – peu d'hommes étaient capables de supporter l'haleine fétide du gardien sans battre au moins des paupières, voire de s'évanouir pour le compte. Le frère de Susan se cala contre le chambranle de la porte, les mains dans les poches ; le spectacle l'amusait beaucoup.

Une foule s'était assemblée peu à peu, et parmi elle quelques Noirs, qui avaient émergé de l'ombre pour assister à la scène. C'est qu'ils haïssaient Mullins eux aussi : ce dernier avait un jour enlevé l'une de leurs adolescentes pour la tenir ligotée à son lit jusqu'à ce que, finalement mises au courant de l'incident, les autorités fussent venues libérer la malheureuse.

L'enthousiasme de Billy retomba quand le geôlier frappa l'inconnu en pleine poitrine. Celui-ci était plus robuste qu'il n'en avait l'air, car il eut tôt fait de regagner son équilibre. Alors Mullins recommença. Plus fort. L'homme chancela.

Le frère de Susan quitta l'entrepôt en sortant les mains de ses poches.

À peine l'étranger s'était-il rétabli que le gardien le priva de sa canne d'un coup de pied.

Billy s'avança sur la chaussée, les poings serrés, brûlant de réduire le visage de Mullins en bouillie.

L'homme titubait en s'efforçant de rester debout sur sa jambe valide. Cette fois, la grosse botte du geôlier s'écrasa contre son tibia. La victime s'écroula en hurlant.

Comme Mullins reculait de trois pas pour admirer son œuvre, le frère de Susan lui administra sans crier gare un splendide crochet du droit. Son ennemi vacilla, l'œil stupéfait, avant de s'affaler tel un arbre qu'on abat.

Les badauds applaudirent. Billy, qui aida l'inconnu à se remettre sur ses pieds, fut surpris de constater qu'il se révélait nettement plus jeune qu'il l'avait d'abord cru. Il lui tendit sa canne.

— Vous êtes blessé ?

— Non. Une fois que j'aurai repris mon souffle, tout ira bien.

Il esquissa un sourire à l'adresse de son sauveur et lui tendit la main.

— Je m'appelle Jack Quince. Merci.

— Billy Penhalligan. C'est justement vous que j'attendais.

Jack jeta un regard inquiet en direction de Mullins, encore groggy, que le petit groupe qui l'entourait huait à présent et rudoyait un peu.

— Ne vous tracassez pas pour lui, le rassura le frère de Susan en frottant les jointures douloureuses de son poing. Je rêvais d'une telle occasion depuis des années et tout le monde ici se félicite de mon geste, soyez-en sûr.

Ils éclatèrent de rire.

— Eh bien, Jack Quince. J'ai dans l'entrepôt un fond de rhum que je m'en voudrais de laisser perdre.

Les deux hommes, qui passèrent la matinée ensemble, se découvrirent de nombreux points communs. Ils avaient l'un et l'autre trente-quatre ans, ils partageaient le même sens de l'humour et de la repartie. Tous deux se montraient en outre désireux d'agir au mieux en attendant qu'on leur accorde le statut de citoyen libre au terme de leur peine. L'Australie constituait une chance à leurs yeux. Elle récompenserait, ils en avaient la conviction, quiconque s'y montrerait audacieux et vaillant. Qu'on associe le sens de l'organisation de Billy aux talents agricoles de Jack, et il en résulterait probablement la plus belle ferme de la colonie.

À l'issue de leur rencontre, ils avaient compris que leur amitié naissante était de celles qui durent une vie entière.

17

Port Jackson, septembre 1791

Billy et Jack avaient été convoqués dans le bureau de Gilbert. Les deux garçons, qui savaient que le maréchal embarquerait bientôt pour l'Angleterre, se demandaient ce qu'il leur réservait.

— Qui va lui succéder au poste de juge avocat ? interrogea Jack, qui clopinait sur la large chaussée poussiéreuse.

Il évitait ainsi les chars à bœufs, le crottin de cheval et les Aborigènes ivres, qui gisaient sur le dos là même où ils étaient tombés. L'homme du Sussex n'avait pas encore repris suffisamment de poids pour se passer de sa canne.

Billy fourra les mains au fond des poches de son pantalon et ralentit l'allure pour laisser à son compagnon le temps de le rejoindre. Celui-ci ne s'était pas complètement remis de son expérience à bord du *Surprise* ; il peinait à se concentrer longuement sur une tâche.

— Je n'en sais rien, lui répondit le frère de Susan. Mais nous pouvons faire une croix sur nos petits privilèges : plus de rations supplémentaires et plus moyen de dormir à l'écart des autres détenus.

Il se mit à rire.

— Cela dit, enchaîna-t-il, puisque nous sommes les seuls à savoir gérer convenablement les fermes et les magasins gouvernementaux, m'est avis que nous nous débrouillerons.

— Il va me manquer, grommela Jack en se passant une main dans les cheveux.

— À moi aussi, mais nous ferons face.

Ayant été introduits dans le bureau de Gilbert par un jeune officier, les deux garçons sentirent aussitôt s'évanouir leur bel optimisme : debout à sa table de travail, la mine sombre, le maréchal les fixait derrière ses lunettes. Les deux amis échangèrent un regard. Qu'avaient-ils donc pu faire pour s'attirer les foudres de Gilbert ?

— Je suppose que vous avez entendu les rumeurs, commença-t-il. Rien ne demeure secret bien longtemps dans nos contrées.

Gilbert se rassit dans son fauteuil et ôta ses lunettes, dont il entreprit de nettoyer les verres au moyen d'un mouchoir.

— Je serais déjà parti depuis plusieurs mois si mon remplaçant était arrivé à temps, gronda-t-il. Avant de partir, il me reste d'importantes décisions à prendre.

Il scruta ses visiteurs sous ses épais sourcils, tandis que Jack, mal à l'aise, oscillait un peu en faisant craquer le plancher.

— Je suis navré que vous nous quittiez, monsieur, se hâta d'intervenir Billy. Et il en va de même pour Jack. Vous vous êtes montré si bon avec nous…

L'œil perçant du maréchal se posa sur l'homme du Sussex, lourdement appuyé sur sa canne.

— Jack Quince, on vous a accusé du vol d'un taureau et condamné à quinze ans de travaux forcés.

Le frère de Susan entendit son compagnon haleter ; il était pâle comme un linge.

— J'ai lu les comptes rendus de la cour, enchaîna Gilbert. Quant au comportement dont vous faites preuve au sein de cette colonie, il est irréprochable. En outre, nous ne saurions désormais nous passer de vos talents d'agriculteur.

Ravi d'occuper le rôle principal de la scène en train de se jouer, il marqua un temps d'arrêt, ménageant ses effets.

— C'est pourquoi, reprit-il, je vous accorde la liberté conditionnelle et vous attribue quinze hectares de terre à Parramatta.

Jack manqua de s'évanouir sous le coup de l'émotion.

— Cela signifie-t-il que je suis libre, monsieur ?

— Pas tout à fait : vous êtes tenu de demeurer au sein de la colonie jusqu'au terme de votre peine. Mais vous pouvez d'ores et déjà cultiver vos terres et employer des ouvriers si le besoin s'en fait sentir. À condition de ne vendre vos excédents qu'aux magasins gouvernementaux.

L'ami de Billy s'effondra sur le siège le plus proche, le visage entre les mains. Il balbutiait des remerciements en tâchant de se ressaisir.

Le frère de Susan était aux anges. Il avait hâte, à présent, d'entendre ce que lui réservait le maréchal.

— William Penhalligan, tonna celui-ci, vous êtes un fameux polisson.

Un large sourire éclaira sa figure lorsqu'il avisa la mine déconfite du jeune homme.

— Mais vous vous êtes révélé un intendant hors pair, poursuivit-il sur un ton chargé de tendresse. Je me félicite d'avoir proposé à un voleur d'attraper les voleurs, ainsi que vous me l'avez si judicieusement fait remarquer voilà cinq ans. C'est pourquoi je vous accorde aussi la liberté conditionnelle et vous offre quinze hectares de terres à Parramatta.

Billy le remercia, les traits épanouis, heureux au-delà des mots de cette chance qui s'offrait enfin à lui de prouver sa valeur. Il saisit jack par les épaules, le força à se lever de son fauteuil et l'étreignit.

— Nous avons réussi, camarade. Maintenant, nous allons pouvoir mettre à exécution tous nos projets.

Les joues de Jack retrouvèrent leurs couleurs.

— Nous serons bientôt à la tête de la plus belle ferme d'Australie, déclara-t-il. Et moi, je vais pouvoir écrire à Alice.

Le sourire de Billy s'évanouit : les paroles de son compagnon lui rappelaient qu'il avait omis un élément capital. Il se tourna vers Gilbert.

— Je vis avec une femme, balbutia-t-il. Et nous allons avoir un enfant. Pensez-vous qu'elle pourrait également bénéficier d'une libération conditionnelle ?

Le maréchal tortilla sa moustache.

— Ah, lâcha-t-il… La charmante Nell Appleby.

Fronçant les sourcils, il se rassit pour feuilleter en silence les documents concernant la jeune fille. Le frère de Susan tentait en vain de décrypter l'expression de son visage. Il était tout près d'exploser quand Gilbert reprit la parole.

— L'enfant, cela va de soi, naîtra libre, mais Nell n'achèvera sa peine que dans deux ans. D'ici là, et parce qu'elle n'est pas officiellement à votre charge, je ne puis me permettre la moindre entorse au règlement. Si les détenus avaient vent de l'affaire, tous porteraient réclamation.

L'euphorie du jeune homme se dissipa. Ainsi, il lui faudrait entamer sa nouvelle vie sans Nell. Nell, dont la chaleur et la sensualité avaient su vaincre sa solitude. Nell, dont l'humour et l'inépuisable énergie lui avaient redonné goût à l'existence. Il plongea désespérément son regard dans celui de son bienfaiteur.

Une lueur de malice brilla soudain dans l'œil de ce dernier.

— Bien entendu, si vous l'épousiez…

Billy mit un peu de temps à digérer l'information. Nell et lui s'entendaient à merveille et, tout insouciant qu'il fût en matière de sentiment, sans doute l'aimait-il. Mais jamais il n'avait songé au mariage, jamais il n'en avait été seulement question entre eux - pas même lorsque Nell lui avait annoncé qu'elle était enceinte.

Le maréchal toussota discrètement. Le frère de Susan comprit qu'il attendait une réponse. Il s'éclaircit la voix en frottant ses paumes moites contre son pantalon. Il ne s'agissait pas d'une mince décision mais, puisqu'il ne voulait perdre ni sa compagne ni leur enfant…

— Je serai ravi de l'épouser, claironna-t-il avec une fougue un peu feinte.

Gilbert se renversa dans son fauteuil, la mine joyeuse.

— Je suis certain que mon frère se fera un plaisir de célébrer cette union. À la suite de quoi je signerai les documents attestant la libération conditionnelle de votre future femme.

Il se leva, contourna son bureau pour venir serrer la main des deux garçons, avant de leur remettre leurs papiers.

— Je vous souhaite bonne chance, messieurs. Un jour, l'Australie constituera une formidable colonie. Et ce sont des hommes comme vous qui ouvrent la voie aux générations à venir.

Nell était en train de filer le lin quand Billy pénétra en trombe dans l'immense grange en criant son nom par-dessus le tapage des métiers à tisser. La jeune fille écarta les mèches qui lui barraient les yeux et se mit à rire, soulagée. Assurément, les nouvelles étaient bonnes, au terme de cet entretien que le frère de Susan redoutait si fort. Sans se soucier de la surveillante, qu'on reconnaissait à ses façons revêches et la rudesse avec laquelle elle traitait les ouvrières, Nell abandonna son poste pour se ruer vers Billy.

— Que se passe-t-il ?

Il la saisit par la taille et se mit à tourner sur lui-même jusqu'à ce que les jupes de sa compagne se soulèvent. Puis ils s'embrassèrent à perdre haleine.

— Veux-tu m'épouser ? hurla-t-il.

Aussitôt, le silence se fit dans la grange. Nell pensait bien qu'il ne se déciderait jamais, en sorte qu'elle faillit fondre en larmes, ce qui ne lui ressemblait guère.

— Oui ! s'exclama-t-elle. Oui ! Oui !

Elle se pendit au cou du jeune homme et l'embrassa de nouveau. Ils manquèrent tomber.

— Les hommes n'ont pas le droit d'entrer ici, décréta derrière elle une voix tranchante comme une lame. Votre comportement est inqualifiable. Je le signalerai à qui de droit.

Nell s'apprêtait à répliquer, mais Billy la devança.

— On vient de m'accorder la liberté conditionnelle. Je n'ai donc plus à obéir à vos ordres. Dès que nous serons mariés, la même mesure s'appliquera à mon épouse. Je vous suggère donc de retourner à votre travail et de vous occuper de vos affaires.

Un tonnerre d'applaudissements retentit. Les ouvrières poussaient des clameurs, tandis que la surveillante considérait le jeune couple d'un œil réprobateur. Elle se redressa et, haussant le menton, regagna sa table, d'où elle s'efforça en vain de rétablir le calme dans l'atelier.

— Tu lui as cloué le bec, jubila Nell.

Elle se retourna vers son futur époux.

— Raconte-moi tout, le pressa-t-elle pendant que le travail reprenait dans la grange.

Il l'attira dehors pour lui rapporter sa conversation avec Gilbert. La jeune femme n'en croyait pas ses oreilles. Finalement convaincue qu'il ne s'agissait pas d'un rêve, elle se blottit, au comble du bonheur, contre le torse de Billy.

La nouvelle enchanta Ezra et Susan, qui refusèrent que Florence vienne gâter les préparatifs de la cérémonie en multipliant les remarques dédaigneuses à l'encontre de la future mariée, qu'elle jugeait vulgaire et issue d'un milieu déplorable.

Billy emprunta un costume à son beau-frère – un peu étroit d'épaules, certes, et passablement usé. Jack trouva de quoi faire un témoin tout à fait présentable. Car il était hors de question, pour les deux amis, d'assister à la fête en tenue de prisonnier.

Susan ne disposait que d'une journée pour ajuster sa plus belle robe aux formes opulentes de Nell. Elle s'échina toute la nuit, si bien que, au matin, elle eut encore le temps d'ajouter quelques rubans assortis à son bonnet du dimanche. Millicent Parker, qui avait emménagé dans la nouvelle pièce attenante à la cabane des époux Collinson, confectionna pour l'occasion un énorme gâteau.

Lors de la célébration, Nell se tint fièrement aux côtés de Billy, serrant entre ses mains un splendide bouquet jaune vif. Les jeunes gens échangèrent leurs vœux, après quoi le pasteur les déclara mari et femme.

Millicent et Susan versèrent des larmes d'émotion. Ezra et Jack rayonnaient, Florence boudait. Gilbert prononça un discours, au cours duquel il se félicita du rôle qu'il avait joué dans cette belle histoire. Il déclara que Nell et Billy formaient un couple délicieux et qu'il ne doutait pas qu'un avenir radieux les attendît.

Au terme d'une réception très réussie, on se réunit sur la pelouse, devant la maison, pour regarder partir les jeunes mariés – Ezra serrait Susan tout contre lui. Son frère, songeait celle-ci, avait su se racheter. Il s'embarquait à présent pour la plus formidable aventure de son existence. Elle décida d'écrire une longue lettre à leur mère, afin de lui faire partager sa joie et l'informer que son fils était rentré dans le droit chemin.

Ayant soigneusement rangé les documents relatifs à leur libération conditionnelle parmi leurs maigres possessions, Nell, Billy et Jack grimpèrent dans leur chariot bondé. Les trois jeunes gens avaient réuni leurs trois lopins : ils disposaient en tout de quarante-cinq hectares de terre. Le gouverneur leur avait offert deux chèvres, une vache sur le point de mettre bas, des poulets et suffisamment de vivres pour tenir plusieurs mois. On recensait encore des sacs de semences, des tonnelets de rhum destinés à rétribuer les détenus que le trio ne tarderait pas à recruter, ainsi que tous les outils nécessaires à la construction d'une demeure, le défrichage d'un terrain et la préparation de la première récolte.

Billy enlaça Nell.

— Tu es prête ?

— Et comment ! s'écria la jeune femme en lui posant un baiser sur le cou.

Le frère de Susan gratifia Jack d'un clin d'œil, puis il fit claquer le fouet au-dessus des oreilles de leurs chevaux. Il était temps de mettre cap à l'ouest et d'entamer leur nouvelle vie.

— Quelle journée merveilleuse, conclut Susan, comme le chariot disparaissait dans un nuage de poussière qui, peu à peu, retombait sur le chemin.

Elle saisit Millicent par la taille et l'étreignit.

— Le gâteau était succulent. Tu es très douée.

— Ce n'était rien du tout, répondit l'adolescente en rougissant.

— Ne joue pas les modestes avec moi, voyons. Tu es un cordon-bleu, Millie, et tu le sais parfaitement.

— C'était un beau mariage. Je suis heureuse pour eux.

Susan la considéra tendrement. Il lui restait du poids à reprendre et on avait dû sacrifier sa chevelure pour la débarrasser des poux, mais elle arborait à nouveau des joues roses. Son teint s'éclaircissait.

— Tu fais partie de la famille, à présent, dit doucement l'épouse du pasteur.

— Quel spectacle touchant, cracha Florence. Quand papa et toi comptez-vous accueillir un autre détenu parmi nous ? Après tout, nous en avons déjà trois. Pourquoi pas un quatrième ?

Furieuse, Susan se retourna vers sa fille.

— Billy est mon frère, répliqua-t-elle. Il a effectué sa peine et mérité sa grâce. Il en va de même pour Nell. J'exige des excuses, Florence.

— Tu n'auras rien du tout. Et je ne pense pas que nous devrions poursuivre ce genre de conversation en présence d'une prisonnière que tu as recrutée pour jouer les servantes.

Elle lança un regard chargé de haine à Millicent, qui tenta de s'enfuir. L'épouse du pasteur la retint par le bras.

— Il n'y a pas de prisonnière ici, Florence. Il n'y a que Millie.

Elle adressa un sourire à sa fille pour tenter d'apaiser son courroux.

— Allons, la réprimanda-t-elle. Pourquoi ne pas te réjouir avec nous, au lieu d'essayer de gâcher la journée ?

Mais Florence ne désarma pas.

— Me réjouir ? Comment veux-tu que je me réjouisse alors que tu remplis notre maison de forçats ?

Susan désirait mettre un terme à la querelle.

— Millie s'est installée chez nous à titre de parente. Je ne la considère nullement comme une domestique. Quant à sa qualité légale de détenue, elle ne m'importe pas. Et ton père s'en moque tout autant.

Sur quoi elle entraîna Millicent à l'autre bout de la pelouse où, sur de grands plateaux de bois soutenus par des tréteaux, gisaient, épars, les restes de la réception.

— Je suis navrée, Susan. Je n'avais pas l'intention de créer des tensions entre ta fille et toi.

— Tu n'y es pour rien. Florence et moi nous heurtons régulièrement, et depuis fort longtemps. Je m'en veux de le penser, mais je dois avouer que, parfois, elle m'exaspère terriblement.

Jetant un œil sur les tables encombrées, elle décida que le ménage et la vaisselle attendraient. Elle se laissa tomber sur un banc, ouvrit son éventail en suggérant à Millicent de l'imiter.

— Il fait trop chaud pour travailler.

La jeune fille s'assit près d'elle, la mine troublée. Son aînée examina le petit profil de médaille, le nez délicat, les joues qu'une fossette venait creuser parfois, les cheveux en bataille qui, bientôt, lui arriveraient à la nuque. Elle devait être bien jolie, songea l'épouse du pasteur, avant de subir les affres qui l'avaient menée en Australie. Elle ne s'étonnait guère que Jonathan ait été tenté.

Cette pensée affreuse la glaça. Elle se détourna pour contempler l'eau. Elle ne devait pas évoquer son amour d'antan, ni réfléchir à ce qu'il leur avait infligé. Il lui fallait se consacrer exclusivement à Millicent pour tâcher de réparer les ravages. Elle observa les cygnes noirs flottant majestueusement. Si seulement son existence s'était révélée aussi simple que la leur…

— J'étais sincère, tout à l'heure, déclara-t-elle à sa compagne au bout d'un moment. Ezra et moi sommes ravis de t'avoir à nos côtés. Et nous ne voyons en toi ni une bonne ni une prisonnière.

— Merci, répondit Millicent en plongeant ses grands yeux noirs dans ceux de Susan. Nous sommes amies, alors ?

— Je suis trop vieille pour être ta sœur, et il va de soi que je ne suis pas ta mère. Alors oui, nous sommes des amies. D'excellentes amies.

Les petites fossettes apparurent sur les joues de la jeune femme.

— Je n'ai jamais eu d'amie avant toi !

Susan se leva et tendit la main à Millicent pour qu'elle en fasse autant.

— Eh bien, tu en as une, maintenant. Sur ce, allons voir si Gilbert nous a laissé un peu de ce vin exquis qu'il avait apporté.

18

Sydney Cove, octobre 1792

Millicent vivait avec Ezra et Susan depuis un peu plus d'un an. Sa chambre se situait sur le flanc de la demeure récemment agrandie et rénovée. De là, elle jouissait d'une vue sur la colline, en direction de Sydney, alors en pleine expansion. La pièce contenait un lit en fer couvert d'un édredon en patchwork que Susan et la jeune femme avaient confectionné durant la saison des pluies, une table de chevet, une chaise. D'adorables rideaux encadraient la fenêtre vitrée depuis peu. On était loin des lugubres quartiers des domestiques en Cornouailles, loin de la maisonnette bondée de Newlyn. Ici, Millicent se sentait enfin chez elle, et heureuse.

En s'observant dans le miroir à main que l'épouse du pasteur lui avait prêté, elle s'aperçut qu'elle s'était épanouie. Elle allait fêter son vingt et unième anniversaire et sa chevelure brune luisait à présent de l'éclat des noisettes qu'elle avait coutume de ramasser en automne lorsqu'elle était enfant. Plus rien de son terrible passé ne ternissait son regard. Pour tout dire, elle était presque jolie – ce constat la surprit beaucoup : jamais, jusqu'ici, elle n'avait songé à elle-même en ces termes, surtout depuis…

Elle chassa ces vilaines images pour se demander plutôt si, jolie, elle le serait assez pour attirer aujourd'hui l'attention d'un certain jeune homme qui lui plaisait beaucoup. On l'avait certes invité, mais cela ne préjugeait de rien, car il venait de moins en moins souvent à Sydney – néanmoins, la perspective de le revoir bouleversait Millicent. Elle reposa le miroir pour contempler le paysage à travers la fenêtre.

— Il ne doit même pas se souvenir de moi, murmura-t-elle.

Elle finit de s'habiller. Comme elle laçait son corset, elle vit que ses doigts tremblaient, et qu'ils tremblaient encore lorsqu'elle acheva de défroisser la jupe qu'elle avait terminé de coudre la veille au soir. Du tissu était en effet arrivé depuis peu à bord du navire transportant les officiers et les soldats du régiment de la Nouvelle-Galles du Sud. Susan avait partagé ses coupons avec sa protégée.

Après un ultime coup d'œil dans le miroir, Millie quitta sa chambre pour se hâter vers la cuisine, où elle fut accueillie par un essaim de petits Aborigènes entièrement nus, qui se tenaient à la porte d'entrée.

— Vous n'êtes qu'une bande d'effrontés, leur lança-t-elle en riant, mais qui résisterait à tous ces grands yeux bruns ?

Elle se tourna vers Susan.

— Puis-je leur distribuer quelques petits gâteaux ?

— C'est ce qu'ils attendent. Ils sont dans mes jambes depuis ce matin. Je préférerais que Lowitja les empêche d'entrer dans la maison, mais elle a l'air de tenir pour acquis que je joue les bonnes d'enfant chaque fois qu'elle part sillonner le bush.

Millicent offrit deux gâteaux à chaque bambin, avant de les mettre dehors.

— Mieux vaut ne rien poser sur la table, suggéra-t-elle. Sinon, ils vont tout rafler.

— Par-dessus le marché, remarqua Susan, Ezra les encourage.

Elle sortit du four deux petits gâteaux supplémentaires, qu'elle mit à refroidir sur une grille.

— Et j'en fais autant, ajouta-t-elle.

Elle sourit en découvrant la robe de la jeune femme. D'une main, elle repoussa les mèches de cheveux que la sueur avait collées sur son visage – un peu de farine tomba sur son front.

— Tu ressembles à une gravure de mode ! Ce vert très doux te sied à merveille. J'en achèterai quelques coupons supplémentaires.

Millicent serra Susan entre ses bras.

— Tu as déjà fait tant de choses pour moi. Merci pour ta gentillesse.

— La gentillesse n'a rien à voir là-dedans, rétorqua l'épouse du pasteur en se préparant à rouler de la pâte. Nous sommes amies, souviens-toi. À ce titre, j'ai bien le droit de t'offrir un petit quelque chose de temps en temps.

La jeune fille dénicha un tablier, dont elle couvrit sa précieuse tenue. Elle se mit à glacer les gâteaux. Lorsqu'elle eut terminé, elle sortit devant la maison, où l'on avait dressé la table. Elle tendit sa figure à la brise venue de la rivière. Un sourire se dessina sur ses lèvres en apercevant les enfants dissimulés sous la nappe. Elle feignit de les pourchasser. Ils décampèrent en hurlant de plaisir.

Debout dans l'ombre des taillis qui empiétaient sur le gazon, Millicent bénit la chance qu'elle avait de se trouver là. L'Angleterre s'effaçait progressivement de sa mémoire. Aux jours sombres avait succédé le soleil. Désormais, elle se savait aimée ; son avenir s'annonçait radieux auprès d'Ezra et de Susan.

Elle entendit cette dernière se déplacer dans la cuisine – ses talons claquaient sur le plancher récemment posé. Malgré leur différence d'âge, les deux femmes avaient noué des liens étroits à force de travailler ensemble à l'infirmerie, puis ici même. Il y avait encore ces longues soirées qu'elles passaient à coudre, tandis que le pasteur leur faisait la lecture. À moins qu'on discutât tous ensemble des menus événements du jour. Néanmoins, il semblait à Millicent que Susan endurait des tourments qu'elle ne lui confiait pas. Des querelles permanentes l'opposaient à Florence. Mais pourquoi donc ? La jeune fille était intriguée.

Elle plia soigneusement les serviettes en lin, arrivées en Australie avec les coupons de tissu, à bord du navire transportant les soldats. Florence avait vivement désapprouvé l'installation de Millicent sous le toit de ses parents. C'était une adolescente exécrable, toujours prompte au reproche, hautaine et cruelle dans ses propos, que la jeune détenue avait été soulagée de voir déménager. Elle savait en revanche que Susan en avait conçu un vif chagrin et qu'elle ne souhaitait rien tant que regagner l'affection de son enfant.

Hélas, celle-ci avait littéralement chassé sa mère de son existence, lui refusant toute tendresse, y compris quand la famille avait appris le décès de Maud. Elle avait d'abord logé chez les Johnson, avant de s'installer dans une maisonnette jouxtant les murs de pierre, édifiés par des détenus, de la future église dont le révérend Richard Johnson prévoyait la construction depuis plusieurs années. Consacrant le plus clair de son temps aux œuvres de charité, Florence rendait rarement visite à Susan et Ezra – et, chaque fois qu'elle s'y résolvait, elle mettait un point d'honneur à n'adresser la parole qu'à son père.

Millicent poussa un lourd soupir. Elle venait de disposer les couverts sur la table. Elle recula d'un pas pour s'assurer qu'elle n'avait rien oublié. Le pasteur avait bien tenté de réconcilier son épouse et leur fille ; en vain. Florence haïssait sa mère, et rien ne paraissait susceptible d'atténuer sa fureur. Millicent contempla la rivière, qui resplendissait au soleil. Comment les choses avaient-elles pu en arriver là ? Puis elle haussa les épaules. Après tout, cela ne la regardait pas. Chacun possédait ses secrets – même elle.

Au terme de sa journée de labeur, Ezra regagna la maison, éreinté. Il n'en souriait pas moins en embrassant son épouse ; il étreignit Millicent avec une tendresse toute paternelle. Susan et le pasteur offrirent à leur protégée un superbe châle brodé, dont les longues franges soyeuses ondulaient au moindre mouvement. La jeune femme en fut si touchée que les mots lui manquèrent.

George arriva au triple galop, dans un nuage de poussière. Ayant sauté de son cheval pour l'attacher à un piquet de la clôture, il manqua étouffer Millicent en la serrant contre lui, avant de lui offrir une brassée de fleurs des champs. À presque dix-huit ans, c'était un solide et grand gaillard débordant d'énergie. La jeune femme rougit, mais n'eut pas le temps de le remercier que, déjà, l'adolescent se dirigeait vers sa mère. Elle regagna la cuisine pour mettre son bouquet dans un vase.

— Hé ! Y a quelqu'un ? J'ai ramassé le courrier d'Ezra en passant. Un nouveau bateau arrive.

Nell surgit sur le pas de la porte. Elle tenait dans ses bras sa petite Amy, âgée de sept mois. Un énorme sac pendait à son épaule. Comme sa maman, la fillette resplendissait dans une petite robe légère aux tons écarlates. Ses fins cheveux roux se dressaient en crête, et ses pétillants yeux bleus disparaissaient presque dans ses joues rebondies lorsqu'elle adressait un grand sourire édenté à son entourage.

— Hein qu'elle est mignonne ! s'exclama Nell en déposant les lettres sur la table avant de confier l'enfant à Susan. J'ai acheté ça sur le bateau. Je me suis battue pour l'avoir, tout le monde en voulait. J'espère que ça te plaira.

Elle offrit à Millicent le rouleau d'étoffe.

— C'est magnifique, mentit cette dernière en se demandant ce qu'elle pourrait bien tirer d'un rouge aussi criard.

Mais elle aimait Nell en dépit de ses goûts douteux. Elle admirait son allégresse et sa vigueur.

— Où est Billy ? s'enquit-elle.

— J'ai laissé les hommes à la ferme, histoire qu'on papote entre filles. Et puis les goûters, c'est pas leur tasse de thé ! D'autant qu'il reste beaucoup de terrain à défricher. Il y a des arbres partout.

— Tu es drôlement courageuse d'être venue seule, souffla Millicent, que le bush terrorisait, et peut-être plus encore les déserts qui s'étendaient au-delà de la ville.

L'épouse de Billy haussa les épaules.

— Bah, quand on travaille dans les rues de Londres, on apprend deux ou trois petites astuces. Et puis je tenais à revoir mes amies.

Elle plongea une main dans son grand sac, dont elle fit surgir une carabine.

— Je serais curieuse de voir un voyou tenter sa chance si je lui flanquais ce truc-là sous le nez.

— Tu sais t'en servir ? interrogea timidement Millicent en avalant sa salive.

— Et comment ! Je suis prête à le prouver au premier qui me cherchera des noises.

Comme elles sortaient dans le jardin, George les rejoignit. On servit le thé, puis Ezra lut à voix haute les nouvelles les plus intéressantes des missives que Nell venait de lui remettre.

Enfin, après presque un an de silence, Emma écrivait. Elle était désormais l'heureuse maman de trois bambins et vivait au beau milieu de ce qu'elle appelait le « Veld ». Algernon, récemment promu, dirigeait une compagnie entière. Le couple avait su tirer avantage de son statut de pionnier : Emma et son époux avaient bâti une vaste demeure en pisé, entourée de nombreux hectares de pâturages. Ils employaient plusieurs domestiques. La plupart de leurs voisins étaient des Boers hollandais. Des troubles avaient certes éclaté avec des Noirs en maraude, mais les échauffourées s'étaient produites à bonne distance de leur domicile.

— Elle a l'air heureuse, nota Susan. Mais je me tracasse pour elle.

— Si elle a hérité du tempérament de sa mère, tout ira bien, la rassura Ezra avec un sourire.

Il s'empara d'une autre lettre, qu'il parcourut.

— Dieu du ciel ! s'écria-t-il. Gilbert et Ann vont avoir un enfant !

— Pourvu que ce soit un garçon, murmura sa femme. Sinon, tu es le prochain sur la liste.

Ezra reposa le feuillet sur la table.

— Je n'y avais pas pensé, avoua-t-il en fronçant les sourcils. Bah, Gilbert est un garçon solide, il m'enterrera. Gageons que ce sera Ernest qui héritera du titre.

— Grands dieux, non ! glapit George.

Il s'étrangla avec une gorgée de thé.

— Surveille un peu ton langage, le réprimanda gentiment son père.

— Ne nous affolons pas, intervint Susan, qui resservit ses invités et tendit une serviette à son fils, afin qu'il s'essuie le menton. Ann accouchera d'un garçon. Jamais elle n'oserait offrir une fille à Gilbert !

Tout le monde se mit à rire. Bientôt, la conversation glissa sur les quatre compagnies récemment débarquées, composant le régiment de la Nouvelle-Galles du Sud.

Le commandant de marine qui avait accompagné le gouverneur Phillip en Australie, dans le but de protéger les colons des Aborigènes et de maintenir l'ordre au sein de la communauté, avait catégoriquement refusé de transformer ses soldats en chefs d'équipe ou en gardiens. On avait bien tenté d'octroyer ces postes à des détenus, mais le résultat s'était révélé désastreux. Phillip n'avait eu d'autre choix que de supplier le gouvernement de lever un régiment spécial.

Le premier contingent avait atteint les rives australiennes quelques mois plus tôt. De l'avis général, les autorités britanniques avaient recruté les rebuts de la société. Les soldats sortaient pour la plupart des prisons militaires et les officiers ne valaient guère mieux. On déplorait déjà des actes de violence à l'égard des autochtones, des beuveries, des vols et du proxénétisme. Cela n'augurait rien de bon pour l'avenir de la colonie.

Millicent écoutait les discussions d'une oreille distraite. Elle lorgnait sans cesse en direction de la barrière.

— Tu attends quelqu'un ? lui chuchota Nell qui, en se penchant vers elle, révéla jusqu'aux derniers charmes de son décolleté.

Elle lui donna un petit coup dans les côtes et cligna de l'œil.

— Ce serait-il pas un jeune homme que tu reluques depuis un petit bout de temps ?

— Ne dis pas de bêtises, répliqua Millicent en piquant un fard.

Elle laissa échapper un petit gloussement. Sa compagne haussa un sourcil, le regard scintillant.

— Je ne suis pas dingue. On pourrait te cuire un œuf sur la figure tellement tu as chaud !

Un cri dispensa la jeune fille de répondre mais, lorsqu'elle se retourna pour accueillir le nouveau venu avec le reste de la famille, son trouble s'accentua. Ernest se dirigeait vers les siens à travers la pelouse. À dix-neuf ans, le soleil avait déjà tanné sa peau et les travaux des champs lui avaient sculpté un corps d'athlète. Ses cheveux blonds étaient trop longs et, même s'il avait fait un effort vestimentaire pour se rendre à la fête, ses habits menaçaient de tomber en morceaux. Comme elle se levait pour lui souhaiter la bienvenue, le cœur de Millicent se mit à battre la chamade.

— Joyeux anniversaire, dit-il d'une voix timide.

Il rougit à son tour en se penchant pour déposer un baiser sur sa joue. Lorsque ses lèvres effleurèrent la peau de la jeune fille, celle-ci se sentit tout près de défaillir. Il lui sembla que la foudre venait de la frapper.

De son côté, le jeune homme eut un mouvement de recul, comme si quelque chose l'avait piqué. Tâchant de se ressaisir, il fourra un paquet dans les bras de Millicent.

— Je ne connais pas tes goûts, alors je t'ai acheté ça.

Elle baissa les yeux sur un rouleau d'étoffe tout pareil à celui que l'épouse de Billy lui avait offert. Elle le remercia, sans pouvoir réprimer un léger sourire. Elle disposait à présent de quoi confectionner une garde-robe entière et, bien qu'elle manifestât peu de goût pour le rouge vif, elle allait devoir en porter durant les dix prochaines années.

La conversation reprit, puis la petite Amy passa de bras en bras. Millicent et Ernest échangeaient des coups d'œil craintifs - tous deux savaient que Nell les surveillait de près.

Quand le soleil disparut derrière les arbres, les moustiques entrèrent en action et l'épouse de Billy enveloppa sa fillette endormie dans un châle avant de l'installer dans une sacoche qu'elle fixa ensuite à la selle de son cheval. Elle n'oublia pas le courrier destiné à Jack et Billy.

— Dieu sait ce que mes hommes sont devenus depuis quatre jours que je leur ai faussé compagnie. Il est temps que je rentre.

Elle poussa un grand cri en guise d'adieu et détala sur sa monture dans un nuage de poussière.

— Billy a de la chance, remarqua Susan.

— Nous ferions mieux de filer aussi, intervint George en se giflant la cuisse avec son chapeau. La route est longue jusqu'à la Tête de faucon.

Ernest observa le ciel un instant, puis se tourna vers Millicent.

— Pars devant, dit-il à son frère. Je te rejoindrai plus tard.

Le visage de George s'éclaira d'un large sourire. Il donna un petit coup de coude à son père.

— Ernie a l'intention de conter fleurette, lui souffla-t-il en aparté.

Son aîné le calotta.

— Fiche-moi le camp, sale enquiquineur. Et remets-toi vite au boulot, plutôt que de traîner sur les quais. Je sais que les baleiniers t'intéressent beaucoup plus que les travaux de la ferme, mais nous avons un champ à défricher et une grange à construire.

Millicent, qui observait discrètement cet échange, espérait contre toute raison qu'Ernest désirait s'attarder auprès d'elle. Tandis que George s'éloignait sur son cheval au petit trot, elle s'avisa qu'Ezra et Susan étaient rentrés dans la maison. Elle restait seule avec le jeune homme.

— Avez-vous envie de vous promener ? lui proposa-t-il, le chapeau à la main, les yeux rivés sur ses bottes.

L'adolescente hocha positivement la tête. Son cœur battait trop vite pour qu'elle pût prononcer une parole. Elle posa une main sur le bras qu'Ernest lui offrait. Sentant contre sa paume la chaleur de sa peau sous la chemise, elle se demanda jusqu'à quel point on pouvait rougir sans exploser.

— Allons faire un tour en ville, suggéra le garçon. Je n'ai pas souvent l'occasion de m'y rendre, et j'ai l'impression que des tas de changements sont survenus depuis la dernière fois. Qu'en dites-vous, Millie ?

Celle-ci était déçue, mais elle ne désirait pas le contrarier. Elle acquiesça de nouveau. Elle n'aimait pas la ville. Les soldats et les marins étaient des brutes, la plupart du temps ils étaient soûls, des bagarres éclataient sans cesse dans les étroites rues pavées comme dans les ruelles. Elle inspira profondément en se grondant en silence. Les horreurs de son voyage étaient loin derrière elle, à présent. Ernest veillerait à ce que rien de fâcheux ne lui arrive. Bras dessus, bras dessous, les deux jeunes gens s'éloignèrent de la demeure d'un pas tranquille.

Ayant réprimé ses appréhensions, Millicent s'aperçut que tous ses sens étaient en éveil. Elle humait la chaleur du jour exhalée par la terre, l'odeur des eucalyptus mêlée à celle de la fumée s'échappant de nombreuses cheminées. Elle jouissait de la douceur du soir, des muscles vigoureux d'Ernest. Elle voyait, au-dessus d'elle, scintiller les étoiles parmi le tendre velours du ciel ; elle entendait la petite scie des criquets et le bavardage incessant des perroquets qui regagnaient leurs perchoirs. Jamais elle n'avait été aussi heureuse.

Ils avaient presque atteint la large voie terreuse menant au centre de la ville lorsque Ernest s'immobilisa.

— Millicent, commença-t-il d'un ton pressé. Je n'ai pas envie d'aller en ville. Pour tout dire, je n'ai même pas envie de me promener.

L'adolescente masqua du mieux qu'elle put son désappointement.

— Dans ce cas rentrons, répondit-elle, mélancolique. Il est tard, et votre mère doit commencer à se demander où je suis.

— Elle sait parfaitement où vous êtes, se précipita-t-il sans la regarder dans les yeux. Je lui ai parlé avant notre départ.

— Oh…

Le garçon inspira profondément et planta enfin son regard dans celui de la jeune femme.

— Millicent, reprit-il avec une assurance feinte. Verriez-vous un inconvénient à ce que je vous fasse la cour ?

Sur quoi il avala sa salive - on vit monter et descendre sa pomme d'Adam. La jeune femme, elle, faillit s'évanouir. Elle respirait avec peine.

— Je n'y verrais pas le moindre inconvénient.

Elle retint un petit rire : ils étaient tous deux si empruntés, tous deux si crispés...

Il la fixa à nouveau de ses yeux sombres.

— C'est bien vrai ?

Elle rougit en lui effleurant la main.

— Évidemment.

— Seriez-vous terriblement fâchée si je vous embrassais ?

Il rougit à son tour - elle ne l'en aima que plus.

— Terriblement, non, murmura-t-elle en levant son visage vers lui.

Il la serra contre sa poitrine. Ses lèvres cherchèrent celles de la jeune femme. Quand elle lui rendit son baiser, Millicent se sentit emportée par un tourbillon d'émotions. Le rêve auquel elle refusait de croire jusqu'alors était devenu réalité. Ernest l'avait remarquée.

Nell n'ignorait pas qu'elle aurait pu poursuivre son séjour chez Susan aussi longtemps qu'elle le souhaitait, mais Billy lui manquait. À présent qu'elle avait visité ses amis et réglé quelques affaires, il lui tardait de le revoir.

Après avoir quitté la ville, elle troqua ses vêtements neufs contre la vieille robe informe et le chapeau à large bord qu'elle portait tous les jours. Elle rangea dans la seconde sacoche la belle tenue et les jolis souliers qu'elle avait arborés pour la fête. Puis elle enfila ses lourdes bottes, avant de vérifier que son fusil était correctement chargé. Elle se mit en selle – la carabine pendait par sa bandoulière au pommeau de la selle, à portée de main en cas de mauvaise rencontre.

Nell voyagea toute la nuit ; elle ne s'arrêta que pour nourrir Amy et soulager ses reins meurtris. Avant d'épouser Billy, elle n'avait jamais grimpé sur un cheval. D'abord méfiante, elle s'était ensuite étonnée de l'aisance avec laquelle elle avait appris à maîtriser sa monture.

L'aurore était en train de poindre. Parvenue au sommet de la dernière colline, la jeune femme mit pied à terre pour prendre dans ses bras la fillette endormie dans la sacoche comme au fond d'un cocon de cuir. Nell contempla les terres qu'avec Jack et Billy, elle s'était vu octroyer un an plus tôt. Une immense paix l'envahit. Le paysage déployait ses splendeurs dans l'aube nacrée, des bouquets d'arbres émergeaient des lambeaux de brume, et la rivière luisait, pareille à un large ruban de soie grise sinuant au milieu des champs défrichés et des prairies verdoyantes.

Certes, le labeur était harassant, l'isolement total et les dangers nombreux, mais la jeune femme ne souhaitait pas regagner la ville ni l'Angleterre. Élevée dans un orphelinat, elle avait appris très tôt à se débrouiller seule, à encaisser les coups sans broncher. Aujourd'hui, elle rentrait chez elle. Peu lui importaient les années de travail qui l'attendaient encore : le jeu en valait largement la chandelle.

Elle laissa errer son regard en direction de la maison en bois, composée de deux pièces, qui avait remplacé la tente le mois dernier. Quelques volutes de fumée s'échappaient de la cheminée de pierre. Sur les volets, la peinture fraîche chatoyait dans l'ombre. L'endroit respirait le confort et la sécurité, avec son toit pentu, sa large véranda, les pilotis profondément enfoncés dans cette riche terre noire qui, bientôt, assurerait au couple de belles récoltes et fournirait à son bétail de l'herbe en abondance.

Un peu en aval se dressait la demeure de Jack, sensiblement plus petite que celle de Nell et Billy. À quelque distance de la rivière, et presque dissimulée derrière les arbres, une vaste hutte accueillait les détenus que les trois jeunes gens avaient désormais le droit d'employer. Les cinq hommes étaient vêtus et nourris par les magasins gouvernementaux, mais on les rétribuait en pintes de rhum – dont on limitait la consommation au samedi soir, afin que les ouvriers éméchés profitent du dimanche matin pour dormir sans nuire aux travaux en cours. Force était de reconnaître qu'ils accomplissaient une tâche considérable, dont Nell et Billy n'auraient pu s'acquitter seuls : ils défrichaient, labouraient, bâtissaient des logements, dressaient des clôtures.

Plus loin encore se trouvait le campement des Aborigènes. De la fumée s'en élevait paisiblement à travers les arbres. Ils s'étaient montrés plutôt bien disposés à l'égard des colons, allant jusqu'à les aider parfois contre du tabac et du rhum – là encore, la consommation d'alcool était strictement contrôlée pour éviter les débordements. Nell pouffa en songeant aux femmes qui lui rendaient visite de loin en loin : elles se plantaient sur le seuil de la demeure, le regard fixe, ou poussaient mollement une serpillière de droite et de gauche. L'épouse de Billy, ne parvenant pas à prononcer leur prénom, les avait respectivement rebaptisées Daisy, Pearl et Gladys. Les trois autochtones ne lui étaient d'aucune utilité. Elles ne venaient que pour jouer avec Amy ou fouiner dans les placards, mais Nell n'avait pas d'autres compagnes. Elle s'était amusée à leur apprendre tous les jurons qu'elle connaissait. Ce pauvre Billy manqua tomber à la renverse un jour que, comme il reprochait à Daisy d'avoir volé de la farine, elle le traita froidement de « sale fumier ».

Nell sortit de sa rêverie et retint son souffle : un vol de cacatoès blancs traversait le ciel. Comme ils passaient devant le soleil naissant, leurs ailes virèrent au rose. Chaque jour, la jeune femme se délectait de la splendeur de cette région, du silence qui y régnait, de son immensité. Quelle chance elle avait eue de prendre ce nouveau départ aux côtés de l'homme qu'elle aimait.

— Regarde, Amy, murmura-t-elle. Tu as devant toi les « Gratteurs de lune ». C'est le nom de notre domaine. Et il nous appartient tout entier.

La fillette tendit en avant ses petits bras potelés et se mit à gazouiller en voyant fondre vers le sol un groupe de perruches caquetantes.

Sa mère sourit et lui déposa un baiser sur le crâne.

— Et tu sais pourquoi ça s'appelle les Gratteurs de lune ? Eh ben, je vais te le dire : un soir, peu après notre installation, ton papa a vu le reflet de la lune dans la rivière. Il y a une légende, par chez nous, qui parle de ça : une nuit, des contrebandiers se font pincer sur la lande par les douaniers. Quand ceux-ci leur demandent à quoi ils étaient en train de s'occuper, l'un d'eux attrape un bâton et le promène à la surface de l'eau. « Ben, qu'il fait. On gratte la lune pour récupérer son or. »

Nell gloussa.

— Les douaniers les ont pris pour des cinglés et les ont laissés filer. Les contrebandiers ont gardé leur butin.

Amy fixa la jeune femme d'un air grave. Nell s'avisa qu'il était presque l'heure de lui donner le sein.

— On rentre à la maison, chuchota-t-elle.

Billy ouvrit la porte à moustiquaire et vint se planter sur la véranda pour attendre son épouse. Lorsqu'elle parut dans la clairière, il dévala les quelques marches et courut à sa rencontre. Il la jeta presque à bas de sa selle. Le chapeau de Nell tomba, libérant sa chevelure flamboyante, qui cascada sur ses épaules et dans son dos. Les deux jeunes gens s'embrassèrent.

— Tu m'as manqué, avoua Billy un peu plus tard, en prenant Amy des bras de sa mère. Tu as dû voyager toute la nuit pour arriver si tôt ?

Nell lui décocha un large sourire. Qu'il était beau, songea-t-elle. Hâlé par le soleil, les épaules larges et le torse puissant. Elle aurait pu passer la journée entière entre ses bras.

— Tu m'as dit que tu me réservais une surprise, lui rappela-t-elle. C'est quoi ?

— Tu le sauras bien assez tôt, répliqua-t-il d'un air mystérieux. Rentre donc et occupe-toi d'Amy. Moi, je me charge de ton cheval.

Il lui rendit la fillette.

— Dans ce cas, je garde aussi mes surprises pour moi, lâcha-t-elle négligemment en réprimant son impatience.

Comme elle lui remettait le courrier, le jeune homme lui lança un regard incrédule. Elle le gratifia d'un clin d'œil malicieux : il venait de se faire prendre à son propre jeu. Nell adorait les taquineries incessantes de Billy. Et puis, la surprise n'en serait que plus belle si elle attendait un peu. À condition, néanmoins, que ce fût une bonne surprise. Mais la mine épanouie du frère de Susan ne lui laissait guère de doutes.

La jeune femme pénétra dans la demeure, ses bottes raclant le plancher tandis qu'elle traversait la pièce principale pour découvrir ce qui mijotait sur le fourneau. Celui-ci flanquait la cheminée, qui formait le cœur de la maison. Billy avait en outre confectionné une table et quelques chaises. C'était là qu'on évoquait l'avenir, qu'on échangeait des idées, qu'on jouait aux cartes le soir, au terme d'une rude journée de labeur. En revanche, il n'y avait pas de rideaux, pas de tapis, aucune de ces mille petites choses susceptibles de combler le goût de Nell pour les couleurs vives et les fanfreluches. Cependant, pour rien au monde elle n'aurait changé quoi que ce soit.

Elle se retint de goûter immédiatement au porridge préparé par Billy. Au lieu de quoi, elle se hâta de laver puis de changer Amy avant d'utiliser les toilettes rudimentaires et malodorantes. Elle se rendit ensuite dans la chambre, où elle allaita la fillette. Elle la cala pour la sieste entre deux oreillers, sur le grand lit de cuivre que le jeune homme avait naguère échangé, à Sydney, contre la moitié d'un tonnelet de rhum. Nell tenta vainement de discipliner ses boucles rousses. Il aurait été si simple de les couper. Mais Billy était fou de sa flamboyante chevelure – il n'aurait pas supporté qu'elle en sacrifiât un centimètre. La jeune femme soupira, reposa la brosse et regagna la pièce principale.

Comme à l'accoutumée, Jack était venu prendre le petit déjeuner. Assis à la table devant un bol vide, il lisait son courrier. Nell surprit le regard de connivence qu'il échangea soudain avec Billy, installé près de lui. Elle fit mine de n'avoir rien remarqué. Ils finiraient bien par céder. Pour l'heure, elle mourait de faim.

Le porridge se révéla délicieux. Légèrement grumeleux, peut-être, mais le lait de chèvre qui l'accompagnait était exquis. Nell dévora sa portion. Elle prit un peu de temps avant d'annoncer la formidable nouvelle : Gilbert et Ann allaient avoir un enfant.

Ses deux compagnons en restèrent bouche bée, puis partirent en chœur d'un rire tonitruant, se tapèrent dans le dos et trinquèrent à la santé du maréchal.

Nell les considéra l'un après l'autre d'un air las. À les voir, il semblait que tout le mérite revint à l'époux. Elle replongea le nez dans son petit déjeuner. À l'inverse de Jack et de Billy, sa compassion allait à la future mère car, s'il était aisé de concevoir un enfant, le mettre au monde était une autre paire de manches.

Le silence retomba, que Billy rompit tout à coup.

— J'ai récupéré hier quarante-cinq hectares supplémentaires, annonça-t-il posément.

Nell en lâcha sa cuiller.

— Comment t'y es-tu pris ? Nous n'avons pas un sou.

— Il me restait trois tonnelets de rhum. Cela vaut tout l'or du monde, pour un homme ravagé par la soif et désireux d'abandonner l'agriculture.

Son épouse comprit soudain.

— Tu as acheté les terres d'Alfie Dawson. Mais que vont devenir sa femme et sa fille ?

— Sa fille est retournée s'installer en ville. Et pour ce qui est de sa femme, elle a le gosier en pente autant que son mari.

Il lorgna Nell avec méfiance avant de poursuivre.

— J'ai également acheté les quelques vaches dont il ne s'était pas encore débarrassé. J'ai réussi une sacrée affaire.

L'œil réprobateur de son épouse restait fixé sur lui.

— Je ne laisserai pas tomber Alfie, ajouta-t-il en hâte avec l'espoir de contenir la fureur naissante de Nell. Il nous aidera à travailler la terre, et il gardera les vaches. Je le paierai en rations de rhum, comme un détenu.

— Tu fournis de l'alcool à un alcoolique ? Quelle délicate attention…

Elle croisa les bras sous sa poitrine en fusillant Billy du regard. Celui-ci lui adressa son sourire le plus taquin pour tenter de l'apaiser.

— Allons, Nell, tu sais que j'ai eu une bonne idée. M'est-il déjà arrivé de te décevoir ?

Elle eut beau se creuser les méninges, elle ne trouva rien à lui objecter. Alors elle songea à ces belles terres s'étendant en amont des leurs, de verts pâturages que Jack avait souvent évoqués avec envie. Cette fois, ils leur appartenaient. Alfie n'était qu'un sot, qui venait de renoncer à l'unique chance qu'on lui offrirait jamais de repartir d'un meilleur pied dans l'existence.

La jeune femme soupira, oubliant sa colère. Après tout, elle comprenait ce pauvre garçon issu des bas-fonds de Londres. Le seul emploi qu'il eût jamais exercé là-bas consistait à faire les poches des braves gens et à voler dans les magasins. Sans doute sa femme – qui pour sa part avait consciencieusement arpenté les trottoirs de la capitale britannique – et lui n'avaient-ils vu dans les terres offertes par le gouvernement qu'un épouvantable fardeau.

— Eh bien ? hasarda Billy. Tu n'es pas contente ?

C'était qu'il y avait tant à faire, songea encore Nell. Ils avaient déjà bien du mal à s'occuper de leurs propres arpents ; les ouvriers agricoles n'étaient pas assez nombreux, le temps manquait pour s'acquitter de la besogne.

— Mais pourquoi diable mettre la main sur ces prairies, s'acharna-t-elle, alors que nous ne possédons qu'une poignée de maigres vaches ?

— C'est l'autre moitié de la surprise, intervint Jack en posant son courrier sur la table. Nous allons élever des moutons.

— Nous n'avons pas les moyens d'acheter des moutons. De toute façon, il n'y en a pas assez pour toute la colonie, d'autant plus que les Noirs en volent pour les rôtir sur leurs broches.

— Ils ne viendront pas de la colonie, expliqua l'homme du Sussex. Ils vont arriver d'Afrique du Sud.

S'avisant brusquement qu'elle avait la bouche ouverte, Nell s'empressa de la refermer. Son regard allait de Jack à Billy et de Billy à Jack : les deux amis étaient surexcités - des enfants, songea la jeune femme. De petits chenapans.

— Et maintenant, vous avez plutôt intérêt à tout me déballer, dit-elle en tâchant de ne pas se départir de son air grincheux.

Son époux se renversa sur sa chaise pour bourrer sa pipe, tandis que Jack prenait la parole.

— J'ai parlé à John Macarthur, officier dans le régiment de la Nouvelle-Galles du Sud. Il possède plus de cent vingt hectares en amont de la Parramatta. C'est un type intelligent, même si certains le jugent un peu trop brutal. Selon lui, si on s'en donnait la peine, ce pays pourrait produire la meilleure laine au monde.

— Qu'est-ce qu'un soldat connaît à l'agriculture ?

Nell n'était pas convaincue.

— Il en connaît suffisamment pour voir que cette colonie s'est installée sur des terres d'une incomparable richesse. Les mérinos, m'a-t-il affirmé, y prospéreraient, et notre laine en remontrerait à la laine espagnole, à la laine allemande. À condition, toutefois, que le gouvernement consente à libérer assez de détenus pour nous aider.

— Ça ne risque pas d'arriver. La plupart des gens dépendent encore des autorités pour la nourriture et les vêtements. Si on rend leur liberté à d'autres prisonniers, les pouvoirs publics n'auront plus assez de main-d'œuvre.

— Le problème serait réglé si on incitait des citoyens libres à venir s'installer en Australie, répondit Jack posément.

La jeune femme se figea. C'était grotesque. Quel homme sain d'esprit s'établirait de plein gré dans une colonie pénitentiaire dirigée par le gouvernement et les militaires ? Mais, considérant de nouveau Jack et Billy, elle comprit à leurs airs de comploteurs qu'ils ne lui avaient pas encore tout dit. Elle s'empara de la pipe en terre de son époux pour en tirer une bouffée.

— Très bien, dit-elle enfin. Vous êtes donc d'avis, tous les deux, que si nous suivons les conseils de Macarthur, nous produirons la meilleure laine de la planète ?

Les deux garçons opinèrent.

— Grâce aux profits que nous réaliserons, nous achèterons de nouvelles terres et d'autres moutons. Nous deviendrons riches. Et c'est précisément ce qui poussera les citoyens libres à venir tenter l'aventure à leur tour, c'est bien ça ?

— Exactement. Qui plus est, nous vendrons la viande et le suint aux magasins gouvernementaux.

Les autorités n'auront plus besoin de nous subventionner ni de rétribuer à notre place les détenus que nous emploierons. La colonie connaîtra une économie florissante. Tout le monde en sortira gagnant.

Jack avait tant de mal à contenir son enthousiasme qu'il se balançait d'avant en arrière sur sa chaise, dont les pieds grinçaient à chaque mouvement.

— Drôlement futé, jugea Nell en rendant sa pipe à Billy. Mais Macarthur entrera d'emblée en compétition avec nous. Et comme il a déjà plus de terres et plus d'argent pour acheter des bêtes…

— Il y a assez de place ici pour éviter la concurrence, la rassura Jack. Et, même si nous n'avons pas les moyens de nous offrir autant de moutons que Macarthur, nous en achèterons assez pour nous assurer un démarrage correct.

— Comment ? interrogea la jeune femme d'un ton cassant. Deux ou trois tonnelets de rhum ne suffiront pas à nous apporter la fortune.

Son ami souleva sa pile de lettres. Lorsqu'il releva les yeux vers elle, Nell crut y lire une pointe de regret.

— Alice va vendre la ferme. Avec une partie de l'argent, elle achètera trois béliers et trente brebis mérinos, qu'elle fera transporter depuis l'Afrique du Sud jusqu'à Port Jackson.

Nell demeurait sans voix. Ainsi, les deux hommes avaient tout organisé et, autant qu'elle pouvait en juger, ils planifiaient l'opération depuis plusieurs mois. La nouvelle qu'elle leur réservait paraîtrait bien fade, à présent. Elle se sentait meurtrie de n'avoir pas été consultée.

— Elle arrive quand, Alice ? s'enquit-elle.

— Vers le milieu de l'année prochaine, sans doute. Peut-être un peu plus tard. Tout dépend du temps qu'il va lui falloir pour vendre la ferme, puis se rendre en Afrique du Sud.

La voix de Jack tremblait un peu et une larme brillait dans son regard.

— Je n'arrive pas à croire que je vais enfin la revoir, après tout ce temps. C'est un miracle qu'elle veuille encore de moi.

— Elle aurait été folle de te repousser, décréta Nell. Tu es un homme bon. N'importe quelle femme serait heureuse de t'avoir à ses côtés.

Elle lorgna en direction de Billy, avec lequel elle décida qu'il était temps de partager l'information qu'elle rapportait de ses quatre jours d'absence.

— Vu les circonstances, commença-t-elle, la présence d'Alice sera la bienvenue. J'espère qu'elle débarquera le plus tôt possible.

— Pourquoi ? s'étonna son époux.

Le visage de Nell s'éclaira d'un immense sourire.

— Parce qu'Ann n'est pas la seule à avoir un polichinelle dans le tiroir. Le petit frère ou la petite sœur d'Amy pointera le bout de son nez d'ici le mois de mars.

Billy, qui avait bondi de sa chaise, la soulevait déjà de terre et l'embrassait à pleine bouche. Ils s'étreignirent longuement.

Tout à leur joie, ils ne s'aperçurent pas que Jack, ayant rassemblé son courrier pour le fourrer dans sa poche, quittait le maison d'un pas tranquille.

Lowitja allongea les plus jeunes enfants sous les fourrures, avant de se mettre à chanter pour eux jusqu'à ce qu'ils s'endorment. Les abandonnant ensuite à l'œil vigilant de sa grand-mère, elle quitta le campement. Armée de sa lance, elle entama le long trajet qui, à travers le bush, allait la mener à la grotte cérémonielle. Elle ne se sentait plus en sécurité lors de ses trajets nocturnes : les Blancs qui avaient volé les terres ancestrales étaient nombreux à violer les femmes à la faveur de l'obscurité.

Parvenue à l'entrée de la caverne, d'où l'on dominait le cours impétueux de la rivière, Lowitja n'avait toujours pas apaisé ses tourments. Elle avait beau s'être liée d'amitié avec Susan et les siens, avoir accordé sa confiance à une poignée d'étrangers, elle n'en continuait pas moins d'éprouver une impression de sourde menace. Imperceptiblement, les membres de sa tribu changeaient. Ils se détournaient des coutumes anciennes pour s'en remettre à ce breuvage sombre et sucré qui leur faisait perdre la tête. Leurs valeurs spirituelles se perdaient dans ces brumes, des divisions apparaissaient parmi les clans naguère unis. Des femmes étaient allées jusqu'à s'installer de plein gré chez les Blancs, tandis que d'autres vendaient leur corps contre un peu d'alcool ou quelques vêtements.

Debout devant la grotte, Lowitja leva le regard vers la déesse Lune, tout là-haut dans le ciel, et se rappela Anabarru. Celle-ci, suivant la loi immémoriale, s'était purifiée avant de s'accorder le droit de rejoindre son époux et sa tribu. Hélas, les femmes aujourd'hui gardaient les enfants issus de leur commerce avec les envahisseurs, renonçant pour toujours à prendre place autour des feux de camp. Quant à ces petits êtres qu'elles avaient engendrés, dont la couleur les distinguait autant des Noirs que des Blancs, ils ne seraient jamais initiés aux traditions ancestrales par les premiers, et les seconds refuseraient de les accueillir dans leur monde. Les malheureux se voyaient condamnés d'emblée à errer toute leur vie entre deux univers.

Lowitja poussa un lourd soupir et se laissa tomber sur le sol de la caverne. Elle fit surgir les pierres de son petit sac, avant de réciter les prières rituelles destinées à son ancêtre Garnday. Elle attendit que celle-ci lui réponde. Après quoi elle jeta les cailloux par terre. Un frisson d'effroi lui parcourut l'échine.

L'avenir, découvrait-elle, n'était plus que ténèbres – et c'est un homme en manteau rouge qui scellerait le terrible sort des Aborigènes. Ce démon allait les massacrer presque jusqu'au dernier. Il s'ingénierait à réduire leurs croyances à néant. Plus que jamais, Lowitja avait besoin, pour la guider, de la sagesse infinie de Garnday.

19

Sydney Cove, février 1793

— Tu seras gentille de porter ce billet à Ezra, dit Susan en lui tendant le feuillet avant de retourner à ses occupations. Elle fourrait dans un panier tout ce dont elle aurait besoin lors de sa visite à l'hôpital des détenus.

— Je suppose qu'il est avec Florence, reprit-elle. Commence par là.

Millicent fourra le papier dans sa poche à contrecœur. Onze navires avaient jeté l'ancre à Port Jackson quelques mois plus tôt. Depuis, Sydney regorgeait de soudards et de matelots aussi grossiers, aussi soûls que les prisonniers irlandais qu'ils avaient transportés dans les cales de leurs bateaux. La ville n'était décidément pas l'endroit rêvé pour une jeune femme timide.

— Est-ce vraiment important ? hasarda-t-elle.

Susan interrompit ses préparatifs pour poser une main sur l'épaule de Millicent.

— Si ça ne l'était pas, je ne t'aurais rien demandé, répondit-elle doucement. Je voudrais qu'Ezra administre les derniers sacrements à Mme O'Neil. Elle a réclamé un prêtre, et je crois qu'elle ne passera pas la nuit.

— Mais elle est catholique, objecta la jeune fille. Elle n'aime pas Ezra.

— Je sais, reconnut Susan en s'épongeant le front.

L'été s'éternisant, il continuait de régner dans la maison une chaleur torride.

— Je ne comprendrai jamais pour quelle raison le gouvernement britannique a expédié ces Irlandais vers nos rivages protestants.

Elle sourit, quoique Millicent décelât dans sa voix un agacement qui n'était pas dans ses habitudes.

— Mais maintenant qu'ils sont là, enchaîna Susan, sans prêtre pour veiller sur eux, nous nous devons de les aider. Mme O'Neil se meurt. Et, puisque Richard Johnson se trouve à la mission, il faut qu'Ezra s'occupe d'elle.

— Très bien, se résigna l'adolescente. Mais la nuit ne va pas tarder à tomber, ajouta-t-elle en jetant un coup d'œil par la fenêtre.

Ici, le soleil se couchait à une vitesse étonnante, pareil à une bougie qu'on aurait brusquement soufflée.

— Plus vite tu iras, plus vite tu seras revenue, rétorqua Susan avec humeur, visiblement à bout de patience.

Mais elle se radoucit aussitôt et enlaça la taille de Millicent.

— Tu dois essayer de te montrer courageuse. Je ne peux pas toujours t'accompagner.

La jeune fille demeurait terrorisée. Elle continuait de sursauter au moindre bruit. Elle refusait de se mêler à la foule. Elle tremblait à la vue d'un groupe d'hommes, aussi respectables fussent-ils.

— Je vais essayer.

— Bravo. Dès mon retour, nous mettrons la dernière main à ta robe de mariée.

Elle déposa un baiser sur la joue de Millicent et, aussitôt, prit la porte.

Songeant à Ernest, la jeune femme retrouva un peu de confiance et se souvint avec bonheur de sa demande en mariage. Il lui avait rendu visite très régulièrement au cours des cinq derniers mois et, juste avant Noël, il s'était lancé – le jour même où elle avait obtenu sa libération définitive –, un genou en terre devant elle, tandis qu'ils se promenaient sous le clair de lune.

Un sourire s'épanouit sur ses lèvres lorsqu'elle baissa les yeux sur sa bague, que son futur époux avait achetée à un marin de passage. L'anneau d'or, orné d'un diamant minuscule, contenait la promesse d'un avenir radieux. Son regard glissa vers la robe dans son fourreau de mousseline, qui n'attendait plus que quelques points de broderie. On célébrerait les noces dans un mois, après quoi elle partirait avec Ernest pour la Tête de faucon. Elle entamerait sa nouvelle existence dans la demeure que le jeune homme était en train de bâtir pour elle.

Millicent s'obligea à sortir de sa rêverie pour ôter son tablier. Dessous, elle portait une robe d'un gris fade, dont elle se vêtait toujours pour effectuer les travaux ménagers. Elle aimait le gris. Il lui permettait de passer inaperçue lorsqu'elle devait se hasarder à l'extérieur de la maison.

Debout sur le seuil, elle patienta jusqu'à ce que Susan eût disparu. Les doigts tremblants, elle noua son bonnet, jeta sur ses épaules une cape légère et se risqua au-dehors. Le soleil était bas sur l'horizon, mais une brume de chaleur flottait encore au-dessus du sol ; la jeune femme trouva l'atmosphère suffocante. En Cornouailles, le mois de février se révélait bien différent : la mer battait le rivage sous un ciel de plomb, tandis que, dans l'âtre, des flammes rugissantes chassaient le froid hors des logis. Après avoir inspiré profondément, Millicent se mit en marche.

Aussitôt, les bruits de la ville parvinrent jusqu'à elle. Comme elle s'en rapprochait, elle s'étonna de l'intense activité qui lui donnait des airs de ruche. Les métiers à tisser cliquetaient dans l'usine des femmes, le marteau du forgeron tintait sur le métal, un groupe de détenus enchaînés cassait des cailloux sous les cris du garde-chiourme et les claquements de son fouet.

Des prisonnières en robe jaune, dont les gros rires s'élevaient dans l'air du soir, s'échinaient sur la lessive. Elles frottaient, puis essoraient à la main de lourdes couvertures, ainsi que des uniformes, au milieu des nuages de vapeur. Le port, quant à lui, résonnait des mille bruits des ouvriers affectés à la réparation des onze navires arrivés trois mois plus tôt. L'odeur âcre qui s'échappait des tonneaux de goudron brûlant rendait plus pénible encore la moiteur de l'air.

Millicent se hâtait parmi les ombres, les yeux fixés au sol. Elle perçut les cris d'encouragement lancés par des matelots à un Aborigène ivre, auquel ils offraient plus d'alcool encore pour le plaisir de le voir danser. Des militaires se prélassaient devant les gargotes, des officiers fanfaronnaient sur leurs superbes chevaux, indifférents aux passants qu'ils auraient aussi bien renversés. L'adolescente étouffait sous sa cape, mais pour rien au monde elle ne s'en serait débarrassée. Certes, le trajet n'était pas bien long, mais il lui semblait qu'elle n'atteindrait jamais les hauts murs de l'église en construction.

Enfin, elle quitta la rue principale avec un soupir de soulagement, pour s'engager sur les terrains paroissiaux, beaucoup plus paisibles. Quelques détenus s'affairaient sur un échafaudage de bois, d'autres jouaient du marteau ou du ciseau sous l'œil acéré de leur chef d'équipe. Ils portaient l'ample tenue marquée de flèches noires indiquant leur statut mais, au moins, on avait retiré leurs chaînes.

Millicent crut bien s'évanouir en sentant sur elle leurs regards scrutateurs, tandis qu'elle filait vers l'arrière de l'église. Mais Susan en personne l'avait chargée d'une mission – comment aurait-elle pu s'y soustraire ?

Le vaste terrain qu'elle finit par atteindre était défriché depuis peu. S'il ne poussait naguère que des broussailles et des arbres, une vaste demeure aux lignes sobres se dressait à présent, tout environnée de fleurs, où vivaient le révérend Richard Johnson et son épouse. Dans un coin de leur foisonnant jardin, séparée par une palissade et tapie dans l'ombre de l'église en construction, on distinguait la maisonnette occupée par Florence.

L'adolescente poussa le portillon et s'engagea dans l'impeccable allée qui divisait en deux la pelouse minuscule. Elle nota que la fille d'Ezra ne partageait pas avec Mary Johnson l'amour des parterres et des bouquets. Elle grimpa quelques marches et frappa doucement à la porte.

Florence ouvrit.

— Que voulez-vous ? lança-t-elle aussitôt d'un ton sec.

Millicent aurait volontiers bu un verre d'eau, elle se serait volontiers assise un instant pour se remettre de ses émotions, mais elle jugea préférable de se taire.

— Je souhaite parler à votre père.

La jeune femme se campa plus résolument dans l'encadrement de la porte, manière de signifier à sa visiteuse qu'il n'était pas question qu'elle entre.

— Il n'est pas ici.

— Savez-vous où il se trouve ?

À chaque instant, Millicent se crispait davantage : le soleil se couchait, elle brûlait de repartir.

— Je ne suis pas le chaperon de mon père, répliqua Florence avec une morgue qu'on lui aurait volontiers fait ravaler d'une gifle – mais la visiteuse, elle, se sentait beaucoup trop tendue.

— C'est urgent, insista-t-elle au désespoir. Votre mère a besoin de lui à l'infirmerie des détenus.

Elle remit le message écrit à la fille de Susan, qui le lut en silence.

— Mon père a mieux à faire que de veiller sur ces maudits catholiques, lâcha-t-elle d'un ton glacé.

Et, déjà, elle posait la main sur la poignée de la porte. Millicent s'entêta. Elle avança d'un pas, posa à son tour la main sur la poignée et poussa légèrement la porte.

— Il faut absolument qu'il administre les derniers sacrements à Mme O'Neil, insista-t-elle. La pauvre femme n'en a plus pour longtemps, et elle s'en irait le cœur plus léger si elle savait que les prières de circonstance ont été récitées.

— Mon père n'est pas un prêtre catholique. Et je suis certaine que ma mère connaît assez l'univers des prisonniers pour affronter seule la situation.

— Pourquoi la détestez-vous autant ?

— Cela ne vous regarde pas.

Florence entreprit à nouveau de refermer la porte. Mais Millicent persévéra.

— Elle s'est montrée si bonne avec moi. Votre père et elle n'ont traitée comme leur propre fille. Je n'aime pas qu'on leur fasse du mal.

De sombres nuées passèrent dans le regard de Florence.

— Mais vous n'êtes pas leur fille. Et vous ne le serez jamais.

— Ne craignez rien, se rebiffa Millicent, meurtrie. Votre statut n'est aucunement menacé. Pour quelle raison vous montrez-vous toujours si hargneuse ?

— Parce que vous n'avez beau être qu'une prisonnière, vous espérez prendre ma place dans le cœur de mes parents.

Sur quoi elle rougit violemment, et ses yeux se mirent à briller d'un inhabituel éclat.

— Vous croyez que ce sont vos simagrées qui vous ont valu d'être si bien accueillie au sein de notre famille, enchaîna-t-elle. Mais moi, je connais la vérité, et je puis vous affirmer qu'il n'a jamais été question de pitié ni de charité chrétienne dans cette affaire.

Millicent sentait presque déferler sur elle les vagues de la jalousie éprouvée par son interlocutrice. Elle en fut bouleversée.

— Que voulez-vous dire ? balbutia-t-elle.

Florence avança vers elle, le regard étincelant comme une lame.

— Je veux dire que ma mère et vous avez plus en commun que vous ne le pensez. Et c'est pour tenter d'apaiser sa conscience qu'elle vous a prise sous son aile.

L'adolescente était éberluée. Elle se demanda un instant si Florence avait perdu l'esprit.

— Je ne comprends pas…

— Peu importe. Vous n'êtes jamais qu'une domestique. À ce titre, nous n'avions nulle raison de vous initier à nos vilains petits secrets de famille.

À son tour, elle avança. Cette fois, Millicent recula d'un pas.

— Mais, puisque vous me paraissez déterminée à fourrer votre nez dans nos affaires, reprit-elle, permettez-moi d'éclairer votre lanterne.

La jeune femme aurait préféré fuir pour ne rien entendre, mais elle se sentait envoûtée par la malveillance de Florence ; elle ne pouvait plus guère que fixer, sans défense, le visage courroucé qui lui faisait face.

— Ma mère couchait avec Jonathan Cadwallader à l'époque où vous travailliez chez lui.

— Je ne vous crois pas, souffla Millicent.

— Mon père le savait. Je l'ai entendu accuser ma mère - qui, ce jour-là, lui a tout avoué. C'est d'ailleurs pour cette raison que nous sommes venus nous perdre dans cette affreuse contrée. Pour nous éloigner de Cadwallader.

L'adolescente écarquilla les yeux. Mille pensées se bousculaient à l'intérieur de son crâne.

— Vous comprenez enfin pourquoi elle vous manifeste autant d'intérêt : elle tâche de réduire sa culpabilité au silence. Ses largesses n'ont rien à voir avec l'amour ou l'amitié.

Les larmes roulaient sur les joues de Millicent. Soudain, le seul fait de se trouver auprès de Florence lui devint insupportable. Elle tourna les talons, dévala les marches du seuil, ouvrit le portillon en hâte et se mit à courir droit devant elle.

Les Gratteurs de lune, février 1793

Nell avait trait les deux vaches et les trois chèvres avant de s'aviser que cette petite douleur tenace au milieu de son dos ne cessait d'empirer. Elle quitta son tabouret et souleva les deux seaux avec effort, en tâchant de ne pas céder à la panique. Si le bébé arrivait, il ne lui restait d'autre choix que de regagner la ferme pour se préparer. Certes, la délivrance aurait lieu plus tôt que prévu, mais le premier accouchement s'était déroulé sans encombre. Il n'y avait aucune raison de craindre qu'il en aille autrement de celui-ci.

Le poids des seaux la fit grimacer. Les élancements se déplaçaient du dos au bas-ventre. Le doute n'était plus permis. Elle devait se hâter. Elle pénétra dans la maison, déposa les récipients à côté de l'évier et les couvrit d'un tissu pour protéger le lait de la convoitise des mouches.

Elle s'accorda une pause afin que la douleur reflue. Elle contempla Amy, endormie dans le petit lit de bois que Billy avait fabriqué pour elle. La fillette faisait à chaque instant la joie de Nell mais, pour une fois, celle-ci se félicita qu'elle ne fût pas éveillée : comment supporter les affres de l'enfantement, s'il avait fallu veiller en même temps sur une Amy curieuse et affamée ?

— Où est Billy ? grommela-t-elle en mettant de l'eau à bouillir sur le fourneau.

Elle s'empara d'une pile de serviettes propres et d'un couteau bien aiguisé.

— Pourquoi faut-il que les hommes se volatilisent toujours au moment où on a besoin d'eux ?

Elle se dirigea vers la chambre en ôtant ses vêtements en chemin, qu'elle abandonnait au fur et à mesure sur le sol.

Elle s'immobilisa un moment, penchée sur le lit de cuivre. La sueur perlait à son front, tandis que la souffrance, à nouveau, lui déchirait les entrailles. Billy ne l'avait pour ainsi dire pas quittée au cours des derniers mois, mais elle avait fini par le juger si encombrant qu'elle l'avait réexpédié d'office aux travaux des champs. Manifestement, il l'avait prise au mot, car, lorsqu'elle jeta un coup d'œil par la fenêtre, elle ne le repéra nulle part.

Daisy, Gladys et Pearl demeuraient également introuvables. Nell cligna des yeux pour chasser les larmes qui lui brouillaient un peu la vue et se réprimanda. Ce n'était pas l'heure de souhaiter à ses côtés le réconfort d'une présence féminine. Ce n'était pas l'heure de déplorer que la ferme se trouvât si loin de toute civilisation. Ce n'était pas l'heure de céder à la faiblesse. Elle s'apprêtait à donner naissance à son deuxième enfant. La première fois, tout s'était bien déroulé. Il en irait de même aujourd'hui. Après tout, les femmes noires avaient pour habitude d'accoucher seules dans le bush. Pourquoi diable n'y parviendrait-elle pas elle aussi ?

Ayant retiré les draps du lit, elle couvrit le matelas d'une couverture usagée, mais propre, avant d'aller chercher l'eau chaude. Lorsqu'elle eut achevé les préparatifs, elle s'allongea sans songer au profond silence qui l'environnait. Les élancements devenaient de plus en plus fréquents, et elle avait perdu les eaux. Bientôt, il lui faudrait pousser.

Sydney, février 1793

Millicent traversa le cimetière en courant pour se précipiter dans la rue que les ténèbres envahissaient peu à peu. Les paroles de Florence tintaient dans sa cervelle, cependant que les images qu'elles avaient suscitées défilaient une à une devant ses yeux, douloureuses et brutales comme des éclairs. Elle revit mourir son bébé entre ses bras, revit le petit corps de la fillette qu'on enterrait le long des murs gris de la prison, là où le soleil ne brillait jamais, où les fleurs ne poussaient pas. Elle distingua encore Jonathan Cadwallader, elle entendit de nouveau sa fureur lorsqu'il l'avait convoquée auprès de lui avant de la congédier. Comment Susan avait-elle pu trahir Ezra pour un tel monstre ? L'adolescente se sentait prise au piège, pareille à une mouche au centre d'une toile d'araignée.

Elle se trouvait si éperdue qu'elle courait sans savoir où ses pas la menaient. Elle s'était égarée sans même s'en rendre compte. Ses larmes l'aveuglaient. Elle continuait pourtant de courir en s'efforçant de réprimer les sanglots qui la secouaient. Susan n'avait jamais éprouvé pour elle que de la pitié, elle ne l'avait choyée que pour se donner bonne conscience. L'amitié qu'elle prétendait lui porter n'avait été qu'un leurre.

Millicent avait l'impression que son crâne allait éclater. Elle tira frénétiquement sur les rubans de son bonnet. Soudain, ses cheveux libérés cascadèrent sur ses épaules. Le souffle commençait à lui manquer, sa gorge se nouait de plus en plus. Au coin d'une rue, elle s'engagea dans une voie où deux mains l'attendaient, qui aussitôt se refermèrent sur elle.

Les Gratteurs de lune, février 1793

Billy était agité. À pied d'œuvre depuis l'aube, il dirigeait la construction de la bergerie et des bassins de retenue, pestant contre la lenteur des prisonniers théoriquement chargés de le seconder dans sa tâche. Dans ces moments-là, il se demandait quel genre de folie s'était emparée de lui lorsqu'il avait accepté de suivre Jack dans son aventure. La terre se révélait terriblement exigeante, et leurs outils, aussi bien que les bras supplémentaires qu'on leur avait alloués, ne servaient pour ainsi dire à rien. Le jeune homme avait l'impression que leur entreprise n'avançait pas.

Il ôta son chapeau à large bord pour s'éponger le front. La nuit allait bientôt tomber, mais la chaleur demeurait écrasante. Elle ondulait en vagues au-dessus de l'horizon. Les mouches pullulaient, d'autres insectes par millions crissaient dans l'air lourd. Aussi loin que l'œil pût le contempler, le paysage s'étendait, vide, tout à son splendide isolement, inchangé depuis la création du monde. Le contraste avec l'Angleterre s'avérait si radical que, en ces instants de doute, Billy éprouva soudain la nostalgie de son pays natal. Il souhaitait galoper à travers la lande pour échapper aux douaniers, il lui prenait à nouveau l'envie de mener, dans le fond des tavernes, des négociations au nom de ses amis contrebandiers.

Ses souvenirs affluèrent. À l'époque, il avait de l'argent plein les poches et de beaux habits sur le dos. Il menait une existence périlleuse, mais ces dangers le stimulaient. Et puis il tirait gloire de la notoriété que ses exploits lui valaient. À présent, il n'était plus qu'un misérable paysan, avec une femme, un premier enfant, et un deuxième à naître. Ses vêtements se résumaient à quelques haillons et sa maison n'était qu'une bicoque en bois plantée au milieu de nulle part. Jamais il n'avait eu l'intention de devenir fermier.

Dépité, il baissa les yeux vers ses mains. Elles avaient bruni au soleil, leurs ongles étaient cassés, incrustés de terre, leurs paumes calleuses. C'est alors qu'il songea que ces mains étaient aussi des mains d'honnête homme. Certes, il était pauvre, mais il pouvait s'enorgueillir d'avoir, à la sueur de son front, défriché le lopin qu'on lui avait octroyé, il pouvait être fier de sa petite famille, fier de l'avenir radieux qui l'attendait. Cette terre avait beau lui donner du fil à retordre, elle finissait par se laisser dompter. Ici, à force de labeur, un individu intègre parvenait à ses fins, il traçait la voie pour les générations futures, il montrait à la planète entière que cette colonie pénitentiaire se composait d'hommes et de femmes tout prêts à tirer le meilleur parti de la chance qu'ils s'étaient vu offrir.

Soudain ragaillardi, Billy siffla son cheval. La vie était belle, et elle promettait de devenir plus belle encore. Il était temps pour le jeune homme d'aller retrouver Nell pour lui redire combien il l'aimait.

Il trouva la demeure plongée dans le silence. Amy dormait au fond de son petit lit, protégée par une moustiquaire. Elle suçait résolument son pouce. Sa bouche ressemblait à un minuscule bouton de rose.

— Nell ? appela doucement Billy.

— Ici.

Il gloussa en jetant son chapeau sur une chaise. Si son épouse s'était installée dans leur chambre en plein après-midi, c'est qu'elle avait en tête une sieste coquine. Il ouvrit la porte. Et se figea.

La jeune femme trônait assise au milieu du lit, son opulente chevelure dégringolant jusque sur ses seins généreux. Elle sourit de toutes ses dents devant la mine stupéfaite de son mari.

— Ne reste pas planté là, lui lança-t-elle, l'œil pétillant. Je ne serais pas contre une bonne rasade de rhum.

Billy était comme hypnotisé. Son regard descendit lentement depuis le visage de Nell jusqu'aux deux petits ballots qu'elle serrait dans ses bras.

— Il y en a deux, souffla-t-il.

Sa femme se mit à rire.

— Je suis bien placée pour le savoir ! Ils étaient sacrément pressés, les bougres. Pour un peu, ils seraient sortis à deux en même temps.

Elle lui présenta leurs enfants. Les cheveux de l'un avaient la couleur des feuilles en automne, ceux de l'autre jetaient des éclats dorés pareils aux rayons du soleil australien.

— Voici William. Et voici Sarah.

Billy les prit à son tour dans ses bras. Émerveillé, il les contempla longuement. Ils étaient splendides, et l'amour qu'il ressentit aussitôt lui fit monter les larmes aux yeux.

Nell se leva prestement, déposa un baiser sur la joue de son époux et quitta la pièce dans le plus simple appareil.

— Où vas-tu ?

— Chercher cette fameuse rasade de rhum et préparer le dîner. J'ai le gosier sec et je meurs de faim.

Le jeune homme admira son impeccable silhouette. Les plus beaux atours et tout l'argent du monde n'étaient rien auprès d'une femme aussi précieuse que Nell. Il avait décidément beaucoup de chance.

The Rocks, Sydney, février 1793

— Eh bien, eh bien, voyons un peu ce que nous avons là.

La voix appartenait sans aucun doute possible à un Anglais de la classe supérieure.

Millicent se figea. Une grosse main lui plaqua le visage contre l'étoffe épaisse d'un uniforme d'officier. Elle respirait avec peine.

— Je vous en prie, monsieur, sanglota-t-elle. Laissez-moi passer. Je dois rentrer chez moi.

— Qu'en pensez-vous, messieurs ? Allons-nous l'autoriser à filer, ou nous offrirons-nous d'abord un peu d'exercice ?

— Un peu d'exercice ! Elle m'a l'air très en forme, même si elle est un brin maigrichonne.

Le cœur de l'adolescente battait la chamade. Elle avait la bouche sèche. Faisant cercle autour d'elle, les militaires se rapprochèrent insensiblement. Ils étaient au moins six à la traquer au fond de cette allée obscure empuantie par l'urine et l'ordure. Millicent sentit sur son visage leurs haleines chargées d'alcool. Elle tourna la tête en tous sens dans l'espoir de découvrir un passant, un troquet, de la lumière aux fenêtres d'une maison - le moindre signe qui pût la sauver. Tandis que ses yeux s'accoutumaient à la pénombre, elle distingua une silhouette en retrait.

— Je vous en prie, appela-t-elle. Aidez-moi. Ne les laissez pas…

Comme la silhouette émergeait de l'obscurité, elle avisa ses bottes militaires, ainsi que l'ébauche d'un vilain sourire.

Elle donna des coups de pied, se tortilla pour échapper à l'étreinte de son ravisseur. En vain. Celui-ci éclata d'un rire tonitruant.

— Mais c'est une vraie petite chatte sauvage ! Si je n'y prenais garde, elle m'arracherait les yeux à coups de griffe.

— S'il vous plaît, monsieur, l'implora-t-elle à nouveau en fixant la face rougeaude et le regard injecté de sang. Je ne suis pas ce genre de fille. Je voudrais rentrer chez moi.

— Nous allons d'abord nous distraire un peu, intervint une voix que Millicent n'avait pas encore entendue.

Elle recommença à se débattre. Le soldat qui, depuis tout à l'heure, observait la scène à distance, avança de quelques pas. Lorsqu'elle le reconnut, l'adolescente crut bien qu'elle allait s'évanouir. Son cœur cognait contre ses côtes.

— En tant qu'officier supérieur, c'est moi qui m'occuperai d'elle en premier, déclara-t-il. Confiez-la-moi, Baines.

Ce dernier la précipita entre les bras de l'homme. Il s'agissait d'un cauchemar. Ce n'était pas possible. Hélas, la poigne de l'officier sur sa nuque confirma à la malheureuse qu'elle ne rêvait pas. Un instant plus tard, le coton fatigué de sa robe se déchira depuis le col jusqu'à la taille.

— Je vous en prie ! hurla-t-elle. Non !

Agrippant ses épaules, le soldat lui imposa un demi-tour qui la plaça face à ses compagnons. À tous, il exposait ainsi la poitrine nue de Millicent. Il ne se souciait pas des coups de pied qu'elle lui assenait dans les tibias.

L'adolescente passa de bras en bras. Avec de gros rires, les brutes la faisaient tournoyer à l'intérieur de leur cercle. Ils arrachaient un à un ses vêtements. Bientôt, elle se retrouva nue – il ne lui restait que ses souliers. Les clameurs avinées et les propos grivois couvraient presque ses cris.

— Calmez-la, gronda soudain l'officier supérieur. Ou nous risquons d'attirer l'attention.

Une main vint se plaquer contre la bouche de Millicent, qu'on poussa sans ménagement vers le coin le plus ténébreux de l'étroit passage. La jeune fille se débattait toujours, mais ses tourmenteurs se révélaient trop forts, trop soûls et trop excités pour seulement prendre garde aux écorchures que ses ongles leur infligeaient ici ou là, aux ecchymoses que leur valaient ses coups de pied. On finit par la jeter sur le sol. Elle en eut le souffle coupé.

— Maintenez-la, haleta le chef de la bande en s'agenouillant entre ses jambes.

Il déboutonna son pantalon.

— Et faites-la taire, bon Dieu !

Millicent gisait à plat ventre, impuissante. L'attrapant par les cheveux, l'un des soldats lui tira si fort la tête en arrière qu'il lui sembla que ses vertèbres allaient se rompre.

Le militaire le plus jeune s'agenouilla devant elle en pouffant, le pantalon baissé, les yeux luisants d'ardeur. Son complice tira les cheveux de l'adolescente plus violemment encore. Comme elle ouvrait la bouche pour hurler, le soldat enfonça jusque dans sa gorge son membre raidi.

Des haut-le-cœur l'envahirent. Elle devait à tout prix se débarrasser de cette *chose* pour pouvoir respirer. Elle commença d'y appliquer ses dents.

La pointe acérée d'un couteau vint lui piquer aussitôt le cou.

— Si tu me mords, je te tranche la gorge.

C'est alors que l'enfer se déchaîna. quand l'officier supérieur la viola, elle en conçut une douleur si atroce qu'elle pensa mourir et pria pour sombrer dans le néant corps et âme. Mais, à mesure que les soldats s'encourageaient les uns les autres – elle sentait toujours le froid de la lame sur son cou –, elle comprit qu'un tel répit ne lui serait pas accordé.

Incapable de bouger, elle subit les assauts conjugués de ses deux agresseurs. Après quoi leurs compagnons prirent la relève.

Millicent finit par trouver refuge au plus profond d'elle-même, en sorte que la souffrance et l'humiliation lui furent bientôt égales. Ses émotions avaient reflué. Elle flottait à côté de son enveloppe charnelle, simple spectatrice, à présent, de l'outrage qu'elle subissait. Néanmoins, un mince éclair de lucidité demeurait en elle : elle grava dans sa mémoire le visage de ses bourreaux. Ils paieraient un jour pour ce qu'ils étaient en train de lui infliger.

20

Sydney, février 1793

Susan avait été retenue à l'infirmerie plus longtemps que prévu. Elle se hâtait maintenant dans le noir en se demandant quelle mouche avait piqué Ezra. Il ne s'était pas montré, si bien que la pauvre Mme O'Neil avait poussé son dernier soupir en tremblant à l'idée de se retrouver au purgatoire. Quelle tristesse, songea Susan avec humeur. Le pasteur ne pouvait tout de même pas ignorer ainsi ses paroissiens catholiques, sous prétexte qu'ils ne partageaient pas sa foi. Cela dit, une telle défection ne lui ressemblait guère.

Comme elle atteignait le pied de la colline, elle aperçut de la lumière à l'intérieur de la maison. Un mince panache de fumée s'échappait de la cheminée. Au moins, se dit-elle, Millicent était rentrée saine et sauve au bercail. L'adolescente demeurait si craintive que Susan se sentait un peu coupable de l'avoir envoyée seule chercher Ezra, mais quelle autre solution aurait-elle pu trouver ? Elle poussa le portillon. Le délicieux arôme du souper en train de cuire lui mit l'eau à la bouche. Elle n'avait rien avalé depuis plusieurs heures. Elle était éreintée.

— Où étais-tu ? l'interrogea Ezra en extirpant un rôti du four. Je m'apprêtais à partir à ta recherche.

Susan posa son panier sur la table.

— Tu sais très bien où j'étais, rétorqua-t-elle sèchement. Et cette malheureuse Eily O'Neil a rendu l'âme dans l'effroi, persuadée qu'elle était vouée à la damnation éternelle, tout ça parce que tu ne t'es pas donné le mal de venir à son chevet.

Le pasteur considéra son épouse d'un air hébété.

— J'ignore de quoi tu parles. Explique-toi, je t'en prie.

Susan lui parla du message qu'elle avait chargé Millicent de lui remettre. Il lui assura qu'il ne l'avait jamais reçu. Comme elle s'apprêtait à se fâcher pour de bon, elle prit soudain conscience qu'il régnait dans la demeure un silence inhabituel.

— Où est Millie ?

— Je la croyais avec toi, répondit Ezra.

— Elle devrait être rentrée. Voilà des heures que je l'ai expédiée chez Florence.

Elle se précipita de pièce en pièce en criant le prénom de l'adolescente. Elle s'immobilisa dans l'entrée, avant de porter ses doigts tremblants à sa bouche.

— Oh mon Dieu, qu'ai-je fait ? Je n'aurais jamais dû l'envoyer à la ville. Reviens-nous saine et sauve, je t'en prie…

— Susan ?

Ezra sortait de la cuisine, la mine inquiète. Son épouse se cramponna à lui.

— Allons la chercher, vite ! Elle a tellement peur du noir. Il lui est arrivé malheur, j'en suis certaine. Elle ne voulait pas y aller. Tout est ma faute !

Le pasteur saisit ses mains entre les siennes pour tenter de l'apaiser.

— Sans doute aura-t-elle décidé de passer la nuit chez Florence, murmura-t-il.

Susan ne demandait qu'à le croire, mais ils savaient l'un et l'autre que cela n'avait pas le moindre sens. Elle s'écarta, saisit un châle, qu'elle jeta sur ses épaules, puis fila dans la cuisine, où elle s'empara d'une lanterne. Elle en avait allumé la mèche et replacé le verre lorsqu'elle entendit quelque chose. Elle s'immobilisa.

— Qu'est-ce que c'était ? s'enquit Ezra.

Son épouse porta un doigt à ses lèvres pour lui signifier de se taire. Le même son parvint de nouveau à ses oreilles. Cette fois, elle l'identifia.

Elle se rua vers la porte et dégringola les marches du perron pour rejoindre la silhouette qu'elle distinguait un peu plus loin, tapie dans l'ombre.

— Millie ? souffla-t-elle, la voix chevrotante. Millie, est-ce que c'est toi ?

Les sanglots ne cessaient pas, et la malheureuse petite créature se recroquevilla davantage. Susan eut un geste en direction de la maison, pour ordonner au pasteur de garder ses distances. L'adolescente adorait ce dernier, mais sa femme devinait qu'une présence masculine n'était pas souhaitable pour le moment. Elle s'approcha encore, hésitante sur la conduite à tenir et redoutant ce qu'elle risquait de découvrir.

— Millie ? Que se passe-t-il ?

Sans cesser de pleurer ; la jeune fille se retrancha un peu plus loin dans les ténèbres. Susan lui effleura l'épaule.

— Ne me regarde pas ! Ne me regarde pas ! Je ne veux pas que tu me voies. Ezra non plus.

Celui-ci hésitait sur le seuil. Son épouse le chassa d'un mouvement de la main.

— Il est dans la maison. Viens, tu ne peux pas rester ici. Quel que soit ce qui t'a effrayée, tu n'as plus rien à craindre à présent. Tu es chez toi. Tu es en sécurité.

Elle attira Millicent entre ses bras. Secouée de sanglots, l'adolescente s'agrippa à elle en lui débitant un discours incohérent.

Susan tenta de la calmer mais, comme elle passait ses mains sur ses frêles épaules, elle s'aperçut avec horreur qu'elles étaient nues. L'obscurité avait beau lui dissimuler pour l'essentiel l'état de la jeune fille, elle comprit, du bout des doigts, que sa robe de coton était en lambeaux, et qu'elle avait perdu son jupon, ainsi que sa cape. Elle l'étreignit plus fort en la berçant jusqu'à ce que les hoquets s'apaisent.

Assise dans la chaleur sereine de la nuit, l'épouse du pasteur pressentait, le cœur battant, ce que Millicent avait subi. Lorsque la lune surgit d'entre les nuages, le doute ne lui fut plus permis.

Elle contempla le visage strié de sang et de larmes. Son examen des bras et du cou lui révéla des ecchymoses, des écorchures. Les jambes étaient tachées de sang et de souillures, de même que ce qui lui restait de vêtements. On avait arraché à l'adolescente de pleines poignées de cheveux.

Le cœur de Susan se glaça. Quiconque avait commis une telle abomination devait être puni. Elle y veillerait personnellement – et lorsque leurs cadavres se balanceraient au bout d'une corde, elle viendrait leur cracher à la figure.

— Pourquoi ont-ils fait ça ? chuchota la jeune fille. Pourquoi moi ? Suis-je donc si mauvaise ?

Un immense chagrin envahit Susan. Si seulement elle pouvait soulager Millicent de son pesant fardeau de désespoir et de souffrance. Si seulement l'amour qu'elle lui portait pouvait suffire à atténuer sa douleur...

— Non, lui répondit-elle. Ce sont tes tortionnaires qui sont mauvais, pas toi.

— Mais pourquoi, Susan ?

De nouveaux sanglots agitèrent la frêle adolescente. Elle se griffait les bras avec ce qui lui restait d'ongles.

— Je ne les provoque pas. Je ne les ai jamais provoqués. Mais ils sentent que je suis sale et répugnante, que ma place est dans le caniveau.

Susan s'empressa de saisir les mains de Millicent dans les siennes avant qu'elle s'inflige d'autres blessures. Ce qui arrivait à la jeune fille bouleversait l'épouse du pasteur à tel point qu'elle en venait à douter de l'existence d'un Dieu bon et miséricordieux. Depuis l'âge de quinze ans, la malheureuse était victime des hommes. Comment le Seigneur osait-Il, après lui avoir laissé entrevoir des perspectives de bonheur, tout lui reprendre de si atroce façon ?

Ezra n'avait pas dormi de la nuit. Il quitta la maison dès l'aube. Aussi épouvanté que Susan par le drame, il avait vu sa foi soudain ébranlée jusque dans ses fondements.

Sa fureur et son angoisse se peignaient sur ses traits, car à peine Florence lui eut-elle ouvert sa porte que son sourire s'évanouit. Sans même prendre le temps de la saluer, il se hâta vers le salon. Là, il attendit que sa fille le rejoigne.

— Florence, commença-t-il sur un ton qui claqua comme une gifle entre les quatre murs de la petite pièce. As-tu seulement conscience des ravages que ta langue de vipère vient de causer ?

Sans lui laisser le loisir de répondre, il lui narra par le menu les événements de la nuit précédente. D'une voix monotone qui ne pouvait manquer de glacer le cœur le plus endurci, il ne lui épargna aucun détail.

La mine horrifiée, Florence se laissa tomber dans un fauteuil.

— Je n'arrive pas à y croire, murmura-t-elle. Pauvre Millicent.

Ezra perçut aussitôt sa fourberie.

— La pauvre, en effet, cracha-t-il. Cette enfant avait déjà peur de son ombre. Je me demande comment elle a survécu à une pareille épreuve.

— Mais je ne comprends pas pourquoi tu parais tellement en colère après moi, intervint Florence, des larmes roulant doucement sur ses joues. Si elle s'est perdue dans ce quartier mal famé, ce n'est pas ma faute.

Le pasteur peinait à réprimer son courroux.

— Qu'as-tu à me dire ? Et surtout, qu'as-tu dit à Millicent pour qu'elle en soit bouleversée au point de ne pas avoir su retrouver le chemin de notre maison ?

— Mais je ne l'ai pas vue, hier. Et je suis effondrée de constater que tu me soupçonnes d'avoir joué un rôle dans cette tragédie.

— Elle ne t'a pas rendu visite pour te remettre un billet pour moi, de la part de maman ?

Ezra s'était mis debout. Il dominait sa fille de toute sa rage. Et il souffrait de la voir nier les faits avec autant d'obstination.

— Si elle l'avait fait, je te l'aurais transmis, répliqua-t-elle en baissant les yeux.

— Vraiment ? Dans ce cas, peux-tu m'expliquer ce que c'est que ça ?

Comme il lui mettait sous le nez la lettre qu'il avait découverte à peine entré dans le salon, Florence blêmit. Elle était certes chiffonnée, et maculée de suie, mais le texte demeurait parfaitement lisible.

— Elle sera passée en mon absence, avança-t-elle crânement.

— Je ne le pense pas, rétorqua son père en défroissant le feuillet avant de le plier soigneusement pour le ranger dans sa poche. Elle n'aurait sûrement pas jeté ce billet dans la cheminée.

Il observa son enfant d'un air triste.

— De plus, enchaîna-t-il, Mary Johnson cousait à sa fenêtre hier soir. Elle a vu Millicent arriver.

Le père et la fille se dévisagèrent longuement. On n'entendait plus que le tic-tac de la pendule. Le pasteur n'éprouvait pour Florence aucune compassion. En revanche, un immense chagrin l'accablait à la pensée qu'elle pût mentir aussi effrontément.

— Mary t'a vue sortir ensuite sur le seuil. Tu rabrouais Millicent. Elle s'apprêtait à intervenir lorsque celle-ci s'est enfuie en courant, manifestement tourneboulée. Le temps que l'épouse du révérend reprenne ses esprits et s'élance à sa recherche, la malheureuse avait disparu.

L'émotion d'Ezra faillit l'empêcher de poursuivre.

— Que lui as-tu dit, Florence ?

Celle-ci le fixa. Son père lisait dans ses pensées : elle cherchait une échappatoire. Elle finit par opter pour les pleurs.

— Il n'est plus temps de larmoyer, la gronda-t-il rudement. Sèche tes yeux. Et sois donc assez courageuse pour admettre ton rôle dans cet odieux incident.

Florence parut se flétrir.

— Je suis navrée, papa, souffla-t-elle. Il s'agissait d'une querelle sans importance.

En une prière muette, elle leva vers lui ses yeux pleins de larmes.

— Jamais je ne souhaiterais à personne de subir une telle ignominie. À Millicent moins qu'à quiconque.

Ezra ne se laissa pas attendrir par cet acte de contrition feint.

— Une querelle sans importance n'aurait pas abouti au viol de la pauvre enfant. Mais tu n'as aucune intention de m'avouer la vérité.

Il leva la main pour l'empêcher de l'interrompre.

— Nous avons prévenu les autorités. Un procès aura lieu. Tu y seras appelée en tant que témoin des incidents ayant précédé le drame. Tu parleras sous serment. Pour une fois, il te faudra renoncer à tes mensonges.

— Oui, papa, acquiesça la jeune fille en essuyant ses pleurs.

Ce semblant d'obéissance lui donna la nausée. Il continua de parler d'une voix sourde, mais l'émotion n'était pas loin de le submerger.

— J'ai le cœur très lourd, Florence. Car j'ai totalement échoué dans mon rôle de père.

— Jamais…

Il ignora son intervention.

— Je vais prier Dieu pour qu'Il m'éclaire. Lorsqu'Il jugera bon de le faire, je reviendrai discuter avec toi.

Il saisit son chapeau.

— D'ici là, tu n'es plus la bienvenue chez moi et je ne souhaite pas jouir de ta compagnie.

La jeune fille se précipita vers lui pour jeter ses bras autour de sa taille.

— Papa, hoqueta-t-elle. (Ses larmes ruisselaient sur ses joues, trempaient la chemise du pasteur.) Tu ne peux pas me punir de cette manière. Je t'aime !

Ezra demeura inflexible. Florence se cramponnait à son manteau. Excédé par ses sanglots, il lui prit les mains pour la repousser.

— Tu prétends que tu m'aimes, que Notre Seigneur t'a choisie pour me seconder dans mon ministère. Mais l'amour n'est qu'humilité et compassion. L'amour est désintéressé. L'amour apporte la joie, tant à celui qui le prodigue qu'à celui qui le reçoit.

Florence semblait abasourdie.

— Papa…

— Tu as souillé ce mot et tout ce qu'il signifie, conclut-il amèrement. Je te prie de ne plus le prononcer devant moi.

Sur ce, il tourna les talons et quitta la maisonnette en claquant la porte derrière lui.

Après la visite du médecin, Millicent passa un temps considérable - plusieurs heures, lui sembla-t-il - dans la baignoire. Elle avait demandé plusieurs fois à Susan de changer l'eau, à mesure qu'elle refroidissait. Assise au fond du tub, elle se frottait consciencieusement la peau pour se débarrasser de l'infâme odeur de ses tortionnaires. Mais elle avait beau s'acharner, son corps conservait leur empreinte, leurs voix résonnaient dans sa tête, leurs yeux fous ne la lâchaient pas.

Le docteur s'était montré à la fois prévenant, rapide et suffisamment professionnel pour que l'examen n'affecte pas trop la jeune femme. Susan était finalement parvenue à l'extirper de la baignoire pour lui faire enfiler une chemise de nuit propre. À présent, Millicent se trouvait dans sa chambre. On avait tiré les volets pour préserver la pièce de la chaleur du soleil. La jeune fille avait en outre coincé le dossier d'une chaise contre la poignée de la porte afin d'interdire l'entrée à quiconque s'aviserait de lui rendre une visite inopinée. Pelotonnée sur son lit, elle écoutait les bruits venus du reste de la maison. Ils lui paraissaient lointains, comme issus d'une autre époque et d'un autre univers. Les liens qui naguère unissaient l'adolescente aux habitants des lieux s'étaient dénoués.

Quand elle fermait les yeux, les souvenirs de la nuit précédente l'assaillaient. Dès qu'elle les rouvrait, les contusions noirâtres et les éraflures livides lui sautaient au visage. Impossible de fuir - elle ne pouvait plus se cacher nulle part. Depuis la racine de ses cheveux jusqu'au bout de ses orteils, elle portait les stigmates de l'infamie. Elle ramena ses genoux contre sa poitrine pour se faire plus petite encore ; elle aurait voulu disparaître.

Ses pensées l'entraînèrent vers Ernest. Plus jamais il ne la serrerait dans ses bras. Bientôt, c'est à une autre qu'il offrirait son beau sourire. Elle en avait le cœur brisé. Tous leurs projets venaient de voler en éclats. Désormais, la vie ne serait plus la même. Il ne voudrait plus d'elle, elle le savait : elle avait perdu sa pureté, elle était irrémédiablement souillée. Il ne l'épouserait pas. Personne ne l'épouserait.

De petits coups frappés contre la porte la tirèrent brusquement de ses funestes songes.

— Millie ? interrogea Susan. Puis-je entrer ?

D'abord, l'adolescente ne bougea pas, terrifiée à la perspective de ce qui l'attendait peut-être de l'autre côté de la porte. Elle ne désirait voir personne, ne désirait parler à personne ; elle refusait d'affronter les conséquences de l'horreur qu'elle venait de vivre. Mais, comme Susan insistait, Millicent sortit de son lit, déplaça la chaise, puis retourna se fourrer sous les draps.

L'épouse du pasteur s'assit à côté d'elle.

— L'officier de police est ici, dit-elle. Il voudrait que tu lui racontes ce qui s'est passé, afin qu'il puisse engager des poursuites.

Millicent fondit en larmes. Le cauchemar allait-il prendre fin ? Combien de temps s'écoulerait-il encore avant que la réalité se désagrège sous ses yeux ? Où puiserait-elle la force de surmonter cette épreuve ?

Susan posa doucement une main sur son bras. Il y avait dans sa voix de la douceur et du réconfort.

— Je suis bien incapable d'imaginer ce que tu éprouves, Millie, mais tu dois encore te montrer forte.

Elle l'attira contre elle pour tenter de l'apaiser.

— Tu es devenue ma meilleure amie, murmura-t-elle. Si je pouvais prendre ta place, sois certaine que je le ferais.

Levant alors les yeux vers elle, la jeune fille discerna sur le visage de sa protectrice du chagrin et de la compassion. Florence avait menti. Susan l'aimait pour de bon, ce n'était pas la pitié qui l'avait poussée à la prendre sous son aile.

— Tu resteras avec moi ?

— Bien entendu. Et quand ce sera terminé, tu pourras dormir. Je veillerai à ce que personne ne te dérange.

Millicent rassembla ce qui lui restait de courage pour affronter l'entrevue avec l'officier de police.

Tahiti, février 1793

Debout sur le rivage, l'épouse de Tahamma regardait les hommes en route pour la pêche. Ils s'absenteraient au moins trois jours, car les perles noires qu'ils convoitaient ne se trouvaient que sur le récif le plus éloigné des côtes. La jeune femme demeura immobile jusqu'à ce que les embarcations ne soient plus que de petits points sur l'horizon. Tahamma allait lui manquer. C'était un homme exceptionnel.

Elle sourit en voyant ses enfants jouer dans le sable avec sa mère. Son fils et sa fille possédaient le teint pâle de leur père, le garçonnet arborant en outre, sur l'épaule, cette gouttelette rouge sang qui l'avait toujours fascinée. Il venait d'apprendre à marcher, aussi trottina-t-il dans sa direction, serrant un coquillage dans sa main minuscule. Elle le prit dans ses bras pour l'embrasser – mais l'enfant n'était pas câlin : il se tortilla vigoureusement jusqu'à ce qu'elle le libère.

Des clameurs, un peu plus loin sur la plage, lui firent tourner la tête. On déchargeait un navire. Les femmes se hâtaient pour découvrir ce que les matelots avaient à échanger. L'épouse de Tahamma se joignit à elles.

Le bateau ayant jeté l'ancre dans la baie voisine, les marins avaient installé sur le rivage des tables chargées de marchandises à troquer contre des perles et de l'huile parfumée, du bois de santal ou des oiseaux exotiques. La Tahitienne contempla de tout petits miroirs dont le cadre orné de pierres précieuses scintillait au soleil. Elle effleura du bout des doigts des rubans, des étoffes délicates ; elle toucha les colliers, les bracelets et les jolis peignes. Elle aurait aimé les emporter tous mais, d'ici le retour de Tahamma, elle n'avait rien à proposer contre ces merveilles. Et les missionnaires empêchaient désormais les femmes d'offrir leur corps pour obtenir les articles proposés par les Blancs.

Elle s'apprêtait à s'éloigner lorsqu'un chatoiement plus vif encore que les autres lui attira l'œil. Elle s'approcha, préleva doucement l'objet parmi les breloques. Dès lors, elle sut qu'un jour ou l'autre il serait à elle. Le poignard, glissé dans un fourreau d'argent ciselé, possédait un manche incrusté de rubis, d'émeraudes et de saphirs flamboyants. La lame était large et acérée. Cette dague se révélerait idéale pour ouvrir les huîtres. La femme la souleva en direction du soleil pour mieux l'admirer.

— Un poignard digne d'un maharadja, observa le vendeur de l'autre côté de l'étal. Fabriqué dans un palais de l'Inde, par les meilleurs artisans du pays. Je te le laisse pour une poignée de perles noires.

Elle avait presque tout compris, car les marins et les marchands fréquentaient souvent son île.

— Moi pas perle, répondit-elle d'une voix triste, les yeux pleins d'envie tandis qu'elle contemplait l'objet, dont elle serrait toujours le manche.

Le Blanc s'en empara pour le reposer sur son éventaire.

— Pas de perle, pas de poignard.

Elle en avait pourtant tellement envie. Elle aurait tellement aimé l'offrir à Tahamma. Ce trésor ne pouvait convenir qu'à un homme de sa trempe.

— Tu n'as pas de perles, la relança le vendeur. Mais tu as peut-être autre chose à me proposer ?

Elle fut tentée de troquer ses charmes contre la dague mais, à la pensée des sermons des missionnaires, elle préféra garder le silence. Autrefois, elle n'aurait pas hésité. Mais la perspective de la damnation éternelle, des feux de l'Enfer et de la colère du dieu des Blancs avait de quoi dissuader les âmes les mieux endurcies. Une idée jaillit soudain dans sa cervelle.

— Vous garder poignard un moment ? Moi revenir. Avec chose bonne.

L'homme acquiesça d'un signe de tête. Elle se rua vers sa hutte. Elle devait agir vite – il n'était pas question de laisser le marchand céder l'objet à quelqu'un d'autre ; or il était si beau que les amateurs ne tarderaient pas à se multiplier. Hors d'haleine, elle pénétra dans son logis, dont elle bouscula les nattes avant de creuser le sable à ses pieds. Elle en tira une boîte métallique qu'elle ouvrit en tremblant.

Elle déplia le morceau d'étoffe qui s'y trouvait, révélant une montre de gousset qui se mit à luire d'un faible éclat. Elle se demanda si le commerçant accepterait de l'échanger contre le poignard. La trace d'un choc marquant l'une de ses faces en atténuait probablement la valeur. De plus, elle n'était ornée que d'un seul joyau et ne servait à rien.

Elle dormait là depuis plusieurs années, au point que la femme en avait presque oublié l'existence. Tahamma ne la lui avait montrée qu'une fois, peu avant leur mariage. Elle se rappelait qu'il l'avait ouverte pour lui faire admirer la petite clé et les portraits en miniature. Il lui avait rapporté l'histoire de l'homme représenté sur l'un d'eux, mais elle ne l'avait pas écouté : elle ne pensait alors qu'à ses noces. D'ailleurs, elle ne savait même plus comment soulever le couvercle.

Elle retourna l'objet au creux de sa paume. Si elle tenait à obtenir le poignard, elle devait se décider rapidement. Déjà, elle imaginait le sourire radieux de son époux lorsqu'elle lui présenterait ce cadeau – cela suffit à la convaincre de procéder à l'échange. Elle replaça la montre dans son carré d'étoffe, dont elle rabattit les coins. Puis elle courut vers la plage.

La dague trônait toujours sur l'éventaire. Elle remit la montre au vendeur avec un soupir de soulagement.

— Voyons un peu ce que tu as pour moi, dit-il en la faisant surgir du morceau de tissu.

La femme s'approcha de l'étal et s'empara du couteau. Elle avait besoin d'en sentir le manche dans sa main. Besoin de tirer la lame de son fourreau. Besoin de regarder le soleil jouer sur les gemmes. Cette merveille lui appartiendrait bientôt.

— Splendide, commenta l'homme en observant la montre de plus près.

Il sortit un autre objet de sa poche, qu'il fixa dans l'une de ses orbites pour approfondir son examen. Les doigts tremblants, il retira la loupe et tourna la montre dans sa main.

— Ça assez bien ? s'enquit la femme.

Le marchand paraissait satisfait, mais cela suffirait-il ? Il actionna un minuscule mécanisme sur le bord de l'objet : le couvercle du boîtier s'ouvrit.

— Elle est un peu abîmée, mais…

Il baissa les yeux vers les petits portraits avec une indifférence feinte. La femme serra le poignard contre sa poitrine.

— Moi garder ?

Comme il la regardait détaler, il soupira profondément. L'émotion le tenaillait encore. Le couteau ne valait rien – un vulgaire morceau de métal orné de verre coloré, en provenance de quelque quartier misérable de l'Inde. À l'inverse, la montre coûtait une fortune. Un boîtier en or massif assorti d'un diamant d'une pureté exceptionnelle. Jamais il n'avait vu une pièce d'orfèvrerie plus délicate.

Ses doigts n'avaient pas cessé de trembler lorsqu'il ouvrit de nouveau le boîtier pour contempler les visages peints qui en augmentaient le prix. Sa chemise était trempée de sueur. Il tenait la chance de sa vie. Il savait très précisément à qui vendre cette montre, et un navire partait aujourd'hui même pour les Amériques.

21

Sydney Cove, mars 1793

Ernest implorait Millicent de lui ouvrir la porte de sa chambre. La veille, sa mère lui avait fait parvenir un message l'informant de la situation. Il avait chevauché toute la nuit pour rejoindre la jeune fille.

— Je t'en prie, Millie, dis-moi quelque chose. Au moins, laisse-moi entrer. Je veux m'assurer que tu vas bien.

— Elle n'a pas quitté cette pièce depuis le drame, murmura Susan. Et elle n'accepte de communiquer qu'avec moi. Et encore, ce n'est pas sans mal.

Elle posa une main sur l'avant-bras de son fils.

— Je suis navrée, mon cher enfant.

Ernest se sentait au bord des larmes. Dévoré par la colère et la frustration, il avait du mal à réfléchir.

— Il faut que je la voie, lâcha-t-il d'une voix rauque. Je veux qu'elle comprenne que ce qui vient de se passer ne change rien entre nous.

Il se retourna et approcha ses lèvres de la porte.

— Je t'aime, Millie. Et je désire t'épouser. Je t'en conjure, ma chérie, sors de cette chambre.

En vain. Depuis l'intérieur de la pièce ne lui parvenait pas le moindre son. Il se jeta au cou de Susan et éclata en sanglots.

— Que puis-je faire, maman ?

Celle-ci l'étreignit comme elle l'avait étreint mille fois lorsqu'il n'était encore qu'un petit garçon. Elle lui caressa les cheveux, posa un baiser sur son front.

— Je n'en sais rien, avoua-t-elle, le chagrin perçant dans sa voix. Peut-être pourrais-tu lui déposer un message.

Il se précipita dans la cuisine.

— Où se trouve ton papier à lettres ?

Assis à la table, il s'empressa de laisser courir sa plume. Ses mots redisaient l'amour qu'il portait à l'adolescente, ils redisaient sa foi dans leur avenir commun. Il lui promettait de l'aider de son mieux si elle consentait à le laisser entrer. Enfin, il plia le feuillet, qu'il glissa sous la porte.

Il patienta, sans quitter la lettre des yeux. Mais elle demeura là. Millicent ne venait pas la chercher, Millicent ne la lisait pas. Comme la nuit tombait, Ernest s'assit par terre, fermement décidé à monter ainsi la garde aussi longtemps qu'il le faudrait.

— Réveille-toi, Ernest. Ton petit déjeuner est prêt.

Il ouvrit les yeux pour découvrir qu'il gisait sur le plancher. Debout à ses côtés, sa mère lui présentait des œufs au plat dans une assiette. Furieux d'avoir cédé au sommeil, il lorgna en direction de la porte. Millicent n'avait pas ramassé son billet.

Il se leva en titubant et prit l'assiette des mains de Susan.

— Millie, appela-t-il par le trou de la serrure. Je t'ai apporté à manger. Tu dois avoir faim, mon amour. Il faut que tu reprennes des forces.

Il baissa le regard vers le froissement qu'il venait d'entendre à ses pieds. On avait glissé une lettre sous la porte. Son empressement à la lire était tel qu'il faillit jeter l'assiette par terre.

« Ernest, s'il te plaît, va-t'en. Je n'ai pas envie de te parler. Je n'ai envie de parler à personne. Arrête, veux-tu, de frapper à la porte et de crier. Cela me rend malade. »

Le jeune homme tendit le feuillet à sa mère.

— Je ne vois pas ce que je peux faire d'autre, chuchota-t-il en réprimant d'autres sanglots.

Susan l'enlaça et l'entraîna vers la cuisine.

— Laisse-moi seule avec elle, lui conseilla-t-elle doucement. Prends ton petit déjeuner, puis regagne la Tête de faucon. Elle finira par reprendre ses esprits. Dès qu'elle sera prête, je te ferai porter un message.

Ernest manquait d'appétit. Il s'obligea néanmoins à se nourrir un peu. Après une ultime tentative pour discuter avec sa bien-aimée, il prit la direction de la rivière Hawkesbury.

Port Jackson, avril 1793

Jack Quince s'était rendu en ville pour acheter des provisions et récupérer le courrier apporté par l'un des nombreux navires qui fréquentaient désormais le port. Nell lui avait confié une interminable liste de commissions, qu'il avait mis un temps fou à rassembler. Mais peu importait, puisqu'il avait prévu de passer ici une semaine supplémentaire.

Depuis la naissance des jumeaux, Billy paradait comme un jeune coq en s'affairant auprès de son épouse ; Jack s'était habitué à le voir abandonner le travail bien avant le coucher du soleil. Il enviait malgré lui le bonheur du couple, de sorte qu'il s'était félicité de ces quelques jours passés loin de la petite famille. La joie de ses amis lui rendait l'attente plus douloureuse encore – Alice lui manquait terriblement.

Le soir venu, il chargea son chariot pour se diriger une fois de plus vers les quais bondés dans l'intention de recueillir des nouvelles. Depuis le début de son séjour en ville, il s'y était rendu chaque jour, car plusieurs mois s'étaient écoulés depuis la dernière lettre d'Alice, expédiée du Cap. Elle l'avait certes prévenu que les formalités prendraient du temps, mais elle avait bon espoir d'obtenir l'autorisation d'embarquer à bord du *Lady Elizabeth*. L'impatience de Jack était à son comble – il craignait à présent qu'il ne lui soit arrivé malheur.

Tandis qu'il menait son cheval par les rues de Port Jackson, il jeta un coup d'œil en direction de la maison de Susan et d'Ezra Collinson. On lui avait raconté le drame vécu par Millicent mais, aussi bouleversé fût-il, il renonça à lui rendre visite. Après tout, il n'était pas de la famille. Et puis, il avait lui-même enduré de tels tourments qu'il ne souhaitait pas, pour le moment du moins, partager la souffrance d'une autre victime. Le récit de Billy lui avait appris tout ce qu'il y avait à savoir.

De peur qu'un voleur vienne rafler les provisions entassées dans la voiture, il acheta, à un vendeur ambulant, une tourte à la viande qu'il dégusta sur le siège de son véhicule en observant l'agitation qui régnait sur le quai. De nombreux baleiniers américains mouillaient dans les eaux du port, ainsi que plusieurs bateaux de commerce – Sydney était devenue une halte incontournable. Les affaires allaient bon train. Les années de famine se trouvaient derrière eux, et la cité paraissait enfin destinée à durer.

C'est alors que Jack avisa des forçats enchaînés. Des enfants, chargés de déblayer les grosses pierres extraites plus tôt par des détenus adultes, puis de les transporter par brouettées entières jusqu'aux chantiers des nouveaux quais. L'Australie avait beau se révéler en plein essor, se désola l'homme du Sussex, rien n'y ferait : tant qu'on y réduirait des gamins en esclavage, la petite communauté n'échapperait pas à son infamant statut de colonie pénitentiaire.

— Fais gaffe, espèce de sale bouffeur de patates d'Irlandais ! brailla le garde-chiourme.

Jack tressaillit lorsque le fouet de l'odieux Benson cingla les épaules chétives du garçon. Il serra les poings, tout prêt à se ruer vers lui pour le rosser. L'alcool avait fini par tuer Mullins, mais sa bestialité survivait à présent dans Benson, prisonnier en liberté conditionnelle dont l'unique talent consistait à martyriser les captifs dont il avait la responsabilité.

L'homme du Sussex observa l'enfant : il charriait un roc énorme, et les chaînes à ses chevilles entravaient le moindre de ses pas. Les insultes de son geôlier indiquaient qu'il avait atteint l'Australie à bord du *Queen*, un navire empli de catholiques irlandais, des mineurs pour la plupart, arrêtés lors des troubles survenus dans leur pays. On lisait de la révolte sur les traits du garçon – chaque insulte, chaque coup reçu attisait sa volonté de ne pas se soumettre à l'autorité. Pour l'heure, il se taisait pour échapper à la flagellation.

Jack frissonna. La scène lui rappelait de mauvais souvenirs. De terribles châtiments attendaient quiconque se risquait à braver le système en vigueur. Et les plus jeunes n'étaient pas épargnés. À la première infraction, on traînerait ces enfants devant un magistrat qui les condamnerait aussitôt à cinquante coups de fouet. Si leur surveillant se révélait particulièrement cruel, il irait jusqu'à les placer à l'isolement, affublés de cette épaisse cagoule sous laquelle chacun redoutait de devoir suffoquer un jour.

Mais si l'adolescent que Jack observait ne se rebiffait pas, c'est qu'il avait compris une leçon essentielle : ceux qui échappaient aux punitions parvenaient encore à croire en un avenir plus radieux ; les autres, à l'inverse, sombraient dans un désespoir qui les menait rapidement à la mort.

En attendant, le spectacle était intolérable. Jack fit claquer les rênes ; son cheval s'éloigna au petit trot. Le quotidien de ces pauvres gosses se résumait à des vexations incessantes – il avait connu un sort identique lors de son épouvantable traversée dans les cales du *Surprise*. Mais un pareil régime, conçu pour décourager les fortes têtes, constituait le meilleur moyen d'alimenter les désirs de fronde. Le gouverneur n'était qu'un idiot : comment pouvait-il ignorer que la haine des Irlandais contre les Anglais, chaque jour plus vive, les conduirait tôt ou tard à se venger de ceux qui les avaient asservis ?

Jack en avait perdu l'appétit. Il se rabattit sur sa bouteille de bière. Le breuvage, apporté par les Américains, était loin d'égaler l'ale épaisse et sombre, à l'amertume exquise, qu'on brassait dans le Sussex, mais au moins il étancha sa soif – la chaleur s'avérait si intense qu'elle l'étourdissait. Sa hanche le faisait souffrir. Comme il arrêtait son cheval sur le quai, il allongea sa jambe. Les années passaient, mais elle restait douloureuse. Il ne s'en affligeait plus. Elle représentait, songeait-il avec philosophie, le prix à payer pour sa liberté reconquise.

Il s'assit au soleil, plissant les yeux sous son chapeau à large bord : la mer étincelait. Celle-ci ravivait en lui d'odieux cauchemars. Il se revoyait enchaîné à fond de cale, dans les entrailles inondées du bateau-prison. Ces terribles songes le réveillaient encore la nuit – il se dressait alors dans son lit, trempé de sueur et haletant. Aujourd'hui, l'océan lui paraissait inoffensif, mais les souvenirs demeureraient.

— Navire en vue !

Jack se retourna, constata qu'on hissait le drapeau sur le promontoire, mais ne repéra aucune voile. Il descendit de sa carriole pour gagner un poste d'observation plus favorable. Tirant son cheval par la bride, il s'efforçait de garder son calme, mais son cœur battait la chamade. Il avait été si cruellement déçu ces jours derniers qu'il n'osait plus espérer voir Alice descendre enfin du bateau.

Il repéra, assis sur un cabestan, un vieux marin équipé d'une longue-vue.

— Le voyez-vous déjà ? interrogea-t-il en s'approchant.

— Un bien beau bâtiment, maugréa le vieux loup de mer. M'est avis qu'il transporte une fameuse cargaison.

Jack vint encore plus près. Il distinguait la voilure à présent, mais, malgré ses efforts, il ignorait de quel type de navire il s'agissait.

— Comment s'appelle-t-il ?

L'homme le fixa un moment de ses yeux d'un bleu délavé avant de retourner à sa lunette.

— Il bat pavillon britannique. Je ne crois pas que ce soit un baleinier ni un bateau de commerce. Deux autres vaisseaux l'escortent.

Jack n'y tenait plus. Il brûlait d'arracher sa longue-vue au matelot pour lorgner à son tour, mais sa bonne éducation l'en empêcha.

— Mais parvenez-vous à lire son nom ?

Il lui sembla que son interlocuteur n'allait jamais se décider à lui répondre.

— Il se dirige vers l'autre quai. Ça veut dire que c'est un navire important.

Jack se mordit la lèvre. Le gaillard avait manifestement décidé de prolonger le suspense.

Enfin, il abaissa sa lunette. Son regard pâle se perdit presque au milieu des rides lorsqu'un grand sourire illumina son visage à la peau tannée.

— C'est l'*Elizabeth*. Le *Lady Elizabeth*.

Jack se précipita autant que sa hanche meurtrie le lui permettait. Il s'empara des rênes.

— J'arrive, Alice ! s'écria-t-il en grimpant gauchement à bord du chariot, qui ne tarda pas à s'ébranler.

Le quai était bondé, mais l'homme du Sussex fendit la foule sans se soucier des injures qu'il récoltait dans son sillage. Debout dans la carriole, il scrutait le bateau à la recherche de sa bien-aimée. L'espoir lui donnait des ailes.

Les passagers se massaient sur les ponts. Ils interpellaient les badauds à terre, leur adressaient de grands gestes pour les saluer. Mais nulle part ne se distinguait la mince silhouette d'Alice. Une sourde angoisse tenaillait Jack. Dès qu'on eut installé la passerelle, il abandonna sa voiture à cheval pour jouer des coudes au milieu de la mêlée.

— Alice ! appela-t-il encore en scrutant un à un les visages.

Où donc étaient passés les yeux bleus et les cheveux blonds qu'il aimait tant ?

— Où es-tu, Alice ? C'est Jack !

Il ne reçut en guise de réponse que les sourires amusés des nombreux passagers et de l'équipage. Ôtant son chapeau, il explora le *Lady Elizabeth* de la poupe à la proue.

— Alice ! Où es-tu ?

— Êtes-vous Jack Quince ? l'interrogea une voix près de lui.

Il se retourna d'un bloc.

— Oui, et je cherche Alice Hobden.

Le capitaine lissa sa barbe soigneusement taillée.

— Ça, je crois que l'ensemble de la colonie le sait à présent, observa-t-il en éclatant de rire. Hélas, elle ne se trouve pas à bord de ce navire.

— Mais elle m'a écrit que..., hasarda Jack, hébété.

Son interlocuteur hocha la tête.

— Miss Hobden était censée embarquer avec nous, en effet, mais elle a été contrainte de demeurer au Cap.

— Pourquoi ? s'enquit Jack, au comble de l'inquiétude. Que s'est-il passé ? Elle n'a tout de même pas changé d'avis ?

Il y avait du désespoir dans sa voix.

— Absolument pas, le rassura le marin en tirant une lettre de sa poche. Elle m'a demandé de vous remettre ceci. Mais avant que vous la lisiez, je tiens à vous assurer qu'elle sera très vite sur pied et vous rejoindra aussitôt que possible.

— Sur pied ?

Le capitaine lui tapota l'épaule.

— Je vous laisse lire votre missive. Venez me voir dès que vous serez prêt. Vos moutons patientent dans la cale.

L'homme du Sussex l'écoutait à peine, occupé déjà à rompre le sceau qui fermait le billet d'Alice.

Mon cher Jack,

Je t'en prie, tâche de ne pas te faire trop de souci. Le médecin m'a affirmé qu'il ne s'agissait pas de la typhoïde. Ce n'est que la malaria, aussi devrais-je être en mesure de prendre la mer d'ici quelques mois. J'ai sans doute contracté cette maladie à cause des piqûres de moustiques, en dépit de toutes mes précautions pour leur échapper. Le Cap est une ville caniculaire et surpeuplée, mais, par bonheur, j'ai suffisamment d'argent pour m'offrir une chambre et des soins ; ma guérison est assurée.

Je suis navrée de te tourmenter ainsi, très cher toi, aussi j'espère que ton tracas se trouvera atténué par l'arrivée à bon port de nos moutons. Il m'était impossible de les garder en Afrique du Sud. Le capitaine s'est montré extrêmement compréhensif. Il m'a promis de veiller sur eux durant le voyage. Ce sont des bêtes de qualité. J'ai payé pour elles plus que je n'aurais souhaité, mais tu m'accorderas qu'elles feront d'excellentes reproductrices.

Je pense à toi chaque jour. J'ai hâte de te rejoindre et je tente d'imaginer la ferme des Gratteurs de lune sur la foi des descriptions que tu m'en as livrées. Bientôt, nous serons enfin réunis. Haut les cœurs, mon chéri. Nous patientons depuis si longtemps que ces quelques mois passeront comme un songe. Prends bien soin de toi et veille sur nos moutons. Je te préviendrai aussitôt que j'aurai arrêté la date de mon départ.

Avec tout mon amour,

Alice.

Lorsqu'il replia la lettre pour la fourrer dans sa poche, les yeux de Jack étaient pleins de larmes. Alice ne lui avait fourni aucun détail concernant sa maladie ; elle se révélait toujours si avare de mots. Le regard vague, il remuait mille pensées. Il aurait voulu se rendre lui-même au Cap, mais la distance était trop grande. La missive avait été rédigée plusieurs mois auparavant, qui sait si Alice n'était pas déjà en route pour l'Australie.

Le malheureux hésitait sur la conduite à tenir. De toute façon, il lui était impossible de quitter la colonie, il ne disposait pas de la somme nécessaire pour embarquer à destination de l'Afrique. Et puis il y avait les moutons. Il ne pouvait pas les abandonner à fond de cale. Encore moins dénicher un lieu où les parquer à Sydney.

— Oh, Alice ! souffla-t-il, que dois-je faire ?

— Je vous conseille de vous occuper de vos bêtes, grommela le capitaine, quand Jack revint vers lui. Mlle Hobden avait deviné que vous brûleriez de la rejoindre, c'est pourquoi elle m'a demandé de vous convaincre de demeurer en Australie.

Le marin adressa à Jack un sourire bienveillant.

— Elle va bien, monsieur Quince. Les médecins ont pris soin d'elle, et elle poursuit sa convalescence dans un établissement réputé. Une infirmière britannique veille sur sa santé. Elle ne désire qu'une chose : que vous éleviez vos moutons en l'attendant. À votre place, j'exaucerais son vœu.

Jack poussa un soupir chargé d'angoisse.

— Où se trouvent-ils ?

Le capitaine le mena dans le ventre du navire. Le fermier les fit sortir de leurs enclos pour les conduire vers la passerelle. Une fois les bêtes rassemblées sur le quai, il put constater qu'il s'agissait en effet d'animaux de premier choix. Après un ultime salut au capitaine, Jack entama le long périple qui le ramènerait aux Gratteurs de lune.

Le voyage promettait d'être long, car il faudrait cheminer au rythme du mouton le plus lent, mais, tandis qu'il guidait son troupeau à bord de sa voiture à cheval, l'homme du Sussex se sentit ragaillardi. Alice et lui partageaient le même rêve : devenir les heureux propriétaires des plus beaux mérinos du continent. Leur laine assurerait leur fortune et, dès que la jeune femme serait ici, ils choieraient leurs bêtes comme s'il s'agissait de leurs propres enfants.

Ferme de la Tête de faucon, mai 1793

Les hommes dormaient lorsque les guerriers se rapprochèrent discrètement de la cabane. Ils ne virent pas les ombres noires, ni le vacillement des torches qu'elles maniaient. Ils ne se réveillèrent pas davantage quand, effleurant de ces brandons l'herbe sèche, les ombres déclenchèrent l'incendie. Des flammes grimpèrent à l'assaut des murs de bois ; elles ne tardèrent pas à atteindre le toit.

Pemuluwuy, l'oncle de Lowitja, et son fils Tedbury se fondirent dans les ténèbres pour rejoindre leurs compagnons, qui guidaient le bétail et les chevaux entre les arbres. On ne comptait que sept hommes, car les vastes tribus qui arpentaient jadis le sud du pays avaient été décimées. La plupart de leurs membres étaient morts, d'autres avaient sombré dans l'alcool offert par les Blancs, d'autres encore préféraient fuir cet envahisseur qui avait saccagé les *lieux du rêve*.

La haine de Pemuluwuy pour les colons l'aiguillonnait. Même s'il comprenait la passivité de ses semblables, il estimait nécessaire de lutter pour conserver le droit de vivre dans cette contrée que le Grand Esprit leur avait confiée autrefois.

Tandis qu'ils filaient en silence parmi les arbres, l'oncle de Lowitja réfléchissait déjà à l'attaque suivante. Les Blancs s'emparaient peu à peu de toutes les terres, chassant les animaux sauvages qui y prospéraient jusqu'alors. Dans les zones désormais allouées aux survivants des tribus, on ne trouvait guère que quelques maigres proies et de l'eau saumâtre.

Pemuluwuy aurait dû se montrer plus attentif quand sa nièce avait naguère interrogé les pierres et communié avec les Esprits. Car elle avait alors prédit l'exode de leur peuple en direction de l'intérieur inhospitalier du pays. Ils étaient maintenant tout près de disparaître de la surface du globe. Peu importait le nombre de fermes brûlées, peu importait le nombre de têtes de bétail volées, de chevaux dérobés : il n'y avait plus moyen d'arrêter le déferlement de la marée blanche.

Ernest s'agitait, sa tête roulait sur l'oreiller. La tragédie subie par Millicent peuplait ses rêves, et le refus catégorique opposé par l'adolescente lorsqu'il avait exprimé le désir de la voir ou de lui parler le mettait à la torture. Mais à ses songes vint soudain se mêler une odeur de fumée et le craquement des poutres de bois. Il ouvrit les yeux.

— George ! hurla-t-il. Un incendie !

Les deux frères bondirent de leur lit, s'emparèrent de leurs fusils et sortirent en trombe. Les détenus qui travaillaient pour eux étaient déjà là. Ils contemplaient le drame.

Les flammes dévoraient la jolie maison neuve, elles embrasaient les tentes des prisonniers. Par bonheur, on ne déplorait aucune victime, mais les incendiaires, hélas, avaient disparu.

— Oh non ! souffla George, ils ont aussi mis le feu à la grange.

— Vite ! Il faut sauver la récolte !

Ernest lança un seau à son frère puis, aux détenus, tout ce qui pouvait contenir de l'eau.

— Dépêchez-vous ! cria-t-il.

On courut à la rivière, on emplit les récipients, on revint à toutes jambes vers la grange – la maison ne comptait plus : la grange, elle, détenait les clés de leur avenir commun.

La fumée s'épaississait, elle suffoquait les hommes et leur piquait les yeux, mais il fallait à tout prix maîtriser l'incendie pour sauver la récolte. Sinon, le labeur d'une année entière se verrait réduit à néant. Les prisonniers mettaient autant de cœur à l'ouvrage que les deux frères, car ils avaient compris que dans la ferme résidait leur salut : aucun d'eux ne souhaitait retrouver Sydney ni la morsure du fouet des gardes-chiourmes.

Hélas, le feu engloutissait avidement les murs de bois et s'attaquait au toit goudronné de la bâtisse. Les hommes luttèrent contre le sort jusqu'à ce que leurs poumons leur parussent tout près d'éclater ; leurs muscles leur semblaient de plomb. Mais on oubliait dans la bataille la douleur et l'épuisement.

— C'est mal parti, avoua George en lançant un seau supplémentaire en direction du brasier. Nous ne sommes pas assez nombreux. Nous mettons trop de temps pour rapporter l'eau de la rivière.

— Nous devons vaincre l'incendie, lui hurla Ernest pour couvrir le rugissement des flammes. Nous allons y arriver !

Mais l'incendie prenait de l'ampleur. Le blé ne tarderait pas à partir en fumée. Une rafale de vent jeta dans le ciel nocturne une poignée d'étincelles et une longue flamme se mit à courir dans l'herbe depuis la maison. Elle se divisa, se divisa encore. Bientôt, ces rivières de feu dessinaient un effrayant delta.

— Attention !

George poussa son frère pour le sauver d'une flamme qui, jaillie d'un gommier, menaçait de le réduire en cendres.

Aveuglé par la fumée, éreinté, accablé par la chaleur, Ernest se tordit la cheville et tomba. Il se releva prestement en se mordant la lèvre inférieure pour faire taire la douleur.

Les bidons de pétrole explosèrent, contraignant les hommes à rompre la chaîne qu'ils avaient formée entre la Hawkesbury et le lieu du sinistre. Ernest comprit que le combat était perdu.

— Tout le monde à l'eau ! cria-t-il à ses compagnons en clopinant vers la rivière. C'est le seul moyen de nous en sortir !

Le courant était chaud, comme si la puissance de l'incendie en avait accru la température. Les deux frères s'y plongèrent jusqu'au cou pour chasser la fatigue et se laver un peu. Les prisonniers les rejoignirent : leurs visages noirs de suie étaient striés de sueur. Les hommes observèrent la grange qui, sous la pression des flammes, craquait de tous côtés. Elle était prête à s'effondrer.

Les poutres maîtresses gémirent, le feu gronda plus fort, le brasier pétilla. Une épaisse fumée s'éleva en lourds tourbillons, projetant des gerbes d'étincelles qui s'en allèrent allumer plus loin d'autres foyers.

Les parois de la grange parurent hésiter un moment puis, comme le toit s'affaissait, elles s'écroulèrent aussi, dans un nuage de particules incandescentes qui se confondirent avec les étoiles.

Par centaines, les oiseaux affolés quittèrent leurs branches. Kangourous, wallabies et wombats détalaient pour se réfugier au bord de la rivière. Des lézards s'enfuirent à leur tour, ainsi que des opossums transportant leurs petits sur leur dos.

L'incendie ne cessait de progresser. Il s'étalait, il dansait, il dévorait tout sur son passage.

À l'aube, le soleil parvint à percer le voile de fumée qui continuait de flotter dans l'air matinal. Ernest, George et leurs compagnons quittèrent leurs abris de fortune pour retraverser la rivière. Ils contemplèrent dans un silence absolu le spectacle de désolation qui s'offrait à eux.

La maison récemment construite se résumait à une ruine carbonisée ; de la grange et des tentes il ne restait rien. La terre noircie exhalait encore çà et là quelques fumerolles. Les trois vaches et le taureau avaient disparu, les deux chevaux demeuraient introuvables. L'ensemble des outils avait brûlé à l'intérieur de la grange.

— Au moins, avança Ernest en observant les vestiges d'un bosquet, nous n'aurons pas besoin de défricher ce lopin-là. Et puis la cendre va le rendre particulièrement fertile.

George était pâle comme un linge. Il serrait les poings si fort que ses articulations avaient blanchi.

— Je vais mettre la main sur les salauds qui nous ont fait ça et je les tuerai jusqu'au dernier.

— Ça ne servirait à rien, lui répondit doucement son frère. Et puis, à l'heure qu'il est, ils sont déjà loin.

— Mais nous avons tout perdu. Nous sommes coincés ici. Et qui dit que ces Noirs ne vont pas revenir pour nous massacrer ?

— S'ils en avaient eu l'intention, ils nous auraient tués cette nuit.

Soudain, Ernest céda à son tour à l'accablement. Dans trois jours, Millicent se présenterait au tribunal. Il lui avait promis de l'accompagner. Mais, aussi navré fût-il, il ne tiendrait pas sa promesse : à pied, il lui faudrait beaucoup trop de temps pour rejoindre Sydney.

22

Palais de justice de Sydney, 1er mai 1793

La cour militaire siégeait – son nouveau président trônait dans sa tenue de cérémonie resplendissante, dont le soleil qui se déversait abondamment dans la salle éclaboussait les épaulettes.

Susan le considérait d'un air soucieux. C'était un homme imposant, comme Gilbert pouvait l'être, pourvu d'une moustache opulente et d'épais sourcils. Mais la ressemblance s'arrêtait là : on avait expliqué à l'épouse du pasteur que le commandant Hawkins ne se montrait pas tendre avec les anciens détenus. Il était de notoriété publique, à Sydney, qu'il les tenait en général pour des créatures irrécupérables. Il ordonnait des pendaisons à tour de bras, condamnait au fouet, lorsqu'il n'expédiait pas les infortunés en exil sur l'île Norfolk, où ils finissaient leurs jours dans un enfer dont personne ne réchappait.

Susan balaya le tribunal des yeux, soulagée que le magistrat eût exigé une audience à huis clos, estimant que ce procès ne concernait que l'armée : les six accusés appartenaient au régiment de la Nouvelle-Galles du Sud. Ainsi épargnerait-on à Millicent les hordes de curieux qui se délectaient ordinairement du spectacle.

La femme d'Ezra se tourna vers le banc des accusés. Les uns affichaient une mine terrifiée, d'autres lançaient de droite et de gauche des regards de défi, mais l'un d'eux sortait du lot. Certes, parce que Susan ne connaissait que trop bien son visage, mais encore parce qu'il ne semblait nullement regretter son crime. Nonchalamment appuyé contre la cloison de bois, il se comportait avec la désinvolture d'un voyageur attendant la diligence.

Le juge en prit d'ailleurs ombrage.

— Tenez-vous correctement, rugit-il, ou je vous condamne pour outrage à la Cour.

Le jeune officier soupira, salua avec une insolence qui ne lui rendrait sans doute pas service à l'heure du verdict. Susan se retourna pour examiner de nouveau la salle. Celui qu'elle craignait d'y voir était absent. Elle en éprouva un immense réconfort.

Il régnait un silence presque total. Tout juste entendait-on feuilleter des dossiers et murmurer les officiers chargés de défendre les accusés, ainsi que les représentants du Ministère public. L'épouse du pasteur ne distinguait pas le visage de Millicent, dissimulé derrière une voilette noire qu'elle avait cousue au bord de son chapeau, mais elle savait combien la jeune femme était tendue. Elle passa son bras autour de sa taille pour tenter de lui donner un peu de courage.

Après un ultime coup d'œil aux documents étalés devant lui, le commandant Hawkins s'empara de son marteau. Il devait être impatient d'en terminer car le commandant Grose, récemment élu gouverneur, donnait une réception dans l'après-midi. Or, le magistrat n'aimait rien tant que venir tourmenter son vieux rival. Les deux hommes avaient livré un combat acharné pour décrocher ce poste prestigieux, et Hawkins ne pardonnait pas à Arthur Phillip de lui avoir préféré un individu qu'il tenait pour un médiocre.

Enfin, il abattit son marteau ; l'audience était ouverte.

Millicent savait depuis longtemps que ce jour viendrait. Susan et elle avaient certes tenté d'obtenir du juge que la jeune fille n'assiste pas aux débats, mais il s'était montré intraitable. En revanche, le reste de la famille n'avait pas été autorisé à pénétrer dans l'enceinte du tribunal. Millicent en était soulagée. Elle ne souhaitait pas que ses proches deviennent les témoins de son humiliation.

Une fois les charges énoncées et sa déposition lue à voix haute, elle se blottit contre l'épouse d'Ezra en lui serrant l'avant-bras. Il lui semblait qu'une autre femme avait subi ces horreurs. De nouveau, elle fuyait son enveloppe charnelle pour contempler de loin la scène atroce.

Ayant prêté serment, le médecin énonça en termes simples les blessures qu'il avait observées sur le corps de Millicent.

L'adolescente suffoquait sous son voile. La sueur dégoulinait le long de ses joues, elle trempait ses vêtements à mesure que la température grimpait dans la salle d'audience et que l'homme de science énumérait les détails les plus intimes de l'offense qu'elle avait subie. Elle avait tant pleuré que les larmes ne coulaient plus. Désormais, elle acceptait, presque avec froideur, que son sort eût été scellé par d'autres et qu'il ne lui restât plus, pour tout secours, qu'un mince espoir en la justice des hommes.

— Le Ministère public appelle Florence Collinson à la barre des témoins.

Millicent se crispa. Elle n'avait aucune confiance dans la fille du pasteur. S'apprêtait-elle à dire la vérité, à révéler le lourd secret de Susan ? Ou, fidèle à elle-même, mentirait-elle encore ? L'adolescente redoutait le pire.

— Elle est absente, monsieur, annonça l'huissier en sortant de la chambre des témoins. Elle ne souhaite pas témoigner.

Il déposa une note manuscrite sur le bureau du magistrat, qui la parcourut en grommelant.

— Elle sera poursuivie pour outrage à la Cour, gronda-t-il.

Millicent laissa échapper un soupir de soulagement.

Susan, elle, s'était raidie.

— Cette enfant est désespérante, siffla-t-elle. Comment ose-t-elle défier ainsi la loi ?

La jeune femme serra les doigts de sa protectrice entre les siens. Au moins, Florence ne souillerait pas la réputation de sa mère en public. Quoi qu'il en fût, sa défection n'aurait dû surprendre personne. Il était peu probable qu'elle se sentît prête à avouer le rôle désastreux qu'elle avait joué dans la tragédie dont Millicent avait été victime. Jamais elle ne faisait preuve de cette rigueur morale qu'elle exigeait pourtant chez tous celles et ceux qu'elle côtoyait.

L'épouse du pasteur, Mary Johnson, apporta à l'inverse un témoignage clair, précis et concis, dont il ressortait que les deux jeunes femmes avaient eu ce soir-là une conversation, au terme de laquelle Millicent s'était enfuie, manifestement bouleversée. L'avocat de la défense n'ayant pas de question à lui poser, on la remercia avant de la laisser partir.

Un à un, les accusés prêtèrent serment et livrèrent leur version des faits. L'adolescente était abasourdie : chacun disposait d'un témoin jurant sur la Bible que les garçons ne se trouvaient pas, ce soir-là, dans l'allée où Millicent avait été violée.

Les représentants du Ministère public eurent beau insister, multiplier les questions pour tenter de les déstabiliser, rien n'y fit : tous campèrent sur leurs positions. Ils avaient joué aux cartes, expliquèrent-ils, jusqu'aux premières lueurs de l'aube – le tenancier de la taverne où ils étaient censés avoir passé la nuit parla de la même voix qu'eux.

La jeune fille était effondrée. Ils avaient pensé à tout. C'était à présent leur parole contre la sienne.

— Mademoiselle Millicent Parker.

— Courage, murmura Susan en l'aidant à se lever. La vérité va finir par éclater. Justice sera rendue.

L'adolescente fixa le magistrat derrière son voile. Ses jambes tremblaient si fort qu'elle peinait à se tenir debout.

— Vous pouvez rester où vous êtes, la rassura Hawkins sur un ton étonnamment affable qui lui réchauffa un peu le cœur. Montrez-moi du doigt les hommes qui, selon vous, se sont rendus coupables des actes odieux que vous avez dénoncés. Ces hommes se trouvent-ils dans l'enceinte de ce tribunal ?

Cramponnée à la rambarde devant elle, Millicent s'obligea à lever les yeux vers les accusés. Elle prit une profonde inspiration. Après tout, songea-t-elle, ici, elle était en sécurité. Et une fois le procès terminé, elle ne les reverrait plus jamais.

— Oui, monsieur. Ils sont ici.

Elle désigna les six accusés.

— Vous devez parler plus fort, intervint le juge en l'examinant par-dessus ses lunettes. La Cour doit vous entendre.

L'adolescente répéta sa déclaration.

— Ces six hommes-là, dit-elle en pointant de nouveau l'index dans leur direction.

— Merci, mon enfant. Veuillez maintenant m'indiquer lequel d'entre eux, d'après vous, a incité les autres à vous agresser ?

Elle se tourna vers le jeune officier, plein de morgue et ricanant, qui semblait s'amuser fort des circonstances.

— Lui. Celui du bout.

— Pour abréger votre épreuve, je ne vous demanderai pas de vous avancer à la barre des témoins. Veuillez en revanche jurer ici même et devant Dieu que la version des faits exposée dans votre déposition se révèle conforme à la réalité.

Millicent en éprouva une telle délivrance qu'elle faillit s'évanouir. Mais elle ne devait pas craquer si près du but. Aussi, dans un effort surhumain, se redressa-t-elle. L'huissier lui tendit une Bible, dont elle s'empara d'un geste ferme.

— Je jure devant Dieu et sur cette sainte Bible que j'ai dit toute la vérité.

La voix tonna dans le silence du tribunal.

— Je m'oppose vigoureusement à cette déclaration !

Tous les regards se tournèrent vers le fond du tribunal. L'homme avançait d'un pas résolu vers le centre de la salle. Les talons de ses bottes claquaient sur les dalles.

— Ce procès est une parodie de justice. Chacun sait dans cette ville que votre principal témoin n'est qu'une fieffée menteuse.

Millicent s'était figée. Le souffle coupé, Susan serrait les poings, tandis qu'un terrible frisson lui parcourait l'échine. Rendues muettes par l'horreur de ce coup de théâtre, les deux femmes fixaient le nouvel arrivant sans rien dire.

— Je ne tolérerai pas de telles interruptions dans mon tribunal ! se fâcha Hawkins en abattant son marteau. Qui êtes-vous, monsieur ? Et que venez-vous faire ?

— Je m'appelle Jonathan Cadwallader, comte de Kernow. Et je suis ici pour défendre mon honneur, ainsi que celui de mon fils, Edward.

Il désigna le dernier accusé sur le banc.

— Veuillez excuser ma brutalité initiale, se radoucit aussitôt le magistrat, devant ce richissime aristocrate anglais connu dans tout l'empire. Si vous voulez bien vous avancer à la barre des témoins et prêter serment, nous allons procéder.

Susan dévisageait Jonathan, la bouche grande ouverte, les yeux écarquillés par la stupeur. Comment était-il parvenu à venir à Sydney sans que personne fût au courant ? À faire son entrée au moment le plus opportun ? La manœuvre se révélait proprement diabolique.

Elle lorgna du côté de son fils, dont le sourire goguenard s'était encore élargi. Savait-il depuis longtemps que son père allait voler à son secours ? Pourtant, Jonathan Cadwallader ne séjournait pas en Australie au moment de l'agression.

— Veuillez expliquer à la Cour ce qui vous a poussé à vous présenter en ces lieux aujourd'hui, dit le juge à ce dernier. J'ignorais que vous vous trouviez en Australie.

— J'ai voyagé depuis Le Cap à bord du *Lady Elizabeth*. Le gouverneur m'a invité chez lui pour quelques jours.

Susan lut de la surprise dans ses yeux lorsque, balayant la salle du regard, il la découvrit parmi l'assistance. Il hésita un instant, ce dont elle tira une brève satisfaction, car Jonathan n'était pas homme à se laisser troubler aisément.

Il revint au magistrat.

— J'ai éprouvé un choc affreux en apprenant ce qui arrivait à mon fils. Et lorsque l'on m'a communiqué l'identité de son accusatrice, je n'en ai éprouvé que plus d'affliction. J'ai donc décidé d'intervenir, afin de laver notre nom.

L'épouse du pasteur tâchait de se maîtriser en réconfortant Millicent, que la tournure inattendue des événements avait dévastée. Elle savait que le comte n'hésiterait pas à mentir pour tirer son rejeton de ce très mauvais pas. Ce serait le pot de terre contre le pot de fer.

Jonathan se tenait très droit quand il commença de livrer son témoignage au commandant Hawkins. Il possédait toute l'arrogance d'un tribun.

— La pauvre fille qui accuse mon fils et ses compagnons de lui avoir fait subir les derniers outrages a jadis travaillé pour moi. Elle était domestique dans ma propriété des Cornouailles. À l'époque, elle entretenait une liaison avec l'un de mes jardiniers, qui a fini par l'engrosser.

Son œil glacé glissa sur Susan pour venir se poser sur Millicent. Celle-ci parut se recroqueviller. La femme d'Ezra l'attira contre elle.

— Quand il lui a fallu nous avouer son état, elle a tenté de m'en faire porter l'entière responsabilité. Comme si un homme de ma condition était capable de frayer avec une personne de si basse extraction. Je l'ai aussitôt congédiée.

Le tribunal entier retenait son souffle.

— C'est alors que je me suis aperçu qu'elle m'avait en outre dérobé deux guinées.

Millicent bondit sur ses pieds.

— Ce n'est pas vrai ! s'écria-t-elle. Vous m'avez remis cet argent parce que vous m'avez violée !

Nullement perturbé par cette interruption, Jonathan se contenta de hausser un sourcil avant de se tourner vers le juge.

— Vous constaterez vous-même, monsieur, qu'elle n'en est pas à son coup d'essai. Comment pourrait-on croire une telle menteuse qui, pour couronner le tout, se double d'une voleuse sans scrupule ?

— Je ne suis pas une voleuse !

Des larmes de colère roulèrent sur ses joues. Susan tenta de la faire asseoir, mais l'adolescente la repoussa d'un mouvement d'épaules.

Jonathan fit surgir une liasse de feuillets de la serviette en cuir qu'il avait apportée avec lui.

— La cour d'assises de Truro vous a néanmoins, et pour cette raison même, condamnée à l'exil.

Millicent s'affaissa sur le banc de bois. Elle n'aurait plus l'énergie de se battre, désormais. C'est pourquoi Susan, ivre de rage, se leva à son tour pour lui venir en aide.

— Elle a dérobé du pain pour ne pas mourir de faim, assena-t-elle d'une voix forte en s'avançant vers le centre de la salle.

Elle vint se planter crânement devant le magistrat.

— Elle ne méritait pas cet exil. Encore moins les abus et les mauvais traitements qu'on lui a infligés sur le bateau-prison. D'ailleurs, elle a été graciée. C'est pourquoi elle a été autorisée à poursuivre ces messieurs en justice. Vous ne pouvez ni ne devez laisser son sinistre passé éclipser le crime odieux qu'il vous faut punir aujourd'hui.

Sa fureur lui donna la force de plonger son regard dans celui de Jonathan.

— Edward Cadwallader et ses comparses ont violé Millicent sans pitié, sans se soucier des conséquences. Elle les a parfaitement identifiés. Quant au témoignage du médecin, il prouve l'effroyable réalité de ce qu'ils lui ont fait subir. Elle est cependant parvenue à vaincre sa honte et sa timidité pour apparaître dans l'enceinte de ce tribunal. Ce sont ces garçons que vous devez juger, et non Millicent Parker.

— J'exige le silence dans cette salle ! éructa Hawkins, qui écrasa son marteau sur la table, le visage rubicond.

— Et moi, j'exige que justice y soit faite ! hurla Susan. Ces hommes se sont rendus coupables du plus odieux des forfaits. Je ne permettrai pas que vous vous en laissiez imposer par cet individu.

Elle pointa un doigt vengeur en direction de Jonathan.

— Tout comte qu'il soit, il ment comme il respire.

— Asseyez-vous ou je vous poursuis pour outrage à la Cour ! rugit le magistrat.

— J'irai m'asseoir lorsque vous aurez accompli votre devoir.

Susan haletait. Son audace la libérait. Elle se sentait invincible. Elle venait de jeter aux orties plusieurs décennies de bonnes manières et d'émotions soigneusement contenues, pour renouer avec les façons rudes de la fille de pêcheur qu'elle avait été - elle était prête à livrer bataille, prête à défendre la plus faible sans se préoccuper des risques qu'elle encourait.

Elle échangea avec Hawkins un long regard chargé de colère. L'assistance ne pipait mot. Susan refusait de céder face au magistrat, même si elle était consciente que son coup d'éclat pouvait nuire à Millicent. Mais puisque Jonathan avait opté pour la bassesse, elle lui rendrait coup pour coup.

Celui-ci finit par rompre la glace.

— Je souhaite expliquer à la Cour, commença-t-il sur un ton plein de gravité, les raisons qui poussent cette femme à tenter d'exercer sa vengeance sur mon fils et sur moi.

Tournée vers lui, l'épouse du pasteur attendit ses arguments. Le comte évita soigneusement d'affronter son œil noir. L'expression de son visage était indéchiffrable.

— Personne ne saurait se montrer plus vindicatif qu'une femme qu'on a repoussée, déclara-t-il solennellement. Susan Collinson a choisi le moment opportun pour exercer ses représailles.

Durant un court instant, Susan sentit faiblir sa résolution face à la morgue de Jonathan.

— Et de quoi diable souhaiterais-je me venger ? rétorqua-t-elle.

Il l'ignora pour ne parler qu'au juge.

— Mme Collinson et moi avons été voisins autrefois, en Angleterre. Je m'en voudrais de manquer de galanterie, mais j'avoue que ses avances m'ont alors terriblement embarrassé.

— Comment osez-vous me calomnier ainsi ?

Le sang afflua aux joues de Susan, qui serra les poings.

— Elle s'est offerte à moi sans la moindre vergogne et, lorsque j'ai décliné ses propositions, elle m'a juré de prendre un jour sa revanche.

Il se tourna, triomphant, vers l'assistance.

— Ce jour est venu pour elle.

— Vous mentez.

L'épouse du pasteur s'avança d'un pas déterminé vers la barre des témoins, bien décidée à lui cracher à la figure et à broyer sous son poing le nez aristocratique du comte de Kernow.

— Un pas de plus et je demande à mes agents de vous interpeller ! la mit en garde le juge.

— Cet homme est un parjure ! clama-t-elle. Il a inventé cette histoire de toutes pièces pour laver l'honneur de son fils. Ne l'écoutez pas !

— Je vous conseille vivement de vous calmer, madame Collinson, intervint de nouveau Hawkins.

Elle serra les dents et croisa les bras sur sa poitrine. Elle fulminait. Elle avait bien du mal à se maîtriser.

Le magistrat réajusta sa perruque pour s'adresser à Jonathan.

— Il s'agit là d'une grave accusation, monseigneur. Je me permets de vous rappeler que vous parlez sous serment.

Il lorgna du côté de Susan, toujours campée devant lui.

— Mme Collinson est une citoyenne respectée de tous, elle est l'épouse de notre très estimé pasteur. Son travail auprès des détenus témoigne de sa bonté d'âme.

La mine sévère, il considéra Jonathan.

— Êtes-vous en mesure de prouver qu'elle n'est pas celle que l'on croit ?

Le comte tira un autre feuillet de sa serviette en cuir.

— Voici l'une de ses lettres, monsieur. Vous constaterez vous-même qu'il s'agit d'un rendez-vous galant.

Susan réprima une plainte et se cramponna à la table la plus proche pour ne pas tomber. Une pareille trahison la frappait en plein cœur.

— Comment oses-tu ? laissa-t-elle échapper d'une voix rauque. Comment oses-tu tordre la vérité de cette façon ?

Il ne manifesta aucune réaction.

— Regarde-moi, espèce d'ordure, gronda-t-elle. Regarde-moi dans les yeux et confesse tes mensonges.

Il rougit, mais son dos demeura parfaitement droit.

— Je sais pourquoi tu agis de la sorte, siffla-t-elle, en se rapprochant à nouveau de la barre des témoins. Tu protèges ton fils et le prestige de ta famille. Mais jamais je ne t'aurais cru capable de tomber si bas.

— Asseyez-vous !

Le commandant Hawkins frappa un coup de marteau sur la table. Il écumait de rage.

Un tic nerveux agitait la joue de Jonathan – Susan avait visé juste, mais elle se savait vaincue malgré tout. Elle leva le menton et rejoignit Millicent. L'adolescente était éperdue d'admiration.

Le magistrat lut la missive avant de la rendre à son propriétaire.

— Vous venez de me convaincre que les deux témoins n'étaient pas dignes de foi.

Sur quoi, il s'adressa aux membres de la Cour.

— Certes, le médecin nous a affirmé que Millicent Parker avait subi une terrible agression, mais, de toute évidence, les accusés se trouvaient ailleurs à l'heure des faits. Nous ne saurions donc établir leur culpabilité.

Il observa une interminable pause. Susan et Millicent se tenaient par la main dans l'attente du verdict.

Après un bref coup d'œil à sa montre de gousset, le commandant rassembla ses documents.

— Les charges sont sans fondement. Je déclare le non-lieu.

Jonathan observa Susan : passant un bras autour de la taille de Millicent, elle la soutint jusqu'au cabriolet qui les attendait à l'arrière du palais de justice. Les regrets dévoraient le cœur du comte. Il s'était rendu au tribunal sans intention de souiller la renommée de son amour de jeunesse – il n'avait apporté cette maudite lettre qu'en guise d'ultime recours. Les preuves réunies contre Millicent auraient dû suffire, mais Susan avait elle-même signé sa chute en venant perturber le cours de l'audience.

Il avait éprouvé un choc en la voyant, même si une brève enquête préalable lui avait appris qu'elle assisterait au procès. Elle était splendide, et un homme moins endurci que lui aurait ployé sous son coup de colère. Elle n'avait décidément rien perdu de sa véhémence. Bien qu'elle fût devenue depuis de nombreuses années une mère de famille exemplaire, elle possédait toujours la vigueur et le feu de la fille de pêcheur dont il était jadis tombé éperdument amoureux.

Il se mit à ranger ses documents dans sa serviette en cuir. Ses oreilles bourdonnaient et une douleur sourde lui tenaillait l'estomac. Il s'était montré impitoyable envers la jeune domestique ; Susan ne le lui pardonnerait jamais. Susan, la seule femme qu'il eût jamais aimée. Si seulement elle n'était pas intervenue. Mais on ne réécrivait pas l'histoire. Elle le haïrait pour toujours.

Il jeta un coup d'œil à la lettre avant de la fourrer elle aussi dans le porte-documents. Il l'avait produite comme on tente un coup de dés, car si l'épouse du pasteur avait exigé de la consulter, elle aurait aussitôt constaté qu'il s'agissait d'un faux : la missive originale ayant été depuis longtemps détruite, Jonathan avait rédigé celle-ci la veille au soir.

Il avait remporté son pari. Il se sentait terriblement coupable, mais Susan ne lui avait pas laissé d'autre choix. Il lui fallait protéger son rang envers et contre tout, quitte à se parjurer. En revanche, il ne supportait pas d'avoir définitivement perdu Susan. C'était à ses yeux un prix beaucoup trop élevé pour une telle victoire.

— Merci, Père, déclara Edward avec raideur. Je savais que je pouvais compter sur vous.

Jonathan continua de rassembler ses affaires, puis se tourna vers son fils à regret. Il contempla le calme regard bleu, le sourire narquois. Il haïssait ce qu'il voyait.

— Il faut que nous parlions, lui dit-il tandis que ses amis se rassemblaient autour d'eux pour remercier le comte avant de s'en aller fêter leur relaxe en compagnie de leurs faux témoins.

— Mais pas ici, poursuivit Jonathan.

Il consulta la pendule murale.

— Passe me voir chez moi dans une heure.

— J'ai d'autres projets, grommela Edward, qui avait néanmoins perdu un peu de sa superbe.

— Change-les.

— Très bien, monsieur.

Le jeune homme effectua une parodie de salut et rejoignit ses camarades.

Jonathan était navré. L'indulgence coupable de sa défunte épouse avait à jamais gâté ce garçon, qui s'imaginait pouvoir se tirer de tous les mauvais pas. Il allait être surpris. Le comte observa les jeunes militaires. Une flasque de cognac circulait de l'un à l'autre. Déjà, ils se préparaient à bambocher aux quatre coins de la ville. Jonathan rêva de leur donner le fouet jusqu'à l'épuisement.

Il attendit qu'ils aient quitté l'enceinte du tribunal pour sortir à son tour. Le soleil l'éblouit. La chaleur l'accabla. Immobile sur le perron, il scrutait la rue. À part un gamin caché au coin du bâtiment et un Aborigène ivre mort ronflant dans le caniveau, il n'y trouva pas âme qui vive.

Il poussa un soupir de soulagement. C'en était assez pour aujourd'hui. Il se sentait incapable d'affronter Susan ou sa protégée. Mais, bientôt, il leur ferait savoir qu'il avait finalement rendu la justice à sa façon.

Le long de la rivière Hawkesbury, 1er mai 1793

Ernest marchait depuis trois jours, pieds nus, en caleçons longs, dans le bush. Comment parviendrait-il à atteindre la demeure de ses parents sans qu'on le remarque ? Il se sentait ridicule. Mais l'épreuve que Millicent devait endurer à cette heure lui donnait des ailes. Il s'était promis de se trouver auprès d'elle au moment critique ; il était fermement décidé à tenir cette promesse. Il adorait la jeune fille. Lorsque cette histoire serait enfin derrière eux, il l'emmènerait à la Tête de faucon et veillerait sur elle à jamais.

Il grimaça en songeant aux restes calcinés de sa maison neuve, à la récolte dévorée par le feu. George et lui venaient de perdre une année de labeur. Tant pis : le gouvernement leur confierait bientôt de nouveaux outils, ainsi que des semences. Quant à la demeure, on n'aurait aucun mal à en reconstruire une autre ni à la meubler. Certes, les temps seraient difficiles, mais les frères Collinson étaient de robustes gaillards et Ernest accepterait volontiers tous les sacrifices, pourvu que Millicent vive à ses côtés.

Sous le couvert des arbres, la chaleur était moins vive. Les insectes stridulaient et les cris perçants des oiseaux emplissaient l'air. Ernest continuait d'avancer, ne s'arrêtant de temps en temps au bord de la rivière que pour boire, se débarrasser de la sueur qui l'inondait et soulager sa cheville enflée. Au coucher du soleil, il apercevrait les premières lueurs de Sydney.

Palais de justice de Sydney, 1er mai 1793

Ezra patientait à bord du cabriolet dans une ruelle, à l'arrière du palais de justice. Mille pensées le harcelaient. Que se passait-il à l'intérieur du tribunal ? Les événements récents avaient ébranlé sa foi ; il lui devenait difficile de croire qu'un Dieu aimant permît qu'une jeune innocente subisse de telles atrocités.

Et que dire de Florence ? Les épaules du pasteur s'affaissèrent, les rides sur son front parurent soudain plus profondes. Il n'était plus qu'un vieil homme dont la famille et la croyance religieuse avaient volé en éclats. Il n'était pas parvenu à être un bon père pour sa fille, il avait trop longtemps méjugé son épouse. Il n'espérait plus la moindre rédemption. Tous ses rêves se trouvaient à présent détruits.

La porte du palais de justice s'ouvrit. Dès qu'il eut aperçu le visage de Susan, Ezra comprit qu'un nouveau drame venait de se produire. Tandis qu'il aidait son épouse et Millicent à grimper dans le cabriolet, il se surprit à implorer en silence la miséricorde du Seigneur.

Résidence du gouverneur, 1er mai 1793

Jonathan regagna à larges enjambées la villa qu'il avait louée sur le domaine de la résidence du gouverneur. C'était une vaste demeure confortable, dont la véranda permettait de jouir du panorama sans devoir affronter la chaleur.

Il jeta son chapeau, sa serviette et sa canne sur la banquette, avant de demander à son domestique de lui apporter du thé. Il se changea puis s'installa dans un fauteuil moelleux.

Le gouverneur Grose l'avait convié à sa réception, afin qu'il y rencontre la fine fleur de la colonie, mais il n'avait nulle envie de faire assaut de politesse auprès d'hommes et de femmes dont il se moquait éperdument. Des affaires plus urgentes requéraient son attention. Il n'avait pas effectué ce voyage pour le seul plaisir de tirer son fils d'embarras. Au terme de son entretien avec Edward, il aurait tout loisir de mettre ses projets à exécution.

Il sirota son thé en observant d'un œil distrait les invités qui, déjà, se rassemblaient sur les pelouses. Les robes et les parasols jetaient des taches de couleur, les uniformes rouges resplendissaient, le soleil jouait sur les boutons de cuivre et les épaulettes dorées. Les domestiques se hâtaient, les mains chargées de plateaux. Des chiens couraient en tous sens – ils arrachèrent à Jonathan son premier sourire de la journée : ils lui rappelaient les insupportables lévriers de Banks.

Ces souvenirs le ramenèrent vers Susan. Jamais il n'oublierait son expression lorsqu'il avait produit la fausse lettre dans la salle d'audience. Jamais il ne se pardonnerait sa bassesse. Après ce qu'ils avaient vécu, elle ne méritait pas qu'il lui inflige un tel chagrin. Il devait à tout prix tenter de se racheter.

Son regard se perdit à nouveau du côté de la réception. Dire qu'il croyait Millicent morte depuis longtemps. Le choc avait été rude en apprenant l'identité de la jeune victime persécutée par son fils.

— Père ?

— Tu es en avance.

— J'ai rendez-vous avec mon commandant à 16 heures, répliqua Edward.

Il se laissa tomber dans un fauteuil et allongea les jambes.

Jonathan l'examina. Son fils était un grand garçon de vingt ans aux traits délicats, joliment sanglé dans son bel uniforme. Mais il affichait la même moue que sa mère ; ses yeux et ses façons possédaient son dédain.

— Je regrette de n'avoir pas été un bon père pour toi, Edward.

Il posa sa tasse de thé sur la table basse.

— Si l'occasion m'en avait été donnée, nous aurions pu devenir amis. Les événements terribles qui viennent de se produire n'auraient jamais eu lieu.

— Vous n'avez jamais séjourné assez longtemps à la maison pour être un vrai père.

Edward bondit sur ses pieds.

— Si vous vous apprêtez à me faire un sermon, je préfère vous laisser et rejoindre mes amis à la taverne.

— Tu vas te rasseoir et m'écouter jusqu'à ce que je t'autorise à partir.

— Je ne suis plus un enfant. Je suis lieutenant dans l'armée britannique.

Le regard du jeune homme étincelait.

— Tu es un menteur, un voleur et un violeur. N'était l'honneur de notre famille à préserver, je t'aurais fait donner le fouet avant de te laisser croupir en prison.

— Ainsi parla mon cher papa, grinça Edward.

Il tentait manifestement de provoquer son père, qui s'abstint de mordre à l'hameçon, même s'il brûlait de le gifler.

— Avec sa langue de vipère, ta mère t'a éloigné de moi. Elle ne m'a pas laissé la moindre chance de me rapprocher de toi. Elle t'a trop gâté, elle a souscrit à toutes tes exigences, jusqu'à faire de toi un vaurien.

— Ma mère était une sainte, cracha Edward, rouge de colère. Il lui a fallu assumer seule la gestion de notre propriété pendant que vous couriez le monde. De plus, elle a dû supporter les rumeurs suscitées par vos liaisons incessantes. Elle s'est retrouvée par votre faute au ban de la société. Votre déplorable réputation l'a souillée. Je ne m'étonne guère que son cœur ait fini par lâcher.

— Son cœur ? Elle n'en avait pas.

— Je m'en vais, rétorqua le jeune homme sur un ton glacé. Nous n'avons plus rien à nous dire.

Jonathan le saisit par le bras.

— Tu partiras quand je te le permettrai, aboya-t-il.

Edward se figea et pâlit.

— J'ai parlé à ton commandant. Tes camarades et toi avez déshonoré le régiment auquel vous appartenez. Peu importe le non-lieu prononcé tout à l'heure : ni lui ni moi ne souhaitons que vous demeuriez à Sydney.

Le jeune homme plissa les yeux.

— Qu'avez-vous fait ?

— Moi, je n'ai pas fait grand-chose. Ce sont tes actes odieux qui te valent cet exil. Tu resteras cinq ans dans le district du fleuve Brisbane. De quoi te préserver des tentations de la chair.

— Le fleuve Brisbane ? Il n'y a rien là-bas, hormis la jungle et quelques Noirs en maraude !

Il s'humecta les lèvres en passant une main nerveuse dans ses cheveux sombres.

— Nous refuserons notre affectation. Le non-lieu a été prononcé. Nous n'avons commis aucun crime.

— Nous savons tous les deux que c'est faux, répondit amèrement Jonathan. J'ai déposé auprès d'un homme de loi. Si tu reviens à Sydney avant cinq ans, ou si tu approches de nouveau une femme de trop près, ma déclaration sera remise aux tribunaux.

— Vous n'oseriez pas.... lâcha Edward, l'œil furibond. On vous accuserait de parjure.

— J'ai toujours été joueur. Et cette fois, je prends peu de risques. Tu es un lâche. Je parie que tu ne désobéiras pas.

Le sang battait sous la petite tache de vin qu'Edward arborait à la tempe. Il serrait les poings, impuissant. Après un long silence, il tourna les talons et quitta la véranda en hâte.

Son père le regarda s'éloigner, le cœur lourd de regrets. Il avait espéré que ce séjour aux antipodes marquerait sa réconciliation avec son enfant, mais à peine avait-il posé le pied sur les rives australiennes qu'il avait découvert son abominable forfait.

Jonathan se demandait à quoi ressemblerait l'avenir d'Edward. Pour retourner dans le droit chemin, le garçon avait besoin d'une poigne de fer, mais son père n'était pas l'homme de la situation – pas après ce qui s'était passé aujourd'hui. Une seule solution s'imposait : il fallait lui trouver une épouse.

Sydney Cove, 1er mai 1793

En grimpant à bord du cabriolet, Millicent avait cherché Ernest du regard. Elle regrettait de l'avoir injustement repoussé. À présent, elle avait envie de le voir. Mais il ne s'était pas manifesté. Force lui était d'admettre qu'elle avait détruit l'unique bonne chose qui lui fût jamais arrivée. Peu importait, au fond : la Millicent qui l'avait naguère si tendrement aimé n'existait plus.

Tandis qu'Ezra lançait le cheval au trot, la jeune femme entendait résonner à ses oreilles la douce voix de Susan, mais le sens des mots qu'elle prononçait ne parvenait pas jusqu'à elle. Elle distinguait des couleurs, des mouvements et des sons, mais elle ne voyait rien. Il lui semblait se tenir dans un vide où le réel était sans fondement. Privée de toute émotion, la Millicent d'autrefois se réduisait à une coquille vide.

Le pasteur et son épouse l'aidèrent à descendre de la voiture puis tous trois pénétrèrent dans la maison. Ezra et Susan lui ôtèrent son voile et son chapeau. Leurs paroles flottaient au-dessus d'elle sans l'atteindre. Elle n'aspirait qu'au silence et à la solitude.

À la nuit tombée, on la laissa enfin dans sa chambre. Elle s'assit à son petit bureau et rédigea une lettre à l'intention de Susan. Sa main tremblait un peu, sa grammaire et son orthographe étaient celles d'une enfant, car elle avait à peine fréquenté l'école, mais il lui fallait écrire pour s'apaiser.

Une fois la missive achevée, elle la cala contre le pied de la lampe. Juste à côté, elle déposa sa précieuse bague de fiançailles. Vêtue de sa chemise de nuit, elle vint se poster à la fenêtre pour observer, dans le lointain, les lumières de la ville. Ils étaient quelque part là-bas. Elle percevait presque leur présence dans les ténèbres, elle entendait presque leur voix. Elle frissonna. Ils la retrouveraient, elle en avait la conviction. Puis ils se vengeraient. À elle la prison du souvenir, à eux la liberté d'aller et de venir comme bon leur semblait, impunis. Intouchables.

Millicent s'empara doucement de sa robe de mariée, qui froufrouta dans le silence. Elle l'enfila. C'était un vêtement superbe. L'adolescente ne réussit pas à atteindre les lacets qui permettaient de la fermer dans le dos, mais elle ne s'en soucia guère.

Elle contempla longuement son reflet dans le miroir avant de traverser la demeure en silence. Un tabouret se trouvait à l'entrée. Elle s'en saisit, puis se dirigea vers le jardin.

Comme elle observait le ciel étoilé et la lune se mirant dans l'eau, elle se laissa envahir par un calme étrange. Les feuilles tressaillaient sous la brise. La rosée trempait les pieds de Millicent et le bas de sa robe. Elle alla chercher une corde dans l'appentis d'Ezra avant de grimper sur le tabouret qu'elle avait placé sous l'arbre le plus gros.

Quand elle se sentit prête, elle tourna une dernière fois les yeux vers la maisonnette du pasteur et de son épouse, qui l'y avaient jadis accueillie à bras ouverts. Alors, elle s'enfonça dans l'éternité…

Sydney, 3 mai 1793

Ernest atteignit les abords de la ville deux jours après le procès. Il avait espéré sauter en cours de route dans un chariot, mais il n'avait croisé personne sur cette piste solitaire ; il lui avait fallu cinq jours pour rejoindre Sydney. Ayant emprunté des chemins de traverse afin d'éviter de se montrer à quiconque dans une si piètre tenue, il vit apparaître la maison de ses parents peu avant l'aube.

Les portes et les fenêtres étaient fermées, il régnait un calme étonnant. On avait baissé tous les stores. Pourtant, le soleil perçait à peine, au cœur d'un ciel couleur de plomb – l'orage menaçait. Le jeune homme grimpa les deux marches de la véranda et pénétra dans la demeure.

Seul le silence l'accueillit, ainsi qu'une odeur vaguement sucrée qu'il n'identifia pas. Debout dans la cuisine, il contempla la table que personne n'avait débarrassée, les plats et les casseroles sales entassés dans l'évier. Jamais sa mère n'aurait abandonné sa maison dans un tel état ; il se passait quelque chose d'anormal. L'adolescent prit peur. Il avait la bouche sèche et son pouls s'accélérait. Il passa de pièce en pièce pour tenter d'y trouver de quoi se rassurer. En vain. Le silence le narguait. La bâtisse était déserte. Il alla chercher une paire de bottes, une chemise et un pantalon. Où donc se trouvait Millicent ?

Après s'être lavé en hâte, il s'empara d'un quignon de pain, d'un morceau de fromage, et se rua hors de la maison. Il se demanda un instant dans quelle direction entamer ses recherches. Il opta pour la ville. Sans doute son père était-il en train de préparer à l'église le service religieux du lendemain ; Millicent et Susan l'avaient accompagné.

Le soleil se cachait derrière une épaisse couche de nuages. Le vent soufflant de la mer était glacé. Tandis qu'il se frayait un chemin parmi la foule qui se pressait dans les ruelles, Ernest sentit sur lui les premières gouttes de pluie. Bientôt, il fut trempé. Sa chemise collait à son torse, pareille à une seconde peau, son pantalon lui serrait les cuisses. Il ne s'en souciait pas. Il concentrait toutes ses forces vers Millicent, vers la jeune fille qu'il aimait ; il tenait à s'assurer qu'elle était saine et sauve.

Les murs de l'église se dressèrent soudain devant lui. Leurs briques rouge foncé luisaient sous l'averse. Il s'apprêtait à en pousser les lourdes portes de chêne quand une scène au loin attira son attention. Plissant les yeux pour mieux voir à travers le déluge, il distingua quelques personnes, serrées sous leurs parapluies, dans le cimetière où se trouvaient inhumés les détenus et les suicidés, auxquels on refusait à jamais le repos dans les terres consacrées.

Il frissonna. Mais comme il allait entrer dans l'église, il reconnut une silhouette au milieu du groupe. Son cœur se mit à cogner si fort contre ses côtes qu'il en eut le souffle coupé – il haletait en courant dans les flaques.

— Maman ?

Ce n'était qu'un murmure, qui se perdit dans le bruit des gouttes et du tonnerre.

Susan vint vers lui. Elle prit ses mains dans les siennes. Le chagrin avait dévasté son visage.

— Ernest, mon petit garçon. Je suis navrée. Je suis tellement navrée. Nous avons envoyé un messager pour te prévenir, mais vous avez dû vous croiser.

L'adolescent scruta le groupe dont elle s'était détachée, pour tenter d'y repérer Millicent. Il ne vit que son père, dont l'expression le bouleversa si profondément qu'il comprit aussitôt qu'il ne reverrait plus jamais la jeune femme. Il quitta sa mère pour se rapprocher de la tombe.

La fosse, que la pluie emplissait peu à peu, lui parut démesurément grande. Au fond, le cercueil était couvert de roses. Ernest se laissa tomber à genoux dans la boue, ses larmes se mêlant à l'averse.

— Millicent, sanglota-t-il. Pourquoi ? Je t'aime. Je t'aimerai toujours. Ne me quitte pas. Ne me quitte pas, je t'en prie.

— Elle est déjà partie, mon chéri, chuchota Susan qui, agenouillée près de lui, passa son bras autour de ses épaules. Elle ne pouvait pas rester ici plus longtemps.

Le révérend Johnson s'éclaircit la voix avant de reprendre le cours de la cérémonie. Son épouse abrita la mère et l'enfant sous son parapluie. Ezra, pâle comme un linge et le regard vide, sentait sa foi l'abandonner pour de bon. Sa souffrance était si vive qu'il n'avait même plus la force de consoler sa femme et son fils.

23

Sydney, août 1793

Au cours des trois mois suivant les funérailles de Millicent, l'atmosphère chez les Collinson ne connut pas la moindre amélioration. Ernest écumait de rage contre les Cadwallader – et contre la justice qui avait trahi sa bien-aimée. Ezra se mouvait en silence, pareil à un fantôme, tout occupé à tenter en vain de ressusciter sa foi perdue – son tourment se lisait sur son visage.

Susan contemplait la mer étale qui, dans la baie, ressemblait à une plaque de verre coloré. Sa famille se remettrait-elle jamais des mensonges et des tromperies, des vérités soudain mises au jour ?

Elle frissonna. Ernest avait exigé qu'on lui rapporte le moindre détail de l'audience qui avait conduit Millicent au suicide. Ezra était déjà au courant – son épouse lui avait tout raconté sitôt le couple réuni dans sa chambre le soir de la tragédie. Mais lorsque, rassemblant son courage, elle avait appris à son fils l'existence du billet doux expédié jadis à Jonathan, elle avait vu renaître une infinie douleur dans les yeux du pasteur. Quant au dédain qu'elle avait lu dans ceux d'Ernest, il avait constitué sa plus terrible punition ; peut-être l'adolescent ne lui pardonnerait-il jamais sa faute.

Elle fourragea dans la poche de son tablier en fixant la rive opposée. La lettre que Millicent avait laissée avant de se donner la mort alourdissait son fardeau. L'adolescente y révélait un visage moins candide que prévu – mais pour rien au monde elle ne s'en ouvrirait à son fils. Elle rendait grâce à Dieu de lui avoir permis de découvrir cette missive la première.

Elle l'extirpa de sa poche. Elle allait la lire une dernière fois puis elle s'en débarrasserait. Sa main tremblait un peu.

Puis-je encore t'appeler « mon amie », Susan ?

Ou bien m'as-tu retiré ta confiance le jour où tu as compris qui j'étais ? Florence m'avait parlé de ta liaison avec le comte. J'avais alors refusé de croire que tu avais pu trahir ainsi Ezra, mais ce qui s'est passé explique la rancune de Florence à ton égard. Je comprends mieux également pourquoi tu m'as prise sous ton aile.

Mais j'ai une confession à te livrer. J'ai menti à tout le monde.

John Pardoe et moi étions amants. Cette nuit-là, nous avons découvert le comte étendu sous un arbre, ivre mort. John l'a porté jusqu'à la propriété. Lorsque je me suis rendu compte que j'attendais un enfant, John Pardoe a refusé tout net de nous prendre à sa charge. Il est parti peu après pour le Devon, où il avait décroché un nouvel emploi. Quant à moi, je savais qu'on me mettrait à la porte sitôt mon état découvert. Je n'ignorais pas non plus que ma belle-mère me fermerait sa porte. C'est alors, Susan, que j'ai commis une faute épouvantable. J'ai reporté la faute sur le comte, songeant qu'il aurait tout oublié de cette nuit-là. Je ne m'étais pas avisée du prix qu'il accordait à son honneur, c'est pourquoi, aujourd'hui, je ne suis pas fière de ce que j'ai accompli. Mais je risquais de me retrouver sans argent. Il m'a remis deux guinées, dont je ne comprends pas pourquoi il m'a accusée, au tribunal, de les lui avoir volées. Je refuse de croire que vous ayez entretenu une liaison tous les deux, car Florence est de celles qui n'hésitent pas à altérer la vérité quand cela les arrange. Mais cette fois, je le crains, elle ne ment pas. J'aurais aimé, Susan, que tu m'avoues ce qui s'était passé entre vous, car j'ai été heureuse auprès de toi et d'Ezra. Vous m'avez offert un foyer, vous m'avez offert votre amour, et je vous en remercie.

Je t'en supplie, pardonne-moi comme je te pardonne.

Quand tu liras ces lignes, je serai partie. Dis à Ernest que je l'adore. Dis-lui que je suis désolée, mais je ne suis plus capable d'affronter ce monde.

Millicent

Susan entreprit de déchirer le feuillet. Les mensonges les avaient tous piégés peu à peu, ils avaient faussé son jugement. Elle prit une profonde inspiration en serrant dans son poing les fragments de papier. Florence se trouvait loin d'ici, dans le nord du pays, auprès d'un groupe de missionnaires. Sa mère désirait ardemment lui parler, dans l'espoir de sceller un jour leur réconciliation. Elle souhaitait également dire à Jonathan combien elle s'en voulait d'avoir douté de lui – elle l'avait condamné sur la seule foi des ragots de sa fille et des calomnies proférées par Millicent.

La main en visière, elle se protégea les yeux de l'impitoyable éclat du soleil sur l'eau. Il n'était pas question pour elle de pleurer. Car rien ne pouvait excuser Jonathan de l'avoir pareillement traînée dans la boue au tribunal ; il avait piétiné leur amour ; il avait agi sans souci des conséquences sur son époux et ses fils. Elle ne lui pardonnerait jamais.

Durant les jours suivants, elle s'acquitta de ses tâches quotidiennes à la façon d'une somnambule. Le silence dans la maison, où se pressaient les souvenirs, se révélait insoutenable. Ses trois occupants n'avaient reçu aucune visite, et aucun d'entre eux ne s'était aventuré bien loin. Susan résolut finalement de prendre le taureau par les cornes.

Ernest était en train de couper du bois avec une énergie farouche qui n'éteignait pourtant pas la fureur qui brûlait toujours en lui. Ezra, dans la véranda, laissait errer son regard au-delà du jardin, une Bible sur les genoux – à quels débats intérieurs se consacrait-il ?

— Nous ne pouvons pas continuer ainsi, décréta Susan en sortant de la maison. Il est temps d'opérer certains changements.

Ernest enfonça profondément le fer de sa hache dans une souche et s'épongea le front du revers de sa manche.

— Les changements, nous en avons eu notre compte, grommela-t-il en évitant d'affronter sa mère.

Celle-ci se tourna vers son époux en quête de soutien, mais le pasteur semblait perdu dans un autre univers.

— Tu as une ferme à reconstruire, Ernest. Il te faut poursuivre ton labeur. Pour ton frère, mais aussi pour toi.

Le jeune homme se désaltéra longuement avant de reprendre sa hache.

— George peut très bien se débrouiller seul.

Susan était à bout de patience.

— Non, il ne peut pas, lâcha-t-elle, excédée.

Sur quoi elle vint se planter devant son fils, sans se soucier du balancement périlleux de la lame ni des copeaux qui voletaient en tous sens.

— Tu n'es pas le seul à souffrir, Ernest. Ton père se sent terriblement affecté, lui aussi.

Le jeune homme lorgna en direction de son père sans cesser son travail.

— Il est un peu tard pour te préoccuper de son sort, cracha-t-il.

— Il m'a pardonné depuis longtemps, et je n'admettrai pas que tu passes ta colère sur moi. Il a besoin de nous. Nous ne gagnerons rien à nous meurtrir les uns les autres.

Les épaules de l'adolescent s'affaissèrent et il baissa le menton sur sa poitrine. Puis il enfonça la lame de la hache dans le cœur d'une bûche. Il se redressa.

— Je sais. Mais que puis-je faire ?

L'amour était source de si cruels tourments, songea Susan. Elle aurait tout donné pour atténuer la peine de son fils.

— Il a besoin de quitter cette demeure, dit-elle doucement. Nous en avons tous besoin.

Ernest leva la tête, les yeux embués de larmes.

— Mais… pour aller où ?

— À la Tête de faucon.

— Il n'y a rien, là-bas.

— Il n'y a rien ici non plus.

La mère et l'enfant se dévisagèrent en silence.

— Papa est trop vieux pour prendre un nouveau départ. Et puis la vie est dure, à la ferme. Ce n'est pas un endroit pour une femme.

— J'ai survécu une première fois. Au début, nous ne possédions rien, souviens-toi. Nous n'avions qu'une tente et quelques paillasses. Je n'en suis pas morte.

Elle posa une main sur l'avant-bras robuste d'Ernest.

— Plus rien ne retient ton père ici, enchaîna-t-elle calmement. Son ministère ne lui apporte plus l'apaisement qui lui est nécessaire. La prière ne le réconforte pas davantage. Il a perdu la foi. Il erre maintenant dans des régions de l'esprit où je serais bien en peine de le rejoindre pour le secourir.

Elle observa son époux, toujours immobile.

— Je m'inquiète pour sa santé mentale. Je dois l'emmener loin d'ici.

— Mais la Tête de faucon n'est pas faite pour vous, insista l'adolescent. Un jour ou l'autre, les Noirs nous attaqueront à nouveau. Et l'incendie nous a privés de tout. Y compris d'un toit.

— Tu sais aussi bien que moi que le gouvernement nous fournira tout ce qu'il faut, répliqua Susan avec ardeur. Pourquoi sembles-tu si peu désireux de regagner la ferme ?

Les yeux du garçon répondirent pour lui.

— Il faut apprendre à vivre au jour le jour, Ernest.

Elle avait le cœur lourd.

— Tes projets d'avenir ont été piétinés, mais le souvenir de Millicent reste bien vivant en toi.

En dépit de sa gorge nouée, Susan tenait à rallumer l'espoir dans le cœur de son enfant.

— Elle sera toujours avec nous.

— Mais…

— Pas de mais, décréta-t-elle d'une voix forte qui masquait son intime désarroi. Demain, nous irons au magasin gouvernemental pour acheter ce dont nous aurons besoin durant les six premiers mois. Je te conseille de rédiger une liste.

Sur ce, elle l'abandonna pour se rendre auprès d'Ezra. Il n'avait pas bougé, et son regard demeurait égaré dans le lointain. Elle embrassa son front barré de rides et caressa ses cheveux gris, qui se clairsemaient.

— Je vais prendre soin de toi, chuchota-t-elle tendrement.

S'était-il seulement aperçu de sa présence ? Elle soupira et s'en retourna dans la maison. Il y avait tant à faire s'ils voulaient partir bientôt. Et rien ne la distrairait mieux qu'un labeur acharné.

Au cours des semaines suivantes, des changements subtils s'opérèrent dans le comportement d'Ernest. Son pas se fit de nouveau plus léger, ses yeux moins mélancoliques. Il s'occupa de commander des provisions et des graines. Hélas, le pasteur, lui, ne se portait pas mieux. Assis dans la véranda, il demeurait cette longue silhouette muette qu'il était devenu depuis la mort de Millicent, abîmé dans ses songes, indifférent au remue-ménage alentour. Susan priait pour que leur installation à la Tête de faucon lui permît de se remettre, de considérer l'existence d'un œil neuf et, surtout, de retrouver la foi.

— Maman !

L'épouse d'Ezra se retourna vivement. Pour la première fois depuis des lustres, un sourire radieux éclaira son visage lorsqu'elle avisa le beau et fringant jeune homme qui, déjà, sautait à bas de son cheval.

— George !

Elle descendit en hâte les marches du perron pour se jeter dans ses bras. Le jeune homme la souleva de terre et la fit tournoyer un instant. Elle rit jusqu'à en perdre haleine. Bientôt, George fêterait son dix-neuvième anniversaire, mais il n'avait rien perdu de son enthousiasme d'enfant.

— Repose-moi sur le sol, haleta-t-elle. Ce n'est pas une façon de traiter sa vieille mère !

George s'exécuta, sans lui lâcher les mains.

— Comment vont-ils ? interrogea-t-il d'un ton soudain chargé de gravité.

Susan lui résuma la situation, puis le serra contre elle. Il avait encore grandi et les années consacrées aux travaux agricoles avaient développé ses muscles. En outre, il était très beau – il était devenu la coqueluche des jeunes habitantes de Sydney, qui guettaient chacune de ses visites avec impatience.

— Je suis si heureuse de te voir. Ton père va être ravi.

— Où se trouve Ernie ?

— À la ville. Il est en train d'acheter des provisions. Car nous avons l'intention de nous installer tous à la Tête de faucon. Ce sera un nouveau départ et ton frère a hâte de se jeter dans l'aventure.

George lissa sa moustache en décochant un large sourire à sa mère.

— Nous travaillons d'arrache-pied depuis trois mois. La maison est presque terminée. Il est temps qu'un cordon-bleu nous rejoigne, je maigris à vue d'œil !

Susan éclata de rire – son cadet n'avait jamais eu le torse plus robuste ni les épaules plus larges. Le garçon rit aussi. Après quoi il en vint à la raison de sa visite.

— J'apporte une nouvelle qui devrait faire plaisir à papa, annonça-t-il en fouillant la poche intérieure de sa veste. Le révérend Johnson m'a demandé de lui remettre cette lettre.

Susan la lut en premier. Son auteur y invitait Ezra à rencontrer le gouverneur Grose, afin d'envisager la fondation d'une mission sur les rives de la Hawkesbury. Voilà qui tombait à pic.

Mais, lorsqu'elle se tourna vers le pasteur, elle sentit son bel optimisme sombrer d'un coup.

— Regarde-le, dit-elle à son fils d'un air navré. Je ne sais pas s'il lui reste assez d'énergie ou de foi pour relever un pareil défi.

George déposa un baiser sur sa joue.

— N'aie pas peur, maman. Je me charge de lui remonter le moral.

Il s'éloigna pour rejoindre son père.

Lowitja rendait à présent des visites régulières à Susan. Elle amenait avec elle ses enfants les plus jeunes et ses petits-enfants, afin qu'ils jouent dans l'herbe en dévorant les mets que la maîtresse de maison ne manquait jamais de leur préparer. L'Aborigène les savait en sécurité dans le jardin des Collinson. Quant à elle, si elle peinait à communiquer avec son hôtesse, elle était tout de même parvenue à apprendre quelques mots du langage étrange dont elle usait.

À l'ombre des arbres, elle observait l'agitation. Elle avait compris que Susan et les siens s'apprêtaient à partir. Tandis que son amie s'affairait, Lowitja se réjouit de constater qu'elle semblait avoir repris du poil de la bête – depuis le soir où la jeune fille s'était balancée à une branche, elle avait perdu le sourire.

Accroupie dans la fraîcheur du clair-obscur, l'Aborigène se souvint de cette nuit où elle avait traversé le jardin au retour de la chasse. Ayant entendu des bruits de pas, elle s'était dissimulée en hâte au cœur des ténèbres, depuis lesquelles elle avait observé la scène sans la comprendre. Pour quelle raison la jeune femme avait-elle passé cette corde autour de son cou ? Lowitja s'était finalement approchée du corps sans vie, en se demandant ce qui avait poussé la jeune Blanche à jouer à ce drôle de jeu. Sur quoi elle s'était empressée de regagner le campement.

Lorsque Ezra et Ernest se furent éloignés en direction de la ville, elle sortit de sa cachette.

— Susan, dit-elle doucement.

Celle-ci se retourna. Son visage s'illumina.

— Susan aller loin, enchaîna Lowitja.

— Oui. Nous partons demain pour les berges de la rivière Hawkesbury. Ezra a accepté d'y fonder une mission. Nous allons nous installer là-bas auprès de nos deux fils.

L'Aborigène, elle aussi, avait des nouvelles pour son amie.

— Lowitja aller Meanjin, annonça-t-elle en tendant l'index vers le nord. Meanjin. Aller. Pas homme blanc Meanjin. Bon pour peuple Lowitja.

Susan fronça les sourcils.

— Meanjin ? Je n'ai jamais entendu parler de cet endroit. Où est-ce ?

Son interlocutrice pointa de nouveau son doigt décharné vers le nord.

— Tribu Turrbal, expliqua-t-elle. Meanjin. Grand fleuve. Bonne chasse.

— Tu parles probablement de Brisbane.

Lowitja se mit à trépigner, sans saisir qu'il s'agissait là du nom donné par les colons à Meanjin.

— Meanjin ! hurla-t-elle.

Susan lui décocha un sourire.

— Ce n'est rien. Nous partons toutes les deux et sans doute ne nous reverrons-nous jamais. Mais ta famille et toi serez là-bas plus en sécurité qu'ici, et j'en suis très heureuse.

Elle serra la main de l'Aborigène dans la sienne.

— Tes enfants et toi allez me manquer. Prenez soin de vous.

— Va avec protection Esprits.

Les deux femmes se dévisagèrent un moment en silence, puis Lowitja s'éloigna, sans un regard en arrière, en direction de son campement. Le clan partirait le lendemain matin, aux premières lueurs de l'aube. Il fallait apaiser la colère des Esprits ancestraux. Garnday était apparue en rêve à l'Aborigène. C'était elle, dans son immense sagesse, qui lui avait conseillé d'entreprendre le long voyage au pays des Turrbal.

Tahiti, août 1793

Tahamma planta son regard dans celui de son épouse, avant de baisser à nouveau les yeux vers le poignard qu'elle venait de lui offrir. Le pêcheur de perles était de retour après cinq mois d'absence. La lame s'était déjà ternie, et les fragments de verre coloré ne tarderaient pas à se détacher du manche.

— Contre quoi l'as-tu échangé ? interrogea-t-il Solanni.

La brusquerie de son ton étonna cette dernière. Son sourire mourut sur ses lèvres.

— Pourquoi ? Tu ne l'aimes pas ?

Le pêcheur replaça la dague dans son fourreau. Elle ne pesait pas bien lourd.

— Je ne pourrais même pas ouvrir une huître ni vider un poisson à l'aide de ce couteau. Il n'est pas assez solide. Où te l'es-tu procuré ?

— Auprès d'un marchand, murmura-t-elle, installé sur la plage.

Elle prit dans ses bras leur plus jeune enfant, dont elle ébouriffa les cheveux.

Tahamma la scrutait. Ses soupçons croissaient de seconde en seconde. Il se rua au fond de la hutte, où il s'agenouilla pour gratter le sable. La boîte métallique s'y trouvait toujours. Hélas, le soulagement du pêcheur fut de courte durée : elle était vide. Il se retourna vers Solanni.

— Qu'as-tu fait de la montre ?

Le calme de sa voix n'augurait rien de bon.

— Je... Je..., balbutia-t-elle en s'humectant les lèvres.

Il lui saisit le menton pour la contraindre à le regarder.

— Tu l'as troquée contre le poignard, n'est-ce pas ?

Elle acquiesça en silence. Une larme roula sur sa joue.

— Mais il te sera utile, ce couteau, se défendit-elle faiblement. La vieille chose, elle, restait toujours dans sa boîte, elle ne t'a jamais servi à rien. Je croyais que tu ne t'en souciais plus.

— Bien sûr que si ! explosa-t-il en jetant la boite métallique au loin. Tu n'avais pas à y toucher ! Juste avant de mourir, ma mère a émis le souhait qu'on me remette cette montre, et ma tante s'est fait tuer pour que ce vœu soit exaucé. Et voilà que toi, tu la cèdes contre un bout de ferraille !

Solanni sanglotait.

— Cette montre était tout ce qui me restait de ma défunte mère et de l'homme dont je suis le fils. Ma tante a juré solennellement de veiller à ce que cet objet me revienne. Quant à moi, j'ai promis à l'âme de ma mère qu'à mon tour je léguerai la montre à mes enfants, qui l'auraient transmise à leur tour.

— Je suis navrée, je ne m'étais pas rendu compte...

Il la considéra avec dédain.

— Je t'ai pourtant raconté cette histoire avant notre mariage. Seulement, toi, tu t'en moquais. Je t'ordonne de quitter notre hutte.

— Mais pour aller où ? s'affola-t-elle. Je t'en prie, ne me bannis pas de notre foyer.

Tahamma demeura intraitable.

— Tu iras chez l'une de tes sœurs, ou chez tes parents. Ils te garderont auprès d'eux jusqu'à ce que je t'aie pardonné.

Solanni rassembla ses maigres affaires avant de quitter les lieux en entraînant les enfants avec elle. Le pêcheur n'était pas près d'excuser le geste de son épouse. Et jamais il n'oublierait la trahison dont elle venait de se rendre coupable.

Sydney Cove, août 1793

Susan regarda Lowitja disparaître dans le bush avant d'aller chercher un châle dans la maison. Ezra et les garçons se trouvaient à la ville en compagnie de Richard Johnson ; ils réglaient les derniers détails de leur expédition. Pour la première fois depuis plusieurs mois, Susan était seule. Le soir venait. La température commençait à baisser. La plage, un peu plus loin, ne lui en parut que plus attrayante. Elle décida de s'y offrir une ultime promenade ; elle allait dire adieu à cette région qu'elle avait appris peu à peu à aimer.

L'étendue de sable était déserte, on n'y décelait aucune trace de pas. Campée au sommet d'une dune herbeuse, Susan ne comprenait que trop bien ce que l'homme blanc avait fait subir à Lowitja et à son peuple. Depuis la nuit des temps, ces paysages étaient demeurés vierges de toute présence étrangère. Jusqu'à ce que les voiles de la Première Flotte se dessinent à l'horizon. Dès lors, le chant des oiseaux et les incantations tribales avaient cédé le pas au vacarme des marteaux et des haches, au claquement des fouets, au tonnerre des carabines. Les Européens avaient apporté la mort et la destruction dans ce paradis lointain.

C'est avec une certaine appréhension qu'elle s'aventura enfin sur le rivage, en jetant des coups d'œil derrière elle. Mais, bientôt, elle releva le bas de sa robe et accéléra le pas, enivrée par la brise qui soufflait de la mer et la liberté d'aller où bon lui semblait.

Elle inspira profondément l'air pur et salé. Un groupe de perroquets multicolores avait pris place en caquetant parmi les branches d'un acacia tout proche. Susan s'amusa de leurs pitreries. Elle finit, dans un grand éclat de rire, par battre des mains pour le plaisir de les voir s'envoler dans de grands claquements d'ailes désordonnés.

Elle poursuivit sa balade en songeant aux événements récents. Les eucalyptus embaumaient. Ezra avait repris confiance. Dieu, lui semblait-il, ne l'avait pas abandonné, puisqu'Il requérait ses talents au sein de la nouvelle mission. Le pasteur devait cette renaissance à Richard Johnson, ainsi qu'à George – qui avait su tirer son père de sa stupeur et le convaincre que ses proches l'aimaient et qu'ils avaient besoin de lui.

Certes, Susan serait la seule femme présente sur les rives de la Hawkesbury, mais la compagnie de ses fils et de son époux suffirait amplement à son bonheur.

Comme ses pensées dérivaient en direction de Florence, elle poussa un lourd soupir. Depuis qu'elle était partie dans le nord du pays, elle n'avait donné aucune nouvelle. Sa mère souhaitait de toutes ses forces la voir regagner un jour le giron familial. Ce jour-là marquerait le début de leur réconciliation.

Elle s'épongea le front à l'aide de son mouchoir. Elle marchait trop vite. Elle n'avait nul besoin de se hâter ainsi, mais les vieilles habitudes avaient la vie dure : elle arpentait le rivage comme elle avait jadis arpenté les côtes de Cornouailles. Soudain, le cœur lui manqua. La tâche qui l'attendait à la Tête de faucon lui parut insurmontable. Jamais elle n'aurait cru que l'existence pût se révéler aussi difficile – même lorsqu'elle s'échinait sur les quais de Mousehole, elle avait foi en un avenir plus radieux. Elle se sentait épuisée. À la seule pensée de devoir repartir de zéro, des sanglots lui montaient dans la gorge.

Elle s'apprêtait à regagner la maison quand elle le vit. Il l'observait depuis le sommet de la dune. Il abandonna bientôt son cheval pour se diriger vers elle d'un pas hésitant.

Elle se figea. Son pouls s'accéléra et la chaleur se fit plus vive.

— Susan ?

Elle le gifla de toutes ses forces. Le regard de Jonathan s'assombrit, mais il ne broncha pas.

Elle le gifla de nouveau.

— Maudit sois-tu ! Maudit sois-tu pour m'avoir irrémédiablement souillée au tribunal !

Elle pleurait à présent, en martelant son torse de ses poings.

— Tu as tout détruit !

Il demeurait immobile, comme changé en statue de pierre.

— Je ne te pardonnerai jamais, hoqueta-t-elle. Jamais !

Lorsqu'elle se fut un peu calmée, il lui saisit doucement les poignets.

— Je mérite d'être puni de mille et une manières mais, je t'en prie, ne me refuse pas ton pardon. Sinon, je n'y survivrai pas.

— Dans ce cas, pourquoi t'es-tu comporté ainsi ?

Elle leva le menton et plongea son regard dans le sien.

— Il m'a fallu parler de la lettre à Ezra, de même qu'à mes fils. Te rends-tu compte du chagrin qu'ils en ont conçu ?

— Je l'imagine, oui.

Elle s'écarta de lui.

— Tu n'imagines rien du tout, siffla-t-elle. Et si tes regrets étaient sincères, tu serais déjà venu t'expliquer et me présenter des excuses.

— J'ai essayé, mais tu n'étais jamais seule. Je sais combien je t'ai blessée. Et, crois-moi, je partage ta douleur.

Elle lut en effet du chagrin dans ses yeux. Mais elle choisit de n'en pas tenir compte.

— Tu aurais pu m'écrire.

— Tu as raison. Mais j'avais besoin de te parler de vive voix.

Sa silhouette se détachait contre un ciel strié de rose.

— Je t'en prie, mon amour, pardonne-moi.

La fureur de Susan s'évanouit aussi vite qu'elle s'était embrasée. Lorsqu'elle voulut s'exprimer, les mots se dérobèrent. Des fils d'argent couraient dans la chevelure de Jonathan et quelques rides s'étaient creusées sur son visage avec les années, mais il n'en était que plus beau. Quant au désir qu'elle lisait au fond de son regard, il la mettait à la torture. Elle s'était néanmoins juré de ne plus jamais lui accorder sa confiance, de ne plus jamais laisser l'amour qu'elle éprouvait pour lui l'entraîner en dehors du droit chemin.

Il finit par emprisonner ses mains dans les siennes pour les porter tendrement contre sa poitrine, comme s'il s'agissait de deux précieux petits trésors.

— Du plus loin qu'il m'en souvienne, lui confia-t-il, je t'ai toujours chérie. J'ai promené ton souvenir avec moi aux quatre coins du monde. Il m'a réconforté aux heures les plus noires de mon existence. Je regrette amèrement le mal que je t'ai fait. Je t'en supplie, dis-moi que tu me pardonnes.

Sa prière transperça l'âme de Susan et, dès lors, elle comprit qu'elle était perdue.

— Bien sûr que je te pardonne, souffla-t-elle. Oh Jonathan, mon cher amour, que nous est-il arrivé ?

— Je l'ignore, ma douce. Il semble que le destin ait résolu de nous éloigner l'un de l'autre.

— Mais tu n'es pas le seul ici à devoir implorer le pardon.

Comme il fronçait les sourcils, elle lui rapporta la confession de Millicent.

— Je me suis méprise sur ton compte. J'aurais dû te faire confiance, au lieu d'accorder tant de crédit à de vilaines rumeurs.

— Ton péché n'est rien à côté du mien. Quel besoin aurais-je de te pardonner ?

— Je n'avais pas le droit de douter ainsi de toi.

Jonathan secoua la tête.

— Même si ton silence m'a bouleversé, j'ai parfaitement compris ta réaction.

Il leva les mains de sa bien-aimée jusqu'à ses lèvres, y déposa un baiser plus léger qu'une aile de papillon.

— Oh Susan, si seulement le sort en avait décidé autrement. Nous nous sommes comportés comme des imbéciles.

— Peut-être. Mais que de joies nous avons partagées.

— Elles m'accompagneront jusqu'à mon dernier souffle.

Ils se dévisagèrent sans plus dire un mot. Perdue dans l'eau de ce regard qui, par-delà les années, n'avait rien perdu de son envoûtant pouvoir, tout près de cette bouche qu'elle brûlait d'embrasser une dernière fois, Susan sut qu'elle n'avait jamais cessé de l'aimer – la part la plus intime de son être appartenait pour toujours à Jonathan.

— Tu es si belle, lui murmura celui-ci, en lui caressant la joue. Tes yeux me rappellent la mer houleuse qui baigne les côtes de Cornouailles, tes cheveux ont emprisonné l'or des champs de blé mûr. Je voudrais tant revenir en arrière.

Elle rougit. Elle n'avait pas rougi depuis de nombreuses années.

— Ce pays vieillit les femmes prématurément, observa-t-elle avec détachement.

Si elle ne lui échappait pas maintenant, songea-t-elle tout à coup, elle demeurerait sa captive pour le restant de ses jours.

— Il est tard. Je dois partir.

— Attends encore un peu. Nous avons tant de choses à nous dire avant ton départ.

— Tu es au courant pour la mission au bord de la rivière Hawkesbury ?

— Sydney est une petite ville. Les nouvelles y circulent vite.

Susan s'efforça de sourire, mais elle avait le cœur gros. Elle lui exposa ses projets.

— Pourquoi ne rentres-tu pas en Cornouailles ?

La question la surprit.

— Aucun d'entre nous n'y a jamais songé. George et Ernest se sont installés définitivement dans ce pays. Et puis Florence a besoin de savoir qu'elle peut nous rendre visite quand bon lui semble.

Jonathan se pencha pour l'embrasser. Susan perdit la tête. Tandis qu'il l'enlaçait, elle lui rendit son baiser. L'appétit qu'ils éprouvaient l'un pour l'autre était presque insoutenable.

— Non, haleta-t-elle. Non.

Elle le repoussa.

— Non, Jonathan, nous ne pouvons pas faire une chose pareille.

Il eut un sourire chargé de tristesse.

— Je sais, chuchota-t-il. Mais je suis incapable de résister…

— Nous devons être forts, décréta-t-elle en lissant d'une main tremblante les plis de sa robe. Ezra m'a pardonné et, quoiqu'il ne connaisse pas toute l'étendue de ma forfaiture, je suis déterminée à demeurer une bonne épouse.

Elle leva les yeux vers Jonathan.

— Je t'aime depuis toujours, mais le sentiment que je nourris pour Ezra possède des bases plus solides. Et, après ce qui s'est passé en Cornouailles, je ne le trahirai plus jamais.

— Il était donc au courant de nos rapports avant le procès ?

Susan acquiesça en silence.

— Mais il ne sait pas tout, ajouta-t-elle d'une voix brisée par l'émotion. Si je lui avais tout révélé, je l'aurais détruit.

— Je ne comprends pas…

De grosses larmes roulaient sur les joues de Susan. Elle conservait pour elle seule un secret qu'elle s'apprêtait enfin à avouer à son bien-aimé.

— Il y avait un bébé… Notre bébé…

— Notre bébé ?

Le sang avait reflué du visage de Jonathan.

— Tu as mis au monde notre bébé ?

Elle opina, incapable de prononcer une parole, aveuglée par les pleurs. Il la serra contre lui jusqu'à ce que les sanglots aient cessé de l'agiter.

— Oh mon amour, gémit-il. Je n'ai jamais soupçonné une seconde…

Il se tut un long moment.

— Si seulement tu t'en étais ouverte à moi à l'époque… J'aurais pu… Que lui est-il arrivé ?

Elle enfouit sa figure dans la veste de Jonathan.

— Elle est partie. Pour toujours.

Il la serra plus fort, en laissant échapper une plainte sourde qui déchira le cœur de Susan.

— Dire qu'il t'a fallu affronter seule cette terrible épreuve.

— Je n'étais pas seule. Mon amie Ann m'a épaulée. Je suis rentrée chez nous aussitôt après que… J'ai tenté de me comporter comme si rien ne s'était passé, mais je me sentais si vide…

De nouvelles larmes inondèrent son visage.

— Et tu as gardé ce secret pour toi durant toutes ces années, murmura Jonathan en lui caressant les cheveux. Ton courage est exceptionnel.

De ses lèvres il effleura son front. Le soleil sombrait peu à peu derrière les collines. Leurs sanglots se mêlèrent. Ils pleuraient ensemble leur bonheur et leur enfant perdus.

De longues minutes s'écoulèrent, au bout desquelles Susan tâcha de se reprendre. Elle se redressa, s'essuya les yeux et prit une profonde inspiration.

Jonathan se racla la gorge.

— Dis-moi où elle est inhumée. Je veillerai à ce qu'on prenne soin de sa tombe.

Elle secoua négativement la tête.

— Elle se trouve entre les mains de Dieu, à présent. Laissons-la où elle est.

Le soleil couchant embrasait merveilleusement le ciel. Jonathan tira un cigare de sa poche, qu'il alluma.

Ce geste parut lui rendre sa contenance. Seul son regard un peu vague laissait deviner son affliction.

— Je m'apprête également à quitter Sydney, annonça-t-il. Je me rends dans le nord du pays, sur les berges de la rivière Endeavour, où je vais tenter de retrouver Watpipa et les siens.

— J'espère que tu les trouveras en meilleur état que les malheureux Aborigènes qui vivent ici. J'envie ta liberté.

— Tu n'as qu'à venir avec moi. Nous vivrons enfin l'aventure dont nous avions parlé jadis, en Cornouailles.

L'espoir illuminait son visage.

— Épouse-moi, Susan.

— J'aimerais t'accompagner, soupira cette dernière, et j'aimerais avoir eu la chance de m'unir à toi, car je sais que nous aurions été heureux.

Elle voulut échapper à son étreinte, mais il la serrait maintenant plus fort - elle était sa captive.

— Hélas, je ne suis pas libre. Je ne le serai jamais. Je n'ai déjà que trop blessé Ezra.

— Mais je t'aime, Susan. Je t'ai toujours aimée.

— Je le sais, souffla-t-elle en posant sur sa joue une main, dont il baisa la paume. Moi aussi, je t'ai toujours aimé. Malheureusement, il est trop tard.

Elle laissa courir ses doigts sur la gouttelette rouge sang à sa tempe, qu'elle chérissait tant. Elle l'embrassa une dernière fois avant de s'écarter définitivement de lui. Lorsqu'elle se mit à courir en direction de sa maisonnette, des larmes lui brouillaient à nouveau la vue.

— Adieu, mon amour, murmura-t-elle dans le vent.

Achevé d'imprimer par N.I.I.A.G.
en octobre 2012
pour le compte de France Loisirs, Paris

N° d'éditeur : 70008
Dépôt légal : novembre 2012
Imprimé en Italie

Composition et mise en pages réalisées
par IND - 39100 Brevans